燕山之侧

冀金雨 ◎ 著

莫若说人生如一壶香茗
历经风雨，熬过春秋方得一味真香

百花洲文艺出版社
BAIHUAZHOU LITERATURE AND ART PRESS

图书在版编目（CIP）数据

燕山之侧 / 冀金雨著 . -- 南昌 : 百花洲文艺出版
社 , 2024.12
　　ISBN 978-7-5500-5580-3

　　Ⅰ . ①燕… Ⅱ . ①冀… Ⅲ . ①散文集—中国—当代②
诗集—中国—当代 Ⅳ . ① I217.2

中国国家版本馆 CIP 数据核字 (2024) 第 086019 号

燕山之侧
YANSHAN ZHI CE　　　冀金雨　著

出 版 人　陈　波
责任编辑　杨　旭
装帧设计　文人雅士文化传媒
出 版 者　百花洲文艺出版社
地　　址　南昌市红谷滩区世贸路 898 号博能中心一期 A 座 20 楼
电　　话　0791-86895108（发行热线）0791-86171646（编辑热线）
邮　　编　330038
经　　销　全国新华书店
印　　刷　廊坊市海涛印刷有限公司
开　　本　710 毫米 X1000 毫米　1/16
印　　张　36.25
字　　数　580 千字
版　　次　2024 年 12 月第 1 版
印　　次　2024 年 12 月第 1 次印刷
书　　号　978-7-5500-5580-3
定　　价　135.00 元

赣版权登字 05-2024-362

网址：http://www.bhzwy.com
图书若有印装错误，影响阅读，可与承印厂联系调换谨以此书，为刚来人世间的外孙女刘芃麦献上诚挚的祝福！

愿她沐浴在父母的关爱中，茁壮成长；在亲朋好友的陪伴下，快乐成长；在老师的教导下，学有所长；在社会大家庭中，平安、健康、幸福成长。

燕山之側 劉健

发现：以心灵之于外部世界的光线，缝合遗失的时光
——摘自2023年7月7日版《作家报》

沈　阳

　　之于不虚度时光的理想者而言，观其所著，每一粒文字皆是有呼吸、能发光的生命体。如果说文学创作是一种最大限度地感受生命与尘世的碰撞，那么著书立言就是要记录下生活和生命的模样与状态，不负流年不负卿，在岁月无敌中留下一点痕迹，一串情绪，一些思考，一个自我。轻盈而忧伤的歌唱者，他的写作向度一定是向真向善向美的。诗人冀金雨如是。这是在癸卯初夏日的月夜，我阅读《燕山之侧》书稿之后的触感。

　　这些触感，忽然像一群蝴蝶一样飞落到我的眼前。我一眼就瞥见我的书案的右上角，长年摆放着的那个老式纸壳书夹。这种书夹，是学生时代室外考试时所用。如今却成了稀罕物，估计许多年轻人不大熟知。其内夹有这样一张雪白的稿纸，只有两个字：莫言。这是莫言老师在获诺贝尔文学奖的前一年的初夏日，我们在北京东城图书馆三楼报告厅，承蒙莫言老师所赠。我深谙莫言老师的颇有意味的寄语：多写而莫言，是文学家的一种情致。在这一对相隔了十二年的立夏日，我再次深读温文儒雅的冀金雨大兄，又怎么能莫言不语呢？

　　不晦涩，不拘泥，冀金雨是个好诗人。他的好在于其能够乘物以游心，优雅自已。在《你·大海·我·诗集》这首小诗中作者向"你"礼貌地询问："你是谁？谁，才应该是你？／在这里不需要什么定义／我只是深陷在诗集里的倒影。"诗人冀金雨的心路历程多以婉约的小诗呈示内心，他的小诗，几乎都讲究内在韵律感，藏有大境界，创作即存在。能找到并写出让自己感动，继而让

读者意外并产生共鸣，应是诗人的一种无意识状态。诗人冀金雨深刻意识到了这一点。"完成每一篇的时候我就像一棵树/凝视你的花枝招展/我也是你的一部分/渴慕站在你那幽芳的花朵上/心是火，也是柴//"（《我的诗，我的情人》）。他试图以简约而清丽的语言直抵事物和事情的本心，在都市见景状心，在故乡触物生情。他所书写的刚柔快意，是一种精神归宿的最终抵达，更是一种深陷于其中的莫大的慰藉。有诗为证："一种接触是晴空和云朵/隔着谁都说不清的远/每一次晚钟，同时按下微醺的夕阳//一种追逐让嫩得带着绒毛的月光/和每个农历的十五流动/在太阳走过的地方暖洋洋的自言自语//一种沉默浸润悖论的理由/采摘语言。淡淡的幽思，朦胧的伤痕/潮湿而泥泞//一种安静荒凉若雨的飘落/无牵无挂唤醒裸露的灵魂/触摸记忆成感受焚起敞开心事的壁炉//一种呼唤带着焰火抹泪的声音/以盛装的愿望赶去黄昏失魂落魄/烘热了文字，也焐热忧伤和你的快乐//"。（《花自飘零水自流》）

在我熟悉的诗友中，冀金雨是唯一开着奔驰而一直坚守在诗歌阵线的诗人。况且这些年以来，文如其人，他的谦逊和优雅一直潜行于他的字里行间，这让我深受感染。最让我惊喜的是，他总能唤起那些被我们几乎忘却了的精神原乡，让那些细碎的情感进行幻化成像。于他而言，一首诗的诞生，一定要在诗歌的体量内部进行某种闭环意象，但它的内部一定是鲜活的。

在这个意义上讲，冀金雨笔下的都市意绪与世间万物皆具草木之心，这也是诗人冀金雨的悲悯情怀的润化所致。诗歌发乎心源。冀金雨意识到："时常觉得生命如逝水，不断地消逝，弥漫着人生趣味、人情哀怨和人世繁华。沉浸在自然的气息中，我感到一种无穷无尽的力量，让我重新燃起对生命的热爱，让我信心百倍地继续走下去。因为，都市是如此的博大，它赋予我独特的人生经验。"读《冀金雨笔记》，我分明看见了一种非虚构的色彩和非虚构的影像。尽管现实主义与理想主义是相对应的矛盾体。诗人冀金雨依然笃定"人生的艺术"一直在自我建构与疏离并存的输出之中。然而，一种超然的状态，多么不易。它首先是情感的渗透与觉醒，同时也是诗者精神的寻根之旅的发端。

一个诗人对他所遇无法施行拯救，只能在诗写中进行救赎。这让我忽然忆起庆祝中国共产党成立一百周之际，我主编《中华女诗人海内外诗书画巡展》时，曾收到著名诗人、上海大学教授张烨大姊寄赠的《隔着时空凝望》，她在该著后记中所言："诗是一种命运，一种孤独的生涯。诗也是诗人的一种活法，一种宗教情怀。"由此我想，诗歌也许并不需要作者把它的价值趋向指认出来。所指之处，也可能并非阅读者的诗意本身。而诗人冀金雨就是把自己和身边的事物黏结起来，以个人的快意之幸，去碰响他的情感世界，以期呈现他对生命的切实体悟，致使自身添加另一种精致的活法。诗人冀金雨对故乡事物的逻辑秩序的安排及其情境绘描，完成一种之于故园栖息地的抵达。冀金雨说过，因为文字，他的生命变得更加妙趣横生，更加唯美与深邃。他总是期望并为之努力，在他的文字里，美好的事物才得以不断延伸，彼此交融，宛若一幅水墨长卷。冀金雨作品的抒情、咏叹，大多以山川为载体，这足可使诗歌维度拔高的介质，在诗文中根植悲悯意识和与世无争的生命志趣。诚然，诗人并未过多地向个人经验与公共空间的连接地带深入。这曾让我一度怀疑，他可能是陶渊明派来的。

　　一直以来，我尤喜"大化"一词。有时竟然兀自认为，好诗人一定是冥冥之中长有翅膀的那一类人。他滑翔之中翘望翱翔，像苍鹰一样。冀金雨的诗歌和散文，一直是记录他的生命体验与原生态及其某种情感的确定性，嫁接于抒情与感悟之间，从而不断地进行转换。这是一种诗人情感之核与事物自身在互通对流的形而上的因果关系。诗人在它的情感内部安置了宏大的场景以及似乎若有若无的觉察。在感性大于理性之时，当生命的意志力不断自觉地向破译其深藏的意味掘进，他将抽出奇特的知觉。经过自身的努力定居北京，在诗人冀金雨的生活现实中，也许并不存在不可言说的隐忧和担心。与其说他以文学的泵力来洗涤自我内在的严谨逻辑，不如说他应是致力存在于一种沉敛者的思想气质，反思另一种游刃于文学述怀之间的获得感和满足感。这是诗人冀金雨有别于其他大多数诗人富贵后不再写诗而处于贫穷依旧秉持的心理处境。他始终维系在一种沉稳的思想情怀中，并颇具某种真挚弥满的精神气象之言说，极具个人意识的同时又兼顾开阔思想的引领。这是我纵观中国作家网隆重推介诗人冀金雨关于衡水湖的散文系列之后对他散文创作的肯定。对事情的审视和反思，智者的思考向来是能剥离出某种泾渭分明的经络的。他在不断地沉浸于事物的哲思中式微，他亦曾在微信中向我反复强调，他还只是一个习练者。他试图以此托举着更多的是"自我"主观感受。

　　从文学的光线作用于自身来解读生命的"莲花效应"，冀金雨无疑属于智者。他豁达而硬朗而厚重，抑或在圆融之中得以开悟某种通达，甚至通透。

或许，我们一生都在处理并解锁与时间、空间、地域、自然、记忆、欲望、情感、制度以及时代所产生的事物之间的外在面貌和内在关系。譬如被一朵词语命名的内部世界的微光，就能折射出异常的情致，这让我们顿感置身于大地的苍茫与璀璨的星空之间的孤寂。不虚度时光，诗者仍要回到原处。很多时候，能够自觉与内省，我们都要庆幸还有酷似毒药的诗歌。而诗歌，有时又令我们着实深感一种无限的敬畏和羞愧。

数年以前，我曾在评论冀金雨《五月诗篇》时有过论述。有的人，写了很多首诗，不见得是诗人；有的人，一首诗不写也不见得不是诗人。就像著名作家闻章老师所言，是不是诗人，要看他（她）有没有一颗"诗心"。"秋阴不散霜飞晚，留得枯荷听雨声"，大诗人李商隐的这句诗的境意，驻留在了冀金雨的诗心之内。我触及到他的细致的情感是忧伤的，浅浅亦浓浓的那种，他的愁郁，被明亮的情态紧裹。能把诗写到这样，非有一颗纯然的诗心不可。诚如他在《你那泓盛着月亮的眸光》所云："我找不到少年出发的地方，我找到了我的原乡。"

于诗人而言，在燕山之侧发现并记录生命之美，是一种莫大的情致。诗人以心灵之于外部世界的光线，缝合遗失的时光。藉此情致，我愿与诗人冀金雨大兄共勉。揭谛揭谛。金雨及时。雨落幽燕，走笔流年，唯以觉妙扶植。觉妙，何须多言？是为序。

（癸卯榴月·北京梨园）

【作者简介】

沈阳，著名诗人，诗书画评论家。河北沧州河间人，居京。河北省作协会员。河间市作协副主席。河间市诗经文化研究会秘书长。主编《河间诗人》《中华女诗人》。著有《情人主义》三部曲、《当代诗书画论》。

目　录

○流年之羽

散文篇

○旖旎风光

○低吟浅唱

诗歌篇

莼鲈之思

春节·归乡

故乡的风
湿漉漉的
能梳理成一缕一缕
从下午蜿蜒黄昏的云

云或许有好多心事
在他的眼里是歌
在她的心里是诗
在故乡的眼里是画
斟在杯里是情
沁入血脉中是酒香

你从异乡归来
眼神都充满善意
你心热了
云就钻进你心里
凝结你满目琳琅
是春天雨，是归乡泪
是说不尽的思乡愁

你不敢问路
怕自己是外乡人

景州城的路口

从这里
远年的青春，受爱情怂恿
怀以朝圣般的情愁
朦胧里赴约未来
汹涌，壮观
迷离而华美

当西风，已飘过错落的佳期
回望，仍有浅浅的微笑
守候沉默的星辰
昵语里的叹息声
叫醒冷梦里的晨曦

幻想飞扬的地方
其实，还是记着你名字的故乡

望 乡

谁牵引着
故乡的眼神如星
垂落于心
怦然而被做空

想放逐
夜的空澹
却合拢
白昼的围墙

自以为
是赤条条了
依旧穿着
那片庄稼的外衣

景州听雨

景州的雨，绵而淅沥
雨丝，延遗梦
支起廊前那份春寂
直撑到天际，终以画卷展开

一份治愈
悟着如纱，如滴
徜徉枕上来的故事
如痴，如迷

吟音徐徐，婉转一个韵律
无拘束的流媚慢慢凝缩
给这土地一俊逸的灵魂
以笔为马跨越视野

让每滴雨回到心底
简洁，柔美，极致，灵动
缓缓入骨
化作缠绵的乡愁

江江河的传说

江江河，载着光阴
粼粼水波
流转两岸人间烟火
从景州大地
穿过黄昏和黎明
沿期待的字里行间
蜿蜒一个又一个春夏秋冬

剪一片青春的天空
镶嵌进江江河底
将隐于天上的心事
化作你脉脉的凝神
跃然水面发芽
一朵朵，闪烁的漩涡
像你的娇嗔
也像你的巧笑

江江河干涸了
也断流了渐行渐远的眺望
风雨用炊烟的梦寐架一座桥
连接你的柔声细语
焐热冰凉的心
夙夜通向清晨的回音
依稀能听到
低声吟唱的微咽

又见江江河
踏上你的阶前
抱紧一直未写完的不期而遇
心潮的湍流涌进江江河
捞出朝露和牧歌
穿过黄昏铺缀的夜幕
找到乡音
那是秘密和传说，也是水的源头

注：江江河，发源于河北省故城县杏基，北流经景县、阜城县、泊头市，
至三岔河村汇入清凉江。

江江河的歌谣

我的世界里
你的到来变得简单迷离
我心中有了花开的声音
树叶有了摇舞的音律
风吹过江江河水也有了柔软的呼吸

轻拈一指芳香的韵味
梦中幻化出你温暖的笑脸
映照着我纷繁的心绪飘荡
那份想法啊，想去你的眼神和手心躲藏
好想，好想

当我们听着江江河畔柳枝吟唱
明月的映衬下河面涟漪荡漾
清晨的鸟儿啾啾呢喃
春雨淅沥胜过余音绕梁
回眸生香轻启尘封的心房

无论风雨还是晴空，痛苦和欢畅
都有江江河水在我们身旁流淌
穿过了岁月九曲十八弯
有一望无际的大海
有无垠的天空和浩瀚的远方

飞过河岸的时光，飞不过心中情长
花好月圆回溯一年年莺飞草长

风华正茂的春日，再拾起散落的月光
倚在山水画卷，怀抱尽是少年时分
晚霞里的柔情，浓浓的爱意似雾似霭是沧桑

无言谁会凭阑意

记忆，沿黄昏
被引渡到
琼楼玉宇堂前
转朱阁，低绮户
将陌生而熟悉的园林
变成传说里梦的故居

深一脚，浅一脚
沿神话蔓延的往事
似醒非醒，等你
等这缓缓地月光融化
还原出天河里淙淙流水

流水藏着备受折磨的等待
撞破千眄万睐的纤云
滴在农历十五
孕了月亮
生出夜晚满空煎熬
巡天遥看一千河

梦的乡愁

风，掠过，一个青春
卷走，愿望、情侣
将内心，抵押给一个誓言

多少个夏天，都是蒙着夜面而来
我已梦见春暖花开
寐在，斟满月光的对影

乡愁夜行，偷渡，塔上风铃
乡音唤起，带胎记的乳名
一脚归程，踏空
便又陷落一个黎明……

景州塔的乡思

思绪轻轻地敲击，不断细语
萦绕千年的故事唯有风铃清音
是岁月如歌，也是诗意如琴
用尽人生辉煌，才能完成的美好
让最柔美的那一刻荡涤心灵深处的尘埃

那一片清风
移禅语入阳春白雪
浮着薄暮
来装饰塔上长满的红尘
牵着水墨画里故人衣角

天籁
循着云的脉络
一弦一柱恋恋的
思忆从父母瞳孔走出的
华年期许
被反复叮咛的名字
已恍然岁月人间
成了此地烟霞宠幸的游子

景县，我的乡情和乡怀

（一）

在这个喧嚣的世界，我心里装着一片净土，时光的邀约从净土中长出了芽蕾。

冰雪中顽强地绽放，便是那抹浅浅的微笑，那句温柔的低语。

花开的枝头，呼吸着那沁人心脾的芬芳，那份真挚的祝福，是让蜜蜂都醉倒的香。

又如同诗一般美妙，诗意洗刷了我的文字，以低吟浅唱的心语，把乡情带进我的生命。

（二）

我想倾听家乡的声音，那是在人群中寻找归属的渴望，灵魂里溢满的回响。

穿越我在某个春天里遗失茫茫人海的梦，在另一个雪后的时光中找到了我。

有一片宁静的田野，那里的春天来得很早，雪花落满了田埂。

田埂上的雪，像是一片未染的素笺，等待着某个人，来书写一段美丽的传奇。

（三）

春天已经来了，春风以长者的叮咛吹响了古塔上的风涛。

辄耕且吟诵，那一脉心音，轻轻飘落在花开的枝头。

那芬芳，是生命中最美的味道，它走过风雨，在董子故里开出花朵。

生与死的瞬间，将它们封存在资治通鉴中，诠释周亚夫只为谋国，不为谋身的信仰。

（四）

在边塞诗人四季的光阴里，诗句越过标点符号的羁绊，永不褪色，熠熠生辉。

任凭深夏的阳光，如一把热烈的刀，正切割着这片温暖和善良大地。

那心中的牵挂，就像蔷薇一样，沿着时光的长廊缓缓生长。

历史中的那些故事，或许就像流星一样，在夜空中划过一道璀璨的痕迹。

（五）

相信总会有一个人，和我一起在鸟语花香的阡陌上重逢。

我相信，那个人会穿着春天的颜色，让我在等待中找到满身的阳光。

我守望着那叶灯火阑珊处的轻舟，它载着人间烟火的未来。

在这人间烟火中，我低语着，如同轻风拂过琴弦，让每一个瞬间都充满着诗意。

（六）

有温暖相随，让我不惧前路，那份牵挂，行走在年轮上的轨迹，以文字的形式逐渐在心中生根发芽。

即便皑皑白雪覆盖了美丽的城郭，那幽幽浮动的暗香，仍在梦与醒的字里行间。

这最深的红尘里，诗句总会激动地逾越进故乡的世界，因为那里有朵红花，是为我盛开。

即使在烟雨轻渺的边缘，当我出现在他面前，他一定会在流淌的月色以偏爱的词汇认出我来。

乡思·乡情

江江河水，濡润
迷漫的童年
以一盏月亮
孵化
一湾载梦的青春

每年中秋
月亮都从江江河面升起
河水滔滔
放进星星、尘寰、泥土
和萦心的蓦然回首

相思就从江江河岸
追逐情不自禁
撞入长夜漫漫
纵然，一路红尘
落单的诺言，已追不上
藏着乡情的花轿

景州城、景州塔

风涛缠住云的残迹
长河落日回首陨落的历史
绕开记载的文字
更无人从影中淘出你的年轮

砖砌须弥汲取永恒
时光的愿望漫漫隐喻
歌谣化身盘绕刹身的秘密
百代过客轻度
弹指流年杏花春雨

风铃摇响沧桑的喧哗
朝代繁衍歌舞千家
城里街道聚拢游子的乡愁
用田埂的暮色流年
拥抱着幽会的水墨和文字于缘梦的臂弯

风不再绷紧春荒喋喋不休
誓言褴褛不再繁殖宿命的怀想
多情的韶华依偎着岁月的阻梗
诗人正踩着春天的边界
数着心的年龄

山乡夜吟

山乡的夜空是座寂寞的城
细心的星星刺破幽暗
以沧桑点燃宿夜的愁思

让我珍藏了一天空的海水
浸透四季，融进眼泪的传说
朦胧一蓑烟雨的悟性

凄凉从深不见底渗出墨来
滴穿痴念，造出一轮水月
攀缘黑夜而上，纠缠祖露于内心的镜花

所有的往事驶过等待的怅望
唯那条银河对面凭依的背影
才是走不到的尽头

心快马加鞭，跃出一个世纪

思乡·中秋

悠悠天宇旷
天是夜的海
小楫轻舟
载一轮乡愁
驶向鸟语花香的江江河

夜风穿胸
吹出身体里的往事
正倚门，童年
伫候
赤身裸体的乡音
归泊

乡 愁

寤怀仰视
涓涓数着童年
晃动摇篮里
游子的分身

那里的星星
繁繁遥遥
是隔空的堆堆篝火
去照亮奶奶讲的故事里静谧的窝巢

那里的雨
飘过天上的街市
泼墨成雾中隐喻的歌谣
那弄竹调丝的咏唱
竟是怆然成谶的袅袅离愁

那里的风
追逐恍惚的轻寐
摊开执着的足迹
卷朦胧记忆，裹在乳名里……
戚然，已很少有人叫起

衡水湖的心事

夏季的云汇流七月的天
海市蜃楼也常常来云游
你也常常从云里
一朵一朵
笑在每一个角落

我想捞出湖里的云
等你疲倦了，就降落这云上
雨会灌醉树影和虫鸣
那时，你像风一样旋没于——
心房里久久期待的归席

你将盘伏于我的心舍
安置玫瑰燃烧下寥落的星语
蘸着衡水湖水的梳子
将夏季梳理
成晚烟中最美的季节，留住歌谣里的心事

不管是幸福的临摹或悲伤的吟唱
谁让一首诗，一把伞
诱惑了一个孤单的名字
抛下清冥之下的地老天荒
激起湖上悠然的迷雾
够了吧
不管这是水的升华还是云的虚妄

雨中衡水湖

若远古遗留的盆景
每道波澜都像涌来的往事
连远方的游船也似曾相识

秋雨如哨
在湖面上呼唤一个名字
有鱼儿正结伴仰首

长长的栈道已无人迹了
雨中悟到颤音里的慧根
唤出东边日出西边雨的现象

那是时间空间遥不可及之地吗
衬映湖水的裙角
撩起太阳酣然的失魂

心从远方悠悠醒来
充实而膨胀成虹底的弓弦
箭镞上正是少年未曾射出的情书

回 乡

黑暗中有些饥饿
悄悄地爬进月光
等待填饱渴望的眼睛

星星隐没躲避
风里月光洗着眼泪
落到河里开了花

就像童年穿越你
内心仍悠摇在糊纸的窗棂
随你声音看着油灯下的书

树影疏离的房间
少年和青春开始漂泊
可那时没学会如何保护你

久远的声音还刻在墙上
砖上写着你的名字
那一年蓄满泪水，种植了三十年月亮

家乡临窗

村里，天空幽静，恰似心的倒影
星辰如鱼，浮动，相约于银河渡口
我同样多情，引文字流进蓦然回首
一蓑烟雨，数着，远在童年的田园

贴着时光的缩影，温婉的渴望
戛然而止
在醒来的少年
遥遥相约隐在翅膀下的花轿
斜雨笼纱，似听到——
正喊你的名字……

诗歌篇

流年之羽

端午，娘，家乡

望见窗外霞光时
客厅的钟正数到3点58分
今年的端午来得太早了
早得让我的昨天，还没来得及结束
也还没睡昨日的觉
要照看夜里走动的九十三岁娘

娘这时睡下了
外面的天也越来越亮
我，坐也不是，站也不是
躺下，也不是
揉了揉陷于昨日的眼窝
叫醒昏昏欲睡的眼睛
等着浑圆浑圆的红日
带来七彩光的邀约

恍惚间，我就要去田野
掀开浮在麦茬上的光线
看看有没有，有没有——
昨日该梦的，家乡信息

春　歌

春风携乐谱归来
端坐塔顶
弹着岁月里你的指音

和风铃约好佳期
迎候紫燕归来
呢语落在梦寐的斜巷

满溢微馨的歌
模仿潺潺春水
濡润了岁月的咽喉

于无声处
夜睡得毫无知觉
正用你眼睛繁衍星光灿烂

韶华滴雨
寸寸光阴萌动情心
流涌一怀乡愁，召唤藏在期待里的种子

黄昏，是谁的情愫

暮色微颤
雨留在风的眼眶
等你，等你乘着涂满余晖的小船
怕一眨眼
触了眼眶里的雨水
搁浅等你的夜晚

云，临近了幽暗
黑色的喙敲开罅隙
恋恋的流连，没人听见声息
心滑倒了，倾了一天空
碎成流星一样的飞坠
夏夜流溢的话语
泄漏掩藏在呼唤中的伤痛

幻象穿插黢黑的秘密
正用谎言
来轻视痛苦
为自己画了一条路
凝睇虚空
探测着黑暗的长度

宁静心灵

时间灌溉的切望没有到来
大江已然东去
心赤裸于愿望的痛苦
抄袭暮色迷离
悬念缄默，陷落梦的边缘

携宿命彷徨虚幻的荒境
蹑足痛苦走进华丽黄昏
刻名字于弹唱的风中

来年雨季赐予的断桥
谁又会从风的声音中挽臂而出
偶遇尘寰里随缘的禅意

春天·独白

风缱绻枝头，诠释捕风捉影
枝杈还拎着时间飞逝的沧桑
春天逾越渴着的青春
正赶来渲染图画中的独白

唤醒玫瑰遥远的幽香来驻足
梦以你形体孪生的样子
临摹这初年的花蕊
还原不绝的遐思

思念，怀想漂泊的秘密
从无法感知的神往
变出无数愿望
四面楚歌……而又绵绵相缠

春夜的远方

谁立在
失去黄昏的街巷
怀抱一湾放进风的水墨

以月移树影
蜿蜒奢望
以梦为马
乘风欲归

遥远，朦胧夜的方向
天河上，扬鞭催马的咏叹
沉落于仓颉传说

春夜远方——
不蔓延婵娟和谁心底
是千年难越的一梦黄粱

春之归

风蘸着二月流过的记忆
复现窗外，曾眺望的长烟
红尘里，未眠的雨巷
有人正手持你归家的诺言

雨露盈满尘封的乡思
以取悦少年的眸子
雕饰景州城内城外
姹紫嫣红
是连阡累陌的暗语吗？

夕阳怀着热望
游移一个风烟下的约会
蓬门似曾相识的幽径
在迎候如痴如醉的幻象
是延续传说故事吗？

门扉上的后影，水墨未干
蒹葭伊人——
以春风吹又生的偈语
去藏身——
春夏秋冬的花期

春天的惆怅

春天，腻软地
铺满复苏的红尘
芳心的秘密，被花海虚掩

月牙划开云朵
星辰触摸天空
露出夜的断层

一双眼睛睁开
另一个人的心
就张开翅膀，飞出来

话七夕

光阴斟满期待
春夏秋冬
在万物相依里轮回
就像今夜
霞烟中了暮色的埋伏
又点燃夏夜
照见说着悄悄话的牛郎织女

困惑的天空
悬着俗念牢笼里的呓语
纵然，鹊桥上的离愁
展翅愿望
高傲地坐地日行八万里
依然，天网恢恢，疏而不漏

然而，然而
暧昧和朦胧，遥在天外
都有星星的永恒
都有，触摸云朵的高度
秋夜，雨里……

流 年

流年，滑落时空的长廊
昔日，已然是湮灭了的流星
命运的灵魂，还醒着
叹息地合上过期的书册

哦，梦正从时光复原
伸出美幻的观音千手
牵引二十四节里的咏叹
一少年正为悬挂的文字
寻找支点

流年，哪里是一本书能盛下的啊
叮叮咛咛的天空
阳光、星星
还有一床
不羁的月光

青春忆

梦，来去都是轻的
曾以云游诗笺衍出的霞彩
诠释江江河水
映射黄昏来临时滔滔不绝的执迷

梦，掠过天隅
沿着已长过岁月的河岸
等着，等着
等迎亲的云帆
来俯吻抿成月牙的时空

等着月亮和星星都疲惫起来
等着悬空的谜底
飞向只剩白昼的远方
此刻，青春蜷缩
裸露在有塔的那个县城
成了心中的遗迹

秋夜雨

我心头的怀想
徐徐穿行时光
以风景，填补寂寞的四季
词汇漂泊
正轻蹑听梦里的文字

碎了的时间
铺成阶前忧伤的温柔
在离梦最近的地方
期待，被微醺的往事劫掠
溅起期期艾艾

阶下
逝水，不是流年
是同我一起流亡的倥偬
和青春里情愁的辙痕

春 雪

被温暖抚摸的文字
飘然迷离天际
缀满一地温柔
这是冬天最后的礼物

铺下家乡的春歌
变换出滚烫的情语
绽满眼下窗前的桃枝
撩起睡在枝上的柔媚
慢曳轻摇
吹醒你，抱着青春
一起在光阴里开花

春之咏

时间染上季节的颜色
馨香绕开牧歌的童年
雨里梦寐
穿越一段青春
化成对景州城的执迷

我留在梦外
离愁取走了故乡
被你眼神拥抱的守望
走出少年的歌谣
以赤裸的太阳和月亮
丹青一岁一枯荣的魅惑

花海里火烛迷幻
纷涌春潮，于景州城外还原
洗净奢望的童真，缠火
缠火的花，笑得很美
美得发甜，甜得……
惹是生非

春色·春水·春心

春天来了
又悠悠向北
留春潮荡荡
春色如花

江河开始躁动不安
期待晚霞的弥望里
含苞的爱情
妩媚降临
在期盼和呼唤延伸的黄昏
缚住温柔的愿望和容颜
去梦中缠绵

一个春心
萌情而至
向虚度的光阴
撒一张疏而不漏的天网
从传说喧腾的河水
打捞一季翘首以盼

旧岁新年之间

凝望着即将更新的时间
如望被囚禁的火焰
当她以流星的速度穿过守望
流年已是被岁月推入深处的钟声

而每个收到邀请的生命
必然要撑开时光的罅隙去蜕变
以春夏秋冬的惊喜和遥远
消磨睡眠成梦的形态
在黑暗中，赴一场场四季之约

你必须
在春天的岸边读懂命运
水天一色的倒影有时是深沉的黑暗
镜花水月只是穿过流年的球径

啊！想起家乡景县了
被点燃的春天，每年都在枝上燃着呼唤
东张西顾的不施脂粉
有时睡着梦着，有时清醒着想着
那里才是纺时光而以诗织锦的乐园
为信心，赢取一个个年轻的奇迹

夏日黄昏

天边有沙漏，不经意间，岁月荏苒
那时光已划过指尖，将梦带到远方
沧桑深处，那愿已半江瑟瑟半江红
想象带着文字，像流星划过悠远的轨道，苍凉远逝

某一时刻安静而久远的缱绻，怦然心动的瞬间
都散落在时光枝头，在未完的梦境蓦然回首
或不能言，或深刻悠长，或沦为远行的云烟
于风前月下，卖个梦想成真的破绽

心头最柔软而清宁纯澈的泪
将走失的时间藏在字里行间
让回忆，在心中闪烁寂静的光芒
纵然银河灿烂，容不下这悸动的微笑

那场梦，那喜欢，那愿望，那年初春的烟花雨
随时光流过指尖，微风细雨，不只是简单的触感
若可以，就让我一生都守着这种心情
于喧嚣的世界，祈祷明月不把清香吞噬

沉醉，听一首凄美的琴曲，心海中泛起粼粼的音符
莫不是风中的花瓣，心里的火囊，藏匿于婀娜的枝叶
随风荡漾，借月柔情脉脉
晃过的红影，随着夕阳的落幕，漫卷走过的情怀

恬静悠然的夜幕，飘荡一朵外来星

怂恿着人约黄昏的思念，浓郁而芬芳
余霞成绮笑叹红尘，也许是你，也许是我
去品味夏日的情调，去追寻夏日永恒的依托

我们都，一去不复返

暮 云

谁在大瓦窑的院落
种下一方裸臂的白杨
让蝉鸣招引玫瑰色的黄昏

风，饱蘸欲语的彩云
天空临摹出吸引你的画廊
黄昏依次地，依次地挂起盏盏星灯

七月过去了
相望的幽怀婆娑于八月的树影
等待，等待奇迹弹拨起星云上的音符

那时，每一瓣都吻吮这里的林籁泉韵
为此多情轻袅地磨得月亮铮亮
准备着，以月光和你交换目光

七夕吟

星宿辗转，天河浩瀚
我穿越少年的梦想
一穹旷远的烛焰
摇曳只只断线的文字
读出不眠的耳语

与雨季撞个满怀
辜负了留不住时间的满月
满月，从天河能捧出金风玉露吗？
纤云弄巧，藏匿隐喻
却不意垂下夜风
诱我欲赴倒影虚幻的佳期

啊！星汉何其寥廓
骤然，竟一片鹊起
是谁唤你？
我内心等待的声音
暗度银汉迢迢
心潮涌，已然漫过飞来的虹桥
天籁也掩不住，你最轻最轻的鼻息

春雪之别

天空
飘落失去质感的雪花
树枝伸出的白臂
缀满旧梦遗落的叮咛

我仍然要
纺整个北方的雪
月亮、白云和星星都织进去

给每寸纱都起一个名字
与缠绕双臂索爱的禅意一起
编成薄薄的梦翼
轻抚空虚的鼾声

哦，一顶春夜的白纱帐
贴上符咒
若一座迷离的空城
在鼾声中醒来
掀开寂寞
这是春梦里的裙角吗？
春天无题
从啃着月亮放你在心头起
飘泊，更要无畏无惧
谦卑咽不下月亮
孤影守望星星

谁是谁的邀约叩开的嫩绿
谁是谁追逐和膜拜的主题
我只想双臂长成你的形状
怀抱内，依然是妙龄的哑谜

微笑，是灵魂的慰藉
天火燃烧在地平线
海潮乳香虚构天空的婚床
邂逅春天，是香艳里的热吻
还是彼岸的谶语

花自飘零水自流

一种接触是晴空和云朵
隔着谁都说不清的远
每一次晚钟，按下微醺的夕阳

一种追逐，让月光
在每个农历的十五流动
走过的地方，温暖自言自语

一种沉默，是浸润悖论的理由
采摘语言
淡淡的幽思，朦胧的伤痕
潮湿而泥泞

一种安静，荒凉若雨
无牵无挂唤醒裸露的灵魂
触摸记忆，焚起心事的壁炉

在喜忧参半中
以盛装，赶去黄昏
烘热文字
也焐热忧伤

黄昏的幻觉

夕阳疲倦了
和山抱在一起
尽管山很高，海太远
我想你了
也特别想和你拥抱着爱情

夜色
撒给我一地寂寞
点燃万家灯火
我的迷茫滴起一个朝代的更漏
灵魂去流浪

孤独升起的地方
你低眉垂首
这向晚的风，漫卷
流云
和余晖共煮一碗温馨

灯光暗淡忧郁
我的妄念恣肆
我的爱恋，刮着风
看见你年轻的样子
和我的赤心
如梦似醒

秋 殇

落叶飘下
风里响起音乐
是不是每个秋天的天空
都拖着长长的句子
让人渴望
却又感荒谬

尘世敞开了窗子
连通天空的门廊
相望彼此
在那里和晨曦
一起从地平线弯曲地隆起

语言砌筑了教堂的屋顶
你把时间还给了石头
结霜的声音
从耳朵跌落到肩膀
又冻了心脏

赏 月

这个双节
我病了
厌倦了，甚至自己
就像小时候的夏天
流星匆匆
和怯怯的虫鸣吟怨

传说的中秋
是一个嘴馋的少年
流下的口水
至今，还凝结在草叶间
用中了魔咒的思念
等一个
隔着黄昏的倒影

夜月吟

养你于心
纵容
以梦为马
白驹过隙
无痕

忘记来路
花开花落
只要
有温情脉脉

一霎千年
倘若你来
我会轻轻
掸尽浮尘
只留今晚

秋夜浓

想你成为习惯
把文字埋到身体里
长出了好多诱人的花
看一眼，就会落下想你的种子

十月的昌平好冷
连着深秋漫上来的心事
如夜色挡不住
你含笑的眼睛如夜空闪亮的星星
缀满我的心幕

就像那晚河岸里的灯影
一阵惊喜，一身叹息
你在灯影里浓成一首诗
字字在夜空燃起火
热烈也冷静

杨树上

想你时把寂寞
挂在窗前的杨树上
数着一叶一叶的春天
来秋风里飘零

我等着你
因为
你的眼睛
就长在杨树上

等春天来了
枝条会再生好多喜悦
尽管，有多少叶子
就有多少寂寞
我也等待下去

等到叶子
落下最后一片
就像现在
只剩你的眼睛

不奢望了

早晨
栩栩如生
五线谱
奔跑的阳光
落叶
音符正独步

忽远忽近
沾满心事
拳拳
安静而跃然

不奢望了
打开书
满眼
都是文字
执念再无

难道尘缘
之解
如此?

白露日记

秋天很蓝很蓝
真的只剩蓝
今夜
城市又一次用晴朗抚摸大地
丰收还是灾荒
在这里不是掠夺也不是赠与

我的孤独
如遥远的戈壁
真的只是戈壁
那里
风不会席卷到流云
也不见雨水抒情

我的两手
只剩荒凉的痴恋
喜欢、高傲以及幻想
都凋谢成美丽的虚妄
流浪在秋天

我的怀中
紧抱着想你的泪滴
这是从我身体里
流出的疼痛
我怕冬天太冷
阳光也会结冰

摆　渡

早晨
湿漉漉的
浣洗过的长夜
凝结成草间珠样的眸子
留下天上人间的往事

我坐在日光里
追赶坚守的执拗
路的尽头
云泫然从梦里
摆渡来你的名字
你和诗
你一定忘了
或者
压根不知道
初见你
我是第一次与自己失散
才想写诗

在唐诗宋词的遗墟上
慢慢复活
浪漫的时光
相思无词
眉间露

胸中的火焰

却为疼痛与虚伪

焚身

而让理性无损

精致到标点符号

然后

交给命运

随　遇

秋天正走来
我感到了孤独
窗外很黑
北风呼啸
朝我伸出冰冷的手

大瓦窑的秋天在那
风的貌相
让叶子惊魂
树枝有骨折的声音

捡起一枚树叶
仿佛，它要对我说什么
像初见时
你的表情
只是，它没流泪

秋　别

笑容温婉
暖了我额前的怠倦
那个少年
正沉浸在你如潭的眼眸中
月亮里落满星光

你温暖的手
紧紧抓住我的影子
而我的眼神
却在每个角落
寻找自己

已是秋风红叶
猛然想起诗意
我还能不能
将此别情依依
译作深情的语言
酸涩而怅然

第五个季节

秋天来了
大雁飞起来
比秋爽还高

冬天来了
雪花飞起来
比流云还白

春天来了
玫瑰飞起来
比年华蔓延的花红柳绿鲜艳纷繁

夏天来了
心事飞起来
凝露的声音结在青青的草尖

你来了
适我愿兮惊现第五个季节
心事栖在眉间，等你驶来的船

秋 天

秋天弯下腰后
倦怠将一切都变得遥远
歌声和笔描画出微笑
开始唱起对一个人的思念

光芒合眼睡觉
影子在黑暗里被拉长
惊喜不再是星光、月色和日光
还有一份眷恋

大瓦窑的树正梦里酣睡
守着秋寒里一页页稿纸
如衔着未开花的果实
却已不再是一本书
也没了开卷的意义

落叶一片又一片飘落
蔓延年华的纸笺
枝条赤裸裸的
仍在谈论人生和命运

看着院子里学步的幼儿
一股暖流填平皱纹
我又拿起了笔

秋　歌

秋被谁划伤
流出雨的液体
渗漏滚滚寒流

孤独
冷得睡着了
梦中
牵手情人

树被吻醒
开出花的翅膀
一片一片
飘落凄美
泛起失意

秘语
念出一个人的名字
洒落漫山遍野的相思

一阵风吹散夏季烈日
跌倒了眼神
也模糊了街巷

往事深埋心底
痴迷
荒凉和柔软
不说，我爱你

秋叶飘零

秋天轻轻地
打开炫彩而诱慕的身体
很可能在背后
就是个温婉的女人

到处都有缤纷叶落
季节把想念
隐藏在那架古筝里
无人弹拨

渴望被藏得很深
不被她的眼神绊倒
怕摔破碎
残缺又那么地渴望完整

晚　秋

树信了
一夜秋风的谎言
没有鸟叫的清晨
783号的大瓦窑
已是杨树叶的隔世

女神的故事
结束了
又一个暮色里
鸟笛栖枝头
与站在悬崖的太阳
对望

许多星星
从枝丫间
漏下来
只有一个眼神
燃烧，又飘忽不定

雨
——夜雨，寄思港城海滨

是思念落花流水
飘落
有一滴
就有一次
弄湿了夏季
丰富了生活，也感知了世界

一举一动
心潮起伏
海边的雨
永没有滴完的一天
如相思，无止境

黄昏之殇

黄昏
我坐在角落
假如地球继续转动
我将跌入黑夜
该选择
随地球跌进黑夜
还是赶紧
跑向相反

还好
夜里大家都一样
星星也流泪
月亮有悲怆
闭上眼睛
能看见你的温暖美丽
可没人知道
你将我灼伤

夏之悟

若在雨中，感觉处在虚实间
雨，便是使者
以红尘的承诺
寻觅传说里的歌谣

恰逢歌谣里的少年
在伞下匆匆走过
那时，雨正是伞的忧愁
伞是雨的归宿

秋天来了
一切都留在草下
尘归尘，土归土
名字归名字
骷髅归骷髅

花好夜月圆

你目不转睛地走来
每一枚熟悉的树叶
每一片陌生的云彩
甚至连空气
都像在恋爱

结一张网
网住时光
打每一个结
记你每次回眸

捞一网
银河的星星
以火焰
和你眼睛通灵

采一轮水月
你绯红的脸庞
和梦，一起入诗行

雨中邂逅

雨，温婉的声音
缓缓
浸湿了千年的刹那

落花里流水
感动时光蜕变
慢慢品出滴不尽的答案

轻抚琴弦上你的身影
和旋律一起走进悲喜
旋律幻醉，可难留芳时

以梦为马
当一回自负的少年
你是偶然的雨
谁，又是雨中的偶然呢？

雨　季

充满偶然的雨季里
快乐与哀愁都没踪迹
我也是，把悲伤碾碎一地
梦也不幸地
成为长夜一杯茶

而另一个我
已悄然分离出失去和拥有
而从传说中出来
给你感受人间烟火

一个我
雨天里继续寻找
远古的情愁
却不再感觉疼痛

春天泊着相思

冬季的风是从陆地吹向海洋
你身背大海，眼睛凝固了掠风的时光
意犹未尽的细语遁入跌宕的音符
鸽子窝、碧螺塔、孤独图书馆和海的乐声都飘然而泊
光雕璀璨，孵着韶华里绯红的文字
破壳而出的晨曦上长满火烧云般的梦寐

光影定格冬季，时光瞬然无踪无迹
沙滩、海浪、你却绵绵相缠成书
线装的比童话还美，让人夜不能寐
我无法驱赶自己
颂唱着成佛的偈语而瞒天过海

春天被歌的缆绳系着
泊在相思里，正被梦追赶

黄　昏

黄昏了
火烧云
在夕阳上面摇曳
心被点燃，出来
健硕的腹肌上攀缘

你蝉翼般的余辉
只要望你一眼
那悠悠的绚烂
就成为你永恒的记忆

原来，晚霞
如此美丽

墙下的月季

若能把心事
开在墙边的月季花里
花瓣必然是绽得更艳了
那时，我居在叶子里
每一朵花瓣
都是闪着眼睛的诗

若你驻足花前，那脸色最红的
就是心怀梦想的我
唯你，才能伸进手去
感知梦的深度
和在你手里的体温

傍晚的院落

我奔向你的方向
流浪
远处的云
像被抚慰的幼崽
树的影，像风
穿过了不经意的年轮
幽静的院落
一颗沧桑的心
守候在岁月里

今晚，独念你的时刻
我要去炒一盘文字
喝一顿烈酒
然后去
暧昧的另一面投宿
是会按时醒来
还是会病了呢?

时光一季

想好了，不再写诗
月光就把秋叶收割了
窗前那棵树还在
枝丫是蓝天的骨

风吹起来
梢间的回音
恰似你在时对我喊出的爱
夏种好，似乎也不沉默这冬

翻过的诗笺
是生命一季中时光流过
任何什么，也泯不掉你的印迹
风又来了，我禁不住开始写诗

时　光

每天，太阳都和杨树一起升起
呼唤从身体里长出来的叶子

眼看着，秋天的盆景碎了
连最后一枚叶子
也与风结伴散为随缘的美丽

眼看着，雪天大瓦窑的树上
结满不施脂粉的童话
守护着岁月宁静

眼看着，盛装的黄昏喝醉了
灯光照亮情侣的影子
呼唤一个个流着水的名字

你若安好，便是春天

春天年年回归
太阳出来时
像收到岁月云游带来了消息
幻象永远潜藏在扉页

好雨知时节
也有阴晴不定的惋惜
鸟语声喧清晨
风的凉是夜晚的记忆吗？

天空里
神仙赶路
他们脚踩星辰
从相思桥跨过

等着
用体温暖化露宿青藏高原的语言
濡湿赤裸的无忌
来丰满夏季的甜柔

以相思
宽解不愿离去的记忆
人约黄昏后，站在月下灯前的依旧是那少年
眼睛流盼，盈满摇曳的灯火
天黑后
燃烧出一朵朵漩涡

茶香余韵

从茶香掉进孤伶
又被早晨的声唤捞起
窗前人流不息
沁香不远的浓酽里

走来晨曦
在寂寞里落下
又从热闹里升起

又将绕过庭前
留我在期待的暗夜里
静静地，想你

注：夜与友聚，饮龙城所购茉莉，茶香浓酽，客走已晚，辗转难寐。今晨醒来，友电话相约，言茶不错，今夜还来。遂感于茶香，而发。

大寒之雪

秘密地，你走了一夜
找到数着时间等你的人
隐瞒在雪蕾里的执迷
是旧岁的你知我知
痴情的哑语

冬雪，雪冬，小大寒
上苍泼万念成雪
轮回水的归宿
散落一地的沧桑
裱褙上搁在案头的，是梦的替身
分娩一个来年
依然，托付给你

燕归来

窗子在等你归来
一颗天真的心
做成笛子
吹奏立誓终身的奇妙之音

春天正来招人
姹紫嫣红
山有愁，水有哀
就差你俯瞰野花朵朵的语言

记忆角落的蓬门
打开曾相识的情愁
熟悉而陌生的门扉
每一户都是翔在云端的往事
空洞地迎候一季爱情

夜 歌

独自喝下今晚的夜色
吐出星星
点亮与春天私语的街灯
此刻，眼睛与黑暗连成一片

流星不再流浪
孤独不再隐藏你的姓名
我将月光和时光打结在一起
日出日落是他们交媾的记录

我要乘酒的醇浓
以梦为舟
为镜中的水花
去支付一春潮烟水

……

抚摸被酒烫热的自己
却仍处于夜的门外
然而，我的心、身体、脸
都以你为舞台
我是演员也是唯一的观众

情话随笔

夜风，忽然飘来
你的名字
闪烁在街灯里
有你的身影
我用深情的目光
凝视移动的你
牵挂遣散了宁静
甘为首疾的落寞
紧裹灼热的虔诚
蜷缩在街角
品着孤寂的凄冷
颤抖着
忧愁，悄然栖上夜空

秋天的树叶

秋风流在尘寰
无声地飘着——
时间缝制的饰物
流浪或被放逐
聚扰回眸的忧愁

软绵绵地
涂满错落的季节
之后
你便是
捧在手里
悬在天上月亮的颜色
秋天，月亮，星星
十月的团圆

天空对夕阳说
月亮怀了秋天的孩子
夕阳说，那怎么办呢？想个法子才行
于是，云靠在天边
搭起了一个黄昏

月亮肚子瘪下去了
生出一天空的星星

再无了秋天的影踪

流星似有清晰的呼声
那是月亮的婴儿
裸在冷风中，陨落

青春，寄语

我为你祝福
并将痴恋告诉日月星辰
让歌声带着纸和笔杆
飞向春夏秋冬
绘成梦里相送的河流

水花泛起无法触及的梦想
展着翅膀，打开雾中的海市蜃楼
在田野等初晴的天空，聆听梦吟
那路口久久伫立微笑的眼神

从传说里泛起潮音
依然一往情深
无法企及的文字
叩问着朝圣的青春

春之来

说好了
正月不再流浪
冰雪开始融化

盛满一秒一分，融融暖意
汇流公园湖里柔和的光环
和草地上太阳的光芒

读二十四节气歌
停顿，芬芳泛滥的起点
你的梵音、你的情义、你的燃烧……
我怯懦，而试想侧身而过

又哪里舍得
这温暖的晚风轻抚
何时成了你血脉里的文字
竟已开始读你，轮回中再版的书

春天的歌

春光，哗然
惊了你温婉的眸子
羞红的脸，燃起
玉兰树上的火焰
稔熟了年龄
这刻，玉兰花开

一声，一声，轻唤
太阳
每天从心出发
寻你，让我嘴角上扬的理由
等你，就是
不停地复活
再不停地去轮回

一杯茶的咏叹

我坚信
你就在杯中
就像你的微笑
留在我心里
哦！月光样的微笑
带给我璀璨的星空

水啊，纯澈又善良
眨着风物的眼睛
茶啊，韵清而茗浓
婉柔了灵动的诗情
那么，透明的杯子呢?
那是满怀深情的信封

故事才刚刚开始
是饮进醇厚
还是回味甘凝
那朵开在水上的茉莉
默声不响地依恋着——
一份年少的纯情

黄昏咏叹

蕴藏许多温度的风语
忘记是从什么时候
撩开天边的黄昏

早有一个名字
荡过那一床晚霞
逶迤小桥人家的虚茫

点起一盏盏灯火
以光影交拥袒露的诱惑
支起绫罗帐

是一弯弦月，勾起了水墨
悠悠云烟褪色，陷落
开始织架春梦的补网

雪的咏悟

匆匆地高扬着
瞬间的光辉
忘掉
无尽的孤寂
爱情
成为天穹一瓣瓣
绽透云雾的飞翼
扑在恋人的脸上
是泪一般地相思

幽暗里
将执念
零落成恋人
声声叹息
终化作
疲惫的呜咽
在寒冷的冬床上
入睡
而又孤独地
做了一个白色的梦

就这样

来自一个

遥远的寂寞的地方

铺开洁白羽绒

打开恋人的

祝福

又寂寞地

无影无踪

留给诗人无尽的情愁

雪·咏叹

雪花
你是恋人
你是我的文字
我诗歌里的韵律
你也在吟诵吗?
你用你的无声
覆盖夜的忧愁

你踏进了她的窗
和别人的梦
你一枚一枚的故事
在她泪间消融
变幻出白色的沙漠
在街灯中孤独

雪二首

雪的情思

掠过深空
轻轻地，带着情愁
展开飞翼
一片一片
落在五线谱上
冰冷了
拨弦的指头
和恋人的相思

想见你

飞舞
展开羽翅
奔着清幽之处
放飞自己

你这小小的蝴蝶
裱白了世界
却欢喜将寂寞打开

小寒咏情

谁家姑娘
小寒的季节
洒下了天上的雨
绽放晶莹的花
缀成满树的絮

絮的情思
是梦
之后又被温暖地
摇落了树的爱情

起风的时候
枝上裹着透明的忧愁
今宵你梦正酣
月亮就顺风驶入你的梦中

寒流来了
谁乘坐月亮小船
冻结在你的梦里呢

漫 步
——于北京冬奥公园

黄昏隔着夜灯的锦绣
在滑落一夜火焰的地方
那是一枚叶子落在诗人手里

别再以飘着回音的颜色
向我复燃罩着面纱的红颜
晚霞是黄昏舍不得的隘口

等月亮陷落迷离的夜色
灯光背后依旧醒着今晚
浑然的奥运村仍然是梦外的话题

树影婆娑握不住风轻的耳语
我晃动黄栌簌簌，落下一个人的名字
竟然，面对的是丹青挥不去的情愁

春来时

雪藏起冬天，久了
春来时，也不见料峭的踪影
花香是有梦的，开始也是轻飘飘的
那时，你还睡在未醒的晨曦里

有一天，你忽然穿着朝霞
骑着晨曦来了
我尽饮，那个早晨踏破天空的柔曼
你透明的微笑，变红变暖
青青地，蔓延着春天的眷恋

人生长恨水长东

春时，想去南方
让北方春节落于扑面的慰藉
我想听，风穿过帆影嬉逐异乡的陌生

时光是崭新的，时时怀有童真
我以燃烧着渴望切好方方正正的一块，送给自己
将雨季、海潮和候鸟以及奇遇——
甚至艳遇，都冰碛于时间

阖上眼睛，念着他们
打开一年又一年的梦域，而今
快要将早晨的怯意读作夕阳的慵懒了

银河的传说

夜空是海
无际无边
星星是海的眼睛
在闪

天空
银河的图案
牛郎这边
织女那边

谁的眼睛
都是船
停在银河岸
等着怨女痴男

几千年了
有谁
没有上过船

怨遥夜

——写在七夕前

亳州望北，星星开窗向你
夜色渗进清冷，偎依早秋
叶子斟满星星微颤的短语

终是今夜，还没有神话的主角
等在逆风的永恒或者瞬间
时间之外，一定有空疏的月圆

轻拂银汉伸延沉夜的流水
潺湲尘寰，发出空洞的嘘息
今夜萤火，是涡河醒着的寂寥

踏响门前娇嗔的雨季
回首向来萧瑟处
归去，愀然交拥燃烧的空虚

夕阳吻了白云

夕阳
偷吻了白云
然后
胆怯逃遁了

白云
窘红了脸
怔怔地
等着星星来接

风里传来婴儿的啼哭

思念在天空飘浮
星星是你的凝眸
轻轻滑落的流星
黏着天上的泥土

遥远的山后
流星在那里扎根
一朵神秘的花
绽放在心灵深处

飘着淡淡花香的季节
落花的声音是美丽的音符
含着如烟的怀念
风里传来婴儿的啼哭

夜风吹来可怕的迷茫

夜是无眠里
无边的海
你的眼睛
比夜还长

思念
在空虚里游荡
直到星星
偷偷埋葬了月亮

我想截断
银河的水流
冲刷掉
忧郁和忧伤

夜风吹来
可怕的迷茫

早　晨

是你把我
从梦里的家门推出
我只顾看着
地平线的双唇
你吹着美丽圆球

直到它
刺痛眼睛
你却在我
不经意时
悄然而走

残秋即景

告别秋天
最后的寒凉
渺远的无奈
肃杀幽茫

结着霜花的遗梦
谁，仍然等待
薄淡的浮纱
有纤纤的柔腕
去绕指秋水天长

鸟儿在树上
生命的榻前坚守着
摇摇欲坠的希望

邂　逅

你的目光
溢满张力
自己怦然心动
听见你眼神呼吸

灵感潺湲清韵
合唱光亮色彩
灿烂光润成熟
尽显造物赐你的恩宠

哦！何处能飘来风
散我缭绕芳馨的萌动
你是海神儿女
你有海的呼唤
拥属大潮
和那轮转动白昼的晨曦

终于，那些幻影
沉默着飘去
掠起了彩蝶
诞下无帆的空虚

落寞
在天空盘旋
一个美丽的眷念
长在星星太阳月亮间

茶　味

沾了凝露的眼睛
眨一下，心里
让我记住
茶香那缕

寂寞地仰望
你的方向
心，随风
去你那里
眼睛，常常隐藏在
我的黑暗里

杯中花香青绿
茶和水和我还有茉莉
都是标点文字
真正的诗人是你
每杯茶里
都漂浮游弋

青春，延伸的记忆

每天夜里都有一个梦
你在梦里等我
我总是笨拙地穿越到最美的时刻
而又刹那间忘记了回来的路径

孤独的日子，日夜不停
朝着自己的泪奔去
等着星星睁开眼睛
看你在天空的池塘沐浴

一直想有双真诚的眼睛
发出柔光，包围你
建一个数据中心，贮藏你的芬芳
盛下关于你的幽香

青春燃烧的战栗
转换成神赐予永恒的魂
魂体里的胎儿蠕动着柔软的翅膀
每天夜里，回望青春与你的窗前

追 逐

星星转动柔情
月光刺痛眼睛
冬天的风吹着
绷紧心跳的神经

慢慢抬起头
看见你温暖的眼睛
我在凝冰的河面出发
感谢你，也感谢寒冷

甘愿接受你给我
一个遥远的空间
追寻晨曦边
那个春日的花园

又越过春夏
找到果园中的那个苹果
它是你温柔的眼睛
还是你幽怨的静默

我绝不是只为这个苹果
你圆润的手臂和肢体呢
在暮色苍茫的果园里
每一片晚霞，都在燃烧自己

冬天，回到出发的地方
没有你的眼睛
只有凝冰的河面
原来轮回也是不能的骗局

城墙·情思

感谢古人留下残垣
在这孤独的脚下
给情思留个角落栖息
远古的时候，是否也有
像今天的你和我

其实，古代没有多远
就是这看在眼里的
一个古老而单调的厚度
我无数只眼睛
就在城墙、这树、这河
在远处随着你的眸子闪烁

而我却蓦然从那个时代
穿越而来，好像
那时就说好，你在这里等我
然而，最遥远的距离
却是你懂我的来意
却缄默不语

我想说，若能一寐千年
让绯色的朦胧化为清晰
我要带着此时此刻，带着城墙和你

雪的情思

小时候雪落了，老人说
那是白色飞鸟的羽毛
谁若攒够了
谁就会在春天看到

那时我开始攒雪花
在一场又一场雪里
复生一次又一次希望
直到雨湮灭了记忆和想象

老人后来告诉我
因为谁都攒不下羽毛
所以没谁等来那只鸟

我信，只要有雪
就一定有
白色的飞鸟在天上

就像一定有一个
在哪等你的她

咏 雪

缠绵在枝
原来你也梦萦着
夏天的幻影

一不留心
你就分散随风
雪糁打在脸上
孕起一个朦胧

你真像她，清凉地
掠过我面颊
从此，在我心里住着个人

我心里烫了酒
脸上泛着红

览清明上河图

纸水悠悠韶光难留
青葱依依不舍画楼
院里思情稔熟成独
当是谁家朱颜
黄昏里茶盏把酒

更有潇潇夜雨
雨点个个数清愁
斜倚西窗
轻泪阑干
画里幽

一怀正解忧
蓦然回首
一袭花香月润
袅袅栖到心上头

你，圣诞夜

黑夜正寂静地
走近愿望
星星来的时候
我凝视着你

你围绕月影
轻轻落下
你又凝思花叶
悄悄飞起

孤独里的记忆
刷新沉迷
虔诚的心
跳着挽留的低语

在黎明的弄巷里
圣诞老人
数着星星
计算离去的时间

雪之梦

剪着窗花、柳絮的夜
蝴蝶和星星飞入你梦里
守着一夜孤灯
挥不去情愁
落一地黯然神伤

梦是白色的故乡
雪魂在这里飞翔
是季节失去的年华
展开花朵的绒翅
回到出生的地方

恰逢你年轻的夜晚
滴着花的凝香
摊一片银白的纸张
你执一枝清愁
地上写下缱绻的诗行

雪·咏

下雪的时候
天已暮，雪漫舞，
你说有花的香味
你说有絮的温柔

雪映星辰
月落个凝眸
一潭流水悠悠
风花雪月
你才是含蕴奇幻的画轴

一阶落花
漫天音符
谁设局这迷离锦绣
你是进出乐声的五线谱
哪里才是乐章的开头

是纯洁的乐园吗？
纯洁地，这么荒芜
又似隐隐的思念
缥缈在梦土
却置于寂寞的路途

年　华

碧海青天的星星
是失眠了的渔火
唏嘘的灯光里
一缕迷漫红尘的烟色
你和我穿越在这里
凝视故事里的繁华

若此时风起
你必是长画里
传唱的歌谣
在响彻云霄的啼声中
呱呱坠地
慰藉我的心

我俯视你今晚的笑容
伸手可及的光线里
触摸花瓣
你的样子
早化作文字
写成诗的韵律、歌的节拍
和律动的心跳
都记录在清明上河图的年华中

春天里

我躺在春天的河床上
听雪融化的水
和所有的鸟
啼唱你的名字

你眼睛眨着
如同微笑迈起轻快的脚步
你笑着
是盛满声音的水墨动图

我把掠起的秘密
藏在水的最深处
任汩汩而来的月光
流进我的书屋

用秘密和月光
绘满纸鸟语花香
交给你
刺绣成大地锦绣图

雨之情逝

她掩窗的灯光
荡舞 荡舞
雨丝的流苏
慢慢地
慢慢地沁凉
火，繁衍的诗标题

咸咸地怅惘
奄奄一息
伤感
碎了一地
夜相思
星辰流转
不敢看天
怕又想起
夜，不能眠

风起
簌簌花叶间
一叶一声一寸念
吹来相思绪万千
结缘，可否？

花　韵

城里，玉兰花开了
嫣韵低首，悄无声息
香浓徐徐，相约街巷
灿烂得如有轻唤——
盛放于光焰，暖阳

渴望，深吸一口惊喜
血液里春潮渐喧
遐思悠悠，呢喃轻吟
似有歌声暗约琴心
蔓延音调于空旷的天籁

春光溢满幻影
绚丽一道深不可测的芳踪
有个约会，人花相映
等你分身
又，等你启程

那　晚

捧起河畔的灯影
如抚摸
很深很远的镜子
你的笑
像河里的沉鱼

读你
感受
灸烫的温度
潜泳下去
湿透了
由远及近的渴望
在沙滩上
你举起漫过海潮的手
虚掩远天
却拎出
一海碧蓝的文字

那原本是握住光的形质
勾勒出
千年不朽的笔画
挡日月星辰
于迷漫的烟雨之外

是谁一声轻唤
唤出一条小径
有人沿此
走入画中

我，来了

我来了
给你带了诗集和文字
沙滩就在脚下
长生不老的码头前
海，不过是一片沼泽

日月星辰
斗转
并没发现
你倚栏等我
或者，你情怯
称我为兄
而烟霞四起地
藏起拍岸的温柔

所有海市蜃楼
盛然捧着
最安静的夕阳
是梦缘的模仿吗
云铺的天街
看到了你在翘首

孵化月亮

你绚丽是
昔日瞳子的抽象
一尘不染
从传说中来

无声地汇集
纯净的文字
溢出一轮
皎然的月亮

于是，我一直
拥抱着天空
用心暖热
月亮里的呢语

愿月圆过后
孵出的每颗星星
都闪动光影
落入你的眼睛

旧岁·送别

是一团团往事吗
走过整年的回音
此刻犹然记得
迷雾样的漩涡
一朵一朵踏着轻漾的湖
失落一册没读完的书

树的影，云的帆
疲倦地移过灯火阑珊
寂寞含住微笑
揉出年少的泪
滴在古筝上的雨丝
铿锵调出寒雪的酒香

夜幽蓝而空旷
隐去失踪的牛郎
酒宴挤满鹊桥的河床
风的乡音未改
轻摇回乡的船儿

我偷觑来年的春望
以白日放歌须纵酒
撞进桃花不知何处的率性
擦出一身火一样的荒谬
变换漂泊的方向

秋天的希望

寒冷在傍晚颤动
冻伤青山
风正暗自埋伏
掳走叶子

请你不要流泪
就让窗子敞开
给你天空做白色的纸
给你夕阳做笔墨
等流星穿过寂静
温暖吐出新芽

那时我的思念依旧完整
尽管花开千树
枝上长满诺言
我的诗句依然穿过你唇齿
站在天空下
抚摸你的温柔
留住春天和你

心　仪

新一年的春节
像一场雪花
落了满阶痴念
天空，是写在
二十四节气里的凭依

我要大摇大摆地
和期待核对一下时间
以后所有的日子
都贴上瑰艳铺缀的标签

枕着一个春深似海的北方
等待你，踩着雨季归泊
一个太阳，一个月亮，数着
一直数到，流星积攒下一个夏天的水量

诗歌篇

蒹葭之苍

你·大海·我·诗集

海漾起遐想
你是海滩上
卷着白衣撒娇的浪花

你浸透我一水烟雨
仿若赠一函
玉壶藏冰的珍本诗集

你从诗集里穿越而来
我在缥缈的古香里吟你

我捧着心和灵魂
谛听海的言语
梦你的时间滴穿斗转星移

静寂的浪花，汹涌的潮汐
就如我和你和诗集
大海，都在一起

你是谁
谁，才应该是你
在这里不需要定义

我只是深陷在诗集里的倒影
一泓流水，那个远古秘密

爱情，烧着相思几万里

秋天卧在草色灿光里
月亮接引我
以身后一条梦的长廊

且慢，我真的还不能
带着惋惜循秋而去
要让月光
流进我的眼睛
从无路的轮回
结出春夏秋冬的种子
长成霞光里的少年
和星光里你的名字
以这片金黄
繁衍满天星星做我们的婴儿

我梦见
光阴年轻了好几个世纪
我梦见
爱情，烧着相思
……好几万里

读 你

今夜览你歌唱翅膀的博文
在那个城市的拐角看见飞翔的心跳
我把你梦的瓦片翻开
你嘴角依偎在从眼角传递来的笑容

遥迢的夜空燃了月亮
迸发的火花熔进柔曼
我飞起来，将手插进夜空
布撒漫天梦魂日夜萦系的星星

星空的深处
你一双眼睛正睡在纯净的水里
潮涨潮落中渗透出诗歌的冥思
紧紧缠绕，星光裹着的衣襟

我心抖翼盘旋，如沉落的流星
划过春寒里的冷暗
涉过隔起你我的银河
终于悟出你写在诗里的谶语

劳心悄兮

我仰躺
时光的断层
每条通向花香的隧道
都能瞥见
你举着火把的温婉

你的眼神
正踩着春天
你的脚印
靠近我
再靠近一点
便会点燃枝上的期待
去燃烧文字的火焰

我悄然
向春天迷漫的烟雨
撒下轻唤的歌谣
红尘上流过
呼吸的声音
充满花朵的梦
待要分娩的机缘
孕在
春天的身体里

清扬婉兮

我的恋人
你的目光是软的
心是暖的
你的柔情
会将冰川化为水

其实
你只是还原了
流动的血液
我的心里
见到你的那刻
回流的是泪水

那泪水
却也被你的目光
吸走
只让诗歌的森林
摇曳春色染过的火烛

幸好
你携带星辰
潮涨，你驶入我的胸怀
你无声
又无须诠释的温柔
正涟漪般展开

我的心
一醉千年
跑到身体之外
去做了
你的守护者

萌情心

我的心跳和手指
正敲动着键盘
你能听见声音吗

中指、拇指、无名指
空气里都能
看出你的名字

你是否
能感到我的心跳
正山一程和水一程呢

走着，走着
就能看见
你从参破的情禅出来
踩着我的情不自禁
让我
心旌摇曳

少年歌谣

我用春天
洒下整个北方的红艳
就为拥抱爱情与幻想私奔

我用春天
撩起风中泼墨成画的轻烟
就为你在暮晚的火烧云中飘然而至

我用春天
从海滩落霞取一只雁阵叫彻的夕晖
就为让害着相思的红尘触摸你影子的寂寞

我用春天
俯吻你青春如许的剪水双瞳
就为你眸子里摇曳着的那首少年歌谣

恋 爱

月亮很美
你和月亮相比
你更美

星星很美
你和星星相比
你最美

春夏秋冬很美
有你的季节
好美

看花很美
看草很美
看你真美

七 夕

到秋天才知道一无所有
但到哪儿都是想你
下雨的时候
起风的时候
神经过敏又执迷不悟

有很多你的表情
我种植在身体里
但不会让它发芽来慰藉秋天
我将小心翼翼地交给喜鹊
在迢迢银汉放弃时间
上钩
灯光亮起
你是我最近的剪影
火焰燃起
归航的云
载着带心事的情书

傍晚的码头
缘，不会落幕
关于海的日与夜
悄悄许下心愿
鱼儿鱼儿快上钩

最终
我的愿望成为鱼儿
等你来下鱼钩……

天上掉下个你

猛然间
天上掉下个你
心，泊在你通灵的眼神
连接太阳和月亮了

闭目
被星星系着
寻找
天河藏匿的答案
看花
过敏的季节
念你
去看花
你却不在画中

只在风里跑着
你的声音
凝集花香
穿透心脏

花瓣间
被吻红了的脸，那么羞涩
燃着了替身
我真妒忌
蝴蝶的唇

雪夜·离情

无眠是夜空里
纷飞的雪
和波动的情愁

你展开一幅白色的画卷
远眺归路的蛮荒
轻抹拟不尽的标题

胸中的雪
缀满长夜的孤独
与念结伴，孕着桃花的心

致我的女神

你的色彩无穷变幻
轻柔的温软
流过我的血管
穿过心脏
也穿过时钟的间隙
洞悉季节的嬗变
惊醒睡梦里的情幻

我把诗写满每个春天
一笔一画都缀上花环
绚烂挤满枝头
鸟儿敬献我的果园，在为你起舞
我缠绵的相思
摘下熟透的李子
甜蜜地接住你的亲吻

看着你

看着你
就是一份无尽的思念
就像时光里
重现
被谁偷走的歌

每天为你写诗
都是心和你
约会
方块字的誓言中
笔画盛开鲜花般的词汇
真的好像
触摸到了你的脸颊

看着你
就有一大堆灿烂文字
正自迷途飘零的段落间
开始在你眼神里梦游
灵魂幻影的映照里
最让人动容的
就是这一动不动的眼神

能听到
带着你体温
敏感而温柔的声音

海之恋语

六月的风筝
牵着港城外的青山
你伸手按下
每一次晚钟里
微醺的夕阳

一种思念
来自月光流出的梦呓
每个农历的月份
都会在月圆月缺的晚上
自言自语

梦里雨露浸润的青山
走出清晨的人群
啾啾有声，是鸟儿在吟咏
那一页一页的诗集
却放在夕阳的居所

我便以盛装赶去黄昏
那时，海的缄默
裸露着诗句里的焰火
悄然焚起倚在港湾的壁炉
烘热了文字，也烘热了肉体

结局的意义

悬着秋云的天
涂着很多色彩
手上的玫瑰
灵魂依然热气腾腾

仍有许多迷惑
夹杂着雨味的怀想
五彩缤纷的不是花海不是梦
是时间里受挫的星

渺小的是你是我
却都是时间的礼物
相遇不一定是结局
而结局一定会有意义

云之叹

你是春天的歌谣
变幻的花开
在纸上飘
牵着
心里孵化的絮
纺出长长的雨丝

雨中
我徒然
呼唤你的名字
唉！有什么
比想你
纺得更长呢?
那一端的终点
在你心里

海滨·思情

掬沙成心
思念——
来去，脚下，千帆外

大海
线装的传说
风翻起
春天的章节

浪花里
泛起
你行行告白

却涌进
索吻的沙滩
戛然而逝

看见
人群里
你的背影
在不经意间

回眸
你早匿于
淡淡的云端

思念
是鱼缸里
孤独的鱼

逸游
而自怜

缘 起

题记：游清明上河园

你悄悄地和我来到这里的时候
我有了最美丽的梦
我听见了风
弹拨星星的声音
星光璀璨的
像你看着远方的眼睛
风轻柔
敲着梦的恋曲

灯火
照亮你脸颊上的绯红
你伶俐轻盈地飞起飞落
灯光渲染的幽暗、灿烂和寂寞
才情和诗意
拖曳着梦想

地，在颤抖
天，也在燃烧
我立在灯光无力照到的河岸
看见桥上的你
似一朵涂上霓彩的花亭亭玉立
席地的影子
如一枝一叶的我

你轻转诱魅的侧影
此时的我
正想在永恒中去抱紧你

眸

春水
潺湲，清凌凌
漾着最温婉的柔波

滴结
溜溜眨动的凝露

我的心是那枚
撑伞的绿荷
已等你
很久

雪·远方的你

摇落雪花的
是无形的风
就有看不到的手
抚摸着诗中的文字
或是梦里的星星
飘在迷离的天际
坠落满地温柔

静静地
看着雪花带来
你眸子里的微笑
含了那个城市全部
沾满花蜜的甜馨

将流滴的私语
绽满窗前的桃枝
撩起春天
睡在枝上的柔媚
和被吻醒的青春

星夜思

仰望星星
寻到你的位置
寥廓的天空
写满凌乱的文字
没有灯的夜
影子也是一种向往

一盏流星
滑翔你的方向了
我心生双翼
投入夜阑空锁满池
为没完成的诗稿
找你要一个名字

在途中

夜雨中
从你窗下离去
寂寞，早早
等在路的尽头
注定是
一趟颠沛的孤独

旅途，仿若
藏着你的眼睛
一眨一眨地
闪亮夜空
和星星一起
照我踽踽独行
读你
你知道哦
我是静静地望着
用呼吸剖开
你藏着
好深好深的目光

心里默念
你的名字
而你早在
雨的淅沥声外

时光是裸着的

含在你眸子的温暖
读你，如同
读一枚明亮的月亮
从你眼睛里升起

偷觑你的笑
等你，忽然来看我
尽管失望
却收获一怀火焰般
掠过的温度
传说中，这温度叫相思

萌情——写给恋人

我的心跳
是敲动键盘的手指
你能听见声音吗

中指、拇指、无名指
随着呼吸的节奏
空气里都能敲出你的名字

你是否
能感到我的心跳
正山一程水一程

走着，走着
看你参破情禅，走出来
踩着我的情不自禁

爱之贻

没有一天不是我等着
你把目光交到我心里
这是我等你的原因
想你，想到心痛了起来
夏天来了，竟然也毫无知觉

我要等着，有双未知的手把你交给我
你要等着，我把黎明的星光烧成晚霞
黑暗里我举着火焰
标记了一天河的文字
和你在秋天里别再失散

恋人之间

不经意间
喜欢上了手机
是想
打开手机的刹那
你正倚着手机的框
等我

或者
渴了的思念
饮了滚烫的白酒
去漫天的繁星里
寻找一朵花的踪迹
而爱上你住的星球

致，海边的妹子

哦，妹子
手写的情怀不曾离去
端午节，在海边
我看见美人鱼
突然想去踏浪
在秦皇求仙处
把长生不老还给大海
让夏天的风吹皱美人鱼的裙子

今夜，我就宿在海边
期待一个梦见的珍藏
我偷偷地把月亮换成你的名字
你是甜美的女王就住在一帧六月
岛屿真的很荒凉
掀开孤独书屋的扉页
胸中升起一团云雾，向海的地方
我快马加鞭

我不知道

我不知道
还有什么比想你更美好
许多个夜晚
我的轻寐走投无路的时候
你都会从隐匿的时间背后
突然降临

我不知道
还有什么比和你重逢更打动我的心
当然，幻想会在清晨燃起我
连星星都会躲藏
你也会潜藏时间
坐在我的旁边

我不知道
有多少时间过去还会到来
我的睡眠只是时钟的一个刻度
连时钟的足音都是你踱在心里的脚步
而我激动地踩着节拍
走在你心里的路上

我不知道
时钟为什么是周而复始
而你，却时刻在过去与将来的边界徘徊
时常会有温馨浇灌出奇香的种子
种在愿望里，生出一段忧愁
仿佛又是渴望的气息

致 情

还有谁能让我这么牵挂
比柔风轻抚更温暖
见到你
空气中就能升起一枚月亮来
你的眼睛夺下半轮
好亮好亮，醉了我的眼睛

我还是紧张了
不敢回首你来的方向
期待藏在月亮里
但月亮掉进梦的深井
在梦里呼唤你的名字
你正与我的唇齿相碰
想你，别时看你的一眼
竟感觉四处都有你顽皮的埋伏
如果你的眼睛和我的眼睛
一起去夕阳下孕育文字
让迷津烧出点燃晚霞的词汇

你的眼睛已从我的眼睛里出逃
并与我的心私奔
我想喊一声你的名字
去撩起一段往事，怀念爱情
倘若，那时我是睡着的
你也要在我素淡朦胧的梦里悄然而立

心　约

心约了你
而连累梦
正穿着
昼夜织成的鞋子
赶一趟
热了吗？冷了吗？
微醺的追逐

风敲着窗
夜露浸润着风
月亮正将
性子里的粗糙压平

田里麦子还没有熟
想起儿时的馒头
梦也一遍遍地磨啊
成白白的齑粉
让别离
变得细腻

因为，喜欢你

喜欢你了
就会卑微到骨子里
翻找到喜欢的种子
是多年前埋下的星宿
一直隐在星光中，无眠

喜欢你了
就常常幻想
春天花落，夏天就来了
落花变成文字
做个才子去秋天等你

喜欢你了
送你整个北方的秋天
为你收割合眼含梦的果实
每粒都缀上一个心符
播种到来年春天

若开出花
便做你的园丁
若长成禾苗
就做你的农夫
若孕育出文字
恰好成为你的诗人

等 你

我正想
你住的乡村里
这个时刻的炊烟
便有云
带着萤火虫
赶走朦胧的黄昏

港城就匆匆地
点起灯来了
俯瞰灯下
一条一条长长的路
都从这里出发
像是迎等
你来的时间
遥望
依然是
海边的月光
将一份忧郁藏进灯影

思念不在光里
正倚在月亮的背后
和你的梦，说着悄悄话

结　缘

捧着
那晚河畔的灯影
就如抚摸
很深很远的镜子
那时
你的笑
像河里的一尾鱼

读你
聚焦起
灸烫的温度
暖暖地
潜泳下去
泛滥了
由远及近的渴望

眺望远方

眺望远方
有心在忐忑
和风样的彷徨
也有相通的静默
同你在时一样

眺望远方
有故乡的朗星和我的祈求
都得到了神灵允诺
护佑着你
和你静坐的时光

黄昏，道情

当你脸上
聚焦起
黄昏的余晖
天地间只剩
你的高度

这时夕阳
投进你的影子
长长地
引着目光
随你而逐

你或转身消失廊道的转角
便是另一条路
刚刚开头
有心正从那里
奔向未来

忆 情

看你摇着
灯的光影
心，飞在风里

拨动
古筝的弦音
有你目视
而回响

便有一条
如画的路径
心猿意马地
燃烧

灰烬
自此
养了一株
绝望的玫瑰

开在
越来越深的寂寥里
犹自
钻木而求火

观海听心

当海水聚集怀想
拥抱
岸的期待
一床床
洗涤的梦魇
埋头沙滩
凝练出
满世界虚构的神话

若用
七情六欲守候
设想
爱情的真谛
去亲吻
沙滩里幽深的幻觉
就等于饮了一杯
从自己眼睛流出的
海水

轻　歌

你目光像水
潺湲一条河的温暖
笑了，一尾鱼
游来心事

你点燃
空间与时间
惊起笔尖上的魂魄

一只兔子
便有撞开画布的愿望
红嘴玉鸟惊飞时
还带着
未及穿衣的惊慌

心跳得
比兔子跑的还快

梦和你

我在等待什么
难道黑夜会欺骗我
等他一定会来

等着他的脚步和门响睡着的时候
你掠过窗户展开翼翅
开出淡香的花瓣和透甜的私语

从寂寞中把你送来
又送我回到寂寞的地方
他在寂寞爬满竹篱的深处吧？

晨　梦

把月光梦一般地溢出
和晨露
以及黎明的阒然
咀嚼成有韵律的文字

狂跳的心曳过晨曦
风像歌曲一样
送来单纯的玫瑰芬芳
迎亲的声音从远处传过来

我走近你
从你澄澈的眸子飞出
一袭洁白的婚纱
让我坠入无底的深渊

夜·思念

无眠的夜听着思念
身体与你私语

我合眼关你在梦里
吻红了你花瓣般的羞涩

你的声音抚摸着我醉了的心
臂膀里，你静静地熟睡

剪掉灯花里的星星
唱着血液里一直为你沸腾的歌谣

离 愁

从寂静中走出来
依旧是你的笑声
回响着心的痴念

夜又来临了
风没来你也不来
但独自怎生得黑
一早就在树梢摇动

思念有你的日子
窗子
都是画框内的风景

眺望你离去的方向
在窗口
等着星星掉进梦里
和你一起入眠

来不及向你道声晚安

天使的眼睛

你向我们走来
目光是汩汩的河流
缄默的河神
凝定最深的一望
从此，时光
在这里停留

漾起的眼波
婉柔
纯澈
溶解世间多少伤忧

哦，这世界原本
在你眼睛的深处
你的笑，才是世间
最动人的音符
世间的愁厄
被你眼神吻作
天空的露珠

夜　咏

星星
被天空压着
有流星
划向你的方向

你是否在沉睡
我是醒着
为你守梦的人

情　萌

你贴着我的眼睛
轻踏在我的心上

身体里涌来潮汐
心中飞奔千军万马

那海的声音
被一声羞赧的低语刺破

就这么容易地
挥霍掉了自己

心甘情愿地
把自己输得一干二净

天空和窝巢

我身体里藏着一个秘密
包裹着日月星辰和花香云朵
渴望见你，都告诉你

那时日月星辰
唱着歌在你怀抱里睡去

花香云朵，饮尽了你的喜悦
化作花雨
浸透执着
把你包裹起来
滴凝在一个甜美的清晨
成为你的天空
也是我的窝巢

心　恋

在多愁善感里
你想象着苦难
在被禁锢的枷锁里
你满含幽怨

我独自
站在窗前
在温软的月光中
想象
你从前的样子

远处的灯火与星光
暧昧
似朦胧的烟
我虔诚地
祈祷
它们却又
飘忽不定地闪

缘 聚

你来了
穿过清秋
从每天徜徉的
思念中

感动着，眼里
却弥漫着薄雾
哦，那是思念
织成的婚纱

城市
融出一幅
古老的水墨丹青

你豁然
走出画中
那条曲折的小径

缘 分

一朵花的书签
夹在有你的那页日记
想你的那天
它有了馨香
灵动了日记的眼睛
找到梦的踪影

花香摇曳在月影里
月光是温婉的风
我去月光下找你
在错过的路口
错过你的笑容

我们交换着沉默
在沉默里
变得透明

情　牵

酒，倒进新春的热度
斟满汴河的烟水
灌醉清明上河园
轻踏阶前落花
揭开覆雪的宴席

那时，你从蒹葭苍苍的诗经里
走来在白云凝霜的故园
往事
仍一触即发
轻喟悬垂摇心的风铃

念念不忘的佳期
就等在风里某个刹那
你回首
烟视隔岸翘首者——
低吟藏匿年轮的留白

我爱你

我爱你
心，遁入风中
拦住春天飞扬的尘埃
树上花开，每一朵都是落单的哑语

我爱你
仰首天河
数也数不清夏天的渴望
掠过沾满呓语的旷野
落向牵牛和鹊桥，收藏长烟的篝火

我爱你
驰念远方
由月色里渗出秋天的情怯
还原成景州城里如水的光
光阴晚归隐逝黄昏，枕下泅渡到黎明

我爱你
梦依稀，疲了万家灯火
雪覆盖你的风铃
无声，如故乡那年的美瞳
迎回传说，城下多了你的名字

想你了

还真想不起
从何时想起你
反正，想你了

想你了
耳畔是你的脚步声
眼前是你的笑容
我却守在梦外
沦陷在唐诗宋词里

想你了
不管是家乡还是异乡
哪里想你，哪里铺满红叶
迷津之外长出悦心的标记

想你了
脉搏微颤暖着传说
声声叹息
你躲在长夜难明中不语
我抚睡星星，哪颗都觉着像你

想你了
就剪下一块天空
移入情愁，建一个春天
用凄婉造一个雨季
飘朵朵雪花做梦的替身

想你了
今晚想发个微信，不敢
拍拍你的头像
你马上回了信息
"月亮，看着我们！"

"你怎么知道，月亮？"
你拍拍我
"我也正想拍你！"
我想乘风归去
心快马加鞭，跃出一个世纪

没有忘记

我没有忘记的过去
都住在一个温暖的往事里
每个往事都藏一个雨季
每个雨季都有洪涝的雨量
每个雨点都含蕴宿命中早熟的独白
我住在一个黄昏
窗子里满是期待
守候风，送人来的那个方位
雨润湿了空中孤月
那是——
人间烟火里流泪的窗花

天河的寓意

雨点，落下
像鱼儿煽动花形的翅膀
游在心上
散了一杯情愁

夏天
雨夜怨吟
有树影的地方
灯光如睁大的眼睛在仰望

那个传说
遗落在鹊桥上的故事
恍然入梦
摸不着流水里的乡音

仓皇的设想里
那故事中变换的结局
攫不住悬空的时光
一滴一滴若燃后的灰烬
从天河遥遥而来
含情脉脉的寓意
已然认不出夏天错过的空城

海的情寄

在天空，画一条小路
时光，通往执念
停靠在你的沙滩

听你，讲海
藏心的故事
美的那么真实

攒下好多
沉甸甸的想念
让浪花泛滥心愿

时间潮涌
让无眠，紧抱着梦的路径

秋　梦

是这样流逝，藏在过往的风景
将红尘悬于秋毫之末，敛声息语
濡染地老天荒的誓言
漫山遍野
铺开无法释怀的画纸

你何时归来呢？
斗转星移是你归来的车马
天隅正轻触梦的风铃
缱绻，回音里千年的方言
流浪的地方，蒙眬有一个家

以恍若昔年的痴恋
在你的流离中情迷
变换着相思的方向

情人节之雪

原本，情人节应就是一种花
情愫凝练成的花蜜
加上流淌血管里的冥想
以干柴的素材，灼灼——
数着的日子
等一个人来
也一直数着步子
朝一个人去

而你独以纤弱盈盈
穿过千树万树
偏傲引火烧身
为有暗香来
一霎飞出
交融耳边低语
点燃篝火

幻化春梦的遗痕
云散奢望里的魂魄
转世天河里的流水
而谁才是今年
等在鹊桥迷津之外的主角？

春夜闻雨

山水我皆痴
草木凭着记忆
赴约随风潜入的夜雨
轻抚油纸伞的巷子

是梦在唤我？
而最近的只有你
诗人凄苦的执迷
淡出梦的篱墙
赶去明晨
以最温婉的抒情
报出你的名字

昨夜之后
火点燃了春天的野望
最先红了眼睛
火焰掠过桃蕊
芳龄里最美的诱惑
落单中，能挥霍的只是相思

春天来了

春天来了，来在
野火烧不尽的前世和今生
让殷红的呓语黏满诺言
芳心吟歌，缠枝梦影
盛开滔滔不绝的夙愿

情人相拥
那草色烟光残照里
虚掩的眼神流出绚丽
缩影秘而不宣的胎记
冰封蓦然回首的青春
蜿蜒一泓月光，泼墨成烟
将自己，做了火的替身

你之遥

不知道想你的夜晚
冬天是怎么知道的
在这里竖起旗子翩翩起舞
如天上的轻声低语

时光靠近了月亮
在天空留下心的辙痕
想起泰戈尔的一首诗
你原来，也住在这里

风吹来，点燃旗帜
火，流过温柔的诉说
心以身的形体攀缘旗杆而上

每一个声音
让往事轮回到此刻间
又在离你最近的门外
旋没红尘

雪花梦

梦见你化成雪
雪花有不同的形状
想象的词汇里
忧伤是随你飘动的文字
眼看混沌的时光
捞走了梦
一片一片去向不明

我饱含热泪
走进茫茫的大雪
裹紧怀里的火焰
直到文字燃烧出回声
那时，你坐在檐下
夜色触手可及

你在我心

下雪了
默数着回音
清寂阶前

天好冷
冷得好想
为你加件衣服

青青子衿
孤独在
诗经里几千年

心之悠悠
摔碎没着落的此刻
一枚，一枚

遗落浪漫
飘下循环织就的纷然
一份，一份

思念如天
亏欠一片片

迟早有一天老了

迟早有那么一天我老了
迟早有那么一天你老了
尽管喜欢不需要那么多理由
而我的心始终微笑着，等待你来停留
等你握阳光的手撩开灰色的幽雾
印两瓣凉如眸子的唇痕于窗花
我不忍老去
舍不得让晚风吹过青春
再掠过你的叹息

此情无计

在一个历史的橱窗里
我以超然激情和静寂的寤寐
执意穿越你的年代，追随你

夜，是本词典
灯光稀疏或浓密的朗诵句子
悠悠杳杳的音宛如梦在爱中

我想模仿年轻的月亮
裸着风的萧瑟和雨的淅沥
在河畔变成一艘小船

天狗、月亮、织女和牛郎都在睡觉
你的眼神漫过了灯光瞒过断桥
漫过云外和童年瞒住唐诗宋词

我气喘吁吁载你而去
却又一无所求

我的手脚

琥珀
以眼泪
包裹沉默
做树上一颗风铃
你没有如期归来
夕阳明白了
谎言的意思

若再见到你
我想，我会祝贺
我已经彻底坠入记忆
把孤独当作美丽的礼物
在沧桑的琥珀里
蠕蠕而动

暗恋，一个人的地老天荒

背着人回忆
或者背着自己
同星星说
满天空的故事

讲得流星跑开了
去唤你的梦神
失眠翻过枕下
与你只能相遇在诗里

文字渺渺
且看字里行间
摇曳古筝上的呢语
音符颤颤
滔滔而柔媚

光阴是金
真能以梦为马
就将时光
做了马的金骨骼
写给你的文字
已然是哒哒的蹄印
走着地老天荒

火

我梦见思念啊
一半火焰，一半惊喜

我梦见你眼睛点燃了生日
蜡烛火苗舔着我的身体

我梦见火烧红了太阳
弯腰抱起一个夏季

我梦见火裸浴在春雨里
找到秋天的谜底却沉默不语

我梦见火正溶于朦胧的景致
遗憾处处，秋色一季

我梦见风吹雨露，你愿望成霜
我的体温将暖你为雨

火拿主意

你长在春天
我徜徉夏季
春天用雨的微凉
对你耳语
风捧给我
夏天的火
秘密
包在我身体里

我想去做流星
上天的赌局
投一次骰子
若有幸穿过时间
便是被点燃的
胜利者
毁灭还是生存
火拿主意

心的流放

秋风吹着
你的目光
太阳般的眼神
很美

我想
驾一叶扁舟
凭借时间的浮力
舶近
与你互相凝视

以空间和时间
燃掉寂寞
让心，沐在情火里

独 白

你来自地平线
眼睛很大
装着整个的天

月牙镶嵌你的睫毛
又悄悄蔓延
磨光瞳孔的思念

手捧梦境
勇气燃起
萤火虫的追逐

我想着
如何
度过每天的夜晚

情　话

我不想打起精神
远离车马喧嚣
被汗水浸透的晚风
还有蝉鸣就像我酝酿愿望

风同样地吹
撩起被裱糊的云
每一朵星星都像一个往事
我是你命里凝成的冰，三千米高空降落定点爆破的晶莹

长 吟

（一）

花样的色彩
涂满无奈的孤独
仿佛一切都晚了

寒冷鞭笞的青春
辽阔又无从找到
隐藏在毛孔下的伤口

伊人的笑
在景色的深处
终于看到了喜欢的人

期待也只能
躲进天空的云里

（二）

对你的注视
曾装着四季和北京的白天晚上
眺望
散落秋风

梦境留在你窗前的树枝上
绿色的伤痛留在夏天

我的遗忘
还在黑夜的梦中回首

一只怅惘的秋蝉开始说话
陷入怀念的那片黄叶
已载不动密密麻麻的文字

她飘起，又飘落
她装载了一天空的童话
在蝉鸣中被人捡走

最远和最近

最远的
在远方
仅需一场旅行

最近的
在心里
是一辈子的孤单
伊人轻吟
星星游来游去
刺痛思念
触动两手空空的风

云还是那一片
保存在老家的房子里
世界热闹非凡
好像与她和我无关

月亮不会结冰
让我格外想她
把海包进空气
天空长出语言

路在想象中越来越长
真实的海睡在梦中
今晚，被夜空劫持了

那情可待

时光在那一刻定格后
一切都看着平淡无奇
时序嬗递
萦回的心还在夜放花千树

光影与声音的美感
让抒情燃烧
几百年来的夜华你都能看到吗？
从画中走到眼里很远

借你眼睛，我觅到灵魂
梦，顿然带着香味幻临
却变得遥不可及

春天、夜晚、灯光有许多寓意
而我说不清，你对我意味着什么
那时想对你说，我似回到少年
在那里等着给你佑护和开心

致恋人

我翘首银河的星星
潺潺溪水的语言
我日夜的顾念
有不能给你说出的真相

七月北方变成多雨的季节
所有的姿态都映现在云里
我仰视你云深的静谧
恰似抚摸到记忆的裸体

我想把一切幻想
珍藏在雨里
我所热爱的你变成河流
安顿下粼粼的情誓

你美丽动人的眸子
将灵动我的文字
青春会从心中走出
天河里，捞起自己的愿望

致爱人

拿一把扇子
对着秦皇求仙的地方
遥相呼应

若扇子上留有墨香
风会从远方赶来
铺满国色墨韵的云彩

雾霭中隐现着群山
奔赴一场大雨
就是为你而歌

想你的迷局

从来没想过
会去想一个人
更想不起
是从何时想了你
反正，想你了

想你了
心就挂在你的脚步
想你了
去云游了唐诗宋词

想你了
不管是河北还是大半个中国
不管是北京城里还是五环内外
哪里想你
你就在那里

想你了
就剪下一块天空
建一个夏天
造一个雨季
用每一滴雨点去吻你

想你了
走进自己的锦绣迷局
跳动的脉搏都强有力

想你了
今晚想发个微信给你，不敢
拍拍你的头像
你马上回了信息
"月亮，看着我们！"

我真想要乘风归去
"你怎么知道？"
你拍拍我
"我也正想拍拍你！"

相 恋

就喜欢看你
从水中升起
躲进天空若隐若现

我向云窗月帐
吹一口
胸中不能缚住的期待

竟然是一声呜咽
怆然
你骤降化雨

温柔的话语和熟悉的脸庞
相视而笑
失神很久又萌萌的样子

夜的情思

今夜是谁的彩色梦呢?
如飞鸟的身影振翅而过
洒落去谁家的花瓣

白衣之上眼睛的柔波
浮着我的心流进夜里
编钟月亮和星星的乐音

梦，是开着芬芳的花
拽着衣角
窃去我牵挂

相思
都从白天蔓延到夜里
温柔地，润湿了剧情

你如花叶轻翩

你走来了
如花叶的轻翩
翻阅年轮里的梦甜

你打开一环环
熄了灯的时光
轻捻心线铺成的筝弦

潺湲的重音
有你眼睛眨动溪水的温软
流转明眸善睐的漩涡

每一盏漩涡
是月色下婉婷的一朵
炫丽着玫瑰的颜色

流水花香里
我隐藏烟雨的心跳
在节拍里呓语你的名字

冬天里的情话

你的距离
留了多少
思念的脚印
你的笑容
激荡过无数
心里的涟漪

思念你时
就寂寞地
写一段含愁的文字
翻过的诗稿上
有你的声音、眼泪
我憔悴了，忧愁

不管走到哪里
我的心都在这里
春天来时就会发芽
开一朵热烈的花
让月亮的香味
摇下斑斓的彩翼

就为了让你
忘掉痛苦、忧愁
你看那冬日
拖着迤逦的痕迹
诗句
打开雪融化开的陆地

那片夏天，相遇

我推开太阳
做你一把伞
为你抵挡阳光

神灵赐予我魂魄
让春花秋月有了遐想
让激情
燃烧在伞下

思恋的苦痛
眼中慢慢溶解而朦胧
在你的召唤里默契
两个生命，千言万语只在心里

邂逅之念

你是什么样
怔在书案旁
闭眼努力想

花影扣开门窗
思慕倚望
巧笑倩兮袭茶香

一束火苗奔放
长成怀抱形状
一声轻喟
两朵桃花

原来梦是你
你就是梦的模样

流着诗语，去找你

离你最近的地方
月亮告诉我
星星找你去喝茶
听星星和你说着什么

树枝摇着
风带来的耳语
茶香
凝满夜雾的信息

月亮慢慢黯淡
星星逐渐明晰
夜空斥责着月亮的谎言
我的心荡起涟漪
流着诗语，去找你

相会，那一枚摇曳的日子

你的眼神
潺湲在心上
我似在幽香的
月光里徜徉
想你的眼神，曾是
璀璨的星群
梦里追逐的花
含苞开放

静听
时间的脚步
正走向
一本书的深处
在写上句号的地方
月亮正躺在
没有体积的书房

夜空，吸入
世间无尘的凝露
星月
是你转动天空的眸子
合上书签的时候
晨曦剪纸
玫瑰花的窗户
雪中别

下雪时，我走了
我还想悄悄地
割断思你的情怀

片片雪花
飘过你的窗子
落下无数的苍白

飞舞、旋转
我的泪
早已挂满腮

情的转世

太阳烤熟了爱情
装进了云叠的信封
搭上飞鸟的翅膀

飞鸟遗失了信笺
情话破碎成
夜空零散的星光

流星划过
拖着长长的余痕
满天都是思念的回声

等待着
你的秋水
映着飞鸟的天空

爱情故事

夕阳冷寂
挂在悬崖
云霞拽他离去

星星密布时
我们沉默地靠在一起

握着你冰冷的手
一起被推进夜的殿堂

两颗孤独的心
自由地梦里相聚
化为一轮晨曦
在地平线上升起

别离和相思

别离，就是
你在那边
我在这边
夜空广袤寂寥
你和我
孤独在月光里

相思，就是
你在那头
我在这头
咫尺迢遥此夜
你和我
泪枕在不眠的魔法里

梦的记述

飘来了白昼的云朵
梦是安在云朵的翅膀
我在翅膀上睡着了
云朵浸染我一身幽香

在璀璨的星辉里
我沐着暖阳
一只洁白的天鹅飞来
唤着你的名字
云朵变成你清风缥缈的裙衫

裙衫缀满星星
天空变成了一张床
随着天鹅翅膀的翕张
轻飘飘地，落到我的屋檐下

春天，画框里的音符

那个春天
框你，入画面里
你说
怎么没有风景？
我说
你不是吗？

风浣着
画外的云霞
绵绵柳丝
扶风翩翩的轻灵
被你羞红的花蕾
泛着透明的芳馨

我绷作筝弦
落笔在诗集的两头
一爿梦境
朦胧、真挚地
眺望你
飞来烂漫的音符

誓　言

你眼睛是岸
目光是河流
我在河流航行

如果船儿碰触
岸的界限
你伤心落泪
我就用云朵
为你抚净

你是天空
我也会来
她变得红润
变得柔软

在你清澈的眸子里
我只做一件事
就是
摆渡每天的阳光

你，暗恋

我痛苦地站在你面前
你是那么美丽
在心灵深处
我才能拥有你

你的眼睛
是凝液的泉
我是泉边小花
吟唱飞越江河的小调

你的眼神
是带着香味的火苗
我在火苗里慢慢自燃

你是今晚的满月
我在夜的胸腔里沉睡
在月光里不醒

恋的情殇

看着你时
燃着一千种心跳
每一种
都有一千帧
印在心间的
扫描

面对你时
想有一万双长臂
每一双
都有一万样
化你成我的
拥抱

今夜
一双臂
一个孤独的时钟
还有一颗心
在梦的入口
醒着

情之语

如果，从梦里
打开你眼睛
飞鸟就会
登临窗前
萦回梦的长廊
为你吟唱

如果，能敲开你门窗
就送你一朵
永不凋零的花
它没有
风肆虐的伤痕
雨露的浸润
是我盛开的灵魂

如果，你手牵给我
走进灵魂深处的天空
你温婉、无瑕的目光
就点亮
等了你很久的愿望

约 会

那个晚上
约你在海边
看月亮

后来
你数起星星
我数着灯光

再后来
你数着灯光回家
我数起星星彷徨

别　恋

谁让你的微笑
从水墨里凝为风景
开在脸上的花
摇曳着掠心的风

谁让你的眼睛
是澄明的湖
映着天空
一样的纯净

谁让你是
飞进寂寞里的美梦
让人向往

谁让你的美梦
在黎明飞去
我只好让手指
在键盘上疯狂敲动

屏幕上的诗
化为唇吻
印作朝云上那片绯红
在微笑里，随风

心悦君兮君不知

不知什么时候
迷上你眼睛
那一朵花的香蕊
恬静而温婉

其实，你最怕
我特意地投去
不经意的一眼
笑容便瞬间
在秋水里
漾满羞涩
浸染你的红颜

我的心
快要窒息
而你
舞起了霓裳羽衣

我在血的澎湃
与爱的千肠百结里
深深地，被你吸住
惶恐却再也无法逃离

梦，叙事

飘来白昼的云朵
梦是长在云朵的翅膀
我在翅膀上睡着了
云朵浸染我一身幽香

星辉璀璨
我沐着暖阳
一只天鹅飞来
唤着你的名字
天空变成你清风缥缈的衣裳

衣裳缀满了星星
天空变成一张床
随着天鹅翅膀的翕张
轻飘飘地，落到我的屋檐下

寻找点亮星星的人

又见你笑了
是那太阳下的花
向我颔首
又是那夜空的月，向我倾吐心中的情怀

我入怀这浩渺的夜空
与你坐在人间烟火里
寻找那个点亮星星的人

我的诗，我的情人

（一）

我的诗，我的情人
我拥抱着你的词句
每一段都有你的温暖

完成每首诗的时候
我就像一棵树
凝视你的花枝招展

我也是你的一部分
站在你的枝头
心是火，也是柴

（二）

我的诗，我的情人
你是潜藏在我体内的

泛起墨香的水花
结冰的质感，为水时向善

我诗的飞翼
让我呼吸自如，悠长，如长江水无穷
潮汐起弦，思忆华年

月下，思情

月下，不是赏月
为能复闻别言

梦从哪里开始
是从月光的岸边
眺望黄昏里
望穿秋水的那双眼

心，带着思念
月光里向你泅渡
不知不觉
你游来我梦中

我闻到熟悉的幽香
月亮先闭眼装睡
黎明你走的时候
没听到脚步
留下带茶香的露珠

萌情，一枚时光

沐着你目光
像幽草小径徜徉
湿润的眼睛
斟满了甜酒

你眼神翕动
眨着蝴蝶的翅膀
触见我等候的目光
逃去

又结来清纯
不经意地瓣瓣花叶
带着赤脚的红晕
涉我心头

溪碎了水声
溅起水涡里的音符
一池轻墨
盈满情怯

世界这么大，我却遇见了你

当你悄悄地来的时候
我有了最美丽的梦
我听见了风弹拨弦子的声音

星光璀璨
风，敲着梦的恋曲
灯火映红你脸颊

你轻盈地飞起飞落
灯光渲染幽暗和寂寞
才情和诗意绵延

地，在颤抖，天，也在燃烧
我立在灯光无力照到的河岸
看你似一朵涂上霓彩的花

席地的影子如一枝一叶的我
你轻转诱魅动人的侧影
我真想永远抱紧你

离 别

转眼就到了
另一个阴历年的时候
风的声音
是树梢间归去的哀鸣

今晚的景色是你手绘的吗？
星月深陷在你的眸光
放大了情愁
清晰了泪痕

今晚你便要归去了吗？
漂泊的旅途
日复一日里牵肠挂肚
有一种离愁叫不能喊疼
有一种思念叫忍不住，我想你

情的影子

那个早晨
我看见你的背影
我加快心跳
悄悄地尾随着目光
呼吸凝滞了

直到你
影子消逝
我的心
在快乐的余温里
吞下失落的怅然

迷茫中阖上眼睑
眼睛却在另一个
幽静的情形里睁开
我孤独地对着你
从相思里醒来
你轻轻地弯转
一个神仙美丽的侧身

星星·思念

天是漂流夜海吧?
星才是闪亮的渔火
你要航到哪里去呢

我的寂寞飞起来了
今夜，绕着灯光
要飞到你的彼岸

展开心的飞翼
载着寂寞越过梦的竹篱
里边有青果的香味和你细软的柔发

你停泊在凝眸的岸边
微风细雨中

一朵迷离的花
盛开在我的胸膛
我躺在梦里睡着了

相思·船·归来

又见你目光，那是
牵系船的缆
此刻的心，是落帆的船

船上，刻着思念
舱里，装满
包裹你名字的诺言

才感觉心跳的动力
已让我历过了
一片水，又一座山

看见，你的眼神
墨玉般
浮一水的璀璨

燃尽独行的孤寂
似水的温柔
浸透了我的身体

你的名字，带着体温

你知道吗，寂静里
常常听到你的声音
伴着我的心跳

我的诗里有你
就是没有钥匙的锁
无论哪一种姿态
都感觉不到疼痛
你开着花是宁静的

我生怕哪一天
看我时，你的含情目
会在冬天寂寥上凋零
我只持一缕幽香
闭锁起沉醉

我祈祷、挣扎
孤寂里
唤你
你的名字，带着体温

红　尘

你曾告诉我
寂静的夜晚
你会想起我的样子
仿佛我们的故事
就在寂静中呼之欲出

所以，我不管
你是否依旧靠近窗边
像我一样
看着夜色萦绕渴望
我还是想让自己微笑

流星划过天际
眼眸把声音压得无从寻找
沉默与黑夜结伴
寂静蔓延城市街头
现在期待故事尽快结束

月亮的传说

绯红的月亮上
刻录了我多少
思念的足迹
踩过星星
踏着云彩
最后都轻轻地
倒在月光里

有你的影子
轻点着月光的涟漪
我听见了
流淌着的天籁
恰似你传神的眸光
奏鸣
上古的编钟歌舞

顿挫之间
光阴乘着月色
荏苒地跨过一年
我梦里的风铃
不停地摇着
摇落了牛郎和织女
在星空里的故事

思念，守护你依梦飞扬

当思念在寥廓中游荡
天空送来雪舞茫茫
每份思念
独作雪花的形状
落地又生
渗入脚下的土壤

春意萌动了
蛰伏泥土的思念
长成柳枝上的芽蕾
染出一片一片鹅黄

一个朦胧的晚上
梦见你在柳絮下小憩
思念
点亮了星星
守护你，依梦飞扬

心里，藏着你的笑

我的心里
藏着你的笑
我等待
你的眼睛点亮流星，我让萤火闪耀灵光

我的恋啊
是双膝下的
日月星辰
和磨墨濡笔的
风花雪雨

这么晚了
还有谁向这里走来呢
是紧偎着你
那困倦的梦
在盛装里向我召唤

恋爱的症候

漾着的秋水
流着你青春的声音
谁说清泉若眸

你递给我的星星和月亮
从梦里走出
是一弯透明的清愁
你是花一样的美丽
恣肆地开着，不管不顾
披着清晨的露珠
飘出梦的幽谷

想你的病
谁说这是
恋爱的症候

相视·腹语

漂流夜一样蚀心的眼神
灯火里有暗香浮动
绕过浅浅地微笑
留我梦一样辽阔的瞬间

寂寞的拾起
花千树里的时光
太阳翻过去的每一夜
都有星星从碧海青天飘来
传来苍古的乐声

好似我有一抬旧时的花轿
约好，越过远山和岁月的佳期
在那个桥畔迎娶了你
暮色近灯火斑斓里
我已走不出迷恋的黄粱

像是每日凝望的画廊
一幅传世的水墨丹青
天天我都翻墙而过
撕破最绮丽绯色的白昼
在一个转动的花园里，你依旧等我

星夜思

仰望星星
寻到你在的位置
寥廓的天空
原来都是凌乱的文字
没有灯的夜
影子也是一种向往

一盏流星
划向你的方向了
我顿生双翼
投入夜阑空锁的满池
为没完成的诗稿
找你要一个名字

瞬　间

眼见着
一束花的芬芳
一泓泉的明清
突然降临
你迅疾地
转换为眸子里的清波
潺湲了追求者的心

那是通向你的入口
散着芬芳
引导灯火和星辰
在层峦叠翠的河岸
翻飞与盘旋

直到
沉入视野中
泛起
抵挡不住的召唤

离 愁

从寂静中走出来
是你的笑声
感染了痴念

夜又来临了
风没来你也没来
但独自怎生得黑
一早就在树梢摇动

思念有你的日子
原来窗子
是用作画框，描绘风景

眺望你离去的方向
在窗口转动寂寞
等着星星掉进梦里
拉你一起入眠

来不及向你道声晚安

此情可待

今夜梦见豪华的盛宴
灯光星星还有流水的波

仿佛又是那个鬼斧神工的林园
你是白色天鹅幻化的仙

我在半醒半睡之间
看见你的眼睛打开梦的门扉

你的期待
也许是我不懂的欢欣

我祈祷
在此情可待的躁动中永恒

在时光里遇见你

那晚你眸光溅出的忆念
似琥珀里一个美丽的南柯梦
我永远坠入梦里

春日的灯光，照出你的影子
而胜过花影
更是你眉宇间那缕淡淡的忧伤

我常常埋在诗集里
等待星空一颗一颗升起文字
就为了在黑暗里认出你

我沉湎时光里的那个章节
描绘出万紫千红的童话
织作夏日飘着雨的流苏

浴你的雨也是细细腻腻的
像是欲语还休
你便是烟雨中云翔的白鸥

藏着一个秘密

我身体里藏着一个秘密
包裹着日月星辰和花香云朵
见你时都告诉你

那时
日月星辰会
唱着歌，在你怀抱里睡去
花香云朵饮尽了你微馨后
化作多彩，浓香的花雨
滴穿执念
把你包裹起来
在一个甜美的清晨
成为你的天空
和我的窝巢

练字为情

时光流失
我的诗情
已经习惯了
黎明时分醒来

赶着写一首诗
并练字为星
深深地嵌入
晨曦核内

当光亮和色彩
挠开地平线上的热土
你能读懂天地唇间
吐开的红甜私语吗?

若能,我会
从你的眼睛
到你的心
孕出一个春天

你在云深何处

你是水彩画里一袭霓裳云裾
根本不需要担心人遗忘你的名字
你的名字自那天起
在梦的雨巷里，被我反复念起

你灵动的眼神，是那晚最美的风景
应递给雨里翘盼的人
我梦醒，仰望窗外
烟雨迷茫里，依稀看见你在云深处

星空浩繁时可以听见天河流动的声音
夜景已永远凝结在那个城市的灯火
秘藏岑寂的你与心里的影子
在花开花落里数着我的心跳和体温

梦话晨曦

如果忘了昨天
就忘了你
你从昨天来
如果忘掉梦
就忘了你
梦是你的画像

昨天梦里
我心乘着风
展着掠过春天的双翼
悄悄地遁入
你目光的河谷
在有月亮的湖底
我是湖的心跳
为你，我只剩心跳

湖水
映红你面颊
似天边云霞
秋波荡漾的一水间
我听见婴儿的哭啼
待从哭声中走出
哦！那太阳
是梦，诞下的晨曦

那一萦茶香

梦常常带我回到龙城
撑着油纸伞的小巷
那份芳香盈路
轻盈风姿，飘逸茶香

守候寂寥彷徨
平视镜花俯仰水月
淡眉秋水的娇靥
羽肌轻风的拂衣

古筝的梵音，在
那杯茶里悠悠地升腾
缭绕南方茶树的葱茏
弥漫茶山袅袅云纱中
和着皓腕凝雪移送的茶香
滴凝在玲珑剔透的杯中
蓄积起清香满满的春茗

一曲高山流水，是画面
清颜红衫，青丝墨染
臻若姝翔的依恋
漫步在，长风桥畔
巧笑情兮的声乐，舒展
一幅美目盼兮的画卷

顾惜，没有一片锦绣江山

来与上天做个交换

换她，而与其采菊东篱

幽幽南山，做一个闲散人

诗歌篇

羁旅之溯

雄安容东玉兰

洁白又带着红的面纱
想起你的名字
就能读出火里的酒色

擦亮眼睛
从黄昏到黎明
梦也是成灰的时辰
有人脱下心的衣裙

思念，不需要风度
虚弱的呼吸
婉转着夜半歌声的雨
游弋篝火里的神往

新栽的玉兰
淌着流亡的青春

雄安之怀

轻寐的雄安
整座小镇都飘荡着风歌
一串串冗长的音符
流过春天的童真

染着晚霞的风里，还有许多瞬间
正逾越四月花季掩饰的寂寞
缠绵最后的春闱

思念是夜的盟约
守候一轮迷幻
黏满声色的怀想
让愿望得以实现

梦，在冬奥村地下室里

火红色的温暖
斟得月光满杯
一段故事，就是一段人生

将另一个夜
阖拢，眼底流出夏夜的星光

天上人家
每一颗星都是一个故事
等着你游到月亮边缘讲给嫦娥听

然而时间慢慢结冰
寂寞流回火中
留下往事，背叛了水里的倒影

一阵寒冷袭来
截断故事
醒了，冬奥村地下室

流星低语
摇头，掐灭烟头
怀揣一颗梦越墙而去

山乡的夜晚

山乡的夜空是座寂寞的城
星星刺破幽暗
以沧桑点燃宿夜的愁思

让我珍藏了一天空的海水
浸透四季，融进眼泪
看啊，这一蓑烟雨的悟性

凄凉渗出墨来
滴穿痴念，营造出一轮水月
攀缘而上，纠缠袒露内心的镜花

所有的往事驶过等待的怅惘
唯那条银河对面凭依的背影
才是走不到的尽头

奥运公园的诗意

我的牵挂
是公园树叶的飘零
有蓝天
有白云
因风，刮得
高高低低
沾一抹远方的怀想
萌生出隔空的柔情，笑对人间烟火

踏着云彩
登高望你
蜿蜒往返于生命的形体
已然是，不眠不夜的城

黄昏·冬奥村晚景

风的不羁携来线装的晚霞
烧红逐日枝丫空悬的修饰
从油画中，一片一片
落向染墨的秋草

宿命的叶子合上未眠的眼神
那少年歌谣里
仍有未读完的一页
多情的名字，灿烂的人生
系上孤独的
青春

像儿时传说中
天河里
渡口载星的孤舟
背面刻着你名字
与梦境里
——倒流的时光相连

海滨之夜

天空从海上敞开心底
海，浪潮汹涌
沾湿整个黄昏
若隐若现的星星是沉默的悬念
每一颗都写着流亡的瞬间

苦涩的海还是笑了
淹没了夕阳
这是白昼归泊
蜷缩去黑暗的角角落落
在晚景里沦陷

灯火阑珊处
梦仰泳
枕下孵出
海上的消息不再涌动
浪花无根
星星掉在海里
梦之夭夭
总是中了诗经的埋伏

宛平湖畔随想

夏季的雨流过这里
条条小河，掩在披草中张望
风软下来，铺开安眠的叹惜
我以风为伴，被瞌睡轻掩的梦缘浸蚀

等你，等你蹑手蹑脚而来
夏虫反复地，呼唤你的名字
孤独似乎是诗人固执的痴迷
让凉风浸润过的执念，盈满夜露的嫩肤

云也断开了，我想用文字缝补
月亮出来了，我的影子便倒在湖里
月光揉皱了湖水
如你频频回首，是正归来还是要离去

夏天，我的大瓦窑

从天空，默读
你踱着云的步子
一任风
慢慢地将你脚印
变冷飘落

夏天的大瓦窑啊
总能让苦涩驰念潮涌
感动苍穹而热泪盈眶
让难以说破的孤独
热烈燃烧

直到隐藏了孑然
夺眶而出的泪
却似雨淅淅沥沥
扑面而来
梦里暖湿的触摸

我的牵挂便淙淙流淌
那么敏感而强烈地
正穿过墙下的草丛或花间
听到一声清脆的蝉鸣
又唤醒一个说梦的黄昏

清明上河园
——上元节游开封清明上河园

夜总是，穿过传说的片断
制造跑得更快的梦想
我喜欢
在这个皎洁的月光分叉的地方
躺去床上安静的
穿过你的琴声，消失
在另一个童话里

我捞起河里的灯火
投身到一幅古老的长卷
赶去能从窗里看见你的地方
躲在那与你相望
夜正饥饿得微微地颤抖
灯火和画之外
你是正打开的书

月亮，又升起来了
你又打开了另一轮回的通道
人的心都奔将尽处盘踞
尽管你离最近的季是雨
尽管风正吹着你皮肤
你的心也在轮回的彼端

宛平湖望

晚霞，跳到怀里，天空
一道一道笑影，载着好一片春潮
变换，招展，怅望，等待

暮色远处伸来一双手臂
一轮明月，变成湖中灵魂
波光粼粼，泛着你的身影

终于所有的风都被水面绊倒
一朵朵水涡如翅在扑打
你听见心陷落的声音吗

永定河傍晚

夕阳流出
滔滔不绝的音符

风，弹云拨霞
梵响，若拈香飘雨
漫天幻境
开花，起舞

等着月光，凌波而至
告诉梦外的秘密

还隔着
涉水徙倚的黄昏
海滨夕阳
是风掠过的遗痕
露出红色的行踪
浸染天空，一片一片云羽

动态的清明上河图画前

你立在那
一片城域的接壤处
做了古代与现在旋转的画轴
当珍藏繁华的画卷
慢慢地
移动街铺和岸边的人群
你的眼睛便孕了
我被情怯轻掩的伫候

流落的灵魂
燃烧成相思
那遗骸便是醉了的情愁
在远去岁月漾漾的光下
我牵着时间的弦摆
踩着自己的影子
——频频回首

湖边道别

夜色汇集浓墨
浸染你灵动的秋水
星星穿过寒风
瞌睡湖边灯光

夏天忆起过得很快
冬季走着会觉很长
揣在心里的春天
等着每个早晨的太阳

待到唤醒冬眠的花
绽放在你走过的地方

似手的柔风
将诗行融进花香
祝福和思念
就不是很远的远方

海风变薄了

拂过栈道上锁心的陈迹
年轻的语言撬开古诗里的往事
覆盖上你的影子，蔓延

冒起烟的黄昏
此刻，正悄悄临幸
盈满梦缘的尘寰
抚慰和诱惑，依然素裹的冬眠

黄粱梦

把梦一般流溢的月光
和晨露的剔透
以及黎明的阒然
咀嚼成有韵律的文字

狂跳的心曳过晨曦
风像歌曲一样
送来单纯的玫瑰芬芳
婚礼的仪仗从远处走来

我走近你
你从你澄澈的眸子飞出
一袭洁白的婚纱
催我入缠绵无底的深处

北京今夜的雪

曼舞柔姿
浩渺天空
是天使羽毛
还是天上春絮
有谁知来自哪里

睡梦中
小心地依洄
胆小得有些忧郁
以她的不幸
给你慰藉

落脸颊是泪
落在衣上
是寂寞之花
寂寞地耗尽
所有气力

将在明日消融
仍簪头上与你
又一瓣瓣地装点
今晚的寓居
汇集流离幻梦
铺在飘雪的夜里

黄金海岸，孤独书屋

你有一湾
无法言说的神秘
海风也紧随你
我更是循着脚印
来此海水轻抿的沙滩

夏天的晚霞
这么容易点燃
风一吹来
寂寞就在你面前
与画面分离

我也禁不住想和你一起
孤独

2月21日的北戴河海滨

依然风起，吹落了星星
撒成海潮中脆弱流离的光斑
粼粼地，匍匐着凋零的忧伤
直到守望中孤立的喧哗
一分分地静默在沙滩的一隅
是心的漂泊
而不是结局

在这迷人的海滨
把早晨一直读成书店里的黄昏
清澈见底的往事
夕阳里，刚刚写下今日——
岁月，用回忆细细揣摩的段落
夜已经飘起来
夹着梦的偶然

海滨，冬末的遐想

冬日晴朗的海
不知道风
会来自哪个方向
我只知道
声音从海水走出来
去潮汐里窃听
海水与晨光的情话
沙滩才是调情的高手
偎依着浪花的衣角

冬天的睫毛
凝着栈桥上的白霜
但春天的太阳
长在我心里了
并在我唇上开出
海波一样柔媚的花
我给
枕在心脉上的暖和起了名字
当你来到的那一瞬间
就想让你做心事的靠山

暮晚的天边
有了温暖过的影子
身体之外的眼睛
仿若看见春天弯转的腰身
海滩、浪花

还有阳光和风雪
都锁不住年华的丰稔
也没有失落和停歇
追逐云朵激溅浪花的遐想开始溶解
所有能聚在一起的时光
都是不挑日子的节日

海之语

海，波光里如花
思念，在无法言说中堆积
开花的记忆害羞如霞
船儿又摇啊，摇啊

想你一丝一缕
云间镶嵌着神秘
风，唤起海的味道
飘来一天空情书，也都是你的名字

心靠近海
看晚霞沉落，又起
海波光里如花
思念在无法言说中聚集

一起做个大人

每日，你采集风恬日暖
以及爱了很久的山和海

我便跟着夏天
与风筝不断相遇和告别

阳光下，你仍是个孩子
轻倚婉约的四季

云正在一床雪里蠕蠕而动
心在那儿旋，没和你一起奔跑

海的叙事诗沉默太久
彩虹色的天空却很好看

风中，你回眸
风雨里一起长成大人

风中，你回眸
风雨里一起做个大人吧

港城晚咏

六月港城天空如斯
虚晃年少的迷离

匆匆的
迟滞于黄昏关隘

不管如何，我还是要快些
过一刻，苍穹将漆成黑色

我要跑在风之前
赶着送你海和霞的叙事诗

天是愈来愈暧昧了
恐怕灯光会早我等你在门口

我中了星星的埋伏
引渡到披着露珠的相思

以天为海

夜来的时候
你从哪里
掠过风
传送低诉的丝语

我举起双手
抓不住一滴水
背靠大海的地方
我成为水源枯竭的空城

我的今夜
只有遥远的天空
这是唯一的
奔向你的海洋

在黑夜的眼睛上
放一颗照见你的星
昼夜与我无关
我只要看到你

天空和大海
不过是蓝色的小溪
心在玫瑰色的流体中赶路
宛若一尾朝谒爱情的鱼

海滨之夜·北戴河

浪花疲倦地被海滩湮没
今晚都要投宿沙滩
在溢水星星的夜空
你和我的眸子都能发出信号

听海在夜里的颠簸
我用沉默，碾碎涌进身体的海浪
平静下来，等赴一场弹着声音的酣畅
去梦里追逐并喊着你的名字

那必有星光闪闪的诗在夜空飞旋
在远渺而湿润的银河怀里
捕捉带着火苗的流星
凝练落花一样迷漫的红尘

观海听潮

海浪扑到沙滩
就成了
潮来潮去的传说
激情
流亡泥沙之后
仍有浪花
去点亮太阳的期待
滔滔不绝地
复制出
来不及幸存的拥抱

此时
我温柔的血管中
你眸子携带着我灵魂
踉踉跄跄
流浪
隐秘在木兰树的根际
瞬间，又在枝头
被港城的韶华打开
幽现三月的芬芳

一颗凡心
生出不能连根拔起地偷觑

海滨·晨愿

沙滩是海的巢
你捧沙成心
向海许个愿

一只海鸥
衔着偈言
飞向晨曦
传递给海神

归家的浪花
一朵朵
随之点亮

海边的吟咏

海面上一帆帆船并不是驶向这里
看不清，他们都会有想诉说的故事
海的沉默凝固了怀想、眷念和回忆
他们都缄默不语

春天，大海的盆景是太阳做的
告诉我不要亲吻浪花上的欲望
当风把云朵散为一团团随缘的素笺
终有海鸥衔着晚霞送来花蕊中的图腾

想象的浪漫遮掩着扭动腰身
诗用最柔情的语言和你凝固成一个身影
得以赤裸着放纵欢愉中
神灵和法典在雄性的诗歌里都不堪一击

清明上河图中的女人

纸上的蜃景
定有忧郁的院落
端坐着稔熟的幽静
盎盎那袭
红尘穿越的韶华

潇潇夜雨里
一个数着雨点的女人
斜倚西窗
剪不断的灯花

海滨情态

海潮一次次在晨曦中
带来幻想
沙滩上浪花的那张床空了
千堆雪没有，只剩黎明窥视的孤独

但依然有海的声音
吹去冬天遗落的忧郁
融入抓不着，穿透梦的灵性
让惊蛰的雷声也有香红的怀念

那支有吸引力的笔
蘸着喘息的时光
在太阳盘旋的沙滩上
寻找燃烧诗歌和音乐喷发的出口

无意间邂逅的你是谁呢？
或者是东临碣石的幻影
你在黄昏的轻唤下走来
用普通话与海鸥比着高音

散文篇

旖旎风光

黄昏浮暗香

五月十日黄昏，衡水湖畔，暖风如绸，正以红砚泼墨，染一湖霓彩。青石板路旁，芳草盈盈，正送长路人流散去。唯风拂斜柳，情意依依，丝绦摇绿叶，犹如一张张翠绿色的素纱。

云上山峰的颜色渐渐变重，紫霞缥缈，红日西沉。余辉映照的天空，如同水彩妆点的画卷；湖畔的渔家船，正在归泊；游人如织，少女红红紫紫百般娇媚，眉宇间流淌着一份温柔，剪剪秋水的眸子盈盈激荡心绪；又兼空气中弥漫着各类花卉的香气，这一片宁静诗意悠然，水墨含情，仿佛画中仙境。

我踏步小径，走进一个晚阳拂面、沐风熏衣的世外桃源。此刻，百花红郁，新绿繁茂，全然一篇正待入梦的随笔，没有任何矫揉造作，自信地展示着湖畔美的恣意和柔软。

晚霞如琴弦，弹奏出天籁，流转着湖畔的云淡风轻，温暖无处不在。激滟湖水的清波，如同抽象画一样，饱含感染心情的思考，既带来浪漫和感触，又以清澈的眼眸，呈现着青涩和天真，承载生机和希望，在眼眶间浮动时光的涟漪。好似青春和梦想在一刹那间，以光影的交错、烟花般的绚烂，用一种唯美的情境就在眼前展开。

在这人间烟火中，总有一些散落在记忆中的鲜花，遗落世间的尘埃。其中，鲜花是所期待的美好，而尘埃则是必须接受的现实。那些落花的飘散，在衡水湖畔轻盈漫舞；那青草绿柳生机的交织间，荡起一份若有若无的思念，一份不舍与留恋。他们环绕在四周，袅袅婷婷，轻柔静美。它们寓意着时光荏苒，岁月如梭，也寓意着一切都会在不经意间无常变幻。

在白天万物复苏的暖阳照耀下，黄昏的激情也扶摇九天，生命的气息四溢而出。这时，我们又如同婀娜多姿的落花，在时光的长河里执着着，不舍思念，却无力挣脱宿命的羁绊。我们的爱情、友情、亲情，到最后也只能是一缕云烟，在时光的洪流中渐渐消逝。此时，若细细品味湖畔的芬芳，就可以感受到岁月的馨香。沧桑的光阴，或许因烟波浩渺而难以触及，但这里的香气、颜色和轮廓，足以让我们回忆在风中消散的岁月，感叹时间之短暂和生命之静美。

我们每个人都会难忘那曾经流过指尖的悸动，想要打开烟雾笼罩下的曾经。如湖上的小船渐渐远去，岁月无情地带走了我们的初心和梦想，光阴如同那跑了一天、正在码头静泊即将沉睡的湖面快艇，同那正在湖水中扬起温柔波纹的圆月，同那湖堤侧的野花，同那淡淡的水莲花香，这些都是光阴在我们感触深处留下的印迹。那沿湖走来的路，那沿湖得来的风景，那曾经的渴望和期许，在每个瞬息的时刻里，都在向我们的记忆长河中注入温馨，驻留下怀念的情感。

是啊，过去的那些日子已匆匆而逝，却将那些岁月里的细碎痕迹，深深地印在了感性之上。我低头看着路边树木伐断后黄黑色的纹路，仿佛听到了岁月如梭的叹息，连同那一抹时光温柔地在黄昏中飘散。

轻柔的思绪在湖畔久久徘徊，终究还是回到了盘旋不去的回忆里。是因为那份柔情似水的温存早已深藏在岁月的秘密里吗？曾经的我们，曾经的年少轻狂，都会在每个五月之后积蕴下无尽的思绪。岁月转换，以姹紫嫣红款款落笔，将每段开始的时光都勾勒出一个清晨初醒的少女形象，又以午后阳光的灿烂明媚，照见梦的情感飞扬。但黄昏到来的时候，一种淡淡的忧伤也渐渐浮现，在暮色中弥散开来，笼罩着心头。

湖畔轻烟渐起，翠色变暗，湖色渐浓渐起凉意。花、草、树、风，一切都变了，但湖畔风情却不曾离开，流年消逝，也总有一份回味和缅怀。湖光寒烟轻轻吟唱着那些溯流而上的记忆，品味着那些烟波浩渺的往事。岁月如水，芳华如梦，我们或许无法阻止岁月流去，但可以用心去珍惜那些自己的深爱，在岁月长河中，在每个黄昏，记录下那些属于我们独有的故事。

在暗香浮动的黄昏中，流云逐鹤的旧时光跃然心上，一抹淡淡的红，恰如留在年少记忆中的羞涩与美丽，铺展在黄昏的每个瞬间。晚霞中波光潋滟，把湖水、花朵、阳光、微风、思念，都深情承载，娓娓道来。情感铺陈的文字深深地渗透进了心间，如同蝴蝶飞扬，跃动出作者的情感和内心世界。

辗转缠绵的黄昏，总是在心弦上弹奏出动人的乐曲后，让人沉浸在岁月的旧时光中，听那些渐行渐远，仍不断带给人感动的叙事。诗人将这些感动，转化成为一枚落花的模样，寄托在晚风里，等待夜色的沉淀，等待新的一天到来。

诗人笔触轻淡，在键盘上将这黄昏的美好与时光的苍凉熔铸在一起，化作了这篇散文，将岁月无法带走的美好，留作香气和心境，让无言的岁月里，花香仍在，为那逝去的时光留下余音，也为往后的岁月谱写新的篇章。

夜闻箫声

衡水湖畔，夕阳西落，白云如远山渐远。槐花清幽雅致，如女子的轻叹，吐着内心的乡愁，如"槐林五月漾琼花，郁郁芬芳醉万家；春水碧波飘落处，浮香一路到天涯"的景观，此处只是醉了游人。湖面水波荡漾的倒影可是有心人的浮香吗？

这时候，湖畔的风吹来，轻柔而缓慢，吹过每一片树叶，掠过每一枚花瓣，也掠过情的花期。（掉落的那些花片）将悉心的暖意，扑在五月满园绿意盎然，扑在游人的怀中，在夜幕即将来临的衡水湖，洋溢起温暖和浪漫，抵御夜晚将袭的微寒。那路两旁的槐树花茂密的一团团，如玉洁白，如絮温馨，那穿鼻入肺进而沁人心脾的幽香，让人走一段，回首一眼，团团花絮，如感情意盈盈的招手挥别。走一段，禁不住，再回首一眼……

这时再看脚下，满地飘零，再看那半空，落花若有若无的轻舞，恬静而牵心。虽有闲花落地听无声的说法，在这晴朗的傍晚我却仿佛听到满地落红带雨的声音。

直到漫步在湖畔，看到光滑而深碧的湖水，看着湖面的波澜起伏，这场无声无息而又似无缘无故的情感恋曲，才融汇于轻轻涌动的柔波中，消失在微风涟涟的湖面上。但感悟到的那一份心手相连的温存，流连在心的心心相融的眷恋，像柳枝的曼舞拂在脸上，带着微微的笑意，如同湖面涟漪在灯光中舞动。

湖面波光粼粼，那里有水做的心，在晚间氤氲的百花余香里，那波光漫歌一曲红尘翻滚，朦胧而清雅。灯光下涟漪荡漾出自由与丰盈的生命韵律，如活泼的群鱼嬉戏，从波澜里摇出璀璨的花瓣，深深浅浅的爱意在其间上下起落。那些花朵，在这场景中显得如此惊艳而火热。也许，只要朝着拉长的岸线，越过那片片动感的五光十色，就可以看到那些吟诵者所歌颂的情景。

我正欲前行，湖畔忽有箫声响起，就像夜晚的幕布悄然降下。循声看去，箫者独立于湖畔。我静静聆听，听着箫者吹奏《长相思》的曲子，那是柔柔地如泣如诉的箫声，是回转与低吟中表达的思念。我作为清醒的旁观者，听出箫者思念伊人的思绪如雨后彩虹，却竭力用今晚这一季最美的风景来融合箫声，将内心的问候叮咛和韵成深沉的曲调。在这个充满诗意的夜晚，从箫者抑扬思念的守望中，我深深地感受到那春雨含香的缠绵，那轻风拂过的缱绻，那湖畔轻吟的流连忘返，那一怀浓浓的绕指柔肠。时间并不会因为人们的渴望而慢慢流淌，然而，时光的肆意，却在这低吟浅唱的湖畔中留下了不舍的泪滴。岁月如箭，又似乎等待着人与人之间那份淡淡的暖意，等待着那份美好而深沉的情感来临。

箫者心中一定盈满深深的思念，当思念从心中翻涌而起，箫声便像一只鸟儿在波光粼粼的湖面扑翅欲飞，向着伊人的方向飞扬。对于伊人来讲，最好的幸福一定是有他给的在乎，必然是最美的时光和他一起度过，在他的怀中，享受过往时光带给彼此的温暖和幸福。思念是一份浓浓的情愫，在这寂静的夜色中，箫声中慢慢得变得清透。我仿佛感受到另一方那遥远的存在，因为箫声里的温暖，犹如透过槐花香气的迷醉，以一股盈盈淌着的韵味无穷的细流，在我心里呈现出言辞难及的真情美意。

这是值得静静品味的湖畔浪漫，那一片深情，浸润着心扉。我不禁伫立湖畔，被那熟悉而陌生的箫声，以温柔写意、婉转入骨，抵达岁月的最深处。那是与众不同的韵律，是别人遥不可及的节拍。

若能在这湖畔，在这花开之时，留住今晚的夜色，便已是无愧于生命的际遇。我静静地凝视着湖水，感受着箫者那一缕沉静的情感，渗透于生命的深处，带着爱恋，带着痛苦，化成箫者心底的吟唱，飘逸不群。箫者凭一份真挚的情感，使自己的的牵挂和思念激扬地宣示又略含羞怯回旋着，在湖畔渐行渐远，宛若千纸鸟儿从箫管中离辞，并展翅飞舞，翱翔在天际。

自在飞花轻似梦，无边丝雨细如愁。爱情故事总是随着时间在人的生命里流淌，凝固在人的思念之中，于无声处折射出那段美好的爱恋。思念也总是一种儒雅、细腻的愁情，犹如一股涓涓细流，从流年中缓缓流淌而来，总是在夜色深处泛起浅浅涟漪，令人难以抑制。以缠绵而深刻的音符流传，那柔美的箫声，仿佛是诗人内心的呼唤。

我想起落地的花瓣，想起了那句伤感的词"空一缕余香在此，盼千金游子何之"。这里的槐花花瓣依然有让人心醉的色彩和迷香，这洁白无瑕的花瓣，何尝不是箫者相思的一个音符，它散发着一股淡淡的芬芳，始终贯穿于箫者和伊人那摘心摘肝的思念细节。

"阅尽天涯离别苦，不道归来，零落花如许。"在沉思中，细细品味思念的味道，想起与爱人相亲相爱而又相隔两地的青春岁月，那美好的时光记忆，融合了今日湖畔所经、所思、所悟、所感的点点滴滴，让我萌生了要用文字记录下今夜箫声的念头。

茶馆听筝

衡水湖边，一个下午，与友人茶馆喝茶。

茶馆韵味古老，古香古韵得让人感觉似曾相识。

阳光透过窗户，变成远古那般颜色，窗外水声缓缓，在清茶飘香中，仿佛可找回一些被时间波涛抛弃的时光碎片。

厅中央，一袭拖地长裙的姑娘，拨弄古筝，柔和而清澈的声音让人不禁放慢自己的脚步，尝试着去寻找心中那些已经消失的记忆。

落座后，点了一首原本为琵琶曲的《阳春白雪》。弹奏者正是那女子，轻纱半掩清面，姿态婀娜。古筝在指尖拨弄下，豁然放声。这首曲子，灵动而婉转。不久，仿佛一阵春风拂过面庞，带着淡淡的花香，如流水落花的音符点点飘向四周，让人回想起家乡的纯净，虽沧海桑田，却亘古未变。

随着古筝曲调的传来，厅内一片静谧，仿佛此地别有洞天，繁嚣都已沉寂，琐碎都悄悄沉淀，只有古筝的弹奏，入耳入心。

那清脆高亢的筝音，化作了飞燕踏雪、翩翩起舞的美丽景象。萧萧寒风中，曲调时而悠扬，时而急促，似能沁入人心，将内心杂念统统驱散清空，只余下由手指在古筝弦上所创造的世界。如河水般悠长的深沉，从弦下流淌而出，进而激扬如风中云霞，随风而动，又隐有一份缥缈和脆弱之感。

筝声渐趋微收，唯留深沉音回，诉着一个旷世传说。似乎在演绎一幅画面，我的耳畔回荡着清明上河图的汹涌河水，以浪花拍打船头。天地间只余下古筝和它演绎的故事，在观听者沉浸的场景中，曲调渐深，风景掀开心扉。筝声如春雨润物，在内心深处荡起丝丝涟漪。似有一个清晨来临，暖阳透过一片片叶子，宽泛地照在我们的脸上，让人感到万物苏醒。不经意间，音缓而渐平静，留下思绪悬空，感受到世间那些不为人知的神奇。犹有笛音在梦里纷扰，却甜得沁人心脾；又仿佛置身于翠竹之下，听那余风拂过，花香袭来，落叶飞舞。

时光在音符里持续延伸，让我们沉醉于这般美妙旋律，流连忘返。周遭的一切已变得遥远，只留下纯粹筝韵，突破时空束缚，深陷于明媚与温馨。若有星空点点，瑰而不华；若有山谷间回响，筝声脆而绕梁。筝音随室外湖水摇曳，诱人入幻。此刻所有烦恼烟消云散，代之宁静悦愉。

于是，闭上眼睛，便仿佛被筝声带到了一个雪融的春天，在一个被修葺整齐的庭院，静坐着几个文人墨客，随手拈来的竹笔在宣纸上释放出优美的字体。阳光透过绿荫的缝隙，洒在他们白色的衣袍上，温暖而明朗。随着曲子的演进，整座庭院开始有了声响，几只鸟儿从梅花树上飞过，发出婉转的鸟鸣，似乎在与古筝的声音交织，相互呼应。慢慢地，曲子节奏加快，变得热烈起来，仿佛在描述着另一个场景：广袤的原野，一骑飞奔。侠客的马蹄疾驰大地，在宽广的草原上留下一道风景。阳光追逐着云朵，映衬出一个衣袂飘飘的画面。曲子又逐渐减缓，时间小心翼翼地回到仿佛是曲终人散的那一刻，文人们端着茶盏一饮而尽，相视而笑。古筝的声音也变得宁静，仿佛在郑重其事地说着这个场景所传达出的宁静致远。

听完这首曲子，就像走过一段漫长而神秘的故事，看到岁月里的画面。一曲阳春白雪延伸出来的情感，感动心弦，长久深沉留韵于内心演化，挥之不去，令人难以割舍。

古筝声后，细品清茶，感慨时间流逝。惜光阴似箭的同时，又叹原有这般美好。绚烂而真实的生命，有时候也简单而安静。在这个安静而不拘束的空间中，在那拖着长裙的姑娘的筝声伴随下，阳春白雪怡人悦耳在这衡水湖边，生活也许可以不再匆忙，甚至可以慵懒地存在。

也如这茶，香是感悟，口感是最美的意外，韵味是内心的沉淀。茶是活的，需细煮、精泡，慢品。人在其过程中也会慢下来，进而避嚣习静，旷心神怡。

话梦湖光

夜幕降临，灯光熠熠，映照在波光粼粼的湖水上。荷塘的绿意柔情万种，清风徐来，拂动荷声，似乎是在轻声叮咛。

沿湖滨路漫步，渐渐地，浮躁的心和忐忑的思绪统统留在眼见之外，只剩安静、恬淡、平和。枕水而眠的是岸边的烟火，心湖荡漾，远处似有闪亮的斑点，夜风吹过，在湖边留下淡淡的凉意。湖边的水很静，倒映着柳树的影子。被月光梳理的槐树，宛如一位头戴槐花低语的女子，伫立在湖畔，让风吹拂过耳畔。听那清风细语，我以为这安静的水面是衡水湖的最好背景，与停泊的船只相呼应，仿佛一幅归来的画面。湖景音乐正是李殊的"烟雨唱扬州"，那"风吹云动天不动，水推船移岸不移，刀切莲藕丝不断，山高水远情不离"的幽婉，却极其清耳悦心，顿感这便是移来的一番烟雨江南了。

若再加上我一再幻想的邻水之屋，渔船泊岸，油灯闪烁，温暖的炊烟弥漫在空气中那就更好了。加上我一再幻想的路旁花枝上挂着的彩色的风铃，小桥流水人家，夕阳渐渐远去，万籁无声。那幻想家园的邻水之屋里还有着曾经的梦，还有着聚散离合的故事，还有着年少轻狂的脚步。这是个温暖而又疏离的梦境，我的心却早已从这个梦境离开远行。

人生若梦，梦有人生。这些年，我远离了这方水土，向青春的浩瀚梦想而去，无数个白昼与黑夜衔接处的月夜，幻想犹如一条画龙点睛的丝带，从这里接连起命运之间的波澜跌宕，从这里接连起梦想的希望之舟。回首那些年，青春的岁月就像一只蝴蝶轻拂过我的指尖，仿佛还来得及品味那生命的芬芳，"往事已成空，还如一梦中"。即使我再一次凝眸回望，再一次穿过时空，也带不回生命中那些轻盈而悄然逝去的景象。面对人生，人就像跋涉在一条不尽的漆黑山路上，心中却充满了期待和挑战。

湖面泛着月色，深情柔和，象征着一种内敛明净的情怀。荷花绽放，散发着淡淡芳香，它们平静优雅，端庄高洁，象征着一种纯净的心境。时间好似慢了下来，心灵深处的秘密，在这静谧的湖畔，被岁月轻柔地剥开，一步步走向内心深处的自我洗礼。

无论年岁如何增长，我始终为心动且追逐的梦想而精卫填海般坚持。多少年来，追梦的脚步不曾停止，心中的梦想如同那阶次盛开的鲜花，不断地绽放着生命的美丽。没能留下的，早已轻描淡写地抹去了，留下的，呈现着浓烈的特质和欲言又止的匆匆。在疫情肆虐的这几年，心走得太急，时间过得太慢，以至于连自己都忘了从跌倒地方爬起来的方式。而此时此刻，不需要别人条理清晰的语言安慰，也不需用对错来分割内心的痛楚。只要摊开手，感觉到自己心跳的微微颤动，看看自己依然还在，就自得其所。

梦中的回忆，依然翩翩起舞，它们随着梦境飘荡，留下稀疏的痕迹。衡水湖内的湖水，宛如时光里的琼浆，慵懒地依偎在另一边，与那邻水的小木屋相互呼应，弥漫出一股温馨和自然的韵味。从风中伸出手指，定格的那些温暖的瞬间，都是永恒的盛宴。眼望湖泊之畔，在微光的照射下，梦境正浮现衡水湖面上，温婉如细雨，润泽而不沾染尘埃。在纷繁的思绪里，找到的那一抹清凉的踪迹，宛如绿荷深处那一汪清澈的湖水。

用梦中回忆，点燃剩余的蜡烛，升华成思绪，于心中闪烁。伫立在湖边，心中沉淀着一丝深深的惆怅。漫长的夜里总是萦绕着悠扬的吟诵，把人带入那长夜的幻境。风雨坎坷，琐碎与繁华留在逝去的岁月中，潮湿的心跃动着，总是寻觅失而复得的渴望。时间穿梭，岁月流转，记忆中那些花瓣和今夜的脉搏比肩而行，忧伤点滴着经年错落，就像夜露一样，拿起笔，记录这一切，等候黎明的女神含着晨曦而来，唤醒梦中芳华的归期。

站在湖边，享受微风拂面，仿佛能看到自己内心深处的那一份清澈和纯净。这种感觉是在都市所没有的，它源自这清新的气息，这满怀爱和想象的心情。

关起心门，点亮思绪的灯。思维在这方天地里肆意翱翔，甚至穿过了岁月的翳障，挑灯独酌，点点滴滴地讲述自己的故事，让它们轻轻重回那个岁月，用最深沉的方式流淌在文字的血管中。

每段光阴都是一场梦景，那是如风的时光，如歌的岁月。未来的路途，都充斥着未知和期望。像今夜写下的这样一幅画卷，是对春天的离别，也是对未来的期许。哪怕是心中莫名的烦躁和迷茫，也蕴含对人生主动的思考。对人而言，人生每个阶段，又何尝不是如此？所谓永葆青春，无非是在生命的旅程中，不断地追寻着心中的彼岸，不时用文字来记录自己的成长和记忆，保持理性和达观的情深状态，从而成为人生中的胜者和强者。

湖畔的月色柔和而美丽，恍若梦中。淡淡的香气，从荷叶间弥漫而出，安静而恬淡，自由而神秘。月光照亮了整个湖面，星光被压在月影之中，依稀还有梦的影子，深深地印在我的心底。

银白月光照耀下，湖面映出明澈透彻的星光，充满了诱惑和不舍。我向这一片清幽的湖畔深鞠一躬，留下对这景色的敬畏，意图走出我的意境。

此刻，心中的无限清新，荡漾在璀璨的湖光里，心魂系于湖泊的怀抱，在梦中架起彩虹，跨越时光的壁垒，游离于现实与虚幻。那湖月相和与月点波心的空灵、缥缈、宁静、和谐，心照神交光阴里的故事，演绎在这衡水湖畔，让自己的身影，让抹上铅灰色印记的今夜，让月光的静默无声，都成了这里如梦般的牵动着的情绪。

浩渺湖水轻晃的烟波，璀璨着一朵朵梦的笑容，像朦胧的小荷花，柔美绝伦，也像那时我们的青春，纯净而无垢！

晨游赏荷

天色开始明亮起来，淡淡烟霭给衡水湖畔的静谧披上一层朦胧。晨光中，我静立湖畔，目送那万顷碧波。碧波荡漾，像缓缓流淌的乐曲。湖上有条船正向彼岸驶去，将心带往远方。

暖洋洋的风，吹拂着荷叶，一个个像挥舞的温柔手掌。这些荷叶形态各异，有的像小船，有的像挂在水上的伞，有的则像飞碟；有的张开，有的貌似安坐枝头的小鸟；成片的，俯瞰，又像是小的森林。

正是夏季，大多荷叶都张开了，加上水草繁茂，湖面上的荷叶变成水鸟隐入隐出的绿色巢穴。

亭亭玉立的荷叶就像是一道道绿色的长裙，飘扬着、摆动着。湖水的水波，萦绕在荷叶之间，是一幅灵动的水墨画。片片荷叶翠绿欲滴，硕大的叶子上笼罩着薄薄的水汽，煞是清新脱俗。亭亭玉立的荷叶又像一位仙子，从容自信。当一缕微风吹过荷丛，荷叶随风轻摇，仿佛是沉睡许久的人，自由舒展着，翻动慵懒的身躯，既细腻又柔软。

飘在湖面上的荷叶，沉浸抑或浮泳。它那翠绿的身姿，轻盈而又华美。每一颗叶上的水珠，都闪烁着晶莹的光芒，那是天工的杰作。荷叶镶嵌于水天一色之中，像一座座碧绿的小岛。

荷叶丛中，相间的是荷花，那些温柔如火的眼神，连着想象，连着无边无际的梦寐，是夏天将人感性的温馨、灵秀、晶莹、透彻等深度转化的精灵。那让人揣测的喜悦、忧伤以及期待，像是一朵朵火苗，燃烧在人的心里和渴望里，以清丽绝伦的优雅，慢慢写满了这片湖面；以姿态各异的灵性，宁静无声地，从飘飘衣袂浮动出丝缕的醇香。

以白色为主调的荷花，周身洁白如凝脂，只染碧波不染尘。一张张雪白的脸孔垂落在细柔的荷花梗上，洁白如玉，冰姿可人；又像小小一朵朵白云，游离在荷叶之上。荷花的如意花瓣儿，如雪花飘洒般摇曳，耀眼而夺目。微风拂过花香，水面泛起一层层的涟漪，像是空气中弥漫着淡淡的微笑，舒展而洋溢着无尽的生机。

深蓝色的花瓣，宛若夜空中的颗颗明珠，灵动而神秘，娇艳又奢华，就像风华绝代的女子，在衡水湖这片水乡狂歌烈舞，在绿洲空间里尽展风采。荷花一朵朵向上翘起，像三五好友，在水面上轻轻地低语，偶尔还会抬头朝向天空，似在等待着上场演出的召唤。

粉红的花瓣则像少女的脸庞，千姿百态，各有各的妩媚。五彩缤纷，含苞待放的脸颊，像孩童彩色肚兜上的图案一样，美得脱俗。粉色为主调的荷花，比白色和蓝色的荷花更为柔美，有古画中的温良恭俭让的意味。

粉色荷花开放时，绵绵密密，给湖面披上了一件霓裳羽衣。它们似乎在翩翩舞动，将长满荷花的湖面连成一片盛大的荷塘。又恍如一幅天地荷花屏风，满目清香，馥郁四溢。涟漪荡漾时，花影摇曳，清音缭绕。

我梦幻于湖水、荷叶、荷花的诗意和浪漫，耳边欢快的鸟鸣惊醒了我，思绪回到现实来。此时有微风轻拂，荷枝摇舞，宛如一抹优美的笔触划过了这片静谧的湖面。不禁喟然，轻叹此地此时的所遇不能成为永恒。我蹲下，将手伸入湖水，像是同这总能带给我无尽的灵感的神韵衡水湖，以手相握的衷情感激吧。

我愿用童话的心情，说出衡水湖这美丽自然的神奇，那隐约缥缈的湖中天色，那暗香浮动的波澜，那盈满晨露的荷叶叶韵，那美芳如歌的荷花……而那犹如雾中仙子的湖面，正波光粼粼，似有双看不到的纤纤玉手轻轻抚弄涟漪，呼着水中鱼儿洒脱翩跹，唤着花瓣儿静默飘飞。

这派天台路迷，神霄绛阙的仙境，正似准备梦回唐朝中的一场盛大迎宾舞。

夜月之咏

夜幕下的衡水湖，静谧如梦，"浮香绕曲岸"的荷花，氤氲清香，波光粼粼的湖面似从哪里涌来的流水，漫漫地循着灯光的指引，来到这静寂的夜里，湖中如有流云一般，将月华染暗，也将夜色虚掩。一个人在这世界里沉醉着，好似一不小心就会被晚意轻柔地绊倒。

渐次亮起的灯光，流淌在衡水湖面上，那荷花添上了无尽的幽情，如以层层的波痕翻动着蕴藏万千故事的书卷。微风吹过，漾起一圈圈波纹，将秘密推向湖心，也推向了远方。

月亮的光影随波漂流，好像正一步一步悠闲恬适地漫步或旅行。此时湖里的倒影将月光褪褙得如诗如画。水波荡漾的湖面，是墨染的烟云；每朵荷花，则如同梦境般婉约可人，有着倾城的韵味。

在这幽静的夜色里，细腻而浅淡的月色，与湖面独特的组合，是洪荒世界里的梦幻隐境，在时间流淌中保留下清透的片段，让人无法抵挡它的魅力，仿佛总有一股温暖在涌动。月光映照着幽深的衡水湖，映照着人间烟火浮华，也映照着人间红尘纷扰。

月亮渐渐升高了，月光毫无痕迹地落在肩头和衡水湖公园的各处，映出地面上影子，像有道不尽的情丝牵挂。在这个魔幻而又精美的时刻，心沐浴在泛着月白的湖面上，能看到熠熠生辉的文化符号在此藏身，看到这里的秀美与深邃，柔情眷顾，缱绻真挚。在这美得近似于玄奥的景象中，让思绪飘逸，哪怕是换个逆向角度看待这深邃又神秘的世界，无论怎样的挑剔，都无法将惊叹和感动，说得哪怕有丝毫的平淡平庸。

似曾相识的波浪拍岸，似衡水湖的心跳，也似细数着的满湖眷恋。微风划破夜的寂静，将淡淡的温馨，传遍了整个湖畔。荷香穿过时间的长河，渐渐淡去我年龄的印记，让昔年梦幻中的柔情在此刻似水长流。

衡水湖，如此的宁静和婉约。这里没有繁杂的琐事，没有拥堵的街道，没有喧闹声，只有清风悠悠，湖水的晶莹，繁茂的芦苇，婀娜的荷花，还有那银河般绚烂的月色。

这时，忽然一阵歌声传来，歌者在湖面轻吟浅唱。歌罢，我和他搭起话来。他是本地人，祖辈都在这里度过。虽然这里的景象随着岁月的流逝，已经慢慢变了样，但是每一处都有属于他的记忆与故事。他其实也是说着衡水湖的轨迹。我沉浸在那虔诚的语调中，好像到了他童年时代。

这里，有他童年的影子，有诗的风神，有歌的神韵，有爱的温情。在他娓娓道来地描述下，衡水湖畔显得愈发有韵味和意境。就如他叙述中说的一首诗一般，"风摆衡水湖面，波动着若有若无的身影，朦胧间恍然若梦"。这是一股无形的力量，在引导着他的激情，在拨动着他的慷慨激昂。这个晚间，因为遇见他而生动和诗意盎然。听到他的故事，说不上激扬的浪花，也没有悲伤的感怀，但有如梦似幻的欢欣和感动。就如我曾经勾勒出一个美丽的梦幻世界，有希望的曙光，有可期的未来，有无悔的情感，在月色如水的夜晚，可以静静地诉说着心中的秘密。这一夜，在衡水湖畔，那歌者心目中的衡水湖，不就是我终于找到的答案吗？

幻想的，用散文望远镜去寻找的充满诗意的地方，正是这月华洒落、映照湖面、荷花清香、点亮夜幕余光的寄托。它摇身一变，化做细语、沉默、随意，在湖中流动，轻飘飘的，变成我心栖居的绿洲。

双拱桥观景

在衡水湖的这些日子，仿佛时间也变得缓慢了，我像画家一般，用眼睛画一个又一个的形象，用文字拉近这两岸的距离，用心感受更多的情感，游走在这片唯美的景色中，沉迷于这完美的深处。

但是，浓得化不开的云朵飘荡在湖上面，我在流云之下，将目光投向的漫天烟霞，那世俗的感觉又渐渐地笼罩在心头，感到一丝苦涩和无助。是啊，流年无情，人生的旅程总有着风雨与艳阳，总有着参不透的情感纠葛和无可挽回的人事离别。

可是，当站在双拱桥上，衡水湖仿佛不会为那些苦恼和忧伤留下痕迹，它反而竭尽全力地让你感受到自然间的和谐。再也没有什么能和湖水与孤舟交织的景象相媲美了。这停滞于时光之神心坎上的片段，一旦在人们的心湖掀起了涟漪，就会勾起无数感慨和思绪，使人在深沉的时空中回味无穷。

衡水湖上的双拱景观桥，长357米，像是鸟的两只翅膀，我倒是觉得应叫作"观景桥"。因为，登桥而望，便有微风徐来，轻拂湖水，卷起层层水烟。湖面上，烟蒙蒙，悠悠荡荡，像画一般，让人不禁遐思缥缈。

从双拱桥上看去，湖面如镜，远处的梅花岛，像在湖上漂移，又似动非动。九点钟的夏日阳光如梦如幻，将岛上的景物映照得渐次清晰，但仍有难以尽收眼底的遗憾。湖面一片祥和平静，梅花岛仿佛独一无二的舞台，任世间万物轮回生死。

湖面如镜，浮动远观不能确定梅花岛准确的轮廓，但阳光映照下，于镜面湖波上，流淌着梅花岛上花草林木的殷红和金黄，那些孤傲的墨绿与世俗的痕迹，随波生随波灭，就如跃然于世间万物的生灭中，而小岛岿然不动。

湖面的表象并不为现实所束缚，它反是给人最纯粹的自由，它仿佛是一个自足的世界，在大地的深处延续，让人在这突兀而又庄重的画面中，享受到完全的宁静。

对于这优美的湖景，言语细腻也难以言尽，我只觉得它是一种平和、是一种超越时间、境地与生命的绮丽图景。我深陷于它带给的恍惚与梦幻，被这上下天光的一碧万顷吸引，放纵灵感和思想与阳光在这诗一般的光影之中徜徉。

湖面上飞驰着一艘艘小船，驾驶者或许是风格迥异的游人，游人骨子里那份顽童般的天性在现世中得到释放，而衡水湖的瑰丽之姿，更是不断地呼唤着人们心中那份纯真和诗意的复苏。船行桥下，湖水生澜，那叠叠细语，竟如声声清冽的前后呼唤；微风的轻柔，又仿佛是安抚婴儿的慈母抚摸；而那拱桥下的流水，竟仿似让你想深情鞠下身躯，轻轻地拥抱投怀而来的婴儿。

从双拱桥上眺望远处，湖畔的垂柳仿佛一位贤妻良母，爱抚着游人们，像是安慰、迎送又像是掸去行人的归尘；而这掩映在湖边的柳枝，让我们感到生命里的温情无限，也诠释了生命的奇妙与莫测，在谱写生命之歌的同时，把它那份固有的生命力及温情绵绵，在衡水湖畔完美呈现。

在万物皆有灵性的中国传统里，自然之美能够带给我们传统文化的情趣。衡水湖不仅是一个湿地公园，更是一个充满温情和韵味的人文根据地。我们身处于这浩瀚的人文世界，却往往对身边的这些美景熟视无睹。是它们使我们的生命充满了无限的可能性和诱惑，让人们在观景的同时去更多地领略思考其赋予的真正意义，因为它能从自然的美景中超脱出来，成为我们文化的载体。

多少人，多少悲欢，多少曲折的人生困境，都能在这湖水涌动的波澜中沉淀；多少钦佩，多少欢声笑语，多少真情实感，都能在湖水旁悄然萦绕。它以平和与闲适的气息，让人体验到自然与人文的和谐与珍贵。每天，它都在向生命中注入温柔来寓意希望和阳光，以最纯粹的形式呈现出人间之美。

这里，没有人可以抗拒它的魅力。在衡水湖上，你可以产生真挚的情感悸动，在绿水蓝天的间隔里，你可以感到被自然力量激发的催人心弦的美妙，它甚至能够引领你的豪迈和情怀在这里醒来。跨越时空，成为一种虔敬、感悟和感动，成为一片清澈的湖泊，一页美丽的诗篇。

故乡，诗意的春天

最后一场雪下过后，冬天的气息，像是决绝的恋人，毅然决然地离去。

没几天春天就到了。田野里的余雪慢慢开始融化，浸湿了田埂，露出土地的颜色和被覆盖的植被。万物也开始复苏，小草从向阳背风的地方探出头来，嫩绿的颜色让人心情愉悦。又过些日子，迎春花也在房屋前绽放，算是迎接春天的到来。

我又走向村外，站在田埂上，感受这片土地的生机和活力。最惹人眼的是即将返青的麦苗，已经准备好了足够的深绿，她们曾在雪的覆盖下，静静地等待着春天的到来，用心中的温暖，融化着雪。当第一缕春风拂过，她们便如同被唤醒的美人，缓缓地释放出萌动的生机。她们告诉我们，即使是在最寒冷的冬夜，也有心中的温暖在燃烧。那一行行的麦垄就像是一行行诗，一颗一字地烙印在我们田里和心里。

在田野的另一端，有一条小河，河水清澈，像是春天刚见面时候激动的眼泪，慢慢地流淌着。小河边的柳树，垂下了柔软的枝条，上面已经有了些许鹅黄的绿意。过些日子，那些羞萌的芽蕾，将吐出洁白的柳絮飘舞在河面，随风追逐，像是一群争先恐后的孩子，奔跑在春天的舞台上。小河边，还有一只小雀，它在跳跃着，欢快地歌唱着，边喝着河水，边整理着身上的绒毛，边看看水中的自己。多少次，我曾想，若是能在一个春天的早晨，踏着青青的嫩绿，走过田野，来到小河边，该是多么的惬意。河水清澈见底，连小鱼儿在水中游动的姿态都显得那么可爱。路两旁，也是成排的杨柳，它们轻轻摇曳着，像是在向早起的人们招手。

于是，我好似听到家乡万物复苏，醒来起身的声音，那是一种健壮的汉子骨节的铮铮作响;那是一种宁静、安详,母亲唤醒孩子的轻声细语。于我,这些都是家乡的声音。

在我心中,家乡的声音,就是小河潺潺流淌的声音,花儿绽放的声音,柳树摇曳的声音。它们都在诉说着一个故事,一个关于家乡的故事,一个关于我们的故事。

我在这广袤的世界中,像一只不懈的骆驼,信奉"骆驼走得慢,但终能走到目的地"的信条,寻找着那片属于我的繁茂和葱绿。我走过许多陌生的路,听过许多动人的歌,这片宁静的田野,好像是告诉我,它就是我一直在寻找的,一直渴望的"采菊东篱下,悠悠见南山"的归属,而那声音,是寻找自我,在灵魂里温暖和爱的诗意回响。

因为,诗意是这个喧嚣世界里,我藏于心中的一片净土。那是一片宁静的境地。诗意以一种态度,远离世俗的纷扰,让生活变得丰富多彩,让希望变得敏感细腻。诗意是对生活的热爱和升华,让一朵白云、一片绿叶,都能衍生无尽的遐想,让我学会欣赏、感受和珍惜。那诗意,以情感交融文字的激情,践行时光的邀约,从这片净土中生长出了芽蕾,让生命就像这片田野,有四季轮回,时光荏苒,结成这片田野上的一颗颗麦穗,丰盈、充实而饱满。

春天的诗意,则更像一位善良的仙女,用她神奇的魔杖,让我们的生活变得充满生机和情趣,我看见了春天诗意的傲然绽放,说是如同坚韧的战士也不为过。诗意的微笑,如同春风拂面,温暖内心的角落;诗意的话语,如同细雨洒在花瓣上,润泽了人的内心。而人们则从这温暖与润泽中找到了力量、勇气、希望。这诗的意境,也是是心中净土的写照。对于远离故乡的游子而言,诗意,更是远方苦旅中的一味良药,能够治愈内心深处的创伤,可以让人在忙碌中找到片刻的宁静,在困难和挫折中拥有奋发和隐忍积蓄的能量。

诗意洗刷了我的文字,让键盘下的语词变得生动起来,以低吟浅唱的心语,把乡情带进我的生命,让那种对家乡的思念和热爱,永远在心中燃烧。

于是,流动着诗意的文字,带着情感的平仄,落笔在净土上。就如此时此地,有青青的草地,有清澈的河流,有鸟儿的歌唱。我想躺在这春天的土地上,仰望着蓝蓝的天空,让心中涌动着的无尽的思绪化成苍穹的云卷云舒。那些曾经的过往,如白驹过隙在云端闪过,让我有时光倒流的感觉。

我想起了一位老者,他曾经给我讲述了许多关于家乡的故事,他的声音充满了温暖和智慧。

我想起了一位农妇，她曾经给我讲述她是如何用那双勤劳的手，织就了一片片翠绿的田野，她的声音充满了力量和希望。

我想起了一位少年，他曾经约我一起在田野里奔跑，他的声音充满了梦想和勇气。

这些声音，这些记忆，它们在我的心中弥漫着，是那种归属的温暖。

我站在雪融化后这片春天的田野里，听着家乡的声音，心中的宁静和幸福只有自己知道，这是属于我的声音，这是属于我的家乡。

我想，无论我走到哪里，无论我遇到什么，这些声音都会在我的心中回响，它们会提醒我，我是故乡的孩子，我是远方的游子，我的根在这里，家也在这里。

故乡的雪

冬天的气息，像是生命中那些深刻的记忆，随着时间，逐渐淡去。但冬天最后的一场雪又悄然降临。雪花又一片片开始飘落，如梦中的白色蝴蝶，轻轻盈盈地飞舞着。似有空气中回荡的呼唤，让这些心怀眷恋和牵挂的白色蝴蝶，揣着心灵深处永远的归属感归来。

雪地上，有几个孩子在玩耍，他们欢笑着，堆着雪人，扔着雪球，在这片雪地上留下了一片欢声笑语。雪人的身体很大，头却很小，看起来有些滑稽。春天的温度已经不足以支撑雪人的完整了，但它们却是孩子们心中最可爱的雪人，是这片雪地上最美丽的风景。

雪花仍在纷飞，伴着风儿轻拂，我走向田野，站在田野地头，看着这片宁静而深远的白雪皑皑的世界，心中充满了温馨的暖意。

这片田野，像是一个敞开胸怀的自然院落，单纯而无尘，让我为之倾心。我看着雪花飘舞，落在平平展展的畦田上，轻袅而真实。我站在田埂，眺望那些被雪覆盖的农田，慢慢地在白雪的堆积中，变成一片无垠的塑像。又像是一幅独钓寒江雪的画卷，让我感到无限的宁静平和。我想起了小时候在这里玩耍的场景，那时候的我和这片田野一样，单纯、幻想而天真烂漫。越这样想着，就越觉得这片田野，像是一个淳朴自然和纯真无邪的孩子。我看着雪花飘舞，落在田埂时，像是不停地诉说一个又一个的故事，那些故事又仿佛被深深地覆盖在雪花和大地的时光里，等待着某个人来读取。

我踏着松软的雪花，漫步在这片田野上，仿佛漫步在流年变迁的画卷。

这片宁静的田野，难道就是我一直幻梦的港湾？不然，为何此时此地，都可以在这里找到我旧时的影子？即使春天还未到来，即使雪花还在飘落，这片田野似乎一直等待着我的归来。

我打开一张白纸，任雪花飘落，从纸上我能听见雪花落下的声音，那是一种宁静的美，是一种让人心灵超脱而沉静的问候。我站在雪地里，手捧这雪花落下的温存，那轻柔的声响，如同天籁之音，洗涤着游子归来的征尘。我闭上眼睛，思绪在空气中飘荡，仿佛听到的是未染尘世的婴啼带来的纯净风韵。那些声音，它们是出航的船笛，也是归泊的呼唤；是心动的摇篮，也是我安眠的温暖。那种温暖的感觉，就像是在母亲的怀抱中，听着她的心跳的安心和舒适；那种纯净的感觉，就像是在母亲的怀抱中，听着她的心跳的幸福和温馨。这更是家乡的声音，是我在人群中寻找归属的渴望，灵魂里溢满的回响。

我想，这就是我一直在寻找的，那种最原始、最真实的生命体验。

此时此刻，故乡也在用雪花的语言，诠释着生命的坚韧和希望。我走在这片田野上，感受到故乡的耳语和叮咛，体会着生命中温热的，跃动着的与故乡心率相同的脉搏。

这是我家乡的田野，也是我内心深处的净土，温暖和关爱会让人感受到无尽的平静和安宁。

那雪后的田野，像是一尘不染的白纸，等待人来书写她美丽的传奇。我愿意用余生的时间去倾听家乡的声音，那种感觉，让我想成为书写她传奇的人，用我的声音，用我的文字，来传递她的温暖和坚韧。岁月如锦，时光若绣。我想把这片田野，这个冬天的最后，这场雪，写进我的诗，让这个世界知道，这里即将开始的春天，这片宁静的田野。

芳园应锡大观园——游景州境内景鸿苑

受朋友所邀，我和爱人走进春末的景鸿苑。

景鸿苑里春色正好，风和日丽，袅袅升起的炊烟，弥漫着乡村的生活情调。在田间地头，陪伴着的是青兰乡镇的春色如画，铺陈一番山水不同、各有千秋的海市蜃楼。

四月的景鸿苑最美，可倚一怀清欢，在时光的细波里，看落英缤纷。让盛开的执念，在春风的吹拂下，柔情地荡漾。见花蜜洒满绿枝，淡香扑鼻，不免细嗅浅吟，一颗心荡漾于园林之中。眺望着芳华，想着渐行渐远去的流年，心也随着如烟春色慢慢地沉淀。

浓荫蔽日的树林，怡人迷人，胜过万山红遍，层林尽染，给人以无尽的遐思；秀气的小桥流水人家，婉约中透露出恰似江南的浓郁情调；假山之上，可遥望无边无际的壮观。无须走遍天涯，即可看到广袤的大地山川，无须走进江南，也可领略"千里莺啼绿映红，水村山郭酒旗风"的景秀。

景鸿苑里琵琶岛春风拂面，观光亭柳绿桃红，绕岛池塘生机勃勃。远山近水，峰峦叠嶂，红花绿树，悄然交杂。春风留恋这里的点点气息，抚慰着零落的小花，花枝跟着小花的节奏摇摆，却又难舍难离春风的脚步。此时心如那一片花瓣，浸润着春的清新与嫩绿。正是那春意盎然的时刻，糅合了姹紫嫣红的薄雾，吐露出草木的清香，让人顿然生出"吟凭寄还乡梦，殷勤入故园"的浓烈如春光绚烂的诗情。

红叶碧桃的枝条上，长满了嫩绿的依依难舍的枝芽，随着光亮渐强，这幼嫩如精灵般纯净，让兴致变得越来越浓郁，观之顿然心情愉悦。并且那嫩芽又如小小的石榴籽一样，绽放出青涩里那昂扬的生命力。已然长开的红叶都是那么醇厚，那么艳丽。透过硕大的枝叶间隙，一颗颗醒目的粉红花朵还在静静地沉淀着，没有荒芜，没有枯败，甚至没有一点花瓣有颜色脱落。

碧桃树绽放出粉色的花蕾，在枝头上缀满了云彩般的美丽花朵，成为了最耀眼的存在。今日的红叶碧桃树，仿佛穿上了一件绚烂的外衣，每一朵花都洋溢着生命的气息，吸引了众多的蜜蜂和蝴蝶，成了景鸿苑里最热闹的一处。此时，园林工人喷洒的水雾像一阵细雨却破镜（屏）而入，轻轻落在夫人的素扇上，水滴漫天，如一首悠扬的诗。

红叶樱花是一种极为少见的樱花，也是一种非常美丽的季节性景观。在早春的时候，红樱花就开花了，花瓣娇艳欲滴，颜色非常浓鲜，甚至有些许的深红色，仿佛是一堆堆火热的红炭，让人想起了那燃情的岁月。

西府海棠的颜色有着从紫红色到鲜黄色的多样变化，所有的颜色融合在一起，简直会让人眼花缭乱。看它在春天里那美丽的颜色，仿佛是一块美丽的颜色画板，将大自然的美丽演绎了出来。

景鸿苑景象万千，多少人静静地流连在这样的诗意里，如画，如诗。万千风景，正孕育着无数篇的诗歌，或者，她们温润如玉，正洋溢着深深的思绪，在清风习习里，以一缕缕幽香的诗词歌赋，伴着这春华季节来这里游览的人们。

它令人沉醉，令人向往，令人感慨。仿佛唐诗宋词里那些古老的文字，被景鸿苑的春色唤起，诠释成一幅幅或写意、素描，或浅绛、工笔的青绿山水，永远存放在时间的长河中。把一份油然升起的心事，蕴藏在素笺深处。神驰万里，让观者遥望风景，而闲适、自在、快乐地睡在诗意里。

心静，花香飘散肺腑之间，春风舞动的枝条，以柔婉的笔调，抒怀于红尘之外。似乎望见流年如水，正携一份情绪，乘一片花瓣，执一支笔，在岁月的短暂间，以牵挂的情怀，有时跌跌撞撞，有时迎风飞扬，有时又望见"隔岸桃花红未半"，流连于春夏更替之间，浓墨重彩，像是青春梦里回味的那片翠绿的树林，那潺潺流水，那袅袅香烟。

景鸿苑里，总有引人徘徊的情境、引人深爱的春光。每个人在这里都能听到花红柳绿转世又来的风吟，也能见到"嫩蕊商量细细开"的温存，春天留给这里的一花一草，都是留给游人心底的一抹青春。

清风拂面，柔和如丝，置身于春风花草香中，拾取一缕心旷神怡与景鸿苑树树枝枝皆可迷融为一体，相伴春风一夜吹乡梦，又逐春风……于是顺着风的方向，我继续向着绿洲深处进发，去感受那沁人肺腑的清新，去聆听那低吟浅唱的诗意风曲，去感受那一园花动春色的滋味。

景鸿苑里的景色，是一串串文字，一阵阵感觉，一抹抹光影，是一份可感可触的"春日迟迟，卉木萋萋"的挽留。

偕爱人同游衡水湖

　　春风细雨，给衡水湖带来盎然生机。5月20日，我偕妻子一起来到衡水湖畔。来自花丛的香气，轻抚风中细响的琴弦，一阵阵扑鼻的花香，带着轻言细语，翩然而至。

　　春夏嬗变，时光荏苒间，岁月轻舞，滋润一半阳光一半雨，衍生出深沉喜悦的色彩。凝望湖面上泛起的涟漪，仿佛那色彩也流淌于璀璨斑斓的湖光中，并顺势漂流激荡。林叶迎风摇曳，满公园的草木葳蕤，遍野的百花繁茂红火，让人愉悦，让人醉心。

　　"绿树阴浓夏日长，楼台倒影入池塘"。蓦然回首，感觉岁月在轻柔地滑过指尖，又不时留下一缕淡淡的芳香。可能这就是人生，将逝去的春光夏色，化为一份淡淡的回忆，化为一份深深的感慨。再静静地感受一下内心激荡的涟漪，像归泊的游船回归一个码头或港湾。

　　在这个瞬息万变的现代社会中，人都在不停地奔跑，却总是难以抵达心灵的彼岸。而衡水湖公园，却给人们提供了暂时远离尘嚣的归处。在这样一个春夏之交的季节，我和妻子一同走在衡水湖栈道上，栈桥下面是一朵朵嫣红的花，眼中是映照着阳光的风景，心中是对今日湖光美色的憧憬。

　　连雨不知春去，不知不觉温暖的阳光，漫过了每一个细节，心情便变得如丝绸一般轻柔，摇曳于夏日的风中。没有烦嚣的人声鼎沸，只有鸟鸣花香，这舒适的环境，让思维一下子平静下来。碧空云烟，湖生浪漫，"游女带花偎伴笑，争窈窕，竞折团荷遮晚照"，这不是诗词，是衡水湖春暖花开时每天的写照。而且，伴随着暖阳的光辉，衡水湖会越来越有盛夏的活力、活跃和激情。

　　湖光如画，流水如歌。牵着手，湖畔漫步，说着一些难得提起的话。匆匆数十载，万千风雨足迹。生命若白驹过隙，犹如梦境中的欢喜与忧伤，时光扯了线，织了网。小时候，总以为自己的肩膀能扛起整个世界，却经常沉迷于自己的空间；青年时代，怀抱着梦想奋斗，总是看到别人的光彩却无法发现自己内敛的闪光；进入中年，久历风尘后的九折成医才懂得每一个阳光明媚的早晨和星月温馨的夜晚都值得你用心去抚慰。那些曾经被遗忘的往事，被悄悄地摇醒并一一讲述，直到泪湿眼眶。

放眼望去，花开成海，也总会有落英纷纷的时候，然而也不必留恋，放手让它回到岁月的尘埃中。留下的，是对细节的感悟，是那些难以言喻的情感，是那些不曾抛弃自己的人与事。生命有着自己的轨迹，悠悠然在花开花落之间，寻找自己的所属。

走过花海，临水而望，便拥有亿点阳光。眺望云水间，如将那些曾经无法割舍的记忆，在时光的涟漪中悄然褪去，随风吹散。我和爱人的心情顿然愉悦起来，脚步也变得轻快。人生路漫漫如湖畔小路弯弯，走着相同的路，却能走出不同的心境。经历过风风雨雨，感受过喜怒哀乐，义务责任的担负，使我们可能不再洒脱，但我们可以学会沉静，学会真实地表达和对待自己，学会在轻叹中，眼看着岁月流转，以淡然的心态慢慢和谐自己的人生。

当然，每个人都有自己的人生感悟，纵使在人生的路途上一次次的历经崎岖，也希望总有一天会抵达心盼的港湾，然后一起看一场烟火，读懂梦想中的那段时光。但是，时间是我们长途旅行载体，我们每次回首，都会也都能发现自己一路成长的喜悦和感悟。我们回首自己的历程，将自己心灵中的鲜花，遍撒在走过的大地上，以守望每段路程的那些感悟，也使我们的生命更加丰满。

夜晚来临的时候，灯火辉煌。霓虹的火焰，跳跃着，燃烧着，照亮了公园的各个角落，似要将今日的时光，延续到黎明后的晨曦，让生命的愿望和意志在阳光中蔓延，让人在远方的暮色下，看见希望的情影，感受到梦想的鼓动。

这时候，走在公园中，听风摆动着枝叶，听虫在草里鸣叫，听夜鸟归林的甜美呼唤，那里又是一个世界。

衡水湖畔的畅想

　　五月衡水湖，岸柳扶风，融融暖意拂面。呼吸间，淡淡花香扑鼻而来，清新怡人。那些伴随的旧时光，也在不觉间像一缕轻烟，轻吻眉间，拂面而过，飘荡在宛如画中的水天一色里。

　　在湖畔的眺望里，那些不曾说出的思念，异想天开的灵感，伴着旭日缓缓地升离湖面，使那些落花的影子悠远却真实地呈现心中。即便是已不复存在的儿女情长，在这个季节的遐想中也能依旧鲜活细腻。纸笔间，夹杂着恍惚的情愫，让这春末夏初的措词，带着诗人自然的细腻。这时，是故乡在梦中待我，还是我待在梦中的故乡，我难自知。这一方净土，安逸又悠远，我想要把所有思绪写下，然文字着实太浅，表达不尽那悠悠的心境，表达不尽衡水湖的一往情深。

　　五月衡水湖的清晨，仿佛是生命的回溯，一个奇妙的时空穿梭，令人置身于晨曦初见的瞬间。此时暖风扶起了青草、细枝，温暖轻柔的阳光，照射着近处溢彩的湖泊，小鱼跃出湖面，惊起涟漪。远观，太阳轻柔地拂过湖面，映照出湖水里泛起的波澜，把一曲优美动听的诗歌，撒在湖面，心弦被湖畔枝头拨动，惹了一季的芳菲，花开如洁雪。

　　柳树轻摇，似在低语，邀请人们深入那湖畔深处，探寻"千里莺啼绿映红"的华北江南。湖畔，花朵展开一幅长长的画卷，明丽的色彩，盛放着诗人最纯情的梦。草坪上，正是一幅"柳叶低垂落花飞，漫天花雨绽妩媚；细看落花谁人醉，片片相思赋予谁"的最真实写照。除了蝶飞花舞，一片片叶子缠绕枝上在轻风中飘摇，似乎也在述说着往事。那些春天的梦想，在岁月变换的初夏时节，仍被竭力铺陈于绿肥红瘦的变迁。阳光斜照，迎面吹来阵阵的暖风。

花香淡淡，一缕缕清香，四溢于空气之中。春日既往，唯有留香独立于世俗之外，让人静静品味着那丝丝的清芳，与那时光过往作伴。

是的，曾经春日有过的缠绵，如今却化作一缕云烟，在五月的湖畔随风逐渐地飘散。季节的流转，如同一枚一枚落花，落下一层层历经风雨的过往，此刻也消失在湖畔的微风里，无影无踪。但回忆依旧鲜活，仿佛在这悠然的时光里又能看到春天的遗痕。就像茫茫人海中，那些因时间冲刷而遥远的梦，总是那样深深刻在人心的深处。

五月的衡水湖，多少人在这里只停留片刻，便找到心中的宁静和诗意。曾经的岁月无论过去了多久，都会在这里翻出一道永不凋落的浪花。在这片宁静的水面上，时间不会静止，梦想连续绽放。而那些逝去的岁月，在人生红笺上，又化作一抹香气芬芳馥郁；在"渺渺兮予怀"的回忆中，发出"望美人兮天一方"的慨叹。

在繁华的世界，我们渴望能够找到一处心灵的净土，好在孤独时，以暖暖的思绪抚平我们生活中的迷茫。就像此时，在五月的湖畔静静守望，尽管往事倏忽而逝，仍能偷得这悠闲的时光，依然能将往事回忆历历在目。那些曾经的温暖，永远在心间微微荡漾，任凭红尘浮沉，灯火阑珊，管他多少年轮旋转，多少繁华凋零。

回首往昔，都是那触动情感又染红记忆的过往。而时光作为岁月的引路人，从未停歇此情可待的追寻。就如诗笺上流畅的字迹，如少女般的天真与丽质，清澈的眼眸内，能映照时光的典雅与悠远。时光赋予万物生命，暖风温柔随缘而生，如流水般幽绕在指尖，将美丽婉转诉之。夏季来临，春树低头以微风拂面。这时序交替，临走留咏，使一袭春华皆落在这初夏的烟雨缤纷之间。春日里，那些思念悠悠执笔泼墨，或许正徜徉在衡水湖畔的花丛中。

我看到此时此刻的夏日阳光，落在湖水花海之间。蓝天白云，丽日当空，那微风拂面的温柔，那任情思念的静谧，带一声叹息，携一丝清闲，走入到那沉淀着生命经历的年轮。一缕缕似流云飘渺的柔情，一次次思绪翻动的喜怒哀乐，皆化作一身飘逸，美丽，纯粹，静谧的存在着。当岁月带走往事，那多愁善感的笔下流淌出来的故事，那一笔一画的描摹，如同人生一样精妙绝伦。无论是岁月的磨砺，还是生命的起落，那深沉的印记，仍旧是梦里的一抹娇艳。

岁月的轨迹永远是在心底悄然印刻的。在青涩的年华里，谁能不为那些温柔的眼神所触动？谁不曾用无言的等待，等待那时重聚的那个人？年少的我们总怀着一份纯真，渴望流年的素香如同五月的翠绿和艳阳，就像五月的衡水湖畔，桃红柳绿的颜色交织，细枝和新叶相互搭配，构成这一幅绝美的图景。但这份时光静好即便存在，也终究只属于那五月的草木芳菲，属于岁月添上一片片温柔颜色的闲愁。曾经的懵懂，已如缕缕云烟轻轻飘过，那些辗转缠绵的流年已消逝。阳光下，波光粼粼的湖面像镜子一样，折射出周围的景象，花草树木、小岛湖泊、白鹭盘旋，让人惊叹的纷呈的色彩，浸润我内心的平静和欢喜。

衡水湖啊，香风和煦，树影摇曳，万物欣欣向荣，生机勃勃，有少女般俏皮的笑容。远处水天一片蓝蓝的模糊远景，与眼前的迷离勾勒出的心事，具象成一袭袭轻纱的裙裾，如云般飞扬，飘逸而自由，像跳跃的心灵，轻盈而愉悦。似乎无论走到哪里，从此能留给自己的，终有那一刻可以厮守的深情。那股迷人的幽香，让人为之倾心，心间溢满清雅的馨香，让人沉浸在无限的爱恋。

五月衡水湖上的天空，如蓝宝石般晶莹剔透，万籁无声，空灵遐想和叹息如梦般飞扬，远处的台阁，更有神话赋予的神秘和诗意。那温暖的柔风，那沉静的湖面，彰显出一份随性和闲适。时间慢慢过去，却又似停在与我对视的分秒间。此时多想捧一盏浓茶，深呼吸一口清香，放空满目苍茫，任风吹扫身心俗念。

当穿过午后的绿荫，到黄昏打捞衡水湖落日的余晖，诗人在眺望中品味的依然是生命轨迹。如诗如歌，在作者的键盘下如梦如幻慢慢行走，将自然风景融进抒发着思绪的内心深处。

任岁月轻轻流淌，作者的键盘，便是拨动时光的魔棒，无论轻描淡写还是浓墨重彩，这五月衡水湖的诗意，都会让千回百转的恍然回首留存在记忆的画卷里。

衡水湖的雨

北方雨季来临时，雨总是骤然而至又狂泻直下。雨季的衡水湖，雨中也更与众不同，那是一幅美得让人心醉神迷的天然画卷。那如丝如绸的雨幕，那晶莹剔透的雨珠，那翠绿欲滴的柳枝，都让人感叹于大自然的神奇和魅力。若你正行于湖边且"有幸"被淋雨中，你会全然忘却湿雨沾身的落魄，而酣畅淋漓地痴迷于这里的"雨如决河倾"，或如"雨旸时若，凫鹤从方"一样，心生"斜风细雨不须归"迷恋。

一

若以诗之情境来诠释雨中湖面，则湖面浩渺宛如一面巨大的镜子，反射出灰蒙蒙的天空和迷茫的雨丝。周围的柳树被雨水润泽得楚楚动人，新叶婆娑，如舞动的翠翼。

那柳丝的轻曼，也如湖水的柔波，在雨中世界，构成诗意的画面。细雨时，飞翔于衡水湖的水鸟，似也迷情于这湖水的温柔，它们低翔湖面，偶尔俯冲，击起点点水波，若即若离又留恋不已；若遇大雨"白雨跳珠乱入船"，水鸟则又是"翻飞近人迹"的向人聚来的另番景象。

而不论雨之急缓，湖面因着雨丝的别样风情，涟漪微漾出诗意的平仄，让衡水湖水天染作一色，带着江南的温婉，又不失"华北平原一明珠"的恢弘浩荡。湖面上的雨丝，则似是有感而发，奋笔疾书，书写一篇又一篇动人的诗篇。

雨点打在湖面上，激起一波波微澜，勾勒出雨来义无反顾的痕迹，并悄然扩散入水，连累湖面倒映的天空云彩，也随着雨点的击打破碎，化作湖面漂浮的水纹。而你则仿佛化身为一位流浪的诗人，将心事融入雨中，流淌在衡水湖的每一个角落。凝视湖面，却又无暇用言语来表达衡水湖的自然的神奇，只能沉浸在这份感动中，感激这场雨，聆听雨丝写出来的字字句句。

说衡水湖是一部诗经，又有谁能辩驳呢？

二

若以画之写意来观，雨中衡水湖则婉约而深远。细雨时，雨丝如笔，湖面如纸，那缠绵如帘的雨珠、那温柔的柳丝随风抚雨，那各色花儿躲在大树下的窘情，则是一幅幅卷动的长画，是一篇篇在雨中永远不会完稿的写意或工笔。

若有风卷暴雨，打破了湖面宁静宁静，便渲染出一种别样的美，有雨点打在湖面，才有朵朵水花轻轻荡漾，湖面好像堆起好多微笑，让画面感扑面而来。而那种微妙的律动，兼有雨点入水的轻灵和悠然自得，又让人心痒得想多画上几笔。

然而，只要是雨中，湖面云影，树影，鸟影，交织错落，衡水湖的轮廓会在雨中显得朦胧，仿佛蒙上了淡淡轻纱。那时湖面上仙雾缭绕，宛如海市蜃楼，让人仿佛流转到西子湖畔，看到了时光的流转。你看那远处的湖心岛，被雨水浸染出"海上风雨至，逍遥池阁凉"的画相；你看那近处的荷叶，被风抚弄着，有"攀荷弄其珠，荡漾不成圆"的缺憾；你看那湖面上被雨水击打溅起来的水滴，跳跃不服的倔强……那不都是停不下来的画笔么？

眺望远处，湖中倒影着天空的云彩，时而清晰，时而缥缈，恍若仙女琼阁的镜像。所以，说雨中的衡水湖，是一幅不停流动且不断更新的画卷并不为过。

三

若以琴瑟合奏来听衡水湖，则先有雨轻轻落在湖面上，如琴弦轻拨，漾起环环微波；之后则如有一首温柔的摇篮曲，轻轻摇晃着这片碧绿的湖泊；后又变作疾风骤雨猛击在湖面上，如同古老的战鼓，敲击出千年前水兵训练的画面。

待到雨真得下起来时，那淡烟笼罩，雨点敲击，都是从琴弦上滚滚而落的音符，纷繁而和谐有致；那湖面如镜，雨点轻轻弹跳水波上，自然有一曲悠扬的琴音。雨变缓时，雨点打在湖面上，则又悄声细语，似乎在诉说着千古往事，音律悠远而穿云不绝。

忽大忽小的雨，让落在湖面上的雨点，如同琴弦上跳跃的音符，琤琤奏响了一曲美妙的交响乐。而雨点落向湖中荷叶的景象和声音，则太像击打架子鼓上用杆支撑着的吊镲；雨点落向湖面，画出无数圆圆縠纹线，又仿佛是一片片光碟上播放着一首又一首的雨歌。这打击乐与雨歌的协奏，有古老的回响，有悠久传承延续的滔滔不断。它以最深情的弹触，拨弹出铿锵顿挫的流转，和鸣出衡水湖琅琅然的神籁自韵。

四

若以人或物的比拟来看衡水湖，则细雨中，湖面变得朦胧而神秘，仿佛有神仙从天际挂起了一幅厚重的绸缎。有风刮过，那躲在绸缎后看不见的仙子则赶忙收敛身形。湖面上的荷叶，被雨滴压得低垂，每一片荷叶都托着一颗颗闪闪发亮的雨珠，如同多少克拉的钻石，闪烁着诱人的光芒。

躲在大树下的小花们，被大树的繁枝茂叶挡住了雨水，偶有水珠落下，惊得花枝一颤，但每一朵花都有独自的表情，它们在雨中挺立，漾着幸运的欢颜，显得更加娇嫩可爱。

即便雨中，也仿佛能听到荷叶伸展开来的声音，能感受到柳枝在风中摇曳的节奏。

湖边的垂柳，在雨中轻轻摇曳，柳枝上的水珠滑落，如同珠帘一般挂在枝头。透过珠帘，一只白鹭在湖面上飞翔，它的身影在雨中显得格外矫健，它在寻找着自己的归途，与湖面上的荷花、莲蓬共舞。

湖岸边，一些不知名的野花在雨中绽放，它们娇艳欲滴，如同一群害羞的少女，躲在草丛中窥探这个世界。这些花朵的色彩，在雨中显得格外鲜艳，那是万绿丛中点点红，给这片湖面带来了无尽的生机。

然而，仅仅用诗、画、音或拟人与物，来描述衡水湖的雨，还是不完整的。因为衡水湖的雨还有许多启示，你看那雨丝从天空中悬落，看那雨点在湖面上跳跃，看那雨滴在荷叶上驻足……仿佛看到大自然给予万物生长的力量和谱写给生命的旋律，看到世间百景百象皆有蕴藉的内涵所在。

而你，也会觉得衡水湖的雨感心动耳，也会心往神驰。

花中衡水湖

五月一日，晨光绚丽，春韵温暖。衡水湖公园的湖水如碧玉，置身季春，让自己沉醉其间，观赏着园中的粉红、紫色与白色花海，也饱赏着满园的绿意盎然。在此，谁都会遗忘尘世喧嚣与匆忙，想拥抱湖水花香，融入进春深不觉处。

即将春尽，那沐浴暖阳的枝头，停憩葱翠，吐露出夏的端倪。花团锦簇令满园香馥沁人心脾。衡水湖公园与别处不同的是，各种花朵，挺拔饱满，犹如贵族，瑰丽高贵，人人心生向往。使回首的往昔，多少欢声笑语，多少惋惜伤感，以及一杯酒、一曲歌留下的记忆，暂寄在岁月的轮回中，只珍惜当下，沉醉于香风里的细碎欢愉中。

这一刻，正有春风从衡水湖公园里拂过，风里携带的也是淡淡的花香。园子里各种的花，就像悄然间，从枝头盛开，与春天相映成趣。花香在衡水湖畔漫溢，人在花香里才知道微风的温柔是多么清晰、多么纤细。

湖边，一大群汉服少女，戏逐嬉闹。她们的微笑给逸散的香气注入了生命，那柔软而沉静的面颊，晶莹而漂亮的深眸流转，感觉就像是在湖边一个桃花般的季节，以缓缓的湖水，凝结春天过去的时光于刹那的瞬美。我莫名地心中存了一份感怀与怀念，风与花熟悉的气息刚才还似乎绕在我手里，抚上一遍又一遍，此时竟全然不见迹象，沉淀在湖水微澜。同时，衡水湖公园里的花是有灵性的，它们仿佛把人也点化成了花儿，公园里的花朵五颜六色，与身着汉服的少女们前拥后挤，相扶相助，又兼各自花香四溢，相得益彰，相映成趣。在蓝天白云的映衬下，互为彼此，也就更加娇媚动人。

漫步在花坪里，会看到许多鲜花形态各异，其中有高贵华丽的牡丹，"牡丹花笑金钿动，传奏吴兴紫笋来"，这样想着，空气中就真的有茶香飘过来，闭目猛吸一口，遗憾的是没有送茶水的宫女来。"无力春烟里，多愁暮雨中。不知何事意，深浅两般红"是热情奔放的玫瑰，在这样的花园里，花是那么的自然，那么的愉快，那么的放松，若将玫瑰联想到爱情，反倒是沉重点了。

芍药争妍，玫瑰含笑，彼此相依相伴，芳香四溢。紫色的花海里，一片带着薄雾的凉意，像细细雨丝般，跌进了我的心窝，然后让我的呼吸在花海中散开，吐纳皆是温柔细腻的芳香。我便跟随着花的香味，探寻每一个美丽的角落，用心感受这些生命的流转，岁月的温柔。如有蜜蜂引领着我，与阳光、花朵相约，品味生活的幽雅和清新。

湖畔的花草更是格外的茂盛。一抹青翠的绿色，一片洁白的花瓣，一汪碧绿的湖水，在阳光的温暖里，不约而同地生长、绽放、荡漾。湖水溅起时，曼妙的花瓣，瞬间折射出璀璨的光芒，让人忍不住停下脚步，去嗅一嗅那欢乐与惬意的花香。

栈桥尽头，紧临湖水的岸边，紧簇一片紫色的花丛，简直是"花自飘零水自流，一种相思两处闲愁"的写意。而这时，我全身沉醉在这幅春之画卷中，感受着那缕缕浓雾，那成片风景，那闲逸宁静，而移步不得。心中满怀兴奋，总以为我是因那风景所暖，春韵所致。而这此情此景，真有叹世间万物，犹记人间欢喜之慨。

在衡水湖的春潮里，每一个细节都有着花的浪漫，也有着林木、树叶、草丛的庇护。它们一起构成了园子里的温馨和恬淡，铺陈出一个七彩斑斓的天堂。温柔的春风轻拂面颊，花香鸟啼就在鼻间耳旁，真的应该把衡水湖公园花香草韵的每个美好的瞬间，都纳入笔端，来记下春天的诗意和情意。

衡水湖的花韵，不同于流转在时光里的花香，她在身旁流淌，在心中震荡，寄托着春天的留恋，在五月里掀起波澜，将所有无声的梦——凝聚。

而此时此刻，我只能沉淀心境，静享花香。

而这花香，仿佛将这里的时光凝固；将那春云细飘如丝，朵朵繁花竞放，泛着心思，沉于这里的宁静之中。

而这宁静里，仿佛可以看见岁月的绵延和时间的流逝。桃花热烈，荷花恬美，细细地品味，就像在欣赏人生中的点点滴滴，回顾感悟，都值得我们去珍藏，去品味。我们看见了时间的流逝，自然也看见风物长宜放眼量。

纵目远望，碧波荡漾，湖面上一只小船轻划而过。它在湖面上悠悠漂流，如一首动人的音乐，缓缓地扣动着我的心弦。湖色渐渐深了，柳树依水而立，远处似乎有山峰跃入云霄。已是黄昏时分，红霞映照湖畔，如此的美景，如此的惬意。

美好的时光总是短暂，华美的夕阳渐渐坠落，湖面漾着点点金光，路灯亮起，衡水湖又恢复了它日常的样子。仿佛这片湖畔的花香美景只是我的一场梦，万般花朵化作嫣红的落日随风飘散，但那些花色溶溶的回忆，却远不止这一次的湖畔之行，如一首诗，一场梦，藏在我心中，永存不灭。

五月风暖，诗意衡水湖香

　　夏日初至，清晨早已开启了路上行人匆匆忙忙，擦肩而过情绪浮躁的景象，夏天的日子虽然会显得漫长，却仍然涌动着无尽的情感。这是一种细腻而浪漫的美，是让人感觉到的一份小确幸。

　　衡水湖公园里，鸟儿们叽叽喳喳，随着和风起舞，赏心悦目带来了一片舒爽的气息。虫鸣声响起，优美动听，犹如一曲动人的音乐，滑入人的心田，欣然生出无穷的梦幻与遐想。斑驳的石阶上，婆娑的杨柳下，悠悠化出一份美丽的梦境。品味着花园的异花奇树、亭台楼阁、小路灌木等等，这些让人叹为观止的姹紫嫣红，都是如梦如幻浸润的诗意。走在这两旁盛开着五颜六色的花朵的小径上，能感受到风暖花香掠过湖面的轻吻，将游人身心渐渐引入到美景之中。微风采撷飘舞花瓣，空气中散发出一股浓浓的花香，视线追逐这花瓣花香，逐一地刻上记忆里品味的味道，引到到内心深处化作透明的芬芳。

　　花丛中，蜜蜂飞舞，空气中传来蜂蜜的香气，令人沉醉在花与蜜的香甜之中。蝴蝶舞动着翅膀，抖动性感的衣裳，吸取着最瑰丽的花香，红、黄、蓝、绿，五彩斑斓的色彩交汇在这里。我静静地坐在花前，静静聆听花儿们的私语，感觉到杨柳那柔软的枝条在风中轻轻地摇曳，仿佛在跳着一支轻盈的舞蹈，它们婆娑着，曼妙着，如诗如画。暖风拂面，溢满温馨的气息，以余韵不觉的花香承载着五月里的锦绣红尘与温情。时光荏苒，岁月变迁，这一张张的红笺留下永恒的印记，记录着人间无尽繁华的流转。

　　这些芬芳的岁月，似乎荡漾了一湖的浪漫，或许像我们曾经挥霍过的青春，抑或也像曾沉淀过自己年华的柔情万种。红笺上姹紫嫣红，仿佛一曲悠扬的琴音。那落定的姿态，安详随缘，是多少人向往的心境。在这香风温柔、桃城趋暖的时节，阳光下满树油绿的枝叶更加明媚，一片欣欣向荣。是啊，那些暗香浮动的浪漫，又让人想起多少旧时光。于是，岁月里的拨动心弦的音韵，悄然盈满心田。

衡水湖边，湖水拍着堤坝，涟漪荡起了一层层晶莹的波光，漂荡着初夏的气息。烟波渺渺，一片浩瀚无际，从远方融进地平线。湖水柔柔，叶子簌簌，昆虫在草丛间啾啾鸣叫，这一切都显得那样轻盈而神秘。近岸水草浅浅，青青草地伸展着绿茵，草丛中间，一只小虫子在雀跃着，用轻盈的步伐跳跃着，仿佛在展示它自己的生命力。微风吹拂，湖水悠悠，有百鸟清唱，有百花飘香。

我喜欢衡水湖公园夏天的味道，喜欢这阳光和着树荫温柔地照在肌肤上的感觉，喜欢这荷花簇拥，倾倒在那湖面上的美景。日月如梭，流淌在神驰的思绪中，被寄托着悠远而沉静的情感，渐渐地，从远景与湖面的胶着中，一件件的往事，在脑际里交错闪现，那些曾经快乐而紧张的日子，彷佛都还在记忆里无限重复着。细细品味，每个细节都如此真实，如此具象。仿佛文字，好比利箭，射向诗人心田，直入内心深处，触动温暖而多情的心弦。或许，那红色的笺上，蘸着的是五月的花香，融入了无尽的回忆和思念，奏响了岁月的交响曲，唤醒了沉眠的细水流年记忆。于是我便沉迷在空气中飘荡的香味中，被眼前的美景震撼，被爱与生命的绮丽吞噬。花园里飘散出轻柔的芳香，为思绪注入了无限荡漾的情调。

湖香风暖，暖了人心，暖出了诗意，像在红笺上姹紫嫣红款款落笔。多像是少女天真的笑靥，以清澈的湖面作眼眸，盛满了时光春水，眉宇间舒展带笑，过往流年。又有"花自飘零水自流，一种相思，两处闲愁。此情无计可消除，才下眉头，却上心头"那漂泊中带着一份渴望的波澜和沉浮。这波澜以初夏最温柔的暖，沁入心扉，撩拨着诗者的心。如此傍花随柳，草长莺飞，本是生命中最美的一路。然而，有时岁月的离愁别绪，一如思绪的涟漪，点点滴滴汇成真实的泪痕，相思和执念纠缠在渐行渐远的时光里，只有花开的时候，才会在时间里再遇见彼此。

行走在湖畔，听着水的流淌，看着芦苇摇曳，白日的光线把时光染成了一种深沉的颜色，而这种颜色寄托着许多故事，像是初夏新芽的成长。站在湖畔，沉浸于即将过去的桃之夭夭，春天里令人心醉的残香，跌入回忆的深海，流过指缝的光阴，汇流成了一汪的湖水荡漾。独坐青石，听那起伏的波浪传来的声响，闻着那清爽的湖风，憧憬那随时发生的奇幻与美妙。原来，在平凡的日子里，才能洒下心底最笃定的书香，倾诉内心最美好的故事，去点燃自己心中的星火。风动花香，湖韵如歌，让那岁月的"其叶蓁蓁"定格在心中。湖畔能听到的是一首绝美的湖水奏鸣曲，让初夏在这里优美宁静，也让人迷失在时光的隧道，愿时光长流，更愿与这美丽的湖畔长相厮守。心中泛起了一种盼望，盼望着，它一直美好下去……

初夏，灵性汇聚的季节，芳草萌发，翠竹含烟。我做为一个聆听者，静静听着大地的脉动，感受着昼夜不断流转的气息。所有时光灼灼的感性，被自然和谐交融，瞬间燃烧，让人在初夏的漫游与岁月的流转中，感受它的精髓，感受它的神韵，感受树木林丛的绿叶如翠云，枝叶留下点点晶莹露珠。

初夏的暖意在人们的脸上绽放出一朵朵笑容，就像湖水层层叠叠默默流淌的思绪嫣然。在暖风的陪伴下，这个季节的衡水湖显得分外温柔，郁郁葱葱的树木、繁花盛开的草丛，融合着这个季节的温柔寂静，也融合着那些流年旧事穿越时空而来的尘烟。忘记了谁说的"初夏，人们总能感受到往日美好的时光袭来。"于我，这是因为往昔的年岁，已沉淀在血液里深处，随时能触动心深处的思绪。那些年少的时光，如今虽逝，从这湖水领略的一层层如水温情里，依稀能见轻轻舒展的过去身影。

初夏是夏天的门扉，衡水湖是写在门扉上的散文一曲。诗意在花瓣间碾磨，唯有清风微暖，温暖着初夏的韵味。蔚蓝的天空，洒下一片云朵的舞姿，花园里姹紫嫣红，宛如画卷飘渺；静坐其中，掬一捧暖暖的香风，熏得人欲仙欲醉，恰似畅游于诗情画意间，怡然舒展。

在衡水湖，静且安心，放开眼界，所有的风光旖旎和锦瑟年华，从此就在身旁；也可以毫无顾忌的放飞自我，去追逐一片彩云，去看一场落英缤纷，笑也灿烂，心也暖暖，欣然悦纳夏天带来的天朗气清，若把景致织成锦绣点缀生活，也是旅途中的另一番风景。

衡水湖，绿暗红稀初夏矣

　　五月十三日上午，清风抚弄着树梢，衡水湖公园让人心随枝动，暖意盈盈。衡水湖的长堤蜿蜒曲折，岸边垂柳随风轻轻飘摇。莺啼翠枝上，鱼戏碧波中，是栩栩如生活的山水画图。绿色是初生，也是在这个季节完美地复活，是祈盼与希望，是柔嫩与坚韧。哪怕只是一缕阳光，一片绿叶，在微风轻拂和蒲草摇曳下，在蜜蜂与蝴蝶穿梭萦回中，也能如一首小诗，一幅水墨，招人入梦，引人入幻。从高处看，初夏的衡水湖公园就像少女天真的笑靥，长着娇嫩的脸庞，纯真无瑕。风吹幽香，醺然碰落花瓣，温婉了落花流水。

　　而湖则是公园清澈的眼眸，盛满了从时光舀来的春水，洋溢着水天交融的柔情，又荡漾于心间，一字字一句句伏涌内心的诗情。那粼粼的波纹如眉宇间舒展带笑，是珍藏着韶华的回眸一笑百媚生。然而，所有的辗转缠绵，在远眺时都如一抹云烟，以婉转轻盈远离尘嚣；以恬静无忧，处之淡然；以初夏落定的姿态，豁达坦然。那绵延的湖面铺展着高远的天宇，风吹起涟漪，荡起水面的余韵，漾着安然的光影。无风时，便真是"……绿水逶迤，芳草长堤，隐隐笙歌处处随。无风水面琉璃滑，不觉船移，微动涟漪，惊起沙禽掠岸飞。"的模样。只是，这里还有湖边的鸟鸣，声音都是清晰、悦耳，混奏起来宛如天籁般轻唱。是欧阳修忘记了写入词中，还是这里多了这一景致呢？

　　"娴静犹如花照水，行动好比风扶柳"是姑娘们行走在衡水湖畔的婀娜多姿，"脉脉眼中波，盈盈花盛处"是姑娘们芙蓉般的容颜。她身着各色的长裙，或款步姗姗在流光的世界中徜徉；或静静地坐在草丛中，眺望、指点远处粼粼波光的湖面。阳光透过树叶，斑驳地照在她们身上，她们眉梢眼角藏着的秀气，巧笑倩兮里溢满温柔。青草拂过她们的脚步，长发被清风吹起，有个姑娘正凝望着远方，不知此时此刻心中有何期待。这样的一抹抹淡淡的风韵袭人，出现在风里、影子里、人群里，转眼间又无影无踪。

片片碧绿的荷叶妩媚清秀，密密麻麻的像是把把翡翠伞，丰姿绰约而又玉洁冰清的荷花亭亭玉立，似刚刚醒来的娇羞欲语，也像深寐，呓语着诉说初夏的夜梦。也许她们是有荷香相约，所以花与花如影随形相伴。那荷花如佳人含羞，任风扶摇，却始终凝美如初。吸一口湖边的花香，再看天际的云彩时，仿佛有天使微笑，正在远空倾心地诉说着云深不知处的故事。风行的歌声犹在湖畔飘荡，芦苇刷刷地记下清风里的叮咛，在不经意间，将彼此携手并肩精妙入神地显出相亲相爱的诗意。这诗意不妨让岁月去溶解，结晶出何为真，何为善，何为美的精髓。此时，心中好似涌起一股清流，像有湖面的涟漪轻轻拨动着思绪，不免又产生另一种感慨：烟波澹荡的衡水湖，总有一些无法言说的召唤，不愿不甘平凡地熄灭那泛起的波澜，然而它拍岸而息时，奏出的却是孤独的音符。但这种慨叹只是刹那间的悠忽而过，有什么能阻挡住这里初夏的缠绵呢？

浅浅浮生，匆匆岁月的细微间有不可胜数的断续。风景如画的衡水湖畔，春天的痕迹如流连的光影，渐行渐远。但那留下的温存，仍滋润着夏天思绪的旷野，让春夏之交的诗篇抒发心意，唤醒风景深处的琴瑟相和的余音，重复岁月轮回的情感滋味，修润流年旧梦祈愿的云烟。

到了近午，阳光捂热人的每个细胞，湿热的空气像一具滚烫的魔方，总能拧转出游人们不断变换的衣色。阳光将点点珍珠铺缀在碧绿的湖水中，近岸则间杂着荷叶、丛生的芦苇以及其他花草，红花绿叶，错落有致又耳鬓厮磨。湖畔绿油油的灌木，被花卉缠绕披上了一层五颜六色的婚纱，鲜花、绿草在阳光的照射下交映着情意绵绵的闪光。

行走之际，桥畔杨柳垂丝下，琴声忽起，它以摩挲心深处的柔软将我们带入了风温水软的曼妙空间，就像微风轻挽柳树的丝缕，世间所有烦忧，隐没于此时此地的芬芳和清新。琴弦上，流畅优美的音符，娓娓道出似能看到的色彩和藏于湖水波澜神韵之内的琳琅，如山涧泉鸣的音韵，仿佛来自一个女孩的天真笑颜，那是韶华未去，生长在心中最璀璨的火花，带着梦想的纯朴古雅。琴声如涓涓细流，却让内心深处远离烟火的宁静又拥有了一份光彩。那些昆山碎玉的瞬间，恰如琴与诗与画的对话，从流光匆匆里延伸并呈现出具象的文字，与此情此景交相辉映，组成了一张张风过无痕和落花有情的凝神而思，流转出与时光不期而遇的静谧和优雅！

然而，时光却是无情的，我们仍须以深深的情感和勇敢的步伐，在生命的大道上闪耀出属于自己的光芒，度过每一个温馨的时刻，享受每一次拥抱阳光的机缘，也在行走的希望中，用心感受岁月的细致和柔媚。

这初夏的衡水湖，是珍藏在多少人心里的光阴故事，是温暖而静谧的归所；也充满阵阵惊喜，并让怒放的快乐落满生命的华美。初夏的季节，在这衡水湖畔，我们向阳而生，面带笑容守望阳光。让这些温暖，被安静地沉淀，成为内心最珍贵的记忆，用一颗踏实的心，去欣赏静享这浸润在绿暗红稀墨香中的惊艳时光。

游衡水植物园

春日里，衡水植物园绿叶婆娑舞动，鲜花争奇斗艳。那一抹抹橙黄绿青蓝紫点缀的青葱，如画一般。

衡水湖西边有条中湖大道，旁边就是衡水植物园，我喜欢在这里徜徉，走过那一条条小路，拂开那一片片绿叶，倾听那一声声鸟鸣，感受那一缕缕暖阳。这里的气息，淳朴而甜蜜，每一寸都蕴含着人间烟火的温暖和味道。

公园里还有些通幽的小路，曲曲折折地延伸，开满了粉红色的野花和深紫的草，显得格外妖娆。花香微散，溪水潺潺，仿佛和谐地唱着柔美的歌谣。深绿的草坪上，小动物欢跃嬉戏，它们的存在，为这片园林增添了生机和动感。就像小时候质朴的乡村，只是缺少了那条清澈见底的江江河（流经河北景县境内）缓缓流淌。公园里林木葱茏，在阳光照耀下，树影婆娑而温馨。风那样轻，花那样香，当人们沐浴于春光，内心生出那份自然的寂静，远离尘心、遥想往事，又睹物怀情，畅想中连接起层林尽染、云树遥隔下碧水青山的清怡，更有花香鸟语奇花异草的欣然。所以漫步的日子就不自觉地悠闲下来，如此甜蜜，如此静，这份春深似海，深深地扎根在人的心里，不会"人去楼空"。

或者是躺在无人的椅子上，枕着阳光，在花海中翻来覆去地打瞌睡；或者是走去湖边散步，听着那湖水的喁喁细语；去"竹深树密虫鸣处"，看那一派繁茂灰绿色的竹林；登高仰望，看那"瑞云千里映，祥辉四望新"，真的要求"悠悠九霄上，应坐玉京宾"了。

春天的景色，少不了花儿的缤纷，每一朵花都有自己的故事，温馨而动人。这时候就会有花瓣落在微醺的脸上，香韵扑鼻，又痒得不得不睁开眼睛。来植物园花开的地方漫步，不为别的，只为聆听花开的声音。

粉色的樱花树上，每年春天，都会有数不清的鸟儿飞来，一边啄着樱花的花蜜，一边欢快地叫着，好像在赞美这个红情绿意的季节。那些细茎儿拂着脸颊的感觉，也是那么温柔和透彻。

桃花已经渐渐败落，绿叶却愈发显得妩媚，又伸展出一片片淡绿的新芽，向阳生长，那舒缓的姿态令人留恋。一两棵落单的柳树，顶着新绿的嫩枝，像是一排排绿色的漫舞流苏，散发着淡淡的清香。

浅蓝色的海棠花压弯了枝头，摇曳动人，犹如众多舞者在歌唱，纯真而洒脱。海棠与杏花不同，是春天里的幸福旋律，恰似女孩儿们乘着春风唱起来的爱情歌谣，悠扬而美好。

蝶舞蜂嗡，花开莺语。暖风送来花间的彩云漫舞，摩挲得枝叶苍翠欲滴。那草木花间的风情，那一声由春传递的问候，在花开的路上，轻轻地化在记忆的深处，柔软的花瓣，先是停在心上，之后缓缓飘落。如梦如幻的词语，诠释不了这里的景色，然而，又会牵引出一点点伤怀，毕竟，满园春留不住啊！

春日春光春景和，春天的娇艳动人，点缀着人与植物的生命，在这春天里，在这样的风景中，人们心情畅快，喜形于色。

走过树林，鸟语和花香一路相伴，心怀清新。这是令人喜不自胜的世界，自然更有许多喜出望外。只愿这愉悦和欢欣，每一份都蔓延开到解读春的人心里。

这春风轻拂，这花影摇曳，这柳絮漫天，仿佛风是一首柔美的乐曲，心随风而舞，连迈动的步子都悠悠起来。我漫步在这色彩斑斓的春日里，感受温馨与恬静，透过每一个细微的角度，看到生命那沁人心扉的花香，以舒缓的韵律将心动和花香沉浸在时光中。

当细雨纤纤，这里一如江南细雨的景色，我喜爱春雨的触摸和抚爱。细雨中，人群里会浮现出许多个惊措，也会展露无数个笑容，转瞬都定格春雨的故事中。我们虽没有多大的能力，却有一颗善良的心，渴求着自由、静谧与满足，体味世间这雨水流过微笑的温情。

春雨后的路边，留下单纯的欢喜，野花捧出一串串生命的颜色和愿望。明媚的阳光洒满每个人工土坡，让草木丰茂、蝶蛾翩翩。每一朵花语都沉淀诗意，每一颗心也都涵盖着自然的温柔。看它们在花间漫舞，风中摇曳，似要能够在雨后的清新里找到一份爱尽一切、美尽一切的力量。

春天的阳光，轻轻柔柔地洒落，我借着阳光展开梦想的翅膀，飞跃在美丽的天地之间，享受、品味着人生的宁静岁月。那些美好的回忆，都沉淀于田连阡陌中，之后，开出花来，如同这个春天一样，温暖而绚烂，让人能嗅到那回忆的花香。

衡水湖畔话轮回

　　轮回是大自然的主题，让我们珍惜一切，抱着一颗感恩的心，面对生命的轮回。轮回是生命的循环。芸芸众生，在时间的长河中，无论承受着怎样的压力与不平，最终都能重新回到初心。万物在轮回，生命赋予了它们不同的灵动，像衡水湖一样静谧的湖泊，水面上流淌着从未停息的涟漪，随着时间的推移，每一次涟漪都会留下一个印记，而这些印记也将永远嵌刻在我们的生命中，成为人生的一部分。万物皆有灵，轮回循复不停。风吹草动，草木摇曳，天地沉寂散发着深邃的洞察力。飞鸟乘风，随心所欲，时而飞往南方，时而翱翔到北国。河流蜿蜒，千回百转，它们默默流淌，承载着一方土地的风貌和气候特点，携带着精神的故事。

　　世界在变，人心也在变。生活如水，不停地流淌着，流淌着时光和回忆。这个世界每时每刻都在轮回，朝着它自己的轨迹不断前行，虽然我们可能看不清它的轨道，但我们可以朝着它的轮廓努力前行。无论岁月如何更迭，无论时代如何变革，那些真挚的情感和感动，依然能够温润我们被世事磨蚀的灵魂。人性的美好和真诚，需要我们自己去感受，去开发和去维护。不断地轮回中，不忘初心，感恩生命，珍惜人生。我们无法掌握它的神奇，但我们可以用心去体会，用眼去观察。每一年春天的花开，每一次傍晚的夕照，都是值得我们珍惜的瞬间。在大自然的轮回中，我们是其中一个小小的存在，但我们同样也是这个世界中不可或缺的一部分。

　　时间也在轮回，它不断地流逝，从来不会停歇。光阴流逝，送走春天，夏天如火将至，秋天美丽又可爱，冬天呼之欲出。一天又一天，一个季节接着一个季节，寒来暑往，终日复终日。时间的轮回像一张无形的网，将一切都卷入其中。世界随着时间流转，我们以岁月为凭，提笔写下那些经历，一笔一划地记录下自己的人生记忆。而历史也是这样，它在漫长的时间河流中，沉淀下各种各样的文化、习俗以及那些难以磨灭的记忆，这就是整个世界轮回的过程。在这过程中，每一个人都慢慢走过，留下少许的痕迹，便慢慢地老去，而那些自己曾经经历过的轮回，也将随时间的推移慢慢消失。

我们的生命也是如此。我们来自于这个世界，融合了各种元素，然后在这里成长，最后我们离开这里，回归自然。我们的身体经历着诞生、成长、衰老、死亡。但生命的轮回不是简单的离去与归来，而是重生与复苏。每一次许愿，每一次希冀，都是心头的期待。无论是求得一份爱情，还是实现一个梦想，都需要顶着迎面而来的风，走过一段又一段距离。我们不能完全看见自己的过去，也无法预知未来，但是每一天都是一个轮回，每一个人都是这轮回的一部分。在这个宇宙间，时间和空间的轮回在不停地变化着，它展示了无尽的可能性，也给我们带来了无限的想象。

对于轮回，我们无法掌控和改变。古人云"道阻且长，行则将至，行而不辍，未来可期"，轮回中需要保持一颗平静的心态，相信只要善待自己，努力前行，就一定能够收获美好的人生。人生有太多的不确定和波折，我们需要经历痛苦与跌倒，才能真正享受到生命之美好。无论在哪个阶段，我们都需要有勇气和耐心，去接受并面对、去克服并战胜困难。

对于轮回中的修行和坚持，七堇年的小说《尘曲》中，有句诗词"凡心所向，素履以往，生如逆旅，一苇以航"，意思是说，想去的地方，即便穿着简单的草鞋也要奔赴而去。因为生命本就是一场逆行之旅，就算乘一叶扁舟也要起航前往。其中的修行和坚持，出自《易·履》："素履之往，独行愿也"。意思是这样的，在这尘世之中我依然坚持的自己的节操，就算只我一人孤独坚守我也情愿。

轮回的存在，或许可以告诉我们，时间的存在是有价值的，它将我们的生命连接着历史，让我们更加珍惜当下，去创造更加美好的未来。因为，只有坚韧不拔的意志，才能跨越时光的距离，留下自己独特的足迹。

轮回的意义，在于觉醒生命的内涵，意味着一些神秘环节仍待揭示。我们要抱着敬畏的心态，不断摸索、学习，打破、开启，这可能是我们面对轮回的最好方式。

轮回让我们明白，每一个个体都是一粒尘埃，我们的一生只是光阴故事的一个短暂片刻。面对轮回的博大和神秘、诗意和哲学以及治愈一切的历久弥新，我们要始终保持一种谦卑的姿态。

桃城，黄昏，槐香中的遐思

黄昏的时分，夕阳的余辉斜照在窗前，院内槐树上缀满一团团白色的槐花，一阵阵槐花香气扑鼻而来，抚摸着一个人内心深处的柔软。看着窗外清澈的天空，看着飞落的花片，又仿佛看到的是流云飘飞，那是轻柔的微风吹动着清香的槐花，轻轻挥洒着一缕缕幽香。恍若置身于梦境之中的那一袭清风，轻轻拂过脸颊，在诉说着一个故事。

走上桃城繁华街头，一阵阵清香飘过。洁白的槐花如翩翩细雨，飘散在空气里。微风吹过，它们像一群醒来的精灵，摇曳着，轻盈着，悄悄地飘落，又像杨柳絮那般，一片片随风飘舞。地上堆积着一簇簇花瓣，依旧散发着那独有的香气。路上小男孩嬉戏着，他们捡起花瓣来摩挲，闻着洁白的芬芳。洁白槐花，好似有流淌的心音，慢慢地在地上有节律的跳跃，在季节变幻莫测的辗转之间里荡漾。

漫步在林荫大道上，花香四溢。因为槐树龄大繁茂，且数量较多，槐花飘舞如飞雪，轻盈地几乎覆盖着整条大道，把黄昏里红尘浅描的岁月安然地缠裹上淡淡清香。这里是一片天然的绿色风景带，大道两旁，又有小路弯弯曲曲地蜿蜒进草木丛中。脚下细碎的石子路被摩擦得十分光滑。这条小路旁的槐花树下，爷爷奶奶年岁的人们在槐香中坐在长凳上聊天，聊起自己的家庭和生活。还有几位奶奶岁数的人，正收集散落的槐花花片，说要做槐花枕。总之，不管身在何处，他都可以在岁月中品味生活的滋味，过着充实而又不乏闲适的生活。我因落花彷徨的心绪，又因夕阳下的情景而淡然。

一阵清风吹来，洁白的槐花如霏霏之雨经我眼前飘落，传递着时间的流转和生命的轮回，也好似数尽岁月里的细节。

那长长的丝翎般的槐韵，无声地跳跃，惹起我心底的感慨。我感觉听到了春天在光阴中流淌，看到了岁月远去。放眼四季，每一个季节都有迥异的馨香。春日里，有姹紫嫣红的花海飘荡着诗意；夏天中，有沁人心脾的绿水长流于山林小径；秋风时，有万紫千红的叶子倒映在湖面上，让人眼花缭乱；冬天来临，有皓月当空，雪花落下，满天星河点缀银色的天空。一季芬芳浓郁，留下满心香甜的痕迹。在光阴中，沿着姹紫嫣红的心畔，只有那些美好的回忆，才能在心中缓缓扩散，让人回味无穷。这样的日子悄悄溜走，却又时时充实在我的生命当中。

我执笔悠然在纸上描绘生活中点点滴滴的感悟，无论是春天的万物复苏，夏日的热辣激情，还是秋日的硕果累累，冬季的银装素裹，都承载着时间的印记。编织这些点点滴滴，就像画一幅优美的画卷，留下回忆作为永远的凭证。

我爱一份简单的生活，用平凡的眼光去看待世界，即使自己已不是那时光中的追风少年，也愿意感受微风拂面、槐香飞舞的浪漫夏日气息，甚至，不时还会想到一首初恋的小诗，轻轻吟唱在心底。诗意萦绕的花朝月夕，穿越时光的隧道，让人在看尽芳华后，更能品味出生活的滋味。我相信，那些无言的槐花，就如每个人生命中的点滴，都含着无言的哲理和内聚的情感。每一个瞬间，都有日月如梭的韶光，用心感受，才能真正发现生命中的精彩；心怀勇气，才能从容不迫于生命的守望。

岁月如歌，有至善至美的天降惊喜，有百思难解的瞬间领悟，更有繁华与深情让人感受到的点滴激动。这一季盛开的槐花，那一滴温柔的泪水，那一声清脆的笑声，都是生命中最珍贵的记忆。用最真实的表情和世界相遇，是流年最美的色彩。有时候，需要一个人，在一个黄昏，享一抹余晖，以一份质朴，怀一份素雅的芬芳，静静地感悟一番，不能随心所欲，但能且行且歌。

栈桥听笛

衡水湖，每个细节都那么美妙。

那天，衡水湖栈桥漫步，我忽闻笛声。离我七八米远处，一少女正举笛试音。于是，我停下来，此时，渐有人聚集围观。

少女吹奏的曲子是《姑苏行》。

她沉浸在音律中，已全然忘我。笛声传去，悠远的曲子越过花田、草坪、桥梁，向早已等候在远方的彼岸处，飘荡啊飘荡，久久不绝。她想的是唤醒远方的约定，还是留住来时的喧嚣？

听者则不知何时流走于江南梦中。姑苏行的曲调细腻玲珑，飘逸天成，柔软如绸，如听仿佛烟雨濛濛中漫步，溯行柳叶飘摇，倚栏观景那白墙灰瓦，听小桥流水潺潺如歌。

笛声随自己旋律翱翔，细细地讲述要在笛声中完成的故事。那一抹风景，是让人遐想无限的笔意。

笛声慢起，她仿若从某个维度空间归来，凌波微步，踩着五线谱上的音音，笛声在空中回响，那是图形也是声音。又仿佛是她孤零零地留在原地，独对静谧；又仿佛要跟远方一起归去。少女的笛声里，清澈的流水灌溉了春华秋实，汇集在温润如玉的湖水里，漾出缠绵悱恻的意韵。

慢板的笛音再次引领游人走在江南的楼台之间，舒缓的旋律描绘出江南的静谧，在耳畔久久不散与这里浑然一体。那份让人流连忘返的美景，，宛若湖心里的一簇云，缓缓流淌在时间的河流里，深情缠绵，被那一泓笛声，注入灵魂。

风吹起她的发丝，她柔嫩的脸颊就像杨柳初萌的春芽，覆上音乐里清新的芬芳，让人仿佛闻到了时间的馨香，看到了岁月的温柔。即便是稍纵即逝的流光，留下的也是深深的感动和回望。

南派曲笛，在她技法华丽、音色柔弱的笛声里，如水润玉。百炼钢化作绕指柔，像细雨薄雾，如在姑苏老城漫步。起承转合间，吴侬软语的呢喃，纵情表达出江南音色蕴含艳丽辞藻的柔软。耳朵的盛宴，却让人见到江南水墨中多少楼台若隐若现，连接起这衡水湖畔烟笼雾罩小桥流水、杨柳湖岸。节奏跌宕起伏，繁华渐欲迷人眼。流年岁月的迷离，荡涤着尘世的喧嚣，游离在曾为千顷洼的晶莹剔透的湖面上方。湖面上正有一叶红船，船上的人如水中仙子，衣衫飘舞，恬静从容。湖边的小店旁，不时有穿着汉服的少女们缓缓而过，她们面容明媚，却又带着几分羞涩。仿若时光在此间交错，将笛声照进湖水，映照成湖面层层波纹。

笛声一阵高亢，带心跑向远方。湖面上的风，翩翩起舞，像在跳着迷人的舞蹈。成千上万的音符飘在空中，轻轻洒下，铺满了整个湖面。她用无尽的深情，演绎了让人热目的盛宴，渐入佳境回味无穷，如同走过一段时光隧道。然后一刹那，花落音止。

笛声停了，湖面上万物安静，有了少女笛声的美丽存在，又有什么可以让我们感到不快呢？

脑海中那一缕缕泥土气息，仿佛随着笛声一同在往昔远方的青翠原野若隐若现；仿佛一幅神秘的水墨画，有湖水清澈见底，洞见过往。湖边草坪上一棵孤零零的樱花树，就好像在这一时间开满了鲜艳的花朵，随着湖风的吹拂，散发出一股惬意的花香。花香与刚才音乐交织，在这春天凝聚的气息和生机，清新隽永，相怀相忆。

或许这是一种细微的情感，与岁月流淌的河流一样，只为来静静地陪伴着我们。艺术的美妙正如泉水般清新甘甜，让人们在刹那间体验到生命的奇妙，感受到人生的光点，与生命的不息之源相连。人生就如曲目一般，或慷慨激昂，或温婉柔情，或悲情或欢愉，一切就在某个时刻放声而出，让生命更加耀眼。"生命如琴弦，人生如歌"，也许，每个人在诗意的世界，都能演奏出自己最美妙的乐章！

湖畔、月光、蛙鸣、荷香

　　月夜湖畔，绿柳如茵，衡水湖给我一片水面晚景，更有那一轮皎洁的月。在月下眺望，湖水像镜子般平静，荷花若隐若现。在这月色下，蛙声不绝于耳，宛如自然界最美妙的音乐。所以，当我坐在窗前，看着月光照过来，听着蛙声飘来，便有了出去走走的念头。

　　行走在这湖畔，感觉被迎面而来的一股纯真所包围，那是来自蛙声、月光、荷香的气息。在这充满生机的湖畔，我感受到自己的内心得以舒展，疲惫和烦恼在这一刻溶解于夜风之中，静谧的湖水仿佛是对我内心的一种疗愈。

　　夜，是一场浩瀚而美丽的交响曲，演奏着天地间最神秘的旋律。在这场交响曲中，月亮被看作作曲家的指挥棒，指挥着一切的演奏。而青蛙，则是那激情四溢的演奏家，不怕寂寞，不怕困惑，豁胆抽肠，尽情地跳跃和歌唱。

　　青蛙们欢快地跑跳，仿佛是在为这美好的夜晚欢呼。这些青蛙，也许没有华丽的外表，也许没有令人瞩目的身世，但却拥有着生命中最真实、最美好的自由和热情。

　　如今，我终于可以在这样宁静的湖畔与夜相伴。坐在湖畔的草地上，看月亮高悬天空，映着清澈的湖水，聆听那些青蛙们唱出的美妙旋律。虽然这音乐并不能够让人恍如置身于大型音乐厅，但对于那些曾长久生活在都市的人而言，这样的音乐却有着更为珍贵的价值。

　　夜晚的湖泊将月光和天空都沉在水里，我被这里的自然光景所感染，被这片花草地深深地吸引。在这里，生命被赋予了更多的意义和温度，我也期望这里的人和这里的每一位游客，都不要忽略这"菰蒲无边水茫茫，荷花夜开风露香"的美景。

这时，我举头看向那轮皎洁的月亮，月光垂照下，夜色并不是黯淡。所以，每个细节，包括湖水上漂浮的荷花和蛙儿们脊背上的斑点，甚至是微小的涟漪，在我看来，都变得又新又瑰丽，仿佛在我眼中得到了加倍的显现。

这里的景象不论是真实还是虚幻，都可载入无尽的可能和想象。这是一片独立的世界，没有人工声音的干扰，也没有喧嚣的城市生活，只有这一方月色、湖光、荷香和青蛙们纯真欢笑声瑟和鸣。在这里，可以享受"意笃八极，神游万仞"的天赐。

衡水湖有着独特的自然环境和生态系统，是许多动植物的家园。每一片月光，每一声蛙鸣，甚至每一片荷叶、每一支荷花，都有自己的生命轨迹。这里的一切，即使看似平凡，都蕴含着无数的奥秘和盎然生机。湖里的这群青蛙，恣意地欢笑、跳跃、畅游，充满着自然的乐趣和生命的惊喜。而我们，身在都市忙碌、压抑、焦虑，又何尝不可告别那些难以忘记的过往，回到这个纯净、自由和美妙的湖畔草地呢？无论是哪一片云彩，哪一颗星星，哪一次感动，哪一种情感，都会成为一种记忆，成为人生之路的一段故事。

我曾经在大都市的混沌中度过了一段人生，但来到这里，我仿佛找到了自己的回归。这里空气清新，自然纯粹。我独爱夜色下的湖光，独爱这些蛙儿们那一颗颗温暖的心。在这里，我能抛开一切世俗的束缚，完全沉浸在夜色中，却"欢来苦夕短，已复至天旭"。这里的自然景观和文化情怀，让我情不自禁地萌生出一种浪漫主义的情愫，恰似内心所追求的自由和感性。

衡水湖的夜色真好，我知道，良辰美景都不会持续很久，但是我希望每个过往的行人，都能铭心不忘。他日即便身在别处，只要心里有湖，一样可以感受到这片美景的韵味。我也能尝试借用诗人的笔墨，成就一份自己的岁月。

月光，蛙鸣，荷香，让这个夜充满细腻而美妙的张力，在这片湿地，仿佛万物万象皆有灵气萌动，包括月光、蛙鸣、荷香。

五月之大美景州

早晨，我在街巷漫步，静候着夏天的上午。正是五月槐花开的时节，繁花似锦让尘世纷扰化为虚空，枝头的雪白花朵，含羞缀结成团。微风拂过，带着清香四溢，融入内心深处，如诗人的笔墨流露出的细腻情感。

淡淡的雾气不知何时在灿烂的阳光下悄然消失，终于，阳光洒在街角的绿树上，映照着桥头和街边的楼阁。再看街上比肩接踵的行人，穿着五颜六色的衣裳，踩着轻盈灵巧的步伐，似正闻着花香，跟微风说着悄悄话，仿佛随风飘扬的幻演。

一对年轻的情侣手牵手，悠闲地在街角散步。他们的脸上洋溢着幸福的笑容，仿佛整个世界都属于他们两个人。我静静地望着他们的背影，心情也渐渐明朗起来。或许，夏天就是这样开始，这就是夏天为我们带来的惊喜，让我们在生活中寻找到真正属于自己的情感和喜悦。

我注视着在绿荫下嬉戏的儿童，心中有一种说不出的感动，仿佛在这个小小的世界里，所有的忧愁与烦恼都可以抛开；古树下，一群老人围在一起，讲述着曾经的往事，他们的嗓音时而低沉时而激扬，仿佛年轻的记忆能在刹那间被唤醒，又可在瞬息间回到眼前；街边摆卖的小摊贩，售卖各种小食品和小玩具，小小的生意看似朴素简单，却饶有趣味。

走进繁华的商业街区，步入人声鼎沸的市井，此时我感受着浓烈的人间烟火气息。

当街道上的老翁推着购物车在二手货市场里穿梭时，当闲聊着的妇女们围坐在路边的餐馆里品尝美食时，当年轻人们在繁华的商场狂刷直播时，都能够让人感受到五月这个季节所蕴涵的温馨。

在景安路热闹的街角巷口，你可以看到各式各样的人，各种各样的故事。

走过一条小巷，就会看到一家面馆的老板正在忙碌着，一群对面馆的美味情有独钟的饕客们在为自己注满香辣的汤水。此时，微风吹拂，小巷里弥漫出辣椒淡淡的香味。

在服装市场的一间小店里，我听到了一个老板的故事。原本是北京一个外企高管的她，为了多陪陪家人，选择了放下高薪的职位，前店后厂的做起了服装生意，而这个生意却经营得有声有色，现在甚至考虑要扩展店面。是啊，在大美景州，每个人都有自己要做的事，每个人都带着自己的故事，每段故事都可以特别、都能值得品味。

又或者，你可以选择静坐在一间安静的咖啡厅，浅尝美味，眺望远处的行人，看一家人扶老携幼的过马路，看行人川流不息又谦让有礼，到处都是安居乐业、民风淳朴的写照。

无论是风，雨，阳光或是其它，都应该是天佑这方水土这方人的不同形态或形式。就像，槐花所散发的那份自然馨香，是传承千年的馥郁，从不散失、从不枯亡，仿佛是源远流长的这块土地上那让人沉醉的神仙味道。再赏槐花缱绻的悠长芬芳，眼见柳丝为她陪伴，这青绿的意境，铺满心田。且这春风徐徐、花香氤氲，即使春天离开这个季节，记忆也会唤起槐花心头的感动。槐花香，也是缭绕在淳朴的人们心灵深处的情愫。

景州塔是一座保存完好的古塔，远观巍然屹立在天际。塔之底部由大石头砌筑而成，塔身则以砖头砌筑，外观呈八角形，彰显了建筑师的精湛技艺。塔身13层，周长50.5米，高度63.85米，虽是砖塔，但造型和设计却极具特点，整体显得精巧，让人不禁心生敬畏。据专家考证，景州塔是根据北魏高宗文成帝恢复佛教的诏令修建的。小时候，从景州城外眺望过去，景州塔楼宛若一根长长的针，挺拔向上。它高耸入云，顶部的铜葫芦和铁丝网座随风吹响，令人听之肃穆。

这就是我国历史悠久的景州舍利塔，它是我们国家历史、文化和建筑艺术的瑰宝之一。一座被赞誉的舍利塔，寄托了人们对美好未来的向往和祈愿。能够在岁月的打磨与风雨的冲刷下依旧屹立不倒，也许是因为它背负着太多的感情和历史，它是人民心上的历史盆景，见证了衰败和兴盛的朝代更迭。

黄昏，我来到周亚夫墓前，发黄的夕阳照在墓碑上。墓底周长六百米，高达十六米，占地面积七亩。这是一个历史悠久、规模宏大的古墓葬，安眠着一个英勇无畏、忠义无双的豪杰。周亚夫出生在一个军人之家，从小就跟随父亲周勃学习兵法，他勇敢善战，是汉代著名的将领。公元前143年的一天，周亚夫病逝，终年不满五十岁，他的死让人们深感痛惜。周亚夫墓留给我们一个象征，留给我们一段历史的记忆。周亚夫的生命已逝，但他的事迹永存。墓碑上铭刻着他不朽的功绩，激励人们的永志不渝。

此时，五月的香气扑满街巷各处，与初夏的浪漫结缘相合。熙熙攘攘，川流不息的除了街上的人流还有无时不在又无处可寻的时光。时光悄然而至，生命对每一个明媚的瞬间都是如此的倾情。曾经的历史和缺憾，早已于岁月之间渐行渐远，我们只能感受到那过去的浮光掠影，却也将思绪带往遥远的过去。那是这里的人民以责任与担当为后人书写的关于这方水土这方人的历史。浓郁的生活气息在街角巷口弥漫，仿佛千年前的景州在现代繁荣中寻找到的安宁平和与萦怀的眷眷深情，仔细品味，又是对未来的一种无尽的向往。

雨　殇

　　一场傍晚而至的秋雨，无尽地覆盖着大地，水土交集扑散的气息，有丝温热地迎面冲击着嗅觉，让人感受到泥土余有几丝温暖。看雨水集聚，心则汇思成溪，在故乡泥土肌肤上流淌着，一个个泥水脚印，走散了岁月的脚步。熟悉的落雨声，仿佛小鼓点，揭开秋天的深长回忆。

　　天色灰暗深沉下来，心事模模糊糊，就算是远离了繁忙的都市，在这夜将临至的雨中，我却仍巴望着夜空繁星，心有所失。从故乡到都市，那段路程，又有多少人还记得呢？将回忆密密缝合，还是会慢慢涌出来，逐渐沉淀在心底。

　　在故乡时，有多少个深秋的夜空，繁星点点。伸开手，盼着触碰得到头顶的繁星，却又触摸不到。

　　那些风雨相伴的岁月，匆匆走过的回忆，数不尽的辗转反侧，因的感叹和果的遗憾缠绕在一起，让人不由微笑，不由泣涕。

　　整个世界沉睡在雨的呓语中，窗外间歇发作的风卷走心中无数思绪，而窗内的一切都寂静地仿佛在等待着旧时光的归来。风雨淋湿了多少绚丽过往，又掩埋了多少深刻的回忆，一切都伴随着那轻柔的雨声，在沉寂安静中泛起微澜。遥想那些年，风雨过后，才真正懂得珍惜，懂得欣赏与留恋宁静。曾经沧海的情感，流淌在流年的拐角，迎风飘散，凝固，幻化成如诗如梦的美妙画面，爱过之后，才感到心底的烙印是岁月走过的深深辙痕。风摘落叶有花开花落的华美，但雨却是最好的注脚，仿佛缅怀着前世的岁月。风雨吹拂的叶子，虽然短暂易逝，但也成这个季节的美丽存在。无论风起还是雨落，都有存在的意义。

　　风轻轻叹，雨轻轻语，时光倒流回过去，那些曾经一念之间的红尘梦幻，不过是过眼云烟。岁月匆匆、年华蹉跎、光阴似箭、日月如梭都不过是风雨的另一种形式，却把我们涌到时光河里，流向人皆无知的冥界。但是，人处在这种形式，感到的是风在人间、雨在人心，叹多少往事已消逝，多少盼望未实现。只愿在这静谧的时刻，听到那风雨的声音，感受它们的柔情蜜意，品味出彼此的真挚，与它们共同驻守，在岁月的河流中沉淀下细腻而深刻的故事，欢喜的，感动的，凄美的……

世事多变，一切都只是短暂的停留。窗外的风雨会随时变幻，就像一个人的命运，从喜悦到忧虑，从欢笑到流泪，都是匆匆而过的风雨。只有内心的智慧，才是精神生命的存态。遥想那些过往的风与雨，我们在迷茫与泪水中穿行，在纷扰与苦涩中沉淀，只有以一颗远离纷扰的心，感知自然的柔情，感知人生的自然轨迹，才能悟出不落俗套的智慧，才能闪耀出幸福的真理。令人痴迷的风雨，是人生扉页上独特的印迹，是心灵的触动，更是灵魂的寄托，让我们学会更多的包容和改变，学会理解与拥抱人生的缘分和轨迹。

雨瞬间变大，风也闻雨而动，声音在雨和风的交织中寻找着自己的节拍，像是一只承载着灵魂的魔方，对每一份肝胆相照的情感，都怀抱着实现自己的承前启后，拥抱一份心灵的独立。像是慢慢烘烤雨湿的笔记，思维逐渐显出记下的印迹，究竟，经历过的关键的时刻，已经过去的一切，还有不能忘记的人，是否都可以重新开始？或许那些年如亲情一样紧密相连的欢笑和泪水，都如风和雨的故事，被凌驾在天空中，永远地留在人们的心里。

像是知道心思，雨有了一个骤停，庭院灯的映射下，篱墙的花也趁此慢慢地吐出水珠，反射出灯的光色，深浅不一，像极人们的情感，在丰富多彩中独特的沉淀积聚，继而辗转缠绕着，到最后，终将凝结滴落，轻轻地，有时连风都不敢惊动。

然而，即使那些记忆、情感和感慨，褪去了一切过往的美，也会在这样的秋夜背负起秋天的繁重。只是，岁月如水，总有一些快乐和难过，是比记忆更深的沟壑。往事如风，随水而去的和追逐而来的，并无几分停留；风雨下过去的，甚至湮灭的人和事却终是在风声雨声中不速而来。

窗外，雨又依旧在下，白色的雨丝在远处高杆路灯的映照下的轻轻飘舞。我打这篇小文，仿佛在那秋雨中走了好多年，遇见了风雨交加的过往，有一种深情不能久伴的伤鸣。

783号的那朵腊梅

因远离市区，腊月的大瓦窑783号院更是寒冷。

又临近放假，兼时临大雪，院子里人便更少，大瓦窑进入寂静和孤独的时段里。

我漫步在飞雪漫舞的大院，寒风刺骨，尖锐地穿透了厚重的衣领，让我打了个寒颤。一个人走着，踏着略显荒凉的院落中已堆起的厚厚积雪，嘎吱嘎吱的声音在寂静的空气中孤独回荡。

仰望苍穹，高云滚滚雪花急。雪花像一群比肩接踵的精灵，在空中被寒风冰冷的魔杖追赶而来。它们似乎急着要向人诉说某些故事，也许是一种关于寒冷、孤独和绝望的过往，但未等开口便俯身落地。

雪花便化作白色毯子，急速地覆盖了这里的世界。白茫茫中，所有痕迹都被厚厚的覆雪掩盖。愿意和不愿意看到的，都被封冻在这寒冷的季节里，白茫茫成了这里此时的主色调。

然而，就在这样的寒冷中，却有一朵腊梅花开了。枝上的花白里透着红，被雪包裹的花瓣如冒雪而归少女的脸颊，俊美而温婉。

这朵腊梅花就开在大院中的角落，一个平时不起眼的断壁残垣处。若不是下雪覆盖了道路，我定然行走不到此处；若不是腊梅凌寒独自开，我定然会忽略这伸展的枝条就是腊梅枝。腊梅花它是那样的微小，微小到淡雅的红色在雪花中几乎难以被察觉。然而，它的存在却仿佛是一道亮光，照亮此时此刻的阴霾。我思索着，这样的花朵在这样的环境，究竟是为何而开放？是为了证明生命的强大，还是为了让我们明白，即使在荒凉之处，也会有生命梦寐着希望？

轻轻地，以鼻息嗅抚着这朵腊梅花，似能闻到它淡淡的清香。这暗香疏影所予的芬芳馥郁，令我惊讶于它的存在。它就像是一个无声的勇士，不畏严寒，不屈于压迫，以隆冬绽蕾的英勇，证明"未话寻常草木知"的"玉骨冰肌谁可匹"，它雪天暗放，就像一盏小小的灯笼，在这傍晚的时节，照亮雪花的行程；我也惊讶于它的从容自若和激情洋溢，它也像是一篇香润玉温的诗歌，以款语温言寓意生命的长青不凋。我又忽发感慨，人求志达道的过程，或许也该像这腊梅花，惆怅无华而又柔情侠骨。

顿然心悦，便以许多美好的情愫和触感来目视及俾有所悟它的存在，更想用文字去描绘和诠释它缠绵蕴藉于冰雪覆盖的凌寒留香。若此，这朵腊梅花的盛开的音韵并不只属于它自己，它更应是人内心的映射，一道应加载到五线谱上的风景线，美化出带着画面的曲子，旋律优美、动人心弦，并以雪胎梅骨彰显生命的存在。

此时，望向那朵腊梅花，我感到了一股凌寒独放的生命力量，体会到一个不畏寒冷和艰厄的铮铮傲骨。我会记得这朵腊梅花的美丽与坚毅，会用努力和自强不息的情怀去感受那寒冷中孕育的萌动，会用诗性的风致去体会那微小生命的动人细节，以不争但不畏的激昂涵濡生命的内涵。

腊梅花虽然微小，但开放时的色彩足以让冬天的世界为之动容。我愿将这朵腊梅种植到我光阴里，让时光的年轮也有暗香浮动。我的生命是需要有这样的一朵腊梅花的，这不是精神慰藉，而是生命的图腾！

雪花继续飘洒，似不再有原来的寒意。因为寒冬中，有那样一朵腊梅花，正"俏也不争春，只把春来报"，默默地开放着，为生命增添力量，为未来装载希望。

踏雪的声音，也似不再孤独单调和生硬，仿佛每一脚都是对困境的抗争，每一步都是对未来的向往。冬天是个孤美的季节，也是必须的人生的一个阶段。

就像783号院的这朵腊梅花开，人生旅程也有寒冬腊月，处身严寒时，慎独、守义、守气、守节、守行，也勿忘自己的鲜活，有了这鲜活，才有"到处皆诗境，随时有物华"的人生。

注：大瓦窑783号是北京市丰台区的一个办公园区。

783号院的小草与小花

大瓦窑783号院的小草

大瓦窑783号院在北京的丰台区，我所在的办公区就在这里。因为有条铁路穿越此地，所以这是个都市的荒芜地带。

然而，这里却能生机盎然。在这片荒凉的土地上，有那么一些移植的盆栽衍生的花木、肆意繁衍的流浪狗，还有那些一举一动都萌动生命的杂类树木。

春日阳光照耀在这片土地上的时候，我拿起笔，在白纸上涂着文字。突然间，我看见了窗外一棵小草，从灰色的钢筋水泥堆冒出头来。这小小的草，竟然顽强地在这片土地上生长出来，顿时让我感觉此地不再枯燥。在这样的时光里我望着这小小的草，它的坚韧之力，真是令我景仰。它们像是这土地永恒的生命，尽管这里原本像是废弃的地带，但在这小草的倔强下，这土地让我觉得富有生机。

回想人生的旅途，也许每个人都曾经历过困厄时刻，然而是否曾经想起过，人都拥有着这与小草相似的力量，尽管扎根于枯燥的土地，依然能通过汲取温暖的阳光，用最坚定的毅力，向着生命和希望砥砺前行。

小草的生命特性让我为之倾心。它竟然可以历经霜雪、天寒地冻后，顽强地活下来。每一次，当寒霜冬雪降临之时，它总能巧妙地避开风刀霜剑的锋芒。是谁说它在秋天已经死了，它的死亡不是真的，而是匍匐、蛰伏，等待着生机的到来。

这一瞬间，我的心被柔化了，它让我重新认识生命的力量和意义。即便生命再平凡、再微小，但只要活着，就有了无限的可能和价值。这一棵小小的草，在阳光和风的沐浴下，展现出它的顽强，让我对生命充满了敬畏和喜悦。于是，我每天都仔细地观察着它的每一寸身躯和每一个细节，它似乎散发着一种让人感到舒适和愉悦的气息。就这样，这棵小草，默默无声地每天陪我生长着，它的每一叶都在向着生命的高潮迈进，它的芽叶，渐渐地开放着，迸放着无以言表的欣喜。它不知道身边有人对它是如此的注目和关注，也没有想过自己的存在对于别人的生命有多么重大意义。它只是不断地向着阳光和远方前进着，以生生不息且不可阻挡的生命力量。

小草虽微不足道，但它的存在却为这个世界注入了生命的颜色。既然如此，人有何理由不珍惜其兴也勃勃然的小草呢？世间的生命奇迹，早已积存在于其心中，而生命的动力和内涵，从小草中便可品味出来。这些从泥土中撷取的底蕴，这些三春时光里的奋然昂扬，既是人之灵魂的映照，也是之生命的意义。那小小的草，在风雨之中傲立，从中感悟到"吹绿东风又一年"那力量的无穷和坚韧。

这棵小草，无声却又"冬时枯死春满道"地深刻启示着生命，启示着人从平淡中汲取力量，从细微处寻找生趣。小草平凡，却能给人以震撼，让人从日常的朦胧中，也能发掘到带有美感的从容而温馨的生命气息。

微风拂过，小草轻颤，告诉人们生命十分脆弱，需要珍惜呵护。在生命历程中，人同这棵小草一样既需有坚韧的性格、又需有温柔的力量，亦如脆弱的小草，仍然坚强而有"托根无处不延绵"的毅力。

我看到了那些蓬勃而自由的生命，在这个世界里默默地生长和繁衍着，诉说着自己的故事。就如小草，虽不起眼，却也有着自己的生命之歌。于我，是一段难忘的经历，一次领略生命的奇妙之旅，更能从表象逐渐渗透思维、意象进血脉，直至把自己深深地融入到这个世界里，从而能看到世界上所有的顽强坚韧。这些思绪，像是一股股永恒的清流，悄悄地滋润着我的心。这样的小草，像是我内心深处所需要的那份自我。当我面对世界的种种时，它给了我一些安抚，一些温馨，也给了我一些力量，启发我思考。

也许，生命于个体而言，可能短暂，但惟其如此才延伸出生生不已的无尽和永恒，也给这个世界带来了无穷的可能，只要有信念和勇气，就能够找到自己的生命之歌，让它永恒地回响。

这短暂的生命，没有炫耀，没有虚伪，只有自然的孕育和枯枝再春的坚强。我也因此得到了沁润和慰藉，似乎找到了一些关于生命和自然的答案。在这万物有灵的世界里，人不应感到孤独和茫然。因此，我愿撷起这片小草的宝贵心灵之光，点燃激情，迸发最坚韧的力量与执着，保持一颗顽强而不屈的心。

我感慨生命的伟大和自然的神奇，一棵小草，也许只是单纯地存在，但它那小小的身躯，却蕴藏着那么多供人读取的智慧。我要用文字，一笔一划，以自己所铸的那种内心，从小草身上抽取灵感，把生命中的孤独而坚定的存在，以喃喃私语呈现出来，成为内心深处最朴素、最纯粹的另一种语言。

大瓦窑783号院的小花

在大瓦窑783号院，一朵小花，就能让人回味无穷。它的花瓣婉约，在空气中弥漫着淡淡的香气，让人在这芬芳的氛围中超脱自己，在感到了无生机时，有个在手边、脚下、身旁的生灵活现的警醒。而就是这朵小花，让我偶然关注到的身边的赏心悦目。

有时候，身边的世界太过繁杂，让人无所适从。人追求着更高的物质财富和地位，迎合着别人的目光，却忘了自己内心真正需求的价值。这朵小花，带给人的不仅是视觉上的美感，更是精神上的慰藉。这不期而遇的邂逅中，我获得了不一样的感悟。人的确需要这样一朵小花来拂去落在生命上的灰尘，让人重新审视生命中日常的点点滴滴，珍惜身边的昙花一现和喜出望外，把握住自己的内心需求，在朝霞暮色，看似平淡无奇的流年似水中，也能找到自己的一片天空。

这朵小花，是孤独旅程中的一个不期而遇。或者说，这就是缘分，一切都注定了。走在一条陌生的路上，看到了这朵小花，我才情愿停下来，好像它能为我打开一个新世界的门。在这世界里，每一个意外的相遇都代表着生命与生命的互相碰撞。这生命的碰撞时而带来喜悦，时而带来挣扎和痛苦，但它们都源于人的心灵深处，源于人的渴望和追求。

这朵小花，她不起眼，却散发出无限的魅力。她微微摇曳，似乎在唱着一首无声的歌。她在这个世界上的存在，为人点缀了一份生命的色彩。她虽然渺小，但她也是生命的缩影，是不起眼的小而美的存在，给人的生命增添了一抹瑰丽的色彩，让人相信，即使生命再苍凉，自己的内心也总能找到那一份小小的温暖。

但从另一角度，这朵小花儿并不渺小，它美丽又坚韧，有真正的勇气，让我也感受到了一丝自于内心的激情。这机灵、可爱、值得珍惜、期待的生命，能使人更好地自我升华。世间的诸多纯真与活泼，只有用心才能观赏欣赏，才能洞悉其底蕴，体察其秀外慧中之哲理。在小花的世界，也只有沉静下来，才能观察到的她的美丽和她的存在，如此飘然而又细微，像是一首轻柔的乐曲荡过心田。它代表着生命、思想，让一份期许静静地盛开，映照出岁月有待的内心。

人总是一天天的繁忙，身体被琐事所累，思维被尘埃所覆盖，以明哲保身的视野，活成独善其身的执着，忘了静心去感受那些微小而珍贵的美好。正是这朵小花，她以自己生命的力量和价值，提醒我们生命中随时都有着不起眼的小福利，小收获。不断地获得这些小确幸，是生命的滋养、愉悦与幸福长存的源泉。

我想，小花的知性和美丽，是这个季节里福利，是我们收获的礼物吧。我双手轻轻触摸它，暗送一份祝福，但愿在我的生命中，也能养育出这样一朵小花。我愿它一直欣欣向荣，一直繁华盛开，即便在任何疯狂的环境里，也能保持着那份不矜不伐的清新和明心见性的纯净。

或许，这朵小花只是生命的缩影。在这样土地里，仿佛看得到内心深处的一个小角落，能找到一缕清香，跟这朵小花一起，喜悦地呼吸着。生命是宝贵的，每一个小小的存在都有着自己的价值和意义。用心去感受这个世界，用灵魂去领悟生命的深意，去发掘生命的的清雅脱俗，即使是一朵小花，也能让人深刻领悟到生命的意义、价值和魅力，也能成为产生梦想和动力一份怀念。

呵，虽然这朵小花不是神仙，我却在小花背后，找到了一份温暖舒适和无声无息的坚强，也看到了生命深处的阳光和煦和蓝天白云的明媚。如今，我要默默感恩小花，为它笔下写意，为它传唱美丽。

六月，大瓦窑783号

大瓦窑783号院的六月来了，门口的紫薇树终于茂盛起来，还有大叶的黄榆也都长出了新叶。

六月来了，院子里变化渐渐快起来。进入院内，几乎每天都有一步一景的感慨，都有移步换形的惊羡，恍然走入翠色欲流的奇丽园林。这里有一簇簇的各色蔷薇花，轻灵娟秀，像扎在少女浓密长发上或红或黄的头绳，阳光照下来，投射出寻幽探胜的暗香疏影；那里有暗香浮动在墙上和花丛上，浮动在绿叶摇手扇动的飘逸间。这样的花香四溢清幽中，突然就有一声啼啭的啁啾，顿然间，惊起人的注意，那是"柳莺啼晓梦初惊"的场景。循声向鸟叫的地方寻觅，只看见那藏着的黄眉柳莺，叫声委婉动人，细而清脆，环绕于耳，动感于心。

在院子的一处，有百灵鸟相互回应；另一处的远方，也有鸟声传来。想起那句"春在乱花深处鸟鸣中的"诗意，虽近仲夏之季，不过这里依旧是春天的温度，是还幽在春天里了。也有啄木鸟在高大的树上，嘎嘎地像敲起来的梆子，或者是和尚念经时的木鱼，又似乎是按照"曲径通幽处，禅房花木深。山光悦鸟性，潭影空人心。万籁此都寂，但余钟磬音"渲染一种意境，写实嘤嘤成韵的依依梦中情绪。

穿过人工荷塘，一条人造小溪悄然流过，水波不兴，轻雾缭绕，细水融融。你终可在远离城市的八街九陌，舍弃红尘的喧嚣之后，或沏一杯清茶不问浮世，不问远虑，只做人间无事人；或在林间亭阁抚琴独奏，物我两忘，沁润于低唱浅吟。一份驿动激情的花香鸟语，一份原始唯美的红情绿意，一份空阒寂静的返虚入浑，一份风月无边的水月镜像。慢慢地，在这静静远离城市的角落，仿佛所有成就芳年华月的感觉都在默默钟爱这生命的轮廓。虽然世间沧桑变幻不居，时光匆匆如梭，但总有那么一个瞬间，让人感受到真正的自在，生命的宁静和熠熠闪光。

众所周知，六月之时，岁月正匆匆向夏天的深处走去，置身于拟景的山水之间，不经意间沐浴在阳光之下，却同样感受到岁月的威严。

翠绿的窗外，有一片乡村风景，远望之时，已然笼罩在落日余晖下。天边的云朵缓慢而又坚定地移动，如有天上的一座小山丘，走向你附近的一片树林，而万物都如此沉静。此时，乐声韵畅、诗意流淌，那些烦劳一天的情绪渐渐淡去，做不完的工作也变得不再那么重要。

低头看窗下，蔷薇丛处，一朵艳红的花，正被几只冒着热烈渴望的蝴蝶追逐，无助又美丽。也许人生就像这一朵香艳殷红的蔷薇，注定带着种种光鲜迎接这种不经意间飞来的难乎为情或是难乎其难但依然可以散发着温柔可人的光芒，粉妆玉琢，也不放弃欢笑。

沉醉在这样的生活里，我感到心静如水。我喜欢听风吹过窗外的树叶，看蝴蝶在花间翩跹起舞，看着太阳在天边升起，而所有此起彼伏的琐碎，在这如画般的时光里，都变得无足轻重。因我，只是一颗淡泊的尘埃，在时光的尘世中，想沉淀出自己的精致和浓郁。

每年，六月的花香都会去而复返，但香艳的似乎是每一朵的当下。静静地观赏走进虚无的时空，如有一条轻盈的绸带，将我的思维缠绕，在这里，我端详天地之间的明媚瑰丽，以炽热的激情与绿树葱茏的清凉互相激发，等待这美丽季节中那份既期待又不知所措的情怀。无论如何的境遇与改变，内心却都以轻舞飞扬，让"岁月流金，墨痕永驻"。六月，是"春生夏长，秋收冬藏"的延续。

世事如棋，每招每式都是必然，将自己的生命与一个个轮回缠绕在一起，让静态的时间变得充满活力。把握眼前这份自由，是让自己懂得珍惜。

北京南海子公园的遐想

　　清早的天空，湿润的雾气弥散着淡淡的清香。晨风吹拂，掠过身边的树枝，发出轻微的响动，仿佛就是为了迎接这美妙的早晨。在世俗的喧嚣中，在海子公园的湖边，似寻到蒹葭苍苍的在水一方。我似乎能够感受到自己的脚步声在这片离尘的空地上回荡，像是回应这个世界，也像是回应自己。或许是因为海子公园的巨大且位于郊远，空气也比较清新，没有太多尘嚣，在五一后的第一天，只有孤独和寂静才是主题。

　　我停下来，感受着些许微弱的阳光和微风，花香和鸟鸣，仿若一切都在这个早晨重新绽放、重新来临，这里像是一个被人遗忘的诗画田园。正是在这样的感官体验中，我梳理神思，仿佛与花草虫鸟的连接更加地紧密。我感受到她们的呼唤，她们想和人说话，告诉我她的故事或来历或企冀。她也许是一朵奇特的花，也许是一片奢靡的落叶，也许是一只安详的小动物，亦或是一个声音，在这里，她们都应该被重视、凝视和欣赏。

　　这个世界充满了不同的节奏，而我的内心亦然、会遵循着这个安静而深沉的流水，去感受，去快乐，去沉默。我会细细品味上天赐予人间的静美，就像那些被遗忘的小花和小树一样，静静地生长着，也静静地等待着。

　　尽管天气预报说，今天有雨，但此时的云层还能透出依稀的阳光。这悠然自得的时光，倒也如同一场春雨般，润泽了我的内心。往日那些嚣嚣的声音渐渐被洗去，留下从内到外的清净与澄明。看着这些花朵，仿佛花香一步一步沉入心底，让身心渐趋丰盈。感受到了这世界的温柔，身体融入了一种与自然共存的感受，流淌着一种唯美缠绕内心的魔力。

　　茂密的花丛蕴藏着许多生命，让人心生欣慰和喜爱。世生百物，都有着内在的力量，有着能够超越外界环境困境的智慧，有着可依靠的内在安全感，抛开纷扰俗事，活出自己的样子。而于人，想必每个人都曾历经过际遇巨变、风雨飘摇，也都曾经历过转机重生、斗志昂扬。虽然在日夜间，每个生命都可以像一阵风，貌似强大得能吹散天地间所有的聚散离合，然而，岁月从不因为欢笑或者哭泣而改变它的步伐，当事者只能用眼泪或者微笑来面对繁华落幕，经历红尘故事的起承转合，见证百态生活的喜怒哀乐。

沉舟侧畔千帆过，病树前头万木春。四季更替，繁花似锦，春夏秋冬，每个季节都有自己独特的美丽。而在这样的日子里，人是否又曾想过，如何与自己相处？或者用一种素简的方式为自己寻找一份宁静致远，淬炼出心底最真实的感受，以淡泊的心，用微笑和笃定度过人生的每一个春秋。

恍然漫步路边花丛，仿佛听到花开的声音，看到生意盎然的盼望。

夜游宛平记

题记：宛平城，卢沟桥，永定河皆在一处。长假归来，夜游有感，遂记。

卢沟桥的星空

卢沟桥这座举世闻名的石桥上，雕刻着许多栩栩如生的石狮子。灯光映照下，这些石狮子仿佛被赋予了生命，它们或威武雄壮，或慈祥和蔼。灯光下，狮子们仿佛从沉睡中苏醒过来。

卢沟桥上空，广袤无垠的宇宙之中，星辰在不断眨着眼睛，它们与仰望星空的狮子互相传递着浪漫而神秘的信息。在桥上望夜空，如同小时候第一次去北展的圆形音乐会场。在这闪烁的星空中，那些数不尽的星球、黑洞、恒星之间，是否像今夜的秋风一样，存在着某种难以捉摸的旋律？

当钟声敲响十二点的时候，一个纤细而有力的手指轻轻触碰到了星光的琴弦。随着时间的敲响，一个微弱而神秘的声音如同飘渺的仙音，打破了夜空的静谧。星光在黑暗中跳跃，互相交谈着。这其中，究竟是谁的纤指在拨动星光的琴弦，又是什么样的旋律被悄然唤醒？这是一种无声的对话，是一种超越了时间和空间的存在。这个手指的主人，就像是一个掌握着永定河畔的指挥家，挥舞着那根魔法棒，引领着星光的舞者们跳动起美妙的舞蹈。

这星光的盛宴中，我看到永定河畔的灯火也如金色的音符随之飘荡。这根纤指就像是操纵宇宙的魔法，将这无数的星光与卢沟桥的夜景凝聚成为绝美的动感音像。

我沉浸在这星光的对话中。谁拨动星光的琴弦？也许这是一个永远无法解开的谜团，但可以确定的是，这根手指所弹奏出的旋律，已经超越想象，让我在星光下能畅想到梦境与现实的壮丽。

忽然，这浩瀚无垠的天际中，有一颗闪烁的星星陨落了。这颗星星曾经散发着灿烂的光芒，照亮了夜空的黑暗角落，为夜空增添了一份神秘与浪漫。但此刻，它已不属于这片天空的任何星座，就如同一个被遗忘的梦想，静静地隐没于薄情的黑暗。这颗星星曾经与其他伙伴们共同构成了美丽而神秘的夜空，但如今，它的光芒被遮掩住了。曾经灿烂与辉煌，而今似乎已经成为仰望幸福的孤独守望者，默默地注视着曾经熟悉而又遥远的一切。

它也许渴望重返那片曾经属于它的夜空，与其他星星们再次组成那美丽的星座。有谁能告诉它，它已经被永远地遗忘了。它无法挣脱这片黑暗的束缚，也无法寻找那片曾经的夜空。这颗星星只能在寂寞中黯然失色，成为一片被遗忘的梦想。

永定河上的秋润

秋润是秋夜的一种感觉，是否有这个词，我不知晓。但秋润一定是位低调的艺术家，以润的方式润泽了永定河的秋夜。她若是天使，定是敛翅入夜，化作夜露如珠，静谧而深邃；而有时，她又飞临永定河水面，轻轻点水，荡漾起微微波纹。

在微妙的瞬间，轻寐如纱的秋润牵着午夜的名字飘起。她们如梦幻般的精灵，在月光的沐浴下，漫步在夜的舞台。她们的轻纱似晨曦中的薄雾，若隐若现，给人一种朦胧的美感。午夜的名字在她们的牵引下，显得那么的温柔而缠绵。

在这幽静的夜晚，秋润们都是一朵朵娇艳欲滴的花朵，在夜的帷幕下轻轻绽放。她们的美丽与神秘，好似卷在春江花月夜的诗里面，让人陶醉其中。而午夜的时光，则在轻纱的遮掩下，更加深邃和迷人。

秋润们仿佛是月光照耀下的一朵朵看不见的花，但又分明地温柔地绽放着。她们面容娇媚，身姿曼妙，散发着花朵般诱人的香气。而秋润，这个名字，本身就带着一种深邃和迷人的气质。在夜幕的遮掩下，神秘而诱惑。秋润的身影，柔媚而牵心，似黑夜中的精灵，轻盈而神秘。

秋润们牵着午夜的时光，就像在诠释着唐宫宋殿的乐章。她们的轻纱在夜风中飘舞，意在摇动霓裳羽衣。而午夜时光的星星，则跳跃在她们的指尖，奏响着一段段天空与河流交织的旋律。

今夜，我沐浴在秋天的柔情之中，享受着自然赋予的恩惠。此时此刻，仿佛时间已经凝固，只剩下我和这宁静的美景。我听到了，夜风轻轻拂过芨草尖，那是秋润的歌声，如同童年的歌谣，轻轻吟唱着岁月的甘醇。

午夜的钟声敲响，回荡在这广袤无垠的夜空。我沉醉在这美妙的旋律中，一种神秘的能量带我穿越了时空的隔阂，融入了这妙舞清歌的境遇。

在这个美妙的夜晚，我的心被秋润的笔触细细描绘，那些温暖的回忆如同彩虹般斑斓。我取下芨草尖的歌谣，它在我手中跳跃，那是一只活泼的小精灵。我轻轻吟唱着，那声音仿佛穿越了时空，与蛐蛐声合奏，惊扰了宫商角徵羽。

秋润的情节在这美妙的夜色中上演。这秋润凝结四季的甘露，它滋润着这里的每一寸土地，让我在这宽广的夜空里感受与秋润融为一体。源自内心的韵律是一种力量，抵达梦想的彼岸。

宛平城的情

秋夜的深邃与寂静中，我漫步于思情的浓烈与诗意的流淌。时间与空间交织成一片朦胧的雾霭，让宛平古城带着远古的芳香和未知的神秘。人在光阴中只是一粒尘埃，然而，每颗跃动的心却是时光的舞者，感知着万物的韵律，吟唱着千年的歌谣。

秋夜流淌的浓烈诗意，让我想起了那些宛平城栉风沐雨的过往，那些被岁月尘封的经历。我看到了那些记载历史的文字，它们组合成龙的图腾，刻印在时间的长河里，记载着中华民族砥砺奋进的主题。我在这些文字中，体会到了民族的信仰。

夜色愈来愈重，它的黑天鹅绒帷幕下的光芒，在疏星与冷月间摇曳。我在城市的喧嚣中寻找着那未曾改变的旧檐。它们静默地守望着这片土地，像古老的神祇，在岁月的洗礼中仍保持着自己的庄重和威严。我在这灯火阑珊处，找寻着时间的痕迹，感触着岁月的变迁。

当午夜的钟声在空气中回荡，我仿佛被这悠扬的旋律捕获，不禁驻足聆听。那是一个过去的声音，带着梦境的边缘和岁月的沉淀。它唤醒了我的记忆，让我在历史的洪流中感受到自己的微小。我追随着这音符的旋律，像一个逐日的行者，执着地追寻着那失落的光阴。

我在这千年的古道上漫步，感受着历史的沉淀和岁月的沧桑。那是一种难以尽情表达的情感，是一种深深的怀念和对未来的渴望。我拾起一片片落叶，品味着它们的沧桑和故事。它们是时间的见证者，记录着每一个瞬间，所幸，在它的经历中不曾有枪林弹雨。

我在旧檐下停留，感受历史，倾听岁月的风铃。这里，每一砖一瓦都记载着过去的的故事，每一棵古树都见证了漫长的岁月。我仿佛能看到那些英勇的人民堆砌起这座坚实的城池，我似乎还能看到刀光剑影，听到勇士的呐喊，那些为了民族生存和家国平安而战的英雄们，他们的勇气和信念，如同这古老的宛平城，历经风雨，依然屹立不倒。

我心中充满了对未来的期待和对过去的怀念。这城池，有着人民的梦想和希望，有着历史的屈辱和厚重，也有等待着的梦想与复兴。

我知道，这片古老的土地上，有着人民的梦想和希望。我愿意以诗意的灵魂和深情的歌声予以由衷地赞美。

江江河畔的秋色

　　江江河畔的秋色，你就像一个自给自足的宇宙，蕴含着丰富而不会腐烂的内涵。就像一只仙果，虽然并非诞生在仙山之上，但在人间的土壤里茁壮成长，久而久之，你的前身也逐渐衰朽。然而，那曾经孕育你的大地，那千百万只巧手，将你引渡到新的生命轮回。

　　江江河畔的秋色，是大自然的杰作，也是诗情画意的交融。这拱卫在江江河畔的秋色，就像一条曲折蜿蜒的霓彩，经过草地、森林、还有这片景州大地，最终将会隐入尘烟。这些经历使江江河畔有了独特的秋韵和气质，给人的惊喜就像经历风雨后的令人耳目一新的彩虹。

　　江江河畔的秋色，你曾是青涩的果实，虽说是被时光摧残，你却依然变得饱满而丰饶。你的外皮不再光滑，布满了季节的皱纹和斑点，然而，这些痕迹都是你生命的印记，是你经历的岁月和故事的见证，你的内在变得深入骨髓的甘甜让人欲罢不能。

　　江江河畔的秋色，你以最美的姿态，在江江河的水面上宛转。此时此刻，似乎所有的色彩都汇聚于这片宁静的流域，与秋天的柔情蜜意相得益彰。

　　绿叶，慢慢换上了金黄色的外衣，如同细碎的阳光洒落，熠熠生辉。河岸两侧的枫树，宛如火焰般热烈，燃烧着秋天的激情。一簇簇落叶，如同彩蝶纷飞，优雅地轻轻落在水面之上，随着水流慢慢地舞动着。

　　在我的笔记里，我就是这样描述江江河畔的秋色的。

　　景州大地的秋天是一个用色彩诠释生命的季节，景州大地的江江河则有另种意义上"君以身任责，询谋及樵苏"的责无旁贷。

　　秋天的风，轻拂过水面，带来了一丝丝凉意。在这宁静的时刻，江江河的水面宛如一面镜子，映照着这美丽的秋色。水中的倒影，随着微风摇曳生姿，如诗如画。这种美，无需赘述，只需用心去感受。

在这秋意浓浓的江江河畔，秋天的色彩，如同一瓶岁月的甘醇，一抹时光的沉醉。此时此刻，心境变得宁静而澄明，仿佛一切悬浮都尘埃落地。

让我们在这诗意的画卷中，与秋天共舞，让灵魂在这最美的季节中得到升华。

秋色，仿佛一首飞出江江河浪花的歌，将生命的苦涩与甘甜娓娓道来。天空显得格外高远和明亮，它以温暖的橙色和黄色为主色调，同时也包含着一些绿色和紫色。这些色彩交相辉映，彰显出生命的力量和收获的希望。我遥远的记忆和曾经的年华，如同一枚沉甸甸的果实，也挂在江江河畔的秋色里。

秋色在江江河的水面上宛转，是一种宁静的美，一种恬静的享受。大片的芦苇摇曳着金黄的叶片，与澄明的天空交相辉映。偶尔，几只白鹭在水上掠过，留下一串串细碎的脚印，如同在宣纸般绵软的画布上挥洒着诗意。而那歌声，就是由江江河边那一丛丛的芦苇和澄明的天空所咏唱出的一首飞出江江河浪花的歌。

在这首歌里，生命曾经的苦涩与甘甜被描绘得淋漓尽致。就像那些在秋风中摇曳的芦苇，曾经在春天的萌发中满溢着生命的勃勃力量，也在夏日的繁华过后，承受着秋天的萧瑟和冬天的严寒。然而，正是在这样的苦涩中，生命孕育出了甘甜。就像那江面上的白鹭，在飞翔中领悟到了生命的起伏与舒展，"俯仰终宇宙，不乐复何如？"这是一种平衡与和谐。

秋色在秋风的引领下，悄无声息地渗透进了天际，化作了那一片片彩霞的绚烂色彩。这无垠的画卷，如有一位妙笔生花的画家，用大自然的画笔勾勒出一幅金秋的胜景。在这幅画中，秋色是主旋律，秋风是协奏曲，而彩霞则是那"谁持彩练当空舞"的彩练，说是动感小视频也未尝不可。

然而，时下的秋风还是多情的。秋风轻轻地吹拂着大地，带着那份缠绵与温情，将大自然的季节变换演绎。在这秋风中，山川湖海、草木花鸟皆被赋予了情感与灵性，它们或悠扬或激荡，将秋天的韵律诠释得细致入微。而在这缠绵的秋风中，彩霞如梦如幻地出现，为这幅金秋胜景增添了一抹神秘的色彩。

白露收残暑，清风衬晚霞。彩霞是秋天的恩赐，是秋风与秋色共同孕育的结晶。这抹彩霞仿佛是天地间的向导，它以那缤纷的色彩、变幻的形态，将人们的心牵引到彩霞的背面，更牵引到落日之西的深远空阔意境。

在这金秋的盛景中，秋色与彩霞相互辉映，相得益彰。那金黄的农田、红透的苹果、橙黄的南瓜……它们都是秋天的使者，用色彩向人们诉说着大自然的丰饶与美好。而那一片片彩霞，则为这金秋的画卷镶上了一圈瑰丽的光环，使人们陶醉在这绚烂的秋色之中。

江江河流域的秋色，在这金秋的画卷中，与秋风、彩霞共同演绎出一场视觉与遐想的盛宴。它们用无声的语言，将那一片片彩霞，绽放出秋梦，清晰可人又迷离惝恍，那变幻莫测的色彩藏着诗人和画家编造的一个又一个美丽的故事，让人们沉醉在引人入胜的意境之中。而那缠绵的秋风也不甘示弱，它带着那份独特的温情与缠绵，将那一抹瑰丽的色彩、那一份缠绵的情感，渲染成美丽与感动。当秋天的乐章缓缓落幕时，那彩霞也将渐渐褪去，这份美丽与感动却保存于时光的记忆中。

江江河上的秋雨

　　江江河上的雨，犹如一位温柔的女子，以她那柔软的指尖，轻轻地触碰着大地及苍生万物。她的到来，如天使扑闪着羽翼，带给江江河畔滋润与生机。这雨的气息，还有她那润泽而婉约的清香，弥漫在烟雨蒙蒙的景州大地里，让人想起江南雨中那青石小巷中悠长的身影；那屋檐下滴答作响的雨滴，是她用悠扬的旋律，以柔情勾勒出一幅雨中听呢语的画境，让那秋季斑斓的色彩在雨中绽放出清扬婉兮的妖娆。

　　在那一刹那，我被定格在雨中。周围的一切仿佛被按下了暂停键，时间在这一刻失去了原本的流转。我的内心被这雨中美妙的瞬间填满，烦恼与忧虑在雨水的冲刷下消散，如清晨的露珠在阳光下消失不见。大地在雨水中沐浴，那些愁闷和忧郁随着雨滴的降落而消散，化作一缕轻绸的烟雾，随风飘散。我的内心的情绪仿佛被雨水滤过，在雨中找寻着，找寻着那一份莫名而来的感动。

　　这场雨仿佛拥有神秘的力量，将内心的沉闷与孤独洗刷得干干净净。雨还在不停地下，轻轻地落在地面的落叶上，发出"沙沙"的声音。我抬头仰望天空，雨滴落在我脸上很清新，我的内心涌现出一股沁凉的感触。

　　从江江河的桥上看去，雨滴稍急时，落在水面，溅起一串串水花，像是春日晨间初绽的睡莲。那水花破碎时的声音，叫醒我内心的童年记忆，唤醒了秋日的诗情。它们在雨中跳跃，舞动，精灵一般，无拘无束，尽情扑腾出河水上的涟漪，犹如被弹奏的琴弦共振水面而生出的波纹。我倾听着这悠扬的旋律，感受着雨水细腻的描绘，仿佛置身于苏轼《望江南·超然台作》烟雨朦胧的诗镜，不过此情、此景、此境应为"试上桥台远处看，半河秋水一城花。烟雨暗千家"而已。

那雨中的世界就像正在被不断地精心绘制，迷幻而空灵，色彩斑斓且风格优美。飘渺的雨丝以画笔的挥洒自如，将江江河畔绘制得清新亮丽。我站在画中，成为了这幅画的一个小角落。秋雨绵绵如丝，霏霏如烟。此刻，我愿化作一滴雨，融入这江江河畔新鲜的雨中，以细密的雨丝洗涤天地间的俗情尘念。而我此时的心情，也徜徉于如诗如梦的画中世界，攀爬跳跃于秋意盎然的林间，似一只轻盈而欢快的蝴蝶，以翩跹之姿在秋叶之间悠然而舞。

枝叶上的水珠漾动着点点情意。一缕清风吹过，带着秋的甜蜜和余夏的热情，让人沉醉而不知归路。在这广袤的天地之间，又有一颗未泯的童心如一个活泼的精灵，跳跃在树叶上，嬉戏在花瓣间。

我的情感在这个秋日的雨中被迷幻，被一支看不见的画笔涂抹。我感受到的热烈如火一样燃烧，让我无法抗拒；有时又温柔得如水一般，让我情不自禁和身不由己。有时雨下得如一群喧闹的孩子，欢乐而热烈，我仿佛可以看到自己内心深处被雨的跳跃和活力的热情被点燃，一团火在我的胸中燃烧；有时它下得轻柔如绵，如深情的抚摸，我可以感受到自己的心被这份温柔浸润，就像水滴轻柔地落在平静的湖面上，泛起一圈圈涟漪。

我沉浸于这场秋雨的温柔与热烈，如被一种神秘的迷幻所迷惑。这种别样的感觉，让我生出不愿从这份似梦似真的梦境醒来的慵懒。即便雨丝带着些许凉意，但轻柔地落在脸上，却有着无比舒畅的情调。这优雅的情调，以柔情与激情，使人任由自己被这雨迷惑，被这梦境所吸引。这情景令人心醉神迷，无法抗拒，又像是一段感人至深的情歌，让人只能被它的热烈所打动。

我愿轻抚树梢，让绿叶吟唱出生命的活力；我愿穿梭林间，让鸟儿歌唱出自由的歌声；我愿光阴拂过木桥，让悠闲的人们沉浸在宁静的时光里。在这美妙的瞬间，时间似乎已经静止，所有的烦恼和忧虑都被雨水冲刷殆尽。我沉浸、品味着那曲烟雨唱扬州的韵味，感受着雨水轻柔的拥抱。这一刻，整个世界仿佛都安静了下来，只有我和那雨中的世界相互交融，尽情享受这宁静而美好的时光。

这雨，像一个诗人，用它那深沉的情感，勾勒出一幅幅动感的时光之画；这雨，像一个歌者，用它那悠扬的歌声，唱出一首首美妙陶醉的曲子。我深深地爱上了江江河雨中的世界，我愿意在这个世界中，静静地聆听雨的声音，静静地感受风的味道，静静地享受管他冬夏与春秋的洒脱。我愿意在这个世界中，与大自然共舞，与生活共舞，与爱情共舞。

这雨，是一颗诗人的心，用其深沉的情感，将一幅幅动感的时光之画尽数勾勒。它是一把精致的画笔，将大自然的轮廓描绘得更加清晰，它以清新的气息，调和着大地的色彩；它以绚烂的光影，点缀着生命的乐章。这雨，就是一位建筑师的设计稿，将美感与实用性完美结合，用线条把每一个细节都刻画得入木三分，勾勒出令人惊叹的壮观景象。这雨，它不只是大自然中的一种现象，更像是一个富有情感的诗人，用它的笔触，为我们展示了一个个生动的场景。

这雨，如同一首诗，如同一首歌，如同一部电影，如同一幅画，甚至如在江江河畔构建了一座建筑……

我愿这雨的滋润，能够带给万物生长的力量，让枯萎的植物焕发出新的生机。

在这情绵绵、雨丝丝的丛林之中，我愿是一只欢快的小鸟，穿梭在密布的枝叶间，将雨的清新与深情，歌声一般，传递给每一个生灵。此时，我愿化作一只小鸟，飞过这丛林，飞越这雨的世界，飞过远处架在江江河上的桥。

散文篇

低吟浅唱

人间四月玉兰香

　　岁月的斑驳印记，总是藏着许多故事，藏到回忆角落里，变作过往风景和那些看似普通而又独特的点滴。而现在，四月的阳光，也在这个瞬间，在景安路上释放着迷人的气息，惑着四月的玉兰花在阳光里绽放，让时光的岸边荡起清香的涟漪，让玉兰花香弥漫在空气，让灵魂在光阴中荡漾一股温暖而又甜美的清流，静静地流淌，一直流到心深处。

　　四月婉约动人诗情，如正栖息景安路上品味春末美景的行人，微笑不语。流水声声，耳畔一曲清音。岁月翻篇，若有所失，又安然静好，轻盈而温柔。在这样的日子，写下一首美丽的诗篇，洒下一瓢幸福的润泽，也许是最适合的方式。于我，最深切的感触便是这股清香和悠然自得。玉兰花的气息，沁人心脾，如烟如雾，带着诗意的清香在枝头洋溢。我漫步在香气中，眼角的灰尘被慢慢洗净，心在花海中舞动，展开时光徐徐。已向丹霞生浅晕，故将清露作芳尘。我站在阳光灿烂的街道，欣赏岁月铺设的花路。阳光洒在脸上，微风拂过耳畔，闭目凝听，让心跟随这徐来清风，轻轻拥抱自己。四月的风，轻柔得像丝带，让人感受到无与伦比的宁静。风里或许是一朵盛开芍药，或许是一片缤纷花絮，或许是一池春水倒映出来的青翠枝叶，无数温馨、甜蜜的美好画面，在眼前在绵亘而过。我恨不得用笔尖的柔情勾画，将这些充满温度的画面，一点一滴地涂抹在纸上。

　　坐在时光的岸边，不急不躁，不慌不忙，与花枝相依，与时光相伴。在宁静的光阴里，听风而行，随心而动。岁月轻轻流淌的自得其乐、自然和大地在这时相得益彰，万物的生机和繁荣，也在这个时节表露无遗。所以，在丝丝微风中，不能不怀揣感慨，在这充满清香的光阴里，一笔一划地书写静享的岁月。可以是一首无题的诗篇，留下光阴里的芳香与恬淡，让此时难得的宁静和小确幸，于内心深处温柔地交映回响。那岁月如歌，朝朝暮暮，将这些情感缭绕，珍藏在心海，与此时景安路上玉兰花逸散着岁月的清艳芳香，一起沉醉于光阴的幸福和美满。合目品尝着时间的芬芳，思绪徐徐飘来；回忆起少时曾经游行于此的欢声笑语，在岁月河流中静静流淌。或是一阵清风拂过的温暖，或是一片叶子掉落的悲伤，或是一份戛然而来的感动，沉淀在心底。

子规声里雨如烟。在微风里，柳絮似有遐思，花蝶飞舞吟哦，花开花谢萦怀，静默而优雅。或行或坐或卧，不管何处，微妙的回忆，揉合着时空与情感，发芽生长，显尽人间繁华的几度斑驳。然而，玉兰花香四溢的时光，仍在景安路上继续着。经年累月，点滴记忆终将化成一湖色彩斑斓的夕阳，温暖但不燥热。深沉而又浅浅的似水流年，细碎的琐事与繁重的人生，那一切尘事，终在心里起伏而不被牵绊。

若你等候在岁月的路口，静静地看这染了诗人思维的玉兰香，品出岁月的独特滋味，我想在四月里种满花田，与你细嗅岁月的气息，翻看每一片云，悉听每一丝风，连接天河一条接续不断的流水，漫过青春年华，净心泛舟。清晨，驻足于细雨微菲；傍晚，带着流淌音符的清香，乘着岁月走进你的内心。这时候，每一片云彩，都是讲给你的一个有趣的故事；每一丝风声，都是唱给你的一首美丽的乡歌，清凉得冰清玉润，随意而淡然。我在岁月的花前月下，思绪悠然，守护这份纯粹和温馨；在余音袅袅中，守护心头不忘的那份神往。

夏日黄昏的咏叹

　　在一曲似曾相识的音乐中，有那么一个黄昏，一束香花，一个低头柔情的泪眼，一种想念的牵挂，一份深情的远离，一袭萦怀的遗憾和伤感。那种感觉轻轻绽放，是一种清水淌过、不带半点瑕疵的纯净情感，一种过往岁月留下的美好记忆，润泽着的心田，让人不想离开。那黄昏，那细碎的时空，倒影着人生的相思。多少心事与风景相伴，看似沉默而平凡地渗透到了生活的每一个细节中，无声又无形。

　　那年，那夏天，那个黄昏。

　　之后，在每个所能享有的夏天黄昏，黄昏的风，柔柔的，都带着一种细语汇成的琐碎情怀，婉转悠扬的味道。轻抚着那时间的符文，展开心扉，轻摇叶间情意，静听蝉鸣夜曲，感受到世间的温暖和人间的情感。夏日黄昏，是值得去经营的岁月里的点滴记忆，与晚霞，一起挽一束清水芙蓉，与月光，只洒一地淡淡的情愫，让这一季的天空，留下单纯的浅浅的渴望和心愿。

　　夏日黄昏的风，轻轻吹拂脸庞，既是一种清爽的感受，也似乎是一种召唤。那么，便伴着这风声，独自或携伴一起走过熟悉的时光小路，不管这小路在公园，还是在庭院，去看看那曾经的自己和那些记忆是否还在那里。沿途，或许会遇到曾经的朋友，或许会看到故人的悠然背影，或许会听到那熟悉的音乐，在似曾相识的风景中，找回那份曾经的自己。夏日黄昏的清风吹拂着人们的脸颊，阳光和煦，生命充满了不尽的可能。在这轻松惬意的时光里，人们可以跳跃，可以追逐，可以畅想；在"竹摇清影罩幽窗，两两时禽噪夕阳"里，与世间大多的美好交织在一起，心中涌动着无限的欢畅，一直流淌到未来的远方。

或者在"霁色陡添千尺翠，夕阳闲放一堆愁"的雨后黄昏，看那蝉鸣，那风儿，那夏日氤氲的湿热，都在时光流转里做一名陪伴者。那些熟悉的歌声，听起来像是心底的诉说，唤醒内心的柔软。即便时间过去了许多，未曾离去的仍是曾经的心，曾经的情，曾经的梦，曾经珍视的人、事、物。

　　夏日黄昏的梦里，总有一个清晰的身影，带着圣母般的微笑，带着慈祥睿智的善意，恰似黄昏中一个长者，影影绰绰而细致入微，时而栖息在心头，时而又默默陪在身旁。那身影守候于我过去某个时刻的寄托，立足于我命运变迁中曾经的支撑，更或者是于烦闹喧嚣的世上，催我奋进中那循循善诱的灵魂导语。若以无神论者而言，这些都是心中平静的感悟，交汇着灵魂和生命，构筑一幅幅的画卷，是一种众人皆是我，我独不同的成长之路。就像在这片夏日的绿荫下，蝴蝶轻舞的姿态，绚烂的花朵，还有那洁白的云彩，在阳光的映照下，有的美丽，有的宁静而又悠远。

　　然而，夏日的黄昏也像一道无形的魔法，曾经的那些热闹和欢声笑语，晃动的红影，都随着夕阳落幕；曾经的好友走散，但接下来夜空里的星星，仍然是敲响心灵之门的音符，宛如流年里的印记，也成为每个人生命里的永恒。尽管时光荏苒，夏日的黄昏始终保持着真实的色彩，不论是遗忘还是失落，那份执着却是岁月里永恒的民谣，让人总是在回忆里，寻找着曾经的影子，再挽着夏天黄昏的袖口，在街头巷尾悠然地漫步。让那些在心中闪耀不息，揉合着喜悦和羁绊的记忆，那些深藏的情感，那些真挚的思念，如是一缕缕微风，带着夏日黄昏的余韵，轻轻吹进梦境之中。

　　梦境袭来，就从一个梦到一个梦，一个故事到一个故事，让情怀在时间的洪流中，深深沉淀每个人的成熟。而岁月的沉淀，不只是岁月老去，也因成长而越发的明朗。总有一种力量，引发出对生命的思考，让人能够从愁绪与迷雾中解脱，让人重新拥抱生活；总有一种力量，盘桓在夏日的黄昏，让阳光柔柔地洒在街道上，映照着如此洒脱的年华；总有一种力量，让温馨不散，那些被时间淘洗过的陈年的思念碎片，在思绪里皆是一份温情，一份茶余饭后的呢喃，在静静的岁月流淌中，不留一点尘埃。

　　当夏日的黄昏磨掉青春的颜色，看到的也不只是流年的黑白，还有那些悲壮或凄清的记忆五彩斑斓，还有那些随风飘逝的旧事，还有那些曾经的欢笑和泪水。每个人的故事，或平凡，或传奇，或承载着过去的遗憾和未来的希冀，都与多彩的时光紧密相连。

天渐渐暗下来，淡淡的茶香，弥漫在空气中，诉说着岁月沉淀下的余韵，而夏日的黄昏里，那些只有自己知道的欲表达而语不成的情愫就像七彩的晚霞，也许无法深入他人内心，只能以轻柔的心灵颤动传递时间，剪裁成一段段不一样的曾经，将那些草长莺飞回忆，以笔为泉，润饰故乡那繁杂的生活。因为，此时此刻静听这都市的脉搏，还可以听到那些来自远方微信的消息，仿佛可以看到，故乡景县的金色麦穗在晚霞的微风里低簌，将那热气缓缓卷走；树梢上，蝉声和鸣，槐花已经结出一串串丰硕的果实；走近江江河畔，沐浴清凉，鱼儿嬉戏，水草漫漫，蕴含着一份浓浓的生命力。

却原来，这夏日黄昏的馈赠不仅仅是肉眼可以看到的事物，更有里面蕴藏的内涵。一份清凉的草案、一本精妙的书籍、一杯冰镇的饮品、一趟贯穿南北的旅程，皆能让人感受到夏日的佳境和人生的奇妙。夕阳落下时，在心中留下一道弧线，温和而神秘。那种别开生面、独特的韵味，透着迷人而优美的曲调，而人们，脆弱而又多情地沉醉了。那是岁月的赞歌，也是内心力量的指引。

此时，伫立于夏日黄昏，眼前这一切仿佛成了一首清新的歌谣，轻柔地吟唱着许多的遗憾，淡淡的升腾着青丝年华的细雾，向着渐行渐远的曾经，静静地告别。

春　咏

　　春天，万物复苏，是四季的开始。春意盈盈，时光匆匆。庭院中的绿色，是时光在这个春天播下的希望。梨花带雨，杏花吐蕊，满眼都是生机在蓬勃。每一次和亲人、朋友相处，都会在记忆刻下美好印记。我喜欢静静地坐在窗边，看花儿开出来，一簇一簇的姹紫嫣红，如同生命之火，在这个美丽的春天绽放。

　　看四月绿叶，我在阳光中沐浴着幸福，突然发现，快乐，原来就是简单的花开花落，日出日落。每个时刻都是独特而又迷人的，恰这正是成长的过程，伴随着时光而生活。我们在平凡而真实的生活中，咀嚼着喜悦和忧伤的混杂，让每一段经历都变得更加珍贵。而正是从这美好的春天里，我们用自己的方式去追求、追逐，展望。

　　而我们，也需要像这个季节一样，将自己变得更加温暖，更加明朗，迎接未来的每一天。记得有句话说：人生如梦，一觉醒来，半生已过。所以，在时光的流逝中，每一刻，都应以真实的心态，去面对人生的点点滴滴，无论是幸福与快乐，还是痛苦与悲伤。因为这一切，都是人生的代价与光荣，都是人生时光的流淌与垂耀。

　　还曾有人说过："光阴的故事，都镶嵌在生命的回忆之中，无论是坎坷、繁华、落寞或遗憾，它总是让你的生命中充满了彩色和味道。"我深以为然。在有生之年，无论走到哪里，总是要用心地去感受那些故事，去收集那些珍贵的回忆。或许，有人会问："这些回忆有什么意义呢？"我想说：这就像是一本经典，你读之以后，就能感受到经典所蕴含的人生哲理，从而汲取到人生的智慧和经验。这些回忆也一样，它们可以在我们追求绚丽人生的道路上，成为我们前行的支撑和动力，塑造我们最终的成就和光辉。

春天，是一个历经沧桑的季节，它处在两种不同的极端之间：沉寂和繁茂。以沉寂为前提，生命就可以在这样平静的环境下井然有序地展开未来的未知与神秘；以繁茂为前提，生命的清新和生机就可以在枝头鲜活而且明亮地盛放。成为我们心中不可或缺的那些绿肥红瘦的留恋。

春天，就如人生中一道旖旎而又充满温馨的布景，它的每一幅素描或写意、每一帧动感或静止的视像，将永远被珍藏在我们心底，成为我们美好人生的一部分。我轻叹一份感慨，人生如行路，不问前路的坎坷和荆棘，只愿行走在温馨的阳光下，留下深深的脚印。更愿心中囤着一些美景良辰，将这些积淀成为灿烂的岁月，像一轮轮流入河流的夕阳，渲染了整个世界，成为珍惜每一天、每一刻。

枝头燕子啼，春风拂花枝。芳菲绽放，人生如此悠长，却又恍如一梦，而我们又总是期盼着岁月故事的丰盈，否则就觉得缺憾或无法承受。然而，我们能做的应是用理智和情感去面对，保持心中的清明和高昂，只有这样才可以欣赏人生的风景如画。前路有坎，后方有光，也只有这样，才能让我们的心境与岁月相互呼应，散发出五彩斑斓的光芒。正是因为有这些伟大的爱和美好的感情，我们生命的旅程更加丰富多彩。其实，平凡的生活里，生活的每个因子都会呈现不同的色彩，体现出千姿百态的人生。有时快乐，有时痛苦，但花开不败，春风不散，岁月清明，好的都会沉淀，留下的是馨香如初的芬芳，而后才是那些残缺，稍纵即逝的忧伤。

每一寸时光，都蕴含着人生的感悟，追求不平凡，是内心最原始的热情、最真诚的欲求。这热情可以带着我们看到更远处的希望，让我们认清内心的期待。而欲求，更是得到生命的乐趣，为人生的精心励志拓展出自己的光芒的范围。

若干年后，长河里的沧桑会为我们讲述岁月的故事，点缀出曾经拥有的年华。细数流年，往事如烟，人生不在于我们多拥有，而在于懂得何时舍去些不重要的东西。梦想与现实的呼应，激励我们默默的努力，寻找真实的自己与真实的生活。

春天，阳光明媚，花开相伴。风吹拂面的暖意，是春天予以人生的恩惠。有时，时光会带来颠簸，有时，会带来伤痛和遗憾，但正是这些遭遇，让我更加珍惜此时此刻的欢乐，更加感慨时光的短暂与漫长、生命的宝贵。我想，恰恰是这些经历让我们的生命更加丰富多彩，因为生活中艰难的过程总让我们更加享受每一个平凡而独特的时刻。

春天，曾经在我们的生命中留下的印迹，尽管时光奔腾，河流滔滔，但那些记忆会永远保持清晰，像流淌在血液中的深度往事一般无法忘怀。

四月，是你和春天的芳菲之约

四月，春意盎然，花开满园。在这个季节里，漫步在绿意盎然的公园，看着草地上的蚂蚁忙碌地寻找食物，听着小鸟在树枝上欢快地啁啾，这些平凡的景象，在我的心里荡漾起浓浓的生命气息和季节的轮回感。

每个人都有属于自己的一片小花园，可以种上自己喜欢的花，种下自己的希望和梦想，让生命感动在静谧的绿色里。也许这片花园只有几平方米，但它却是承载了温暖和希望的家园。

四月的春天，是一个美丽的季节。走在春的小路上，迎面而来的是那些青翠的树木，那些盛开的鲜花，还有飞舞的蝴蝶和嬉戏的小鸟。有太多岁月静好值得感受。在这个季节里，可以感受到自然万物的脉搏跳动，感受到那些微风拂面的温度和那些绒毛的轻微颤动，感受春天带给内心的柔软和温暖。在这个季节里，会感到自己仿佛拥有了整个世界，一切都变得容易，一切都变得至美至善。

春天来临，总会让人怦然心动，仿佛重又回到了那个可以放慢脚步、呼吸清新空气、感知绿草萌动的季节。生命与自然，相依相存，互为依托。在这个春天，想要与自然亲密接触，仿佛抛却了所有的牵绊，只怀抱着对大自然的敬畏与爱恋。

春天是大自然翻译着的经典，也是生命的革故鼎新。我们看着这季节中流淌着的红尘，欣然自得地接受每个春天的复苏与转换。所有的芳香，所有的新绿覆盖过后一定是新的草地与新的山水，自己也是春天的一个分子，愉悦地享誉春天的恩赐。

在春天的故乡，散步游走，踏青远足，选择一个安静恬淡的地方，静静地感觉时光流逝。散步，阅读，写作，任何我们喜欢的方式。相对于热闹的咖啡馆和商场，我更倾向于那些有历史和生命力的地方，比如森林公园，比如带着历史气息的书店，和饱含人情味的街头巷尾。

在这样的环境里，可以看到各种奇妙的景致。小路旁紫藤花绚烂，跳跃的小鱼在小河里嬉戏，闲散的大叔和阿姨在草地上打球、跳舞，还有小狗一边追逐草地上的阳光，一边与主人玩耍。

四月，蒙着一层温婉柔和的薄雾，是和春天一次内心的芳菲之约，走进春天，一定会让人思念……

娴花素雨

　　思念堆积成团，化作雪花穿越浓厚的云层，哗哗地流泻，润着古城岁月枯槁的痕迹。我漫步景安路，静观雪花们起舞，似乎每一片飘雪，都是为了等你而聚集。

　　寂静愉悦里，似乎看到你在雪花中漫步走来。雪花飘落，仿佛故事正在展开，一步一步，一幕一幕。

　　我站在你面前，与你无声地相视，我似乎听到了你的心跳，意犹未尽地沐浴在这场白色的盛宴。我们对视的目光穿过繁华，和着婉转的乐曲，远离了尘世的喧嚣。我想，此刻，灵魂已经彼此贴近，心灵深处的相认在这冰冷的寒夜里，激荡心中的柔软和温情。

　　时节的变化也许是缘分的嬗递，就这样，在飘絮的飞雪里，就又一次与你走到一起。

　　柔美的雪，如同你一般清新纯洁，如同你一般不拘一格，于时节之外的气韵之美愈加显得分明。一瞬间，这座古城似被净化，留下万物婉约在你身旁舞动。你的颜色如昙花般的唯美，尽收万物赐予的荣耀。你的眼神，犹如苍穹般深邃，从天河静静地向着未来流淌。流水匆匆、岁月悠悠，唯有你，柔嫩纯洁，如风中花蕊，让我领悟到思恋时光的珍贵。你的一颦一笑，早已刻骨铭心，流年中，你是春色的追寻，你是夏日早晨阳光的娇颜，你是秋天打开的彩色画册，在簇新的编织面前开启着善变的臆想。而在现世的一缕微光中，你更是雪的安琪，捧起一份懵懂情感，用落花的点缀，为孤独沉寂镌刻一抹倔强。

　　如今，你带着焕然一新的神采，恬静的灯光在你身影中幻出美妙的音符。火鸟漫舞，风啸鸣，翩跹出尘得如诗人一般，弥漫着淡淡的浪漫与忧伤。可我却愿意像漫步在雾之韵旁，踏足流水逐梦，去寻觅那闪耀着尘埃的星星，去感受山路崎岖的惊讶，去品味生命中属于我们自己的栖冲业简的生活。在这独一无二的时刻，我静待这份繁华落幕后的喜悦，愿一生有你相伴，如同初遇的情景般永远动人心魄。

你的笑容像是一年四季，萦绕于我周围，像是风中悠扬的琴弦，思绪华年。我仿佛是这个古城的中心，世间一切的安富尊荣，都在我身边荡漾。如此的美好深邃纯净，融于我心中，愿与你，步入如画的古城，与雪花共舞，与你心意相随。

雪落如鹅毛，颜如融冰，细细地削刻在我心里柔软的深处。仿佛知道了我的心思，它在我身前落下，将我和你包围在了一起。谁说岁月是杀手？它成全了飞雪破茧而来的好梦，灯光照耀着日思夜念的明媚和清晰，仿佛要将这个世界点燃，让你在我视野里恣意地舞蹈。

你是我的春天，我的太阳，在堆满雪花的街道上，让我走进了一个宛若童话的世界。飘动的雪花像龙飞凤舞，掀起一场美丽的迷幻之旅。

那自由洒脱的雪，在天空中自由翱翔，轻轻地落下，纷繁又恬淡，似乎是一份美好的祝福，也似是一份静逸的盛开。沉淀着岁月里绵长的情感，飘落了一地的温情，让这个世界充满了欢乐和慰藉。相遇有缘，散落不忘。让那些萦绕的回忆，在你我心中长久地颤动。

虽时光匆匆，瞬息万变，我将永远珍藏这属于我们的时光，洗净岁月的风尘和泥泞，手紧握着这一抹时光，走过雪夜，从过去到现在，然后，继续我们寸阴若岁的未来。

忽然，千年古城里的风变得暖暖的，每一朵飞舞的花絮都雀跃和轻灵地飘过思绪里的目下，那袅娜而柔曼的轻舞似在引我穿行这纷纷花海，走出寒冬无尽的冷漠。

你的眼睛是开放的雪下的深潭，那里连接雪的纯净与心的邈远；我终于明白，曼舞的雪送你归来，雪正是与你我隔梦而居的信使。我的等待，就是为了此时此地看你眨动眼睛席卷这漫天雪舞。因为，随你的到来，燃烧光阴的渴望正渐渐地将娴若花朵的飘雪，融化作柔嫩纯洁的素雨。在如烟往事的暗念里，妩媚着正月的古城，缠绵着如弦的画意。

没有不可逾越的感伤，在愿望和祈祷的孪生世界里，雪越过临界的状态，以水的形体在你我眼里和脸颊上复活。

你的眼睛，却是通往春天的水流，纯净如晶，跃跃如溪，摇曳着我的心旌！让那遥望的心思如飞舞的雪花，滴凝于心的深处。繁华世界，轻抿一口清茶，愿岁月静好，让时光停驻在风华倾城的境界，看过千年的沧桑，穿越悠悠流年，岁月静好。

你知道吗？多想醉眠于你的眼睛，而醒来已在你心里栖居！

清扬婉兮

相 遇

在那片青青的草地上，少年与你相遇，那一刻，时间似乎也停住，静谧而温馨。你悠然而至，吐露着淡雅清新的气息，宛转着浅笑如花的娇羞。少年对你久久凝视，似梦似真，眸中弥散着幸福中的憧憬。

你秋水般的眼眸，化作明灯，照亮了少年内心深处，传递出美好与温馨。少年被你的温柔所打动，被你的情感所震撼，如此陶醉，如此迷醉。

你的微笑如花，飘逸而醇厚；你的目光如水，温柔而缠绵。仿佛你是那远古的仙子，拥有着无穷的神韵与神秘。少年沉浸于你的美丽，沉醉在你的气息，如此快乐，如此安详。

你的美，仿佛有着一种难以言说的魔力，时而在风景画卷中穿梭飘荡，时而在少年心间闪现耀眼。你的美，让少年想要向你靠近，却又因为你的神秘而感到犹豫。

你似乎知道少年的心思，轻轻摇曳着靓丽的花瓣，有如一位舞者，引领着少年心中最柔软的情感，却又从未说出任何话语。

在这样一个春光明媚的时刻，少年与你的情感融合在了一起，仿佛少年一生的情感旅程都在这个瞬间完成了。

你的美，如一道云霞在空中飘荡，少年的情感则犹如漫天的星光，交会在这个千里春风的时刻，成为一幅永不褪色的风景画。

是你，让少年感受到了情感的美，让少年从此变得不再孤单，放飞了自己的心灵，永存于这个美丽的风景之中。情深处，你的一瞬回眸，沉入了少年的心湖深处。多少年过去，即使岁月已然更迭，即使世事已经沧桑，少年依然不会忘却那一瞬青春年华，那片草地上的幸福时光，那个早晨的风景，以及心中那份深深的感动。你在少年心中，开出美丽的花，静静地贮立于时光的洪流，伴随少年的想念和未来的期许。你成了少年心中永不凋谢的花，是他永远难以忘怀的风景，是他心灵深处的最美画卷。风景呼吸着你的美丽，让这幅画卷更加缤纷多彩。你的双眸璀璨如美玉，羞怯的笑容像燕子呢喃，让少年陶醉。你的笑容，让花瓣失色，让蝶舞翩翩。

于是少年便用心把你收入画框之中，将你浓墨重彩地描绘在他的世界里。你的饱满、你的娇艳，让他沉醉于你的风姿、你的柔情似水，让少年想要越过画框，走进画中，与你相依相伴。

相　思

春花秋叶，岁月几何？几经曲折，少年已经长大成人，而你，依旧是那片绚烂的风景。那个娇美的你，永远留存，永远在回忆里熠熠生辉，永远是那段无法忘怀的青葱岁月里懵懂的痕迹。

季节更替，年华轮回，少年已然长大，仍沿着在风景的画卷中留下的足迹，在时光的长河中寻找归宿。因为那个早晨，那个璀璨的风景，那个娇美的你，一直在少年的生命里，默默地陪伴着，沐浴着少年的快乐和悲伤，伴着少年成长。你美如河畔的花，美若天上的星辰，美过千年的梨园唱段。而少年的思念，像飞越千山万水的雁儿，去寻找你，寻找千年的相遇。

你是一首吟唱少年内心的歌，是如诗如画的风景，是那让少年心生敬仰的存在，让少年心灵永远沐浴在清晨的暖阳中。岁月如歌，少年将时光悄悄收藏心中满载着那片清婉秀丽的风景中。

曾经，少年又站在了那片草地上，依旧抱着那放肆的梦，放飞起失落的心思，然后轻轻地，轻轻地又为你编织一个新的故事：在那个空灵而静穆的世界里，少年看见了你，在那风景框中，如诗如画。少年用心去感知那韵味悠长的美，那细腻如春的情愫。少年的情缘，因邂逅，因这抹美好的风景，被缘分巧妙地牵扯着。婉约而清寂，少年被你的美貌，被你的风姿，被你的温婉深深地吸引，掉进你的瞳孔里，被你的柔情和温暖包裹着。

在春天，和你一起轻轻地走过枫叶纷飞的小巷，感受着那春意盎然的气息，化作诗意和清新的画面，流淌在心中。在夏天，和你一同漫步在沙滩边，感受那沙滩上细软的沙，海浪拍击岸边的清爽，一起享受大海带给少年们的自由和无忧。在午后的阳光下，躺在那柔软的沙滩上，相拥在一起，甜蜜而温馨。在秋天，和你一同散步在枫叶地带，那缤纷的叶片，漫天飞舞，落如雨丝，让人心醉神迷。美妙的秋色点缀映衬着你的衣着装扮，让少年静静地沉醉其中。在冬天，和你一同走在雪城街头，浓郁的爱意和吸引力，在那凛冽的冬日里，将深深种植于心中。

　　在少年逐渐成长的岁月里，风景或许有所不同，人或许也有所改变，但有一件事情却是永不变，那就是少年深深地爱着你，无论是过去，还是未来。

　　飞逝的岁月里，少年转了又转，望了又望，走过山川矗立，走过人海拥塞，走过青春岁月也走过人生高峰，但心里始终装着那个风景框里的你，装着那花香和清雅，那丰润和梦幻。

　　每每梦回望向窗外，依旧是青葱的草地和你的身影，依旧是晨曦的丰润和你的柔美。风景框里的你，是少年心中可爱的少女，一生都难以割舍的风景！时光荏苒，风景永恒。那青春的美丽，永远绽放在少年之心。那飘落的花瓣，永远在风景框里摇曳。那清婉秀丽的风景，永远是少年心底最美的存在。如风中细沙，散落于少年心底的每一个角落，温暖又执着。

　　少年已不再是那个稚嫩的男孩，但你的芬芳，永远印刻在他的心间。在游走于人世间的少年的身后，你如同画般纯美，如同春风拂面般温暖，如同春江水暖般柔情。那份情愫，如同少年的梦，如同秋日树叶的金黄，是一场华丽的梦幻，也仿佛一盏曲折的明灯，指引着少年的前行。少年回首，如同梦回当年，风景就在画框之内，那一幕熟悉的画卷，浮现在眼前。你仍然是沉醉、仍然是梦想。

　　时光无情地流淌，那份情意，却在岁月的洗礼中愈加浓郁。你的身影在少年的笔下活跃一道淡墨浓彩之间的风景。在离愁的思绪中，你是那只美丽的蝴蝶，轻舞飞飞，惊艳人心。在繁星璀璨里，你是那颗光芒万丈的明星，闪烁耀眼，激动人心。

　　这一生中，曾经遇见你，就是南柯一梦，是华美惊鸿的绝代风光。或许，少年一生都无法再见你，但那份美好却已经成为他心灵深处永不磨灭的璀璨！

你在他生命里，凝聚了一份浓浓的缱绻，如同细雨湿润的春天，轻轻地溢满心田。那是一份情深意重的陪伴，一路走来，是最美的梦想，最深的思念，最温馨的依靠。你化作了他的心灵伴侣，在他心里不断地萌芽，不断地盛开。

梦　回

岁月的长河已悄然流淌，时光响起的钟摆，在众生的纷扰里，你依旧是那份静默与安宁，为少年数着过去的日子；在时间的河流里，你依旧是那份洁净与澄澈，为少年画上最美的风景。

如今，少年已经老了，想起你，心中还是充满了感激和敬畏。你是他生命中最美好的风景，灵魂中最深沉的情感。青涩和梦幻都弥散了，只留下你，那以染墨定格的宁静和秀美。

竟然竟然，又是一个早晨，在景安路的转角，那个梦寐而熟悉的影子，竟然是你?

于是少年有些情难自抑，不能脱开目光，仿佛被痴绝一般，那情愫在这个时候蓦地变得很沉重。少年不知自己何时淌出的泪珠，滴下来了。

你深情地凝望着他，像是想说些什么，但终究是说不出口了。两双眼睛，又温柔、又坚定，凝视着这个世界，就在这个瞬间，又交织成了一份苦尽甘来的缱绻。

你花样年华的丽影，融入了他的这些年的时光，每一个温柔的瞬间，都以诗歌和绮丽的画笔，流淌成了动人的诗句，形成了风景。

此刻，美丽的风景，伴着心情的流转，在画框里安静地升华成了永恒，在时间的轮转中，岁月淡化成一团轻轻袅袅的云烟中，像飞过的鸟儿一样，在时间里荡漾、沉香。

如今，当岁月已逝，流淌的烟火味道，仿佛又倒流回时光来，那风景里的倾心相遇，于年华的流淌百转中，永不凋零，也不会被湮灭。

千山万水，岁月漫长，在眼眸中，深深地翻涌。像是几千年来，积攒的往事，在这一刹那终于找到了它所期待的归宿，化为一滴眼泪，在你的指尖落下，成为一声清音……

北江江砖瓦厂的日记

今天收拾书橱，翻到40年前的日记，尽管一直用塑料封装，也已经发黄。好奇心忽发，便将它打开了。那是1984年我在河北景县北江江砖瓦厂全部的生活经历。看毕，忽然觉得，从日记里重温，从现实回想，竟然在今天看来，有那么多的留恋。而对于日记的本身，忽又有一番感慨。

这本日记，如同一个暗箱，收纳我的感情，记录我的忧愁、幸福和爱。我可以在上面喜怒哀乐，抒发思考和感情，让它们在纸上自由地流淌，释放自己的压力和心底的渴求。当我失落时，日记胜于一切发泄对象。它是私人性的，它能宽容我的青涩，抚平我的哀伤。当我陶醉于自己的惊喜和成功，又可以叫我再重温一遍那份喜悦。它是我不变的朋友，记录了我成长的点点滴滴，也包容了我成长的一切坎坷和荒谬，它还在那里，在我的书架上安静地等待着我的眷顾。日记不只是文字，不只是感情，是永恒的思念与浪漫，哪怕岁月催人，日记里的记忆依旧美好。过往也许柔软了外表，却弥漫着无穷的魅力。魅力的源头，便是那淡淡的情愫，恰似秋天落叶的轻抚，安静而又祥和地抚慰着过去时日的蹉跎。

这本日记，是我自己的世界，那儿没有外界的喧闹，不会有争执和抗衡，只有精神的盛宴，只有思绪的盈盈清香；在那片空间里，隐藏着一个个珍贵的花絮，并伴有一抹清泉，相随着季节的轮回，流淌青葱的弦音。终究，我感慨自己的一段人生，有欢笑也有泪水，有浪漫也有失落，而这些点滴，在日记上变得格外有味道。它是诉说自己的最好方式，也是记录自己的最佳载体。我想，无论怎样的悲欢离合，无论怎样的风雨兼程，我的日记将是最好的见证，它记载了我的青春和梦想，见证我磨砺、成长的道路。柔软的心，在日记里驻留，温润的字，倾诉那一时段的心情。把一段光阴里的风景，揉进心坎里，化为细腻的情感，悄悄地灌溉自己的年华。

打开那发黄的纸页，似能嗅到青春时段的味道，往事在眼前闪现，让我不仅仅是往事的过客，更成为了自己成长路上的旅人。这本日记，见证了我成长的每一步，记录了岁月中琐碎的细节。韶华虽逝，情愫却孕育成芽，纸上的情花，如同春天里娇艳的盛放，依旧能辨析年华的脉络和痕迹。那些抛到脑后的记忆，于日记中重温，如同洁白的纸面的墨迹随时光演进渐次变深，伴随着感心的浅笑，复现为不能磨灭的印记。用纸笔记录心路历程，去承载悲欢离合，反而让我领悟到生命的坚韧和成长的丰满。用文字将每一天珍藏，用素笺将每一个感动铭记。甚至连那时的温度，都留在日记里永恒不变。

用一本日记，撷起人生的片片落寞，包容着我们的脆弱和无知。笔墨间的曲折，也许是人生最美的几道色彩。回首过去，我们已经走过了许多坎坷，遇到许多曲折，但沉淀在日记里，升腾出一种温暖的力量让我们感到这一切的值得。是的，日记像是一个倾听者，让我把心中的秘密，在这里安放。或许在别人的眼中，这些所想所感，无论当时或现在都显得无足轻重，可于我，日记是一个内心世界的缩影，涵盖寂寞孤独和思念，他们都是我不变的情感。

时间的长河，有太多的风雨与阳光，太多的欢笑与伤痛，太多的人与事。平淡中，我们总会遇到那些与我们灵魂同频的人；或是时光悠悠中那些留下印记的事物，它们会像一份珍贵的礼物，伴随我们漫步于世间。这本日记，是我和岁月一同写下的信笺，它见证了我的青春。那是我用一双有温度的手，为那些沉淀在心底的悸动，留下的许多温柔笔锋。也许，人生经历本就是纷乱不堪，但一页页的日记，会为生命里每一个温馨的瞬间，披上绚烂的光芒。

有时候，日记是我面对压抑和焦虑时的释放，记录下那些柔软但刻骨铭心的感觉。有时候，日记是我对未来的美好憧憬，用一个梦境去追寻自己所想像的天空。而时光虽然匆匆，总会在日记里留下深刻而动人的印记。

或许，日记的每一页都会寄托一份梦想，但正是这些梦想，让我继续前行。在繁华世界的闹市中，我们需要一份能让我们驻足，让我们沉淀内心，跳出时空的框架，留下内心最渴望的呢喃，去面对每段愉悦或是煎熬的年华。

这本日记是一场拉长的对话，把宣泄、仰望、感悟的声音以文字的方式留下，做为光阴的见证。以古老的方式，给岁月注入了神秘的生命，借着时间的沉淀熏陶，归集成顿悟的玄机，成为人生旅途里最珍贵的行囊，孕育着内心的世界和清醒的心境。或许，那些人、物、事早已被年岁遮蔽，但回过头来翻看，总能想起一些往昔的片段。它们在时间的长河里，如同一叶叶标记的书签。忽然的感动，让我不禁怦然而思，他日若能重返少时，我愿再拿一本空白的日记，一笔一划记录下自己的青春。北江江砖瓦厂是我从青春走向人生的开端，有太多的记忆让我心动，有太多的年华让我留恋。

做自己喜欢的事，做最好的自己，不论人生的起点和终点，你就是生命最美好的乐章。以梦为骨，以心为肉，才能保持那份淡定从容。

青春里邂逅的茶香

因为是缘，所以找不到来的痕迹。因为是猝不及防的遇见，所以每个动作，都像是沉默的一笔。

或许，这个冬天，就该在那时风起；或许是你，或许是我，就应该，在那时那刻，等在岁月，等在阳光，等在那个下午的茶里。

安静地，茶烟袅绕，窗前，谁轻抚岁月的指尖，缥缈的那一份芬芳，挂满了时光的素净，诠释了生活清新而又朴实的意味。茶香氤氲，清亮透彻，仿佛飘荡在春日的晴空里，令人心旷神怡。

而我，仿佛也走入了另外一个世界，沉溺在岁月静好的溪水边，热气腾腾的茶香，氤氲在诗里。

不知是光阴的错觉，还是天际的花开，我似乎找到了一段梦中时光，那时，微风轻拂，暖阳洒落，清茶的香气扑鼻而来，淡淡的，如梦似幻。

那银白的杯盏，那一杯茶，恰是生命的喜悦、蕴藏，好像与走过人生旅程的人们相遇在茶香四溢的园林里，茶蕴散发出青春的芬芳、照见未来的阳光。而你那晶莹的眼眸，恰如一汪池塘，回荡着风景中诗意的潇洒。

如此温和的流水，如此静好的时光，在这弥漫出的气息里，走进我心中深藏的那一个角落，悄悄地，悄悄地，追逐着流转的岁月。而你，亦如那一缕凝重而温润的茶香，与这一刻永恒，沉淀成岁月的温存。轻抚茶杯，沐浴着轻盈的茶香，如此独雅，只在这个温柔的下午，只有这茶香与你。而所有的人事物，此时似在我身后，在距离的朦胧中慢慢消逝。颜如画，诗意流动，似是回到了那片梦中的花田。你温婉留于芳华，染着那淡淡的红润，仿佛婉约在梦幻的白纱下，久久沉淀，久久渗透。岁月在风景中，如此的静谧而朦胧。

或许，我就奔向那轻袅茶香的芳馨，或许就为你盈盈笑语的清韵。

轻灵就像一首诗，微笑是来自春天的花；还是，哪幅画中的温柔清丽的游离；还是，来自哪本诗集温婉而撬动心跳的涓涓诗语。

流水的眼睛，带着春天天空的穹影，带着茶山那莹澈泉水的甘冽，氤氲着茶韵，斟清润、浓郁于明眸，魅极而纯明透底。

我半醒在这弥漫的朦胧，仿若找回早已飘然远去的青春里的天空，在漾动的清纯成熟和聪慧的笑语中，又似乎复活了早已退化的青涩茶香。

茶水满斟，那是殷殷的茶心，是情的眼睛，谁能不迷醉在这短暂的幽香？

在谁都留不住的曼妙时光里，啜饮着明澈与剔透的清露，这是婉柔的目光挟着梦一样迷蒙的茶香，凝于心上的结晶。

仿若是半醒的深睡，沉湎于不醒的缥缈。

尽管，我怕那一刻消逝，但那一刻的记忆，却依然成了撬动回忆的发条。

而谁才能，从你的眼睛，融入你璀璨着光芒的星辰，在隐秘的世界里，去找到你心的入口，牵回那个栖在茶树上的梦，抱回凡间那一袭红衫的馥郁，蒙蒙曳曳，就像那吐着芬芳的玫瑰，却真切地硕满成熟的果实。

不是落花有意，不是流水无情。茶香似漫卷的书卷，引得人心疼热；是难得的开心时刻，是静雅的生活充实，也是伴随着岁月推移而越发增添的人生迷惘。总会在不经意间，醒来于清闲中却洒下离愁，仿若逝水年华倾尽心力，便可奏响诗歌里的声音。那声音谁能说不是人生里的遗憾呢？

或许，一杯茶，就可以从远山近水中，从岁月的流逝中，将年华、将繁花与风景储存在内心深处，以婉转笔尖，收藏在生命的轨迹。然而，青春里的茶香，于内心里如浓郁的故事，举杯已经不能让我回到那个遥远的时空，品茗也不能让我再走进青春的时代。但它却一直存在，在某个深处，魂牵梦绕地永远存在，静静的陪伴。这便是那藏在茶香里的缘吗？

零落，如蝴蝶翩翩起舞，沉淀，又如飞燕轻盈归来。

与时光相约于诗

我爱这纷繁的生活，爱这春的芬芳、夏的热烈、秋的静谧，冬的悠然，也爱这瞬间的感悟。相比视频及图像，我更愿以文字记录那些曾经的记忆、流过的泪水，将其存于心中，细细品味，像是品味逝去的岁月中点点滴滴的珍品。

文字是我的情人，在寂静的夜色中，我们相拥而眠。那些在生命中所遇到的喜怒哀乐，在文字的世界里得以尽情舒展；那些思绪交加的瞬间，在文字的书页上得以永存。它不曾嫌弃我的平庸，也从未评断我的笨拙；它不曾挑剔我的瑕疵，也不会介意我的懒散。文字更是一个人的情感抒发，是一个人的生命灵光。每一个字眼都是鲜花，每一段话语都是韵律。文字将灵感紧紧地捆绑在一起，交汇于灼热思想之中，手挽着手，寻找着同一份渴望，同一份信念，同一份未来。

山水醉人，岁月沉淀。纵览岁月的长河，一路风霜一路走来，往事随风而逝，唯有文墨留下的余韵，历久弥香。它像一尊晶莹剔透的水晶，或者是一枚泪珠，总是那么透明，那么动人。日复一日，岁月如梭，岁月仿佛在不知不觉间已走过了半程，人生有过幸福，有过失落，有过寂寞，有过欢声笑语。但无论是任何时候，指尖永远紧握着信笺，心永远紧扣着文字。

回首往事，在草长莺飞时的轻飘思绪，装满着一腔诗韵。时光匆匆，岁月悠悠，如烟的流年似乎总缺少一丝走来的踪迹，让人不能够真正回味陪伴过去的美丽画面。日落西山，暮色弥漫时，心中的故事，往往如流水一般，不断地涌现。时间已不单纯是表针的位移，回忆往事，都是生命留下的一丝丝印记。于是，发现时间不仅用来编织未来的日子，也能为过去搭建记忆的阁楼。文字舞动之间，徜徉于奔腾的岁月之中，看到了自己的静默与感悟。分享一丝丝生命阅历，抒写着心中世界的感悟，发掘自己的真实，列说沉淀在心底深处的感受。不断地挖掘经历蕴藉的窖藏，不断释放流年伏在记忆的张力，用心去发现岁月的真相，用笔去描绘生命的鸟语花香。

　　文字像自由流动的风，呼啸着吹动岁月的尘嚣，在文墨的清香里，总会思绪万千。文字是真谛，文字是灵魂的表达，文字是万物的点缀。文字汇聚成一首首优美的诗，用一种深情的方式，去感悟万物。文字里不可以掺杂杂质，它像一条清澈的河流，时而荡漾着笑声，时而泛起清泪。正如人生，在对欣喜、悲伤的咀嚼中慢慢展开。秉持这份心境，有时看到的便是不一样的风景，有时品味的则是不一样的滋味。

　　在文字中，春的花儿摇曳着轻盈的身姿，夏的湖水拍打着热浪滚滚，秋的枫叶穿过潇潇树林，倒映在如镜的池水里，寒冬的霜雪覆盖整个大地，但它们永远不能抹去文字中的热情和力量。

　　醉心于文字，仿佛置身于三千繁华世界。活着便是为了填满这生命中每一个缺口，曼妙的人生旋律在文字间悠扬回响。在这个世界上，人或许渺小无力，但可以用文字创造出一个自己的小世界，在这里，生命将永远绽放着无穷的生机和活力。还是那句话说得好，笔端藏风月，掌中有春秋。那些现在和过去的峥嵘岁月，就在文字里不断地回放。回览岁月的画册中，文字好似一杯美酒，香气四溢。思绪随着笔触，跨越城市，穿越海洋，飞跃天空，在人生的长卷上，自由至极地留下灵动的格言箴语。

　　岁月拉长了对话，也深埋了许多情感。借着文字，我们可以"晴空一鹤排云上，便引诗情到碧霄"，在自己的世界里唱出自己的歌谣，留下自己的脚印。在文字里，时光会变得缓慢，像有一张渔网，将光阴的故事揽在网里，不让其轻易溜走，趁此借助笔端，描绘出一幅又一幅美丽风景的感触。

　　文字折射出的内涵却是如此广阔，如此纯净。用心写下每一个字眼，心门也会随之敞开。文字陪伴我们走过一程又一程，与时光执子之手的约定，终相见于诗中。

潜心孤行

　　红尘路上，让自己远离人群，单独闯荡这世间。当回忆曾经的年华，路上的风景，或红或绿，或悲或喜，或爱或恨，每一段历程都有独特的心境。这样一路走来，便经历了欢笑与泪水，品味了生命的温暖和艰辛。

　　世事变幻，人事易改，经年累月间，人不得不去感悟那些不能挽回的痛，也必须学会用微笑去面对经过的创伤。有些事情，只有潜心孤行亲身去尝试和体验，才能知晓它们是寂寞还是繁芜。

　　潜心孤行，从来不只是孤单，而是以一份平静与坚定，来体会让繁花为伴的欣喜，与晨曦共舞的惊叹；以低语沉静在歌声中，自信地默默求索。直到微风拂面，阳光洒落，雨中舞动着我们美丽的童话，流水落花有声，漫天星光璀璨，空气里满溢的花香肆意飘散。

　　潜心孤行，会将一份迷茫沉淀为清醒，一份孤独转化为勇气，在更高深的层次上，审视人生和现实中亲密的关系，在轮廓中看到温度，在时间中看到转机。既被它磨练，又因它成长。

　　潜心孤行成就了寂寞，寂寞成就了风景。走过盛夏，走过秋色，走过冬季，始终会有自己前行的理由。纵然开始的煎熬让人疲惫不堪，但潜心孤行的路程，会让内心的浩荡越来越宽旷。许多人会问，为什么要独自一人潜心孤行呢？我会回答："只有这样，我才能在路上找到自己，打磨自己，让真实的自己跃然人生。"

　　潜心孤行的旅程中，有风起云涌，秋水落影；也有山岚缭绕，水阔鱼沉。孤行中的心境，时常被扑面而来的风情所震动。皎月银钩，谁知道幽幽夜色点点星光里隐蔽着多少风采。我想，人在世间，唯以潜心孤行的勇气与智慧，才能辨清世间的匿影藏形。用心聆听世间的声音，以激情欣赏大自然的琳琅满目，也许会有孤独，但将自我放逐，去沦肌浃髓地感悟这个世界，无微不至地去品味每一个细节，神领意得地体察每一个角落，看透人生百态的纯真。且行且思，静静回味那些无尽的经年。在流年时光中随波逐流，又在心底的某个角落里，一次又一次的洒心更始中，织就一段段成熟。

潜心孤行，也许是孤独，也许是自由，一个人的世界，情绪与脉搏跳动会有寂寞，就会有洒脱，人必须以淡泊的心境追寻来路和去处。毕竟时光匆匆，流年如水，多少人情世故和过往，峥嵘岁月中多少故事都会如梦而去，唯有自己的曾经，那是永久的家园，那是永不会老的绿洲。

潜心孤行，带着自己的勇气和运气，不管路有多坎坷，天有多阴霾，都可以勇往前行。没有寂寞，没有苦闷，没有怨恨。只是一个人，将沉默、平静、思考、反思，慢慢融入自己内心深处的角角落落，以独立、清醒、克制、自律领悟的点点滴滴，充实自己的一生。甚至路边的草，都可成为忠实的伴侣。在别人看来，可能会被当做一个孤独的人，可谁又能体味到潜心孤行的生命中那些有喜有泣呢？

潜心孤行，佩韦自缓地陪伴自己的每一个脚印，祖述有自地坚持自己的每一份不懈。内心深处的孤行，能成就一份无悔的坚定和自信，也能奏响一曲慎独自修的高音。

与德行高的人为伍

人生的旅途中，时常需要学习那些德行高尚的人。

北洼路三杰，就是我遇之幸甚之人，他们分别是周先生、曹先生和罗先生。他们散发着让人诚服的光辉，有真正的智慧和勇气。他们善于控制自己的情感，不随波逐流，也不偏执自私。在这样的人面前，我时常感到自己相比之下的渺小和不足。就像许多具有高尚德行的人，他们会散发一种全然不同的能量，一种让人感到安宁和舒适的力量，他们用自己的行动证明了这种让人钦佩的存在。

与德行高的人为伍，我仿佛置身于闪耀的阳光之下。他们的言行散发着一股高尚的气质，让人扫除内心的杂念，感受到一种纯净、安宁的感觉。他们没有做作，没有虚伪，也不曾为了迎合别人的喜好而做出牺牲自己原则的事情。他们的每一个举动都充满着深思熟虑和高度的自我约束，无论面临任何挑战，他们总是从容自若，凭借内心的力量克服困难。

与这样的人在一起，我不由得心生敬畏，同时也被他们感染，内心变得充满了希望和勇气，感觉自己也变得更好。在与这样的人为伍中，就会学着如何做正直、宽容和善良的人。

即使时代在变，价值观在变，这样的人却依然在心中留下了深刻印记，予人激发前行的力量。

人生路上，我们需要不断为自己"孟母三迁"，择邻为伍。尽管很多时候，我们会深感他们的行为高于我们，智慧深于我们，然而，他们的奉献、信仰、品德，会成为我们人生路上的精神参照和楷模。从他们身上，我们看到了一片繁花似锦的人生，也看到了一种独特的文化与价值观念，故而深切感悟到自己的不足。

　　不论我们身处何处，不论何时，不论有何成就，都应该与德行高尚的人为伍。这是一种慰藉，是一种启示，无论时光怎样流转，美德总是崇尚的存在。值得一提的是，德行高的人尽管拥有温和、耐心、宽容的心性，但就事论事，从不留情。随处可见的是他们做事雷厉风行、锐意进取，不为任何压力所屈服，不因任何困难而畏惧；有坚持不懈的韧劲，不被短暂的成就冲昏头脑，更不被失败所击倒。

光阴里的咏叹

　　岁月仿佛流沙，有很多新奇，有很多偶然。时间是个工匠，挖掘了岁月里的故事。

　　岁月拨动琴弦，催人追逐那难以言喻的激情。时间却又悄悄地倒计时，成就"光阴"这个诗一般的名字。

　　曾经，我们背上小学的背包，笑着迈开自己的腿步，心中藏着一颗如饥似渴的心。曾经我们追着飞来飞去的蝉，坐在池塘边，听着夏天的知了声声叫，光着脚丫追逐蓝天的白云，猜想着鸟住在白云的什么地方。

　　转眼，我们步入了青涩的年代，甚至刚开始时，我们有些不自然地难以适应。我们常常因被拒绝而落泪，也会因被认同而兴高采烈，渴望孤独地以自己的创造力和想象力，去创造心中的世界。

　　后来，我们走向未来，逶迤而行，我们总是帮助自己说服自己，安慰自己，甚至欺骗自己，那些隐藏在心口的秘密，孤独且痛苦地深深锁在内心深处。从青春到成熟，我们以自己的手摩挲从掌心流逝的时光，原来人生如童话，皆有起始和结束，却没有谁能决定它的走向。时间在这种时候变得格外沉重，每一个人都需要消耗一定的体能才能面对它的冲撞。

　　却原来，我们如此的渺小而又如此的伟大。我们承担着生命的点点滴滴，经历着时间的历练，从而变得成熟、坚强，可我们同时也失去了更多，失去了那纯真、那自由，失去了那个也许是更适合自己的选择。多少鸟语花香中掺杂着泥泞和荆棘，多少向往憧憬在悄无声息中被流年吞噬。我们要学会承受，也要学会转身离去；回头看看，那些曾经蹉跎的岁月，那些激情澎湃的时刻，如今只能凝固在回忆里。

躲过千山和万水，谁也逃不过岁月的宿命。想起往事，它们温馨而模糊，仿佛梦中的一幕幕画面，在光阴的背景中，心头充满欢愉并翻滚着思绪的山水景色。人生如斯，走过的路，留下种种印迹，快乐的，伤心的，悲欢离合，都是我们成长的导师。高峰与低谷交替出现，让我们明白，人生是一个渐进而起伏不断的过程，每一段历程都有自身和社会的价值和意义。然而，年华如流水，谁也无力扼住流年，也无法把将逝的时光留在指尖。

与年少不同，我们的眼里不再满是憧憬和好奇；与年轻不同，我们学会了沉稳和克制。时光，将每一步脚印刻在岁月里，我们亦将善于收藏，收集那些脚印上的记忆，留作自己或别人今日或明日的推敲。

让那扑面而来的寒风，吹散我们面具背后的疲惫。键盘敲字到此，忽然想起曹操的《龟虽寿》，想到那烈士暮年，壮心不已的思绪，不禁豁然大悟，时光虽转瞬即逝，但每个人内心深处都留下了青春，都描绘了生命的画卷。我们已然找不回曾经的纯真，也无法重拾曾经的梦想，而现在，身边人际关系和谐，不时有新奇趣事，何尝不是幸甚至哉的壮心不已。

人生也不过是一场华丽的旅行，旅途中充斥着一座座城市、一个个风景。夏日的黄昏，金灿灿的阳光把大地染成一片金色；秋日的傍晚，枫叶把天空涂成了一片炽红。而此时，茶香味卷过身旁，思绪也随波荡漾，当年淡淡的理性融合着热血的沸腾，成就了每个人的成长和进步。即便如人所言，蝴蝶飞不过沧海，那也不妨碍它自由自在飞舞在光明的天际，留下心灵的小梦想，飘落一地的思考，汇聚成珠缀于人生最精彩的历程。

青春里，初恋的呢喃

时光匆匆

时光急匆匆赶来，成就一笔灿烂的记忆，年华静悄悄离去，留不舍和牵挂在心间荡漾。

在纯净的心海里，静听内心波澜起伏，让絮语缀满绵长回忆。每一时刻，都值得留住，每一瞬间，都值得铭刻。用笔尖点缀文字，用酒杯敬明月，用音符呼唤绕指的清风，让思念的情怀同文字、酒香，被清风撒入今晚的时光里。

许多思绪难以言表，唯有在指尖与纸张间的空隙，写尽心之所向。爱情是诗人笔下永远的主题，于是用语言为你绘就一幅美丽的画，让梦境羽翼翩翩，让思念为其撑开天空。

你说过，月光下的世界是葱茏且神秘的。当夜幕来临，那些属于白天的颜色统统被淡化，而让一轮皎洁挂在天上。白银色的月光在我的视野里扩散，仿佛一条穿过午夜的溪流，在我心上抚慰。你的话缭绕在我的心里，安静地升华出来，化作日记上的文字。

你说："有时候，我很想你。想你帅气至极的模样，想你温暖至极的拥抱。"那一刻，我忍不住凝视夜空，任凭月光穿过我的瞳孔，直达我内心深处。

月亮高悬，万籁寂静。有种永恒的味道在我的口腔停留，我斟酌句子，想从语言哲学还原出那唯美的气息。

夜逐渐变深时的风声，打破了这份静谧，吹乱了树叶和梦幻。可是，月光依旧平静地注视着人间的一切，真像你，注视着我。

你的眼神是那样澄澈，可以洞穿人的心底。月光迷离地露出最柔美的一面。我愿意在这样的月光下窝在你的眼神里，享受这样的平静。

在这晚上，在这宁静的时刻，我也想成为月光，直接置身于你的世界，洒下我心中最温柔的光芒，为你驱散一切黑暗。

日子一天天消逝，生命悸动，文字洋溢出娇媚的芳香。用日记，承载我的初恋，用笔记下爱情的过程，让每次悸动在笔尖与纸张间流转，让时光匆匆中的每个想念在岁月冲刷下仍然闪耀、耀眼。

世间万物总关情

一盏路灯，能打下夜里的黑暗。它闪烁着，仿佛也有属于自己的心跳。此时，我拿起月亮作一面镜子，映射着我的内心世界。

美丽的夜景，谁都可以欣赏。但是，难以名状的情感，却只有我们能真正感悟。此刻，我仿佛身在另一个世界，而那里有着我心之所向的香甜蜜意。

夜空分外宁静，仿佛自然万物都在倾听我心跳的声响。我也在这心灵感应中，相信总有那么一个夜晚，我们会一起回忆现在的不舍和向往。即便路走得再远，心中的向往总能带领我们回到最初的地方，回到今晚这片月光下，静静凝视对面的人和事。

倘若没有，那么无论我们身在何处，不论遇到什么，我都希望我们能像明月一样，永远散发着清澈如水的光芒。

我想要将心事用字铺开，让它们在时间中流转，化作成长的树木，让树干承载着我对你的思念。我也想用文字将岁月在湮灭的角落挽回，好让快乐在时光里永恒，让那温柔的曾经缓缓将我包裹。

长夜漫漫，我思念着你，思念着自由的翅膀，思念着那片洒着月光的林荫小路。爱和远方的风景，哪一个更值得我去追逐？

我还是想着你。你的倔强和柔情，你的理智和热情，你的生命力和激情，在我的内心深处，一直在闪烁光芒。我想你的时候，就像想起自己的往事，美好而难忘。然而，时间通常会折磨人的梦想，如今的我迷茫且孤独，开始怀疑我的内心是否真的能够挣脱出这片无涯的黑暗。我需要借助你的包容和鼓励，才能重新开启人生的征程。

在我的心中，你不是一个普通的存在，而是一枚极具意义的灵魂。你与光阴交错，与空气相拥，你的过往和未来，在此刻汇聚成了不可磨灭的记忆。每一个瞬间，每一首诗歌，在我的视野里都格外璀璨。

有时候，我会沉浸在自己的思绪中，一直追求着理想中的自己。只有当我与你相遇的时候，才能真正的成为更好的自己。

在这世界的某个角落，有我们最纯美的回忆。究竟是谁的邀请，让我与你相遇，相遇在这个寂静的角落，相遇在心灵碰撞的瞬间，相遇在激情燃烧的岁月。

我还想用文字的力量来跨越思念与现实的屏障，用信送去我的热念。哪怕许多年后，我已记不清现在的点点滴滴，我仍能在铺满落叶的村庄，在那后来故事的山水画上，被爱情凝固在今夜。

因为，今夜有你的文字！

"世间琳琅满目的人和事里，你绝对是我最温暖的存在。我曾经因你描写生命的一篇诗歌哭成泪人。我用心品味你那温润如玉的文字，仿佛那些文字里都有你的影子，无论我走到哪里，都能感到那影子的温暖。"

"我的心沐浴在你的文字中，仿佛沐浴在一片避风港湾，透过你笔下的花开花落，峡谷流水，遍布着无与伦比的世外桃源。就连那些最平凡的事物，在你的笔下也化成了珍贵的宝藏。我和你沿着江江河水，走着乡间古道，去品味那点点余晖里的美丽故事。我恍惚着，仿佛听到了你唱着那首永不哀伤的歌，嘹亮、清新、纯洁、简练而又仿佛飘浮在传奇中。"

"你的帅气不需要夸张，不需要炫耀，你的风度随时随地都在无声地展示。你用你的诗歌，用你的文字，用你的言行举止，用你的神采，用你的柔情和让我感受到的真实，成为我的一片阳光。以自然、慷慨、震撼人心，音乐般的一首首诗歌，让我沉醉其中。"

我被你的文字感动，我希望在我的诗里，过去和未来都不重要，只要有你，生命就能像绝色的画卷，绚烂而多姿。在文字的每个要素里，我们都能找到彼此。真正的美丽是由一个个精心编制的字、句、词、章、节、篇组成的。而你，让文字在手中焕发出最优美、最完美、最动人心扉的美丽，让读你诗篇的人为之倾心，为之折服，为之心动，为之感动。

蜜意柔情

日薄西山。略带凉意的夕阳，让心中的花朵更显柔软。在这渐暗的时刻，我拿起手中的笔，仿佛能在这一刻，能够将所有的惆怅和思念都化作墨汁，染上这张纸，让它们在时光的长河中不被遗忘。

我趴在床头上，回忆着那个曾经的你，也回忆着我曾经的自己，青春的岁月流淌如水，一去不返，留下的只是悠长的诗行，沉淀于时光之中。

写日记就像用眼泪浇灌花朵，看着它们慢慢地开放，看着它们渐渐地凋零，看着它们轻轻地飘散。或许，那些过去的感动，会遗留在日记中，那些恋爱中的快乐和苦痛，也会被珍藏在一页页纸张里。我想用文字写下爱情，将命运与缘分录下。我不知道爱情能否永恒，但我相信它是值得我们珍爱的，是日子里最动人的经历。

这个世界上，有太多的琐碎和过往，让我不想去回忆，可是，我不能不去挽留一份关于自己的遗憾。倘若岁月无情，让我们的记忆消失，那么就让我娓娓道来吧，把我们的故事用笔染色，让心灵在这里独自畅游。让这份迷离，这份若隐若现的感觉，像湛蓝的海洋一样，深深地烙印在记忆深处，让我们悄悄地沉浸在爱的世界。

在清静闲适的生活里，爱情便已经是一支绵长的藤蔓，攀附上那些美好的回忆，一步步爬满了我的整个心房。我会想起我们曾经欢笑过的那些时光，那些如诗如画的瞬间，也会想到我们曾经分别的时刻，会心疼彼此在无言中不住流淌的泪水。

无论有多少的荆棘，我都不曾轻易放弃，我用笔和纸，将生命中的点滴记录下来，为自己留一份温馨，一份感动。那些绘在心中的美好，用手指在笔尖上刻画着，化作一幅幅美好的图画。

时光如流水，却不能承载两艘小船，让我们在时光的某个地方相会。

也许有一天，我用手撑着下巴，静坐在一旁，打开这张已经被岁月消磨变黄的日记，那些熟悉的字迹，会让我重温这份感情。我将乘着岁月的风，重新回到这个温暖的时光，感受纯净的馨芳。那时，我依然，会想起你。

爱情，本就是一本绝美的日记

在欢愉与思念之间，每次的相约，都仿佛是命运的安排。某个时刻，某个地方，某一种情感，便在我们的心中泛起涟漪，向前方汇聚。

我曾以为永恒的感情，早已沉淀成虚无；我曾经最爱的那个人，也早已成为了陌路人。

然而，爱情仍旧是孑然的美。即使是一缕寒光，也充满阵阵温暖。人生的旅途中，总会有这样的人，在我们最不起眼的时刻，静静地陪伴着我们，给我们力量和勇气。我们曾经相遇并相知，已经足够美好。而我们的爱情跑到哪儿去了，也不再需要被单拎出来谈论，因为，它仍然在我们的生命里绽放出幸福的花朵，成为了我们心中永远的宝贝。

放下不属于自己的过往，才能让心重新燃烧。放下束缚自己的伪装，才能做好真正的自己。

任凭日夜穿梭着时空的街巷，我始终无法抛开心底的情思，那些深深的思念，化作文字，在纸上跳跃。

原来爱情，本就是一本绝美的日记，记录相遇时的情感，记录温暖甜蜜的时光。我用自己的力量，维护着这份深深的爱，在日记中，记录下每个关于你的细节。那些日子，总是那么温馨，沐浴在你的光芒中，我成了世界上最幸福的人。

这份情感已经随着岁月的流逝渐渐深埋在心底，我仍旧在日记中记录我们的点滴，让这份爱延续到永久。在时光的画布上，依旧有我的身影和你的身影，交织成了永不分离的最美情调。

爱情的藤蔓不可控制得生长，让我们的心总是在情感的交错中燃烧，却也令我们的心灵变得深邃，对生活变得更加感性。回忆是一束美丽的阳光，在我们心中永不熄灭，在日记中时光永存。

生命是一幅画，所以我们应以创作者的豪情去恢弘他的气势；尘世是烟火，所以不断地燃烧着人的痴迷与爱恋，让彼此的心灵，无法停止地咀嚼那聚散离合的情感。岁月如流水，悄然泛起波纹，似幻似真的回忆，从指尖滑过，像一幅细腻的画卷，记录着你和我恍若隔世的爱情。在沉默的夜晚，心灵的角落里，回忆犹在，犹如繁星散落成闪烁的钻石。

　　曾经的甜蜜，曾经的眷恋，曾经的誓言，随时间飘渺而去，只剩下默默守护的洒脱与坦然。在岁月的长河中，我们相识，相知，相爱，走过春夏秋冬，跨过无数的日夜。汹涌澎湃的时光河流中，留下了这些温馨的片段，让我们在岁月的枝头，品味芳香氤氲的爱情滋味。

秦皇求仙入海处的遐想

仲夏季节，我来到秦皇岛这片美丽的海滨。

秦皇求仙入海处，在河北省秦皇岛市，位于海港区东南部。秦皇岛在古代属碣石地域，后来因秦始皇东巡于此驻跸，而得名为秦皇岛。据导游介绍，"秦始皇于公元前215年东巡碣石——秦皇岛，并在此拜海，先后派卢生、侯公、韩终等两批方士携童男童女入海求仙，寻求长生不老药。明宪宗成化13年，立'秦皇求仙入海处'石碑一座，以纪圣境。"

此地曾是秦始皇求取长生不老药的地方，对于一位如此有权有势的帝王而言，长生不老的魔力无疑令其垂涎。但是，对于我们这些没有帝王之位的凡人而言，却想象不到这样的魔力可以带来多少好处。

夜幕笼罩碣石，涛声不息，月色如水。

站在海滨，我深感时间的无常和生命的短暂。几千年过去，秦始皇和他的方士们早已化为尘土，留给我们的仅仅是一段历史和传说。但是，这片海洋依然在这里呼吸，这片沙岸依然在这里伸展，这个夜晚依然清新明亮。

海，是伟大的。它在这片大地上撑起了一片如此广阔的宏伟景象，将我们众生，包容在它怀抱之下。在它面前，我们不过是渺小的微尘，即使不停地呼唤，也时常听不到它的回音。但我们无法否认，在它每一个浪花、每一涌波涛中，都蕴含着生命的能量，饱满而充实。

秦始皇派遣数批方士寻求长生不老之药，却最终都化为乌有。那些孩童，尚未成年，却似被风轻扬，在翻滚的海浪中，在历史一瞬间消逝了。而秦始皇的帝国梦，也终究在他的暴跳如雷中落空。可是，他不曾想到，海洋向来是无情的，它看尽了风拂过云的细腻和日落月升的徘徊不定，从来不为之所动。秦始皇一次拜海，两次派方士携童男童女入海求仙，都不能划定大海这永恒和流变的边界。

或许，秦始皇当初求取长生不老药的时候，也只是求助大海给予他一种不灭的力量。

于是，我把目光投向这片海洋。想象着它的变幻莫测，有多少珍奇异兽，象鲨、海豹、海蛇、龟灵，飘逸自在，又各自面对着它分享着玄妙？想象它的浪花，涌荡起多少人心所系的感动，洗刷着多少繁华俗世的腥臭？想象它在这片大地上撑起了多少不朽的恩泽，每一个细节都在展示出它的色彩、气质和品格？在这夜晚，月光洒满了大海，迷人而优雅。这海洋，像一个明净而纯粹的美人，俏丽而宛转。然而，它又波涛汹涌，见证了多少历史的变迁，感受了人类多少的繁荣与起伏。漫步在海边，看着浪涌起伏，仿佛能听到它们内心深处的呼唤，它们在等待着什么？

或许是等待着我们，等待这个世界上的每一个人，去发现那些被掩盖的秘密，去追寻那些被遗忘的历史。要多少年的时光人类才能够尽情地探索这一片神秘的海洋，去看那些人们不曾看见过的奇妙生灵，去揭示那些被埋藏的宝藏和历史的内涵。

海洋所拥有的不仅是生命和能量，更是它们的意韵、灵魂、使之能动变化的那部分特性。正是它们连续变幻的节奏，使得它们成为不可仿制的画面。

在这样的夜晚里，我感激着这个世界，感谢它给予我的一切美好与奇迹。或许，在这个宝蓝色的星空之上，还有着慈悲和温柔的神明守护着我们，这让我感到一份至高无上的安慰。时光如梭，我们都在不断地追求着各自的梦想和目标，或者也许是在寻觅着自己的意义与价值。在世界的角落里，或许会有一片海洋，一场风雨，或者一道雨后的彩虹，在默默诠释着那一份感悟。

在这海的边缘，还萦绕着一股恬静的气息。谁说时光只有那些耐人寻味的故事？时光绵延，从视线的尽头开始宛转地流淌而来，不经意间，每一个时刻都在被时光赠予，每一寸空间里都存着时光的痕迹。就像这海洋，一浪接一浪，永不停止地发起狂澜，升腾而起，最后轻轻落下，没入海水的深处。

我静静地站立在海边，这个夜晚，这片海洋仿佛在向我诉说着它那千年的心声。这是一个安静而神秘的夜晚，繁星闪烁，海水轻声拍打着海岸，仿佛时光凝固在了这个瞬间，我也沉浸在这片美丽的瞬间，成为时光的坐标。

突然感慨，想起席慕蓉一段话，"要多少年的时光才能装满这一片波涛起伏的海洋？要多少年的时光才能把山石冲蚀成细柔的沙粒并且将它们均匀地铺在我的脚下？要多少年的时光才能酝酿出这样一个清凉美丽的夜晚？"却原来，这片海洋，那些山石，不是因为时光的淘尽，就是因为时光的堆积，才成就了今天的烟波浩渺，而我们更是被时光驱赶着朝向不可避免的死亡。

时光，是虚无的，能让秦始皇的长生不老化作气急败坏的泡影；又是无所不在的，可以让石头变成风中细沙；也可以让那条静静的小河，变成滔天的百丈怒涛；可以是玫瑰花香的纠缠和沉溺，也可以是二月春风里的抚慰和安宁。

然而，从某个角度，一切都不过是时光电影的一幕，在时光的剧情里，抱怨荒唐无益，人们只能尽己所能随剧情前行。这才应是秦始皇求仙处历史的写实。

走过千山只为你

　　袅袅炊烟在山林深处缭绕升起，翠绿的树木将她们温柔的包裹。突然间，一只飞鸟从另一侧树丛中掠过，留下一道道轻柔的痕迹在天际中。晚霞映照在远山上，流转着温柔的光芒，仿佛一片片旧日的记忆在心底升腾。站在这片浮动的光景中央，竟让自己多了份柔情，多了份缱绻，多了些许思绪。

　　那种在时间里蔓延着的美好，不时穿越而来，在远离繁华都市喧嚣的这个小城，奏响着生命的华美之章。心仿佛变成了小溪，追随着那份浓情，顺流而下。而诗性的泉源，在此折射出一种安逸的与世无争，还原出一种来自内心深处的和美。

　　遇见你，就是这种场景，就是在这南方湿润而秀丽的小城里。

　　在这个瞬间，我的世界仿佛成了一池碧水，清澈透明。你的眼睛，像是小舟在水面上荡漾，掀起一波波细碎的涟漪，又有一丝似曾相识的风吹起我内心的波澜。

　　仿佛时间已经停滞，只留下你和我的眼神相对。此刻，全世界的声音都在在静默，只留下我的心清晰地跃动。

　　你的眼睛，仿佛是一面明镜，可以看到我内心最深处的秘密。陶醉在你眼中的世界，在这一刻变得格外温暖和宽阔。在你眼神流光宛转的那一刻，我忽然听到你眼睛轻叩心门的呼唤，在你明眸善睐的清波里，觅见到自己藏在心底的风景，你霎时也更添几许环姿艳溢，仪静体闲。就这样，你走进了清晰又溟濛的梦景。在这一刻，我仿佛为你而来，为你穿越心灵的版图。

　　你眉宇间跳跃着自由浪漫的活泼，当你托腮凝视，仿佛又能捕捉到你的端庄稳重。那是燃着激情的青春，绽着俏丽和秀气，恬静优雅，也敏感和聪颖。

而你，犹若诗集里的插图，撑着一把油纸伞，任他"一行白雁遥天暮，几点黄花满地秋"；且你沐经南国的烟雨，踏着诗集里平仄，含着诗集里的纤纤情丝，怀着诗集里柔曼，走过盈盈的石板路，清灵宁静，"弱柳从风疑举袂，丛兰裛露似沾巾"，独坐亦含嚬。

但又分明是一古墨长卷，你独自撑着一把轻盈的油纸伞，走在南国的雨巷深处，怀着一腔动人的情思，踩着整齐的韵律，品味着那柔美的情丝，走过石板路，白衣轻袍，飘逸而静谧。一枝柳丝被风吹起，显得矜持婉约，一丛兰花似露珠滑落，像是添上了细腻柔美的诗情画意。就像一朵娇艳欲滴的花朵，绽放在春日的午后，倚在窗前，浸润着南国的山水，氤氲着南国的濛濛烟雨，清雅若兰盈袭满怀。

早惊落了诗人的诗心，醉倒在南国风情。浸染了敛藏在内心的矜持，搅了积淀的那份从容淡定，泛起善感多愁的柔情。

是那貂蝉拜月时，俶尔轻风吹来，遮住皎洁明月的浮云；是那昭君拨动琴弦，奏起悲壮的离别之曲的琴声；是那西子河边浣纱时，映照她俊俏的身影的溪流……穿越经年的时光，只勾勒出你素淡如菊的清影里一个轻轻的回眸，那柔媚的眼波，在心上荡漾、醉人。

你早就柔婉地等在这个画中的城市。巧笑倩兮，美目盼兮，绵延了那传说千年的清丽雾眇。

悠扬婉转，穿透岁月和朝代樊篱音尘的宫商角徵羽，袅袅流畅，黄莺出谷，在乳燕归巢的呢喃里，臻化为画中的喁喁私语。

诗人是如此地深陷南国这三千顷波光潋滟，环抱在幽静润泽的莽莽群山中，心却攀爬在那幅长卷里素描的笔端，柔软细致地润色画中的风箫声动，玉壶光转；诗人是如此地迷恋繁花飘溢，青青葳蕤，秋波里是潋滟着的温婉天真，是走过五百年回眸的千年等待！

风乍起，吹皱春水，感觉到的是对水被涟漪不断折叠的痛并快乐着诠释。

极目，苍山远处，云集的也是脉脉情悃！

青春里，那一缕春风

不经意间，我会突然想起那些隐藏于时光中的"绣面芙蓉一笑开"，自然也会有"风住尘香花已尽"的嗟叹。然而，那却是真挚情感，是青春里的真实。寂静的夜晚，看着灯火阑珊、车水马龙的城市，心中感叹人生如茶，那世间变幻的物事，有醇香，也有涩苦。

可是在岁月回想的倒流中，无论是风景还是自己，已然变得模糊。生命烟花般的灵光在某一刻臻化成了绕指柔，往事虽代远年湮，依然触目如故。时间总是像沙子一样悄无声息地流走，我们也总以超出自己的能力，追寻着将要逝去的所有，虽然给了时间许多抹杀美好瞬间之机，但是其中的真挚情感却在我们心中延续。沿着青涩的回忆回眸，仿佛能看到那些年的阳光灿烂，能闻到那些年的花香飘散。这些青春里的情感或许正是因为青春里的热爱，才会放任自己的内心，去经历了那些曾经只能是想象的故事。曾经迷失过，就在铺满荆棘的路途中彷徨，曾经幸福过，就在温暖如水的日子里沉醉。

就比如，那天看见一位女子，她曾是我青春里的惊艳。如今，尽管韵致犹然，记忆还像清香一样在我的心头停留，终究时间不可逆，昔年里的芳华渐渐远去了。我看着她转身而去的背影，仿佛也听到时间急促的脚步声。

这脚步的声音，又何尝不是人们在时光里忧伤的节拍？就像我那时心里的挠心纠结和梦里享受的清爽凉意。这脚步如同时间的代表，永远不停歇，它带走自己守望许久的荒原、孤独盘旋的天空，也将天边的云朵在橙色的阳光下渲染成金黄，这就是光阴。它的残酷和美好，构建成人生的旅程。

这些旅途中的历练，让我领悟到人性的复杂和人生的愿望，也正是因为这份领悟，我想成就一个完整地自己。走过的路，写下的字，都已成为过往，但爱依旧在心中。我依然热爱生活，一如这片世界的美好，总在待我去发掘。

还是说一下前面提到的女子。来北京时，我刚二十出头，就住在单位的宿舍。那时单位的办公场所和职工宿舍在同栋楼，单位表彰先进的橱窗就设在一层的门厅。有一天，我偶然发现橱窗里的一张照片格外美丽动人，尤其是那位成年女性的微笑，仿佛在向我诉说着一段蒙娜丽莎的故事，引得我情不自禁地停下脚步，凝望着那份光彩。

之后的日子，几乎每天，我都会去看这张照片，还会特地去品味这个人物形象的细节，有时则会不经意地从远处看向门口，看是否有她走来。这份美丽与优雅，像风一般渐渐地吹拂着我内心深处，恰若春风化雨，将我情感世界从未有过的感觉慢慢扩散开来。

于是我开始在日记里用豆蔻年华的女性形象，将这个美丽女性化为自己日复一日思念的主题，用我独特敏感的笔触描绘出她的每一个面容和神态，如沉醉在一段诗歌中，慢慢地自我沉迷。

直到某天，我因故中午回单位就餐，发现身边排队取餐的竟是她——那位一直出现在我日记中的女性。我不禁心跳加速，眼里充满了对她的遐想。就在这个时候，她突然转过头，看向我，绽放出一个令人血脉偾张的微笑。我愣住了，仿佛时间都停滞了，我感觉自己整个人似乎在她的微笑中被吸去了灵魂。

从那天开始，我似乎总能看见她的背影，并深陷于自己对她莫名的情感中，同时谴责自己的无知。

这段静态的缘分持续了好几个月，直到单位安排我去了永定路。最终，我还是默默地在日记中，用美妙的语言把美丽女性记作了生命中一个永恒的印记。

每个城市都有关于城市自己的记忆，而每个人都在这个城市的记忆上打磨自己，在这个城市的岁月里寻找自我的意义和价值。对于一个人地生疏初来乍到的年轻人而言，谁又能说，一个美好的际遇或者感触，不是对他激扬青春和畅想未来的激励和慰勉，不是他发奋图强于这个城市里所执着的其中的一个支点呢？而所谓的发奋图强，也不过是在这个城市中不断感知自己，以初来乍到的懵懂，寻找自己和整个世界以及这个城市和解的方式，最终找到一个能安放自己和他人的所在。抑或是以无与伦比的天真和一份深厚的爱，抚平生命中那些所谓的伤痕。

是的，岁月悠长，自己的曾经早已不在，也许仅仅在某个角落里才能找到它的一点点影子，而其他的，都成为模糊的回忆。走过这些年，我感受到了时间的残酷，也感受到了它的柔软。曾经以为可以掌控一切，可是，岁月却在不经意间捣乱，让青春被时间层层削去，最终只留下了所谓经历留给岁月的空洞抽象的概念。

　　是啊，既然已经这样，何不尽情地记录并敞开这些似乎已经逝去的往事呢？我们不妨静下心来，品味大自然的柔情蜜意，享受人生中每一点点的灿烂，让那些朦胧的晨光透过窗户。把我们的往事，献给这世间最美好的情感，这也许是我道出秘密的潜意识的根源。

　　我喜欢浮萍，它可以随波逐流，却也可以停泊在安静的角落。漂泊的日子让我明白了，生命的旅途中，追求的不是终点，而是沿途的风景。就像那个转身而去的女子，在那一刻，她是桃羞李让的那么美丽，她眼里泛起层层涟漪，仿佛能凝滞时间的发条。

　　我想，她在那一瞬间，已经成为了我的永恒。她的仪态万千，她的雍容典雅，都跃入我的心扉，孕育出一颗美好的种子。这个种子，将会在我的余生中不断开花结果，让我在生命的漫长道路上都有蜜甜和芳香。

　　张爱玲说过：人的一生注定会遇到两个人，一个惊艳了时光，一个温柔了岁月。那个转身的女子不过是时光映在我青春的惊艳倒影，我喜欢的浮萍恰恰是我自己。在那条时光的河流中，我似乎知道了浮萍和惊艳倒影同时存在，而又决然不可能混同。青春有时是青涩的，但到了一定的年龄，不该再有放不下的忧伤。放下自己，打开内心，才算成全自己生命的过程。那些青春里封藏的轶事，就像小时候父母捂起来的青涩的瓜果，籍以时间温度而变得香甜。每个人最终的归宿，不是别的地方，而是内心的平静与安宁。藏于内心的种子，在阳光的煦妪下，即便是在角落，也可更好地成长，也可更好地绽放，也可引人沉醉的花香。

思念像什么，是什么，在哪儿

思念，像什么

思念，像一盏明灯在心灵深处燃烧，照亮寂寞的夜晚，温暖人心。

思念，像一朵花儿在脑海中盛开，散发出淡淡清香，令人心醉神迷。

思念，像一曲悠扬的乐曲在耳畔回荡，唤起往昔的情感和记忆。

思念，像一段沉淀的故事在心里流浪，让人想起往日的情景和遥远的人。

思念，像一种无形的精神力量，让人快乐、难忘，让人如沐春风。

思念，像一个不可触及的梦，时常被人们追寻，却总是让人望眼欲穿。

思念，像一道轻柔的阳光映照在心间，温暖而感人。或者，它就像是一缕晨曦穿过沉睡的屋檐，潜入内心，渐渐拂去沉闷而带来盼望。

思念，是什么

思念，是灿烂而幸福的忧伤和情怀，不论前方多少荆棘，都能润泽你心底的柔软；

思念，是一生中不可或缺的情思；

思念，是一种奇妙的情感，它穿透了时空的隔阂，让我们与亲人、好友、爱人时时刻刻心系彼此。

思念，是一种永恒的感觉，随年月流转依然不变，她让我们记住那些珍贵的瞬间铭刻在生命的轨迹上，不因时间而褪色，反而随着岁月的流逝，越发显得珍贵。

思念，是生命中的一份自然，她一直在我们身边，让我们即使身处异地，亦能感觉到彼此的存在和温暖。

　　思念是我们生命中最不可或缺的财富，她是那一缕暖阳，温暖着我们的心灵，让我们在生命旅途中怀着感恩和希望，向着未来前行、向着梦想奔跑！

　　思念，是一种无需解释的情绪，她如一股清流，穿过心田，是怀念过去时的感叹，是回忆着往事时的痴缠。

　　思念，是一种美好的回忆，时间沉淀了记忆，留下了深深的印记，在欢笑与泪水中，流转着情感的旋律。

　　思念，是一种安静的感受，藏在心底，像流淌在河床上的溪流，细水长流，不急不躁。

　　思念是一种醇厚的味道，她蕴藏着深情的眷恋，没有声音，没有语言，却能诉说最真挚的情感。

　　思念，是一种隐秘的幸福，轻轻悄悄，像暖阳透过窗户洒在雪地上的光，温暖而不刺眼。

　　思念，是一种淡淡的忧伤，偶尔扰动心绪，像风吹过枯叶，嘶嘶作响，但不影响季节的循环。

　　思念，是一种意味深长的情感，时常勾起人对过去和未来的思考，像天空中的繁星，点点滴滴，点缀着生命的旅程。有一种熟悉的味道，如同故乡的面食，令人感觉亲切和安心。

　　思念，是一种心灵的交流，如同朝阳中的花朵，洒下芳香，绽放美丽，在挚友之间，共同分享人生的历程。

　　思念，是一种独特的存在，如同指尖划过的细沙，难以捉摸，却在每个人的心里，留下了不同的痕迹。

　　思念，是一种诗意，如同雨后清晨的空气，清新而芳香，让人感受到生命中的美好与希望。

　　思念，是一种不可抑制的情感，会在意外的时刻，如同骤雨中的雷声，打破沉寂，燃起熊熊的火焰。

思念在哪儿

　　思念藏在我们时间的角落里，如同一颗闪烁的明珠，散发出恒久不灭的光辉。每当夜幕降临，思念之花就会在内心泛起涟漪，弥漫着片片淡淡的情愫。我们去做的事情自然都是琐碎乏味的，但因为有了思念，所有的不安和彷徨都得到了化解，变得不再孤独。思念多次跨越时空，翻山越岭，穿越大海，远赴他乡，慰藉彼此的心灵。

　　思念藏在悲喜交加情绪里。它让人时而欣喜若狂，时而彷徨不定。那些已被岁月深深地刻在记忆深处的人，那些常常在梦中出现的人，也常常是我们思念的对象。思念让我们望着窗外悠然而坐，想着无穷的未来，思念让我们对过去的点滴心生感慨，感叹时光荏苒，岁月如梭。

　　思念潜流于我们的身体里。它有一种神奇的力量，可以唤起内心深处沉睡的记忆，让人们感受到那份淡然的快乐。我们总会不由自主地回想起曾经的欢声笑语，在岁月的河流里寻找那最真实的幸福。虽然那些时光早已消逝，但在思念的呼唤下，那些美好的瞬间依旧清晰地浮现在眼前。

　　思念藏在生命里，它是最珍贵的财富。如同深夜时的琴声，它来自我们遥远的故乡，蕴含着对未来的生命之舞，画出了一道道流动的意境。这恰如一束彩色的烟花，在夜空中划出一道道美丽的弧线，在我们的内心留下深深的印记。

　　思念藏在缭绕家乡故土上的那袅袅轻烟里，深深地缠绕在我的心扉。当我看到窗外阳光温暖，风景迷人，我会想起小时候跟伙伴一起在河边追逐、玩泥巴，快乐的场景就在眼前浮现。当我独自一人漫步在路上，看到一对情侣相拥而过，我会想起曾经也感受过那种甜蜜，也会像他们一样傻傻地笑。这些温馨的回忆都是那么的真实而美好，让我不禁沉浸在回忆里。

　　思念藏在睡梦中，虽不可触及但时常被人们追寻，总是让人望眼欲穿。走着走着，若是忽然想起了一个人，就会沉浸在自己的世界里，以一种对过去的眷恋和向往，去寻找那些最美好的瞬间。

　　思念终究还是在心上，那是一片温馨的花园，那里的草坪很平整，朵朵花儿都在竞相绽放。我们可以躺在这片花园里，聆听莺歌燕舞的悦耳，欣赏花儿舞动的美丽，感受思念的深情。

殷殷故乡情

一

"孩子啊，你不能在砖瓦厂干一辈子啊！出去闯闯吧，闯好了也能找个媳妇啊！"离家前，父亲说的这句话，在我耳边回响了30多年。几回梦里，我好想好想感受家的温暖，感受一下父亲的怀抱。

离家的那刻，我知道，从这里走出去，面对的是无尽的汹涌。之后，每次回乡的我，仿佛都在确认故乡的熟悉感，以及对现在和未来的恐惧。我知道，追寻事业、追求梦想的道路并不容易。我必须一步一个脚印地走过天山的雪域草原，穿越闪耀着阳光的沙漠戈壁，才能看到心中憧憬的瑰丽风景。然而有时，我既迷茫又坚定，看着眼前这大漠孤烟，心中思绪万千。就像一叶扁舟，只能在大海随波逐流，在浮躁的尘世中努力地把握，寻找自己的归宿。

都市里的游荡，让我没有不得已的离开，也没找到期待的处所，只有内心深处对家乡、土地、文化、亲情的眷恋与日俱增。那是一份幽深而笃定的眷恋，像是藏在心底的一颗美玉，静静地闪烁着，耀眼而深埋于自己的内心。

故乡之美，在我心中永不磨灭。从我的语言、文字，可以看到我对故乡的热爱之情。那片茫茫大地，包容着我所有的回忆和希望。多少次梦回故乡，童年的声音在耳边萦绕，我踏着脚下的砖铺路，轻手轻脚走近那座古老的房子，打开沉重的门，轻轻地叹了口气。这里曾经是我成长的地方，如今空荡荡的，留下的只是岁月的沉淀和回忆的影子。

我来到了都市这广袤的大地，脚步虽有艰难，但内心却是坚定的。这是一条流浪之路，没有方向，没有终点，但是，我要一直走下去，走到这个世界的尽头。都市风景的镂金铺翠，像是一个个故事在我脚下展开。

在北洼路我遇见了生命路程中最让我景仰的三个知己，周健先生、曹阳凯先生、罗习习先生，他们是高山景行、德厚流光的"北洼路三杰"；在工作单位我有了谊切苔岑的朋友廖军卫，他的矜平躁释和虚怀若谷有着令人仰止的高度；中海城项目中，我遇见张弦先生，在我最无助时，为我提供实质性帮助，他的真诚和善良、高尚品德，让我感受到温暖；他们都是品格极为高尚的人，这些人都让我看到了人品的力量。西外南路，幽静葱绿的街道，夏天时小鸟在枝头欢快地歌唱，远远的像是一支悠扬的曲子。如此美好的自然和人文景色，让我陶醉其中，也让我时常想念我的家乡，那个如画的地方，和我深深眷恋的人们。

时常觉得生命如流水，不断地消逝，弥漫着人生趣味、人情哀怨和人世繁华。这些我遇到的人，令我我感到一种无穷无尽的力量，让我重新燃起对生命的热爱，让我信心百倍地继续走下去。都市是如此的博大，它赋予我独特的人生经验，教给我人生真谛。我会继续用自己的双手去构筑人生的路，追随内心的启示和信息。而在这个移动和变化的世界里，"故乡"总是那个雄伟辽阔的土地，永远地存在。

二

这些年来，我做过好多梦，但至今难忘的是：路边有一位老翁，他静静地坐在那里，手捧茶杯，看着我过来。我顺着他的目光望去，发现他眼中充满着智慧。我忍不住上前，向他问路。他微笑着告诉我，无论去哪里，重要的是内心的准备和追求，只有不断的磨砺，才能找到心灵的归宿。我沉思良久，回首向老翁道别，才发现他已经不见了。我听见了那句话："在人生的旅途中，只有不畏劳苦的人，才能真正到达自己的目的地。"直到现在，这个依然像真切发生过的事实一样，而且，随着时间的流逝，越来越清晰和真实。

我似乎已经尝够了岁月的味道，却不曾厌倦瞻仰那灿烂的星空和夕阳的余晖，那些美丽的景象，陶醉着我的追求的内心。于是，我在情感的逾年历岁中，还是将那片故土牢记，令自己能够在彷徨和迷茫中找到应该前进的方向。夜深人静，我听到的只有心跳的声音，游荡的思绪像是家乡的召唤，又像是无尽的旅程。月色玉走金飞，我手捧月影，念叨着故乡的名字。或许有一天，我会回到那片梦中的土地，回望那些曾经的黄土地，那些曾经的童年时光，那些曾经的亲人和友人。但是现在，我更愿意保持这份距离，让自己在这份游荡中，感受更多的风景和人文。多么美妙啊，这个世界如此之大，而我如此之小，却也能浪迹天涯，亲历每一份声色和人情。

在此刻，在这个年龄，我似乎也意识到，人生中最宝贵的东西，并不是名利权势，而是那份对故土的眷恋，对人性美好的坚信和追求。我思忆深邃的故土，情感的火焰在心底继续燃烧，仍然想着让生命之路更加璀璨多彩。

在这远离故乡的彼岸，我常常感叹韶光似箭的匆忙，暮去朝来的无情。但是，这坚韧的内心却始终没有放弃向前的勇气和追求。或许是因为我知道，无论身在何方，故乡的记忆、亲情的温馨都将成为我永恒的信仰。走过的路途虽长，但是我的心，却始终铭刻着故乡的风景，浸润在亲朋好友的泪水中。那江江河畔耳熟能详的歌谣，那些曾经陪伴我的小溪小路，砖瓦厂那些难忘的往事，现在依然历历在目，在梦里时隐时现，仿佛逝去的岁月并没有离开，而是深深的藏在我的心底。

故乡，是我曾经的生活处，是我依恋的家园，是雕琢我灵魂的土地。然而现在，我已经离开故乡三十多年，走在陌生的城市，踏入未知的人生。我独自漂泊，独自放逐，追寻着更高更远的梦想。我怀着对生命的热爱，对文化的敬仰，对自己的期望，一步步走出那个至今离不开的村庄，走向放飞理想的广阔天地。

在一次次同故乡的告别中，我心底不曾停息过的思念，不断点燃我灵魂的火焰，让我能够勇敢地走向未知的前方。在异乡漂泊，思念着故乡的同时，我也不断地追寻着文化的源头，那些古老的传说，那些经典的著作，都是我不断追逐的目标。每一次流连于高适的诗句，董仲舒的赋文，都会深深地感受到自己的渺小，也更为强烈地感受到历史长河中故乡的博大深厚的文化底蕴。故乡的人文历史源远流长，那里荟萃了中华五千年的文化精髓。每当想到这里，我的心中都涌起一种无以名状的感动。这片土地上的每一滴血、每一份汗水都牵动我心中的那根弦，令我肃然起敬，倍加珍惜。我骄傲和自豪，因为我的根，始终在故乡，它发芽、成长，绽放出属于我的光彩。

虽然，墨染山水的远方，永远是我不懈的追求，但在他乡，我总是会想起故乡的土地河流，那古塔风涛，那周亚夫的事迹和关于北魏传说的故事。唯有在那质朴的大自然的怀抱中，我才能找到家的温馨和故乡的归属感，那些都是我心灵的栖息之所。它们像一盏明灯，指引着我走过困境，予我不停向前的激励。

是啊，我已经来到了这个繁华的都市，行走在一座座高楼大厦间，看着人们熙熙攘攘的生活。这里的天空，不是我熟悉的蓝色，这里的人们，不像故乡的邻里全都能够熟识而热情亲切。然而，这里却又是我始终追求的归宿，这里有我不断追求的目标。在这里，我能够接触到更多的人、事、物，不断汲取新的知识，探索新的世界。生命的道路上，我们必须不断前行，无论前方是什么，我们都应该怀着勇气和智慧，踏上前行的旅途，孜孜不倦地追求梦想，不断磨练自己的心智，不断探究人生的内涵。人生如逆水行舟，不进则退，我们只有努力奋斗，才能迎来仰取俯拾的日出日落，才能感受生命中年丰时稔的更多迥韵。

三

中秋节的时候，看着月亮悄然升起，我静坐于京城的街头，思绪万千。我又想起了那片故土，那片宁静恬淡的田野，那些朴实淳朴的乡亲。我想起了小时候在那里玩耍，呼朋唤友，这一切都是那么深刻，那么珍贵。在这落寞的夜空中，我把自己的思绪凝结成一缕缕清辉，寄托在明月的荡漾里，让它伴随在我追梦的路上。故乡，虽然遥远，但它永远在我的心中，是我生命的一部分，是我灵魂的根基。遥望故乡，亲情如初，我只身远游在异乡，却忘不了这片家园，这一份亲情，这些曾经的记忆。思念之情，如茶入口，回味悠长。细细品味，每一滴甘露滋润着我，激励不息的意念前行。我静静地站在远离家乡的地方，凝望着远方，想象着家乡的风景，流转着思念之情。无尽的思念借着月光，在心中沉淀而成。这份思念，是对家乡的眷恋，对生命中曾经拥有过的美好一切的怀恋。

纵身人生飞翔，往事如过眼云烟。但我无论走到何方，内心将始终保持着一份故乡的深情厚意。因为这里曾经有我生命的根基，有我无穷的回忆，有我深厚的情感。面对陌路人，我依然能讲述故乡的美丽风光，谈论故乡的文化故事。在我的怀念之心中，故乡的每一件事物都犹如珍贵的宝物一般，洒满我遥远的思绪。

我游走在这世间，背负着积压的思念，还有满载的感动。这些情愫依旧让我继续前进，为生命中的每一份瞬间寻求一些思考，留下生命中的纪念或注脚。这份思念，让我不断寻找前进的方向，让我不忘初心，让我勇敢地面对生命中的挑战。

回想起别离故乡的那个时刻，我才明白，对于一个异乡人来说，人生就是这样，一刻也不能停歇，在不断前行的过程中，留下的是曾经的痕迹，而脚下走向的却是未知的明天。在变幻无常的岁月里，是这一份故乡情怀，始终伴随着我，扶我前行。

岁月演递，流年更替，让我多少次望着家乡方向的天空，寄托着对故土的思念。每当我思考人生的意义和价值时，故乡的形象便浮现在我的眼前，那里是我灵魂的归宿，是我人生的起点。

我静静地想着流淌的江江河水，让思绪漫游在时光的长河。在我心灵的深处，永恒的只有故乡，而在我情感的世界里，刻骨铭心的也是那拳拳赤子心，殷殷故乡情。

故乡里的青春

　　时光荏苒，从青涩的年少渐渐成长，再到品味人生的成熟，每个人都有自己的人生方向。在行走的轨迹中，我们留下了很多不同内涵的脚印，有完成梦想的欣喜，也有心被磨平的坚持。不论浮生如梦，草木一秋；遑论落花有意，流水无情。时间的车轮匆匆，岁月的沧桑铺陈，人生从不在旅途中停驻。即便，人生有时仿佛被时间无情地掠过，仿佛渐行渐远。但是，在回忆之中，总能找到一份美好，似乎时间在那一瞬间停了下来。那一份淡远的思念，究竟是我们道不尽的柔情，还是一种失落的情感，谁也不得而知。

　　关于故乡的情怀，便是我人生的开始。最浓的当是青春时的劳动开端，多少回梦里，时间流转，沧海桑田，我回到那个曾经的北江江砖瓦厂，梦醒时依旧有沁人心脾的凉风拂面，仿佛还能感受到当时那青涩而快乐的心跳。在北江江砖瓦厂的初春时节，有我忘不了的初恋。情窦初开时一起去看的烟花雨，浪漫而记忆深刻。那个时候，我想，如果可以，就让我一生都守着这种心情，沉醉于此。那份淡淡的情愫，依旧留在心口，如同咖啡中的余味，舒缓而温馨，总是让人回味无穷。那里总有特别的时刻，盈盈的云朵，柔和的花香，和煦的阳光，绽放着这份真心的感动，让人嗅出弥漫在岁月里的韵味。然而岁月留下的有些物事，一波一波的回响，总能翻起心底的涟漪。回首往事，只能见到见那些被岁月淡化的记忆。不过，总有一些最珍贵的瞬间、最深沉的思考，深深地刻在了心间。

　　关于故乡的记忆，设若将如风的流年逆转，让时光回到那片熟悉的土地。那温暖的阳光，虽然恍若隔世，却让人始终无法忘怀，那江江河畔碧波荡漾，依然能够荡涤心中的尘埃，带来内心的宁静和平淡。将时间一去不复返，流年如水，世事变迁。然而，渐行渐远的万物皆有其生命轨迹，我也在人生路上不断寻觅，不断探寻，即使那些躲藏在文字里的意念，已经泛黄不再同在，但青春的记忆，在内心深处永存不灭。

关于故乡，我经常梦见在一个繁花似锦阳光明媚的时空，树上的鸟儿欢快地歌唱。我的内心也像这样，洋溢着一份难以言喻的喜悦。我便踩上自行车，走向那片绿色的世界，寻找那份感动，寻找那份拥有一思之愿的暗香。我经过那条小溪，水波潺潺，鱼儿嬉戏。我默默地注视，感受着它们的自由和快乐。尽管小时候的我，带着成长过程中的纯真和不羁，但那时候的我的确想成为一名自由的画家，留下属于自己的独特笔触。青春里的一场梦，总是会迷离远去，但记忆可以支撑着它在心头浮现出来，一些热烈的色彩和一些深沉的意味也会将年代的憧憬披露出来，成为一种文化和一种精神的定格。夏日里澎湃的梦境，总是迎来生命中对我青春而言的一些微妙的感触，在极度细腻而平仄的节拍里，深藏一种浅浅的线索，引领着我在心路历程中，向着憧憬的彼岸进发。

关于故乡的那些曾经拥有的情怀、记忆、梦想，还是会在某个时候，在某个瞬间，不知何时又被唤醒。如萎靡枯黄的草木，突然又焕发出新的生命，摇曳着生机勃勃的花瓣。那一怀清新的念，在岁月的流逝中，变得越发珍贵起来。每一株花、每一棵树都似乎有着自己的故事，它们被赋予了不同的意义，承载着对自然的敬意和热爱。我回望着来路，张望着远方，享受这不同的色彩和香气。

甚至，那些片刻的默然与欣然，都如一部冥想的诗篇，把爱和希望，灵魂与命运，表现得风情万种、感悟皆深，把痛苦与挫折的经历锻成蕴藉我们身心的魔力。我们一路跌跌撞撞，遇见各式各样的人，学到各式的人生智慧，带着磨练出的灵性和随时扭转局面的灵活迎接每个挑战。

细碎的时间缝隙，悄然逝去了岁月河流，发现时，它已在我们身后流淌。我们只能用心体会生命的无限轻盈，去探索生命和爱的意蕴，在烈日的骄阳中，将浮世的喧嚣拒于门外，将心头的渴求化作诗意的字句，在多少人群拥挤的街道尽头，倚着屋檐朝西而望的夕阳，独自欣赏那些过往时光，和一路相伴的人……

忽然闻见，南海子公园里似乎有了蝉声，伴随着清风的轻吟，拂过枝头的叶子，发出一阵阵的声响，像是在述说岁月的情愫。蝉声扇动夏日，将一缕缕的绿意，拍在心底，扇动平淡的生活，扇动寂寞的心情，扇动细腻的乡愁。

此处绿草如茵，环境清新如画。这仲夏时节，故乡景县正是收麦子的三夏大忙季节，故乡的人们正让裸露的皮肤暴露在大自然的阳光下，感受夏季的温度，以及那由衷的喜悦。尽管那喜悦也会被时光带走，但对于百姓而言那是丰收，那是把辛劳揉成琥珀的日子。

南海子公园里湖水缓缓流动，湖边枝头婆娑，依稀有江江河畔千古传颂的美感，但没有江江河那绵长的历史。唯有江江河永远记录着我青春的痕迹，记录着二十岁的激情澎湃，记录着岁月沉淀后的深沉思绪。

当夏天的帷幕再次落下，青春在岁月的磨砺下凝聚成一道永不褪色的风景；当故乡的情思都被缠绕在时间的交叠中，我想，无论身在何方，我都能回味到故乡里青春的雨季，那些细雨纷飞的日子。

夏日，总是陪伴着我们走过那些沉淀着情感的诗意路程，不改初心，不随岁月流逝。而哪怕时光倒流，也会遇上最美好的时光，那绚烂的烟火和沉青春淀成的记忆，让那些美好长存。何况，记忆拼成的时间图谱，即便是洒落的微光，在不停地回望中，辉映出的也是清茶、音乐与情愫。然后把这芬芳记忆，留在心底，归集成我们生命里的永不磨灭的图腾。

夏天不再亲近春日的花事，只是把它们藏在心中，作为一种种子般的气息，开放在心里面，等待下一个泛着小草的春天出现。那时，所有的花事和岁月琐事都会从人心的枷锁中释放开来，微微翻动，零零散散地呈现在眼前，像一串葱葱郁郁的烟火，照亮那一幕幕悠远的故事……

青春里流淌的爱情

青春，是一场旅行，我们匆匆地走过了许多的风景，以至于忘记了，曾经飘过的满眼绚烂。爱情，是成长中必经的一站，它让我们体会到了人世间的悲欢离合，让我们明白了人生的无常和无奈。但是，有了它，才会有那些饱经风霜的记忆，一起陪伴我们走过岁月的荒漠。

我常常回眸，回首那段青春里的美好，它鲜活又模糊，仿佛一场梦境，却真实得让人流连忘返。那时候的我，懵懂无知，穿过人来人往的大街小巷，追寻着那个我所挂念的女孩。她的名字玫瑰般令人陶醉，在我的记忆里永远闪耀着光芒。她，是一段永恒的旋律，是在我生命中缓缓淌过的河流。岁月静好，纵使冷落寂寥，也有着她的存在。回首那两年的时光，似乎世界一切都已经做了改变。

回首往事，我绝不后悔曾经爱过那个女孩。我们的相遇可能只是人生中的一段匆匆而过的插曲，但那段时光对我来说永远是美好的。她是一位温柔贤惠的姑娘，一见钟情，我不禁陷入甜蜜的爱情之中。我们曾经一起漫步在校园里，相互为对方准备惊喜，分享人生的点点滴滴。直到有一天，我们终于决定让彼此自由，道别便如水中月镜中花，一瞬间消散不见。

两年时光，从相爱到分离，仿佛无从回首。多少繁华纷扰，在这段时光里都被磨灭，只沉淀下黯然的思绪和遗憾。再回首，彼此陌生，像经历了一场风雨，留下的是满地狼藉。从一个眼神、一个笑容就能让彼此沉迷，到彼此间只剩怀念。或许，人们总会在岁月里懵懵懂懂地去寻找，去摸索，去经历，才会找到自己对未来的期待，对人生的追求和对情感的坚定。一个人在回忆里倚窗眺望，仿佛这一切发生过又好像只是虚幻。如今回想起来，全是既熟悉又陌生的感觉，仿佛那段时光里的一切都离现在越来越远。或许，这才是青春该有的样子，那些喜怒哀乐混杂在一起的日子，就是值得珍藏的青春。

青春里的爱情，也许只能拥抱着记忆，默默地送一段那些难以忘记的欢笑和泪水。然而，每个人青春里的爱情故事，都值得珍惜，都是生命中难得的经历，即使最终会离别，也将珍惜这份感情，将它化为文字，永远记在心里。或许爱情不是终点，但爱情的经历却如同一张丰盈的人生参考书，让我们更加懂如何得珍惜眼前人，也更懂得怎样爱自己。我在敲击键盘的时候，想起了青春中的那次爱情，想起那个曾经陪伴我的姑娘，心中依然温暖。时间匆匆，岁月如梭，两年的时间对于那段青春里的爱情来说，太短暂了。爱情，如同那朦胧的红叶，在季节流转中，飘散飘逝。回顾过去，往事历历在目，那个女孩子依然在记忆里挥之不去。这段过往不会再来，但是可以轻抚它的回忆，纪念那段过程中的美好和感动。写下这些，也是感慨那段迷失而独立、幼稚而莽撞的曾经。

青春或许是一场独角戏，也或许是友情或者爱情的交错，只要忠于自己的内心，在我们人生的轨迹上，总会有一个永远梦幻的人，让我们荡漾在爱情或友情的海洋里。

我常常想象有一种美好的爱情，不需要言语，不需要浪漫，就是两个人在一起，静静感受彼此的存在，心心相印，追逐着永不停息的梦想。但是现实却未必如此。爱情可能会给我们留下伤痕，曾经爱过的人，可能最终会成为一个陌生人，折射出来的只是生命中的独孤与悲壮。留不住的那抹温暖，只是回味过往的记忆，像一则流传的传说。

那些逝去的友情爱情，或许也会成为荒野里的牧歌，但它们的声音，却依然回荡在我的耳旁。时光，究竟能藏我们多少秘密，而一个人，又能否平静地面对这一切呢？

若问红尘，何以相依

五月的风唤醒春日里即将沉睡的梦想，翩翩初夏时光，温柔的风，婉约的花，掠过容颜，让一颗悸动的心陶然于这动人的风光。我不禁感叹时间飞奔，又若站在时光岸边，看过往岁月如水流淌，似乎触手可及，又遥远而虚幻。幸有衡水湖畔，在这片目酣神醉之地，我得以畅游于天地之间，放飞着自己。

然而，这个世界，时间逝去之后就不会回来。在一轮又一轮的春夏秋冬中，我们总是唏嘘叹息，"少年如春，所困在学，青年如夏，所困在情，中年如秋，所困在业，老年如冬，所困在身"。或许是因为人的一生有太多的不确定性，有时候我们想要的，并不是最终会得到的，这使人感到无奈，迷茫，不知所措。

像这衡水湖一样，经过了春水盈盈，来到闲庭信步的初夏时节。那过往的轻吟，风轻云淡；今日落花缤纷，亦独留余香，虽油绿满枝，细观则发现明媚有昨。岁月旧梦，记作一枚花瓣，谁知到底能折叠多少情愫？此时，一阵微风拂过，眼前的景色几乎要变幻，蝴蝶舞动的身影几乎要跨越了时空，穿越了千年。

在这个瞬息万变，充斥着人情冷暖的世间，我们必须学会简单地生活，不管外面的风雨是否飘摇不定，也要坚守内心的那份平静和安宁。人生如一场漫长旅途，每个人都有自己的目的地，也都会有旅途中的起起伏伏、荆棘丛生、曲折漫长，所遇到的人和事，都是那些暖暖的阳光和细碎的雨点，是那些上天垂怜的旅伴。所以无论喜悦、悲伤，都不应过分张扬，以免伤害自己和身边的人。细细品味生活的韵味，从那些平凡的生活细节中寻找那份美好，才能真正地让自己获得一份踏实的快乐。

或许正是因为春天的芳香四溢和香风徐徐，五月的衡水湖是这样温和，化成洒满夏日纸笺的姹紫嫣红的沉淀。在这个气息清新，婉约多情的季节深种内心的梦想，把握这一刻的温暖，以一颗平凡而冷静的心，理智地面对人生的悲欢离合，日复一日地坚守自己的信念。我顿然而悟了，人生定要找到自己的位置，不管怎么样，必须坚持自己；放飞梦想，砥砺前行，才能拥抱自己的命运；怀梦而行，即便路途树影斑驳，也坚信自己的脚步，才会有一路创新、创造、追求和实现。我们也才能跨越自己的极限，追寻自我，超越自我。因为有梦想，所以我们才有动力，时间带给我们的不光是岁月的痕迹和经验的积累，更带来了对人生价值的深刻认识。

想起一句诗，"若问红尘何相依，春风渡岸意悠然"，人生笔下的衡水湖，像一张温暖的画卷，迷人而又独特。湖水如同镜子般清澈，倒映出碧空和云彩，仿佛回荡着天地之间最幽雅的音乐；在湖畔的树林中，万物各安其位，有莺鸟在歌唱，有花草在舒展，有昆虫在飞舞，仿佛一段和谐而又奇妙的自然韵律。

诗人再度拿起笔，在初夏的五月里，临湖而书，流连于湖畔的梦幻，沉醉于自然的美好与人生的写意，以诗意思绪，写下这篇禅意的散文。

初恋时节，那初春的烟花雨

初夏之夜，我独坐在花园的石凳上，微风吹拂，花瓣飘落，犹如置身于一场绚烂的烟花雨。风起的时候，故事就成为了一阵悠扬的旋律。微风拂动着树叶，把曾经的青涩细语吹进沉默的午夜。回忆如音符，带着一丝丝心绪，轻轻地响起。月光斑驳着，照在树影里，让那些邂逅的片段，在时光里闪烁、流转，缓缓地飘散。

我闭上眼睛，深呼吸，仿佛能感受初春的气息，想起情窦初开的初恋，想起那年初春的烟花雨，心中涌动着无尽的喜欢。

初恋那年烟花雨，随着微风飘散的烟火，像梦境般美丽而短暂，像如雨点般洒落的天籁，像是天使的眼泪滴落，我伸出手想要抓住它们，却只能抚摸到空气的温柔。那些愿望，那些期待，像是一首未完成的歌，随着烟花雨飘散在天空，成为我心中永恒的火焰。那是我生命中记得的最美的瞬间，它在初恋的初春，如同一颗颗璀璨的星星，点缀着黑暗的天空。我沉浸在这场绚烂的盛宴中，心中充满了欢喜和感动。我想一辈子都守着那个瞬间，如果能够一生都守着这种心情，不让它消逝，那该是多好！心事着墨在天上，且看季节轻翻岁月笺。没有疯狂，没有拘谨，有的只是一种静谧中的追逐，一种弥漫中的感慨，一种爱恋中的憧憬。那个时候，那梦，那心，那愿，那喜欢，齐齐萌发一路狂奔，是一个个奇妙的瞬间，构成了我们青春的底色。

随着时光的流逝，我渐渐明白，那种欢喜的心情并不在于瞬间的美丽：我梦想清风能够带走我的烦恼和忧虑，我祈祷明月能够带给我宁静的力量，我希望花香能够滋润我的生命历程，我愿我们都能拥有一颗纯净的心，不被世俗的尘埃所污染。

那场烟花雨中有我喜欢的一切。那里有我喜欢的春天的百花争艳，有我喜欢的夏天的葱茏叠翠，有我喜欢的秋天的金风玉露，有我喜欢的冬天的飞雪漫漫。我喜欢一切美好的事物，它们让我感到生命的意义。我喜欢那些微笑的面庞，那些温暖的拥抱，那些无私的奉献。那些喜欢，是生命中的初恋的甘泉。

那场烟花雨中有我心中的梦幻。它是我心中永远的梦，是我心中的向往。我梦想着能够自由飞翔，越过山川大海，去到遥远的天边。我梦想着能够带着真正的爱情，与心爱的人共度一生，不离不弃。我梦想在梦的基础上，创造出一个更美好的未来。

那场烟花雨中有我对生命的祈祷。我祈祷明月能够不把清香吞噬，让这个世界充满幸福和温暖。如果可以，我祈祷一生都守着这份心情，让我们的生活，充满着诗意的散文，在微风细雨中，体验生命的张力。我用诗歌诠释着内心的情感，流年静静流淌，不忘记那梦中的景象。

那场烟花雨饱蘸着我对生命的愿望。我憧憬能够成为一名优秀的诗人，用文字描绘人间的至善至美。于是，我开始尝试写诗，试图用最真挚的语言来表达我内心的感受和思考。愿我们的生活充满喜悦和幸福，愿我们的世界充满爱和美，像那烟花，在夜空中绽放自己的美丽。愿我们都能勇敢地追求自己的梦想，坚定地走自己的路，无畏无惧。愿我们都能成为自己想要成为的人，做自己想要做的事，享受生命的美好。愿我们每个人的心，都像像春天的细雨一样清新，像夏天的阳光一样温暖，像秋天的果实一样丰硕，像冬天的雪花一样纯净。

说是要忘记，可那些美丽、可爱的瞬间，怎么可能如此轻易地放下？或许，真的没有什么过不去，只是时光过去了，我们还活在烟花雨中的未来。无论怎样的遗憾，都不会妨碍我们前行。岁月会冲淡一切，但是，美好总会在我们的心底最深处沉淀下来，化作一种温暖的存在，挥之不去。

夏日的午夜，月荫落满地，唯独草中虫鸣在空气中扯出一丝丝长长的曲子，舞动我的心弦。岁月终究是一场匆匆而过的旅行，我们的生命，不过是其中的一个小小的点。我想要用一生去追逐梦幻、祈祷和愿望，想要将它们一一实现，但时间却在不经意间流过，让我感到迷茫和不安。在月明星稀的夜晚，倾听风的呼吸；在清晨的阳光下，品尝生活的滋味；在每个瞬间，走过时光的长廊，那年初春的烟花雨，似乎还清晰可见，如在风中还可以轻抚，吹弹可破而又不只是简单的触感，那是我心中的星辰，初恋时节，那初春的烟花雨。

北洼路与昆玉河小叹

在离别的日子中，空荡荡的心里，尽是相聚光景的残留，然而，却全靠这残留，冲刷这种内心的孤凉。而在愈念愈深的时刻，思念的笔触又能勾勒出什么呢？

秋天似乎来了很久了，是那"秋风萧瑟天气凉，草木摇落露为霜"吗？还是在追溯着曾经的足迹，回忆着过去的点滴，似那些曾激荡于心中的青春激情记录的对未来的期许？

抑或是追求那荣誉和成就，希望我们的努力和才智能够获得外界的认可和赞誉？这些追求在心中展开，也不过是人生的酸甜苦辣，是时光的流转和光阴的更迭的感受。

有时，需要想象自己置身于一场华宴之中，即便一颗金黄的灯火和一颗新鲜的雨点，似乎也包含了梦里的指引，包含了对未来的期许。

有时，仿若风中落叶孤独无助，我们在北漂的日子里随波逐流；有时，我们又像那天空中的流云，在浪迹天涯的时光里，自由自在，无忧无虑。

在黄昏的寂静中，在夜晚的黑暗里，充满着未知和险阻，让我们不得不小心翼翼地摸索前行。而此时此刻，陪伴着我们的，只有那份孤独的怅惘和空虚。有时我们不得不抱紧那伤心的肉身，去安抚内心没着落的怅惘。我们蹑着脚行走，四周全是空虚，再无世间的温柔。

白昼变短昭示着深秋的脚步已经悄然而至。在昆玉河上，河岸的寒霜连同现时已成就的路，形成了一条狭长的水路画廊。一艘游船从远方悠悠驶来，那时你常说，这船是邀请我与你一同离开这青春栖息地的。

那时的游船，宛如一叶轻舟，在黄昏下轻漾前行。我们目光交汇，看到青春的倒影在那深邃的河流中光彩闪耀。我们总会向北洼路挥一下手，你好，我们青春的居所？

此刻，月光如一汪清泉，静静地流淌在北洼路的每一寸土地上，银色的温柔洒满了每一角落。这股淡淡的凉意，是秋天的气息，是成熟季节所特有的那份清新和宁静，它像一首优美的诗篇，在我心中轻轻吟唱。

往日在我肩上栖息的你，是我最温暖的依靠，短暂的别离，却也让我感到一种说不尽的落寞和孤寂，像夜色一般，深深地沁入我心底的深邃之处。

我独自穿过这条灯红酒绿的街道，置身于一个繁华而虚无的世界。眼前的景象让人感到有些迷茫，这是曾经青春的天堂吗？青春在这个世界里似乎变得哑口无言，那些天真烂漫的日子也被现实的尘埃包装成光怪陆离的浮华。我不禁想呼唤那些渐行渐远的岁月，似能听到那些奶味般纯真的声音在五颜六色的世界里回荡。

树影在微风中摇曳，像吟诵着一首秋天的诗篇。那些精致的句子在秋风的轻拂下翩翩起舞，那是一首激情四溢被月光娇惯的秋歌。此时此刻，我倾听着街边商铺的音乐轻响，那悠扬的声音似乎在诉说着离愁别绪。我轻咬自己，想用这种方式来阻止愁绪里青春的身影从眼前消逝。

那深情款款的旋律，是古筝在轻拨慢捻，又若轻抚古瑟深情吟唱。那悠悠杳杳的和音，将我的心引向那遥远的青春的彼岸。在那里，我们的青春将永不凋零，那些曾经的梦想和希望将永远熠熠生辉。

我的瞳孔中满溢着仰望的夜色，夜色如一池幽深的湖水，倒映着灯红酒绿的北洼路，那条路在我眼前蜿蜒曲折，似要伸向我与青春重逢的归途。我在这幅美景中，盲目地被那抹深邃的夜色和那醉人的灯光吸引，费力地在这画中寻找，试图觅得一丝与青春有关的痕迹。那时的你，静静地坐在春日的阳光下，手握画笔，正专注而深情地将春日的美景全部捕捉，在画布上写意或渲染。你的画笔在画布上灵动飞舞，时而轻盈时而飘忽。你的画笔下，是生机勃勃的春天，是万物复苏的季节，是花儿盛开，树木抽芽。

直到，我再次漫回至昆玉河岸，夜更深了些了。

时间在这一刻凝固成了长长的昆玉河道，它的姿态早已被刻画在城市的地图上。沿着眼前凝视的这一幕远望，我心中不禁想，或许会有另一个时光维度，在那里，青春与我们重逢，我们在青春里再次相依相偎，不再分离。

我闭上眼睛，深深地呼吸，以让时间变慢，感受着时光在我心中悄然绽放的这一瞬间。

在这美丽的一刻，昆玉河仿佛奔流着一河酒。心情如同被点燃的河流里波澜起伏的火焰，温暖着我的全身。我感到自己的身体变得轻盈而飘渺，仿佛可以飞翔到天空中与星星共舞。

梦游昆玉河：月光下的伊人

　　残冬褪去，昆玉河的冰面悄然融化，宛如一块巨大的翡翠镶嵌在天地之间，呈现出一种宁静、庄重，也是一种洗尽铅华的美。水面上映出的镜像，在这纯净的白雪皑皑的背景下，鲜明灵动。冰面化开，昆玉河水的涟漪仿佛打开了一扇扇窗户，让人得以窥见那被波光涌动得时隐时现的水中天空。目光顺着河畔以及蜿蜒远去的水面，一幅秀美的画卷在眼前徐徐展开。

　　此时应是黄昏之后，夜幕降临，月亮如一轮银盘缓缓升起，在漆黑的夜空洒下柔和的银光。河水清透明亮，熠熠闪动灯辉，与月光争艳。然而，河畔静悄悄的，除我之外，阒无一人，只有昆玉河在月光下轻唤的水声。突然，河畔的花园传出一阵细微的声响，惊醒了夜晚的沉静。那是一位身披白纱的伊人，她宛若仙子，步步莲花地走出白雪包裹的灌木丛带，而那身白纱则在月光下泛起一层柔和的清光，为她增添几许神秘与体态的妩媚。

　　月光的照耀，让伊人在河岸雪地上投下一道修长影子，将她融入此处暮色苍茫中，具象出今夜昆玉河畔腰肢纤袅，体态轻盈的情境。她的身姿如惊鸿艳影，仿佛是那月宫中的仙女。她的出现给这静谧的夜色增添了几分灵动与神秘。月光洒在她的身上，使她看起来如同披上了一层金色的轻纱。月光下的伊人，仿佛是白雪中的精灵，在月光下翩翩起舞。她的舞姿柔美且仪态大方，每一个转身、每一个俯仰都充满着诗意和画意。她轻轻地舞动着身体，舞姿就像飞燕穿过云层的轻盈，就像繁星洒满夜空的情景交融。她的歌声飘荡在空气中，就像春风拂过湖面的柔和，就像夏夜蝉鸣的悠扬。

　　而昆玉河的水面，似乎也为她的美丽而感动。在月光下闪烁着光芒，如同无数的珍珠在跃动，它们仿佛在庆祝这伊人的出现，为这如诗如画的景象烘托出一种心向往之的气氛；那昆玉河水面上的景色，也在月光下变得更加灵动，波光闪闪地跳动着袅袅婷婷的舞步，与伊人的舞姿相互呼应。

在银妆素裹间，一片空白的水面静谧而神秘。伊人将昆玉河的呼唤凝固在这铺满白雪的宁静之中，似乎隐藏着一份莫名的期待。这是一片神奇的水面，映照着内心世界，让人从这块镜面上感受到一种空灵美哉的快意。我试图用言语描绘这份感觉，但我发现任何华丽的辞藻都无法完全表达出那种深情。我只能静静地坐在那里，让那感觉流淌在我心中，感受那从心底涌出的感动。

河岸边，寒风轻拂，仿佛在低语着一首哀婉的诗篇。那风声如泣如诉，将初春的落寞和冬天的寒冷交织在一起。它从远方的山间飘来，又向荒渺的远方飘去，将大自然的韵律与情感相互交融抒发得淋漓尽致，产生出一种难以定义的凄美。

那寒风既是景致的一部分，伊人到来，它又仿佛成了情思的化身。它悠然自得，轻轻地吹拂着河岸，使得河水都跟着泛起情动的微澜。波纹荡漾，风声徐徐。寒风仿佛是一首悠扬的旋律，将天然的风韵和万物的情致巧妙地融合在一起，触动河岸处的草树，带着一缕凄美的诗意。那凄美的诗意似乎带着一种沉静的美，低低地回旋于真实与虚幻之间。

目光所及的四野，只是白茫茫的一片，然而在这冰冷的寂静之中，却幻象出那一股勃勃生机。伊人仿佛端坐在我触手可及的地方，她的面庞清秀而温婉，眼中闪烁着星光，那是对未来的期许、憧憬与向往。她的容颜如同初升的月亮，柔和而静谧。她的眼眸里藏着深深的思念和温柔，乘着月亮洒满大地的清辉，逐渐融入我的心深处的寂静，我似乎听到了她的轻泣。那声音如同一把钥匙，打开了我的内心我的心弦被这轻泣声轻轻触动，荡漾出青春里一首未完的曲子。那乐章中蕴含的真挚，那份刻骨铭心的爱恋和不舍，仿佛在这个瞬间，所有的忧伤与喜悦都被唤醒，化作一种难以名状的情愫，里面仿佛有我们的前世今生。

月亮升得越来越高，就像要挤进这清澈见底的水中画廊。此时此刻，伊人正要乘着月亮上升，如同嫦娥奔月般的美丽和动人。她翾风回雪的姿态如同春天的柳絮，她的优雅如同夏天的蝴蝶，她的柔美如同秋天的落叶。她的身姿婀娜，如同月亮女神一般圣洁。她随月亮慢慢升起，月亮似乎也只为她闪耀，添增了这画面的神奇与梦幻。她如同乘坐一叶扁舟，在银河之上，漂浮于星际之间。月亮，以象征的温柔与纯洁，把她的倩影倒映在我的心中，让我陷入深深的遐想。那月亮又如悬挂在幽深的夜空的一盏灯，以柔和的银色光芒，映出她的清丽绝伦，让人心旷神怡；照见她的身姿曼妙，让人如痴如醉。她又像是去往天宫的仙女，我似正与她同行……

"嘿，嘿，小伙子你是不是该在这里下车？" 680 路售票员大姐把我叫醒，"末班车了，过了要走回来。" 我一梦醒来，心慌意急下车，身后是售票员大姐的余音，"小伙子往常都在这站下。"

尽管已近午夜了，但此刻我并无回宿舍的打算。刚才的梦境好像还在口舌之间，还能咀嚼出余香，我直奔昆玉河边。

月亮高悬在昆玉河上空，此时，河面冰封被雪覆盖，四处并无行人，一片冷寂。河岸寒风袭来，吹得人身体阵阵发紧。梦中景象，杳无踪影。

我深知这样的情景只是在梦境中出现的罢了。但是，这段美丽的回忆却将一直留在青春的卷册。一卷在手，记录的文字也许就是生命和生存的魅力吧，梦境能够让我们心驰神往，流连忘返。保留一份美好的回忆，它无声无息，却能时常打动人心。

待到春风归来，化开昆玉河覆雪的冰面，随着春风的轻拂，青春便会萌发出新生的机缘。那机缘，犹如一位伊人，同样也端坐于我生命的年轮之中，宛若一颗明珠，静谧而美丽。在河边，我看到的是经历了风霜考验的寓情于景。

从昆玉河的水面能看出远山万水，是我茕困于昆玉河畔时一种别样的景致，更是青春里一种难以言喻的美妙感受。

尽管，我的青春终于被制成独木舟，沿着时间的河流，荡漾在岁月里，穿越过昆玉河，停泊在与风花雪月无缘的彼岸。在这里，我似乎还能从梦中遥见那个对岸的少年，那个青涩而憧憬的少年，他微笑着向我挥手，仿佛是向我告别。

昆玉河与北洼路的遗梦

　　青春的理想与纯真的梦境，轻盈得如同羽毛。这些羽毛，宛如被精心打磨的瑞士手表的部件，精密而完美，记录着那遥远的北洼路，以及昆玉河彼岸的青春印记。它们有时如夏季风中舞动的落叶，孤独而坚定，寻找着昆玉河水面上的一叶浮萍。这些理想或梦境不断地向周围示意，向那遥不可及的彼岸点头。尽管它们在孤独中摇曳，却始终坚守着内心的梦境，如同昆玉河畔的落日余晖，散发着诗意和温柔，期待着与那落霞中的缘分相遇。

　　这些梦想的羽毛，有时轻盈如云，它们是那样的纤细而又脆弱，如同生命中的一丝微光；有时又沉重如山，以转瞬即逝诠释着青春的多样和复杂。

　　是啊，青春的理想与纯真的梦境，它们温柔又悠然，如同遮蔽午夜之月的云彩，神秘又迷人。这些羽毛从我的青春中飘落，散落在命运的黑暗中挣扎着，在昆玉河畔、在北洼路孤独地舞动着！

　　在冷漠的世界里，我是一个孤独的旅人，独自面对着人生的荒凉。一个寂静的夜晚，我望着夜空中的繁星，流下泪水。泪水滴落在心口，化作灯光下昆玉河的一朵朵涟漪，荡漾开去。那是我青春的印记，那也是我曾经的信仰与执着。

　　人生的欲望无休止地诱拐着光阴，让时间如同沙漏中的细沙，缓缓流逝。岁月匆匆，如昆玉河的水，流淌的是我在北洼路时的年华；载着昆玉河里的游船，承载的不仅是过客，也载满沧桑岁月。春天时，昆玉河的水消融了，水离开了冰的束缚，却变得无依无靠。为了争夺那一切的根源，我如同蚂蚁般忙碌，在空虚中寻找自我。从此年复一年，那些尚未经历过的欢乐、甜柔、羞怯的情感便藏春天的诱惑里。

青春的爱情会在生命的引力下，如同那流星一般，划过天际，短暂而灿烂。去年今日如期而至，此门中的佳人总是失约。命运有时仿佛是期待已久的约定，却又如同突如其来的惊喜。在梦里，彼此相隔，比现实更加遥远。

如何将爱情本身当做路途中的客栈，短暂的停留后继续追寻更远的归宿？它如同一个叛逆的孩子，独自私奔，不顾一切地逃离爱情的束缚，却又在某处落脚，重新开始。就像冰封的昆玉河里，春水在昆玉河的桥下无约而至，带着满腔的柔情蜜意，从潺潺的水面席卷而来的春潮将岁月的痕迹洗刷得干干净净。

爱情，那是一种甜蜜的痛苦，一种痛苦的甜蜜。它来时如山洪暴发，去时如风轻云淡。它曾让我的欢笑，也让我的哭泣。它最终还是像一朵飘渺的云彩，消散在蔚蓝的天空中。

每当五月的时光来临，我总会怀念起生命中最美好的一页——那热情奔放的时光。它如同一道彩虹跨越时空的阻隔，将心牵连在一起。即便时间已经改变了最初的模样，我依然可以感受到那份曾经的热烈和坚韧。它们就像一首悠扬的歌谣，低吟在我的心中最柔软的角落。

至于我如何在失恋痛苦里饮下眼泪，醉得人事不省；如何在爱情的甜蜜中，跳进自己的血管中偷渡到对方的心；如何在彼此的每一次心跳里来回穿梭……如今都化作了澎湃的往事。因为，我们在彼此的处境里走失了。时光的深切怀念和着年年新绿的嫩叶的沙沙声悄悄低语。这些，仿佛都已是放入诗中的字句，但又能在昆玉河、浪花和皓月的轻语中，让人细心倾听到它们所讲述的那些的故事。

时间如从指间悄然溜走，无垠的旷野中留下岁月匆匆的脚步声。年轮在树干上沉淀成一圈圈光阴的印记，就如同记忆在脑海中留下的痕迹。一场雨后，昆玉河新的涟漪荡起，旧的水波难以平息。人生就像昆玉河上的浮萍，都是生命的舞者，在宿命的舞台上演着一幕幕悲欢离合。我一直在寻找，寻找那个能够填补内心空虚的存在。然而，无论我得到什么，无论我如何努力去填补那份空虚，终究都是徒劳。因为那个能够填补空虚的，不是任何物质的存在，而是内心的虚妄。

神往的岁月啊，心中难以描绘、难以倾诉的柔情，便在那默默无言、如燃烧的火焰似的青春中，热烈地燃烧，无声地呼唤。

昨夜，月光如梦一般漫溢在安睡的大地。凝望着天空的人的眼睛是茫然的，因为离开青春太久了。迎着秋季薄暮里咸味的风，我仿佛又看见了那曾经荡漾在五月的笑脸，还有那已经远去的青春里恋人的温暖怀抱。只是如今，这些都已经是尘封在记忆中的故事了。

青春轶事之秋晚情

烟雨用她细腻的脚步，轻轻地、悄悄地来到我的世界，将你的到来低响在我的记忆。每当我安坐于窗前，或者漫步在幽深的小巷，我都能感觉到你的存在，那是一种难以描述的激动。

你到来的感觉，如同春风吹开冰封的昆玉河，让我的心开始荡漾起甜蜜的涟漪。你的影子在我的心中轻轻地飘游，那是一种甜蜜的情动，让我心之所切不禁动容。

我思量这份感觉，试图寻找它的源头，但却发现它源自于我心深处。

时常，你的声音如风的耳语，总是轻轻地低响，让我情难自抑。你的笑容如同阳光穿透云层，温暖而明亮，让我感到温暖和煦。你的眼神如同星辰闪烁在夜空，它们深邃而明亮，让我无法抗拒。

我曾经试图将这种感觉用言语表达出来，但总无法准确地传达出其本质和内涵。因为这种感情微妙和复杂，它既包含着甜蜜的幸福，又夹杂着淡淡的忧伤，又深刻而真挚，让我深陷其中。

然而，我知道这种感觉并不是我一个人独有。我相信，在你内心深处，也隐藏着这样一种感情。它无需被时间和机遇唤醒，它是我们生命中最真实的珍惜。

当黄昏的风儿轻轻吹过，昆玉河上的水波在余晖中犹自颤动，那杨柳的落叶，就像岁月的书签，轻轻飘落，覆盖着时光的印记。

在这秋日的黄昏，我从北洼路，走过昆玉河上的人行桥，来到绿意盎然的玲珑公园。

公园里的树木，是岁月的见证者，在风中摇曳着沧桑的身姿。那玲珑的假山、清泉和回廊，在黄昏的余晖中，是一幅幅宁静而深远的诗。在岁月静好的诗韵中，风翻叶摇，有着恋恋不舍的节律。

阳光斜照在公园的每个角落，把树木、花草和湖泊都染上了一层金黄色。我穿梭在这诗画的景致，试图找到你的身影。

你在哪里呢？这公园里的每一处景色都如同一幅画，有碧波荡漾的湖泊，有成群结队的鸟儿在树梢上欢唱，还有那通幽的小径。而你，就仿佛是这画中的主角，无论我走到哪里，都感觉你的身影就在不远处。

太阳慢慢西沉，天空被染上了一抹绚丽的晚霞。梦幻的景色中，我终于发现了你的身影。我终于看到你穿着一袭乳白色的轻纱，宛如从一幅生动的画面中走出的仙子，与周围的美景完美地融为一体。你在湖边奔跑着，身影倒映在湖面上，你的乳白色轻纱在余晖下显得更加洁白无瑕，仿佛有一种神秘的力量与周围的景色共同构为一体。你仰头定睛，冲我微笑着，那笑容如同阳光一般温暖，瞬间照亮了我的心。

我向你走去，你也向我跑来，我们终于在这美丽的公园里相遇。你的乳白色轻纱在微风中飘动，宛如一朵盛开的花朵，散发着迷人的芳香。

此刻，这里是时空中最美的风景。

你的笑容，如同初升的阳光，温暖而明亮。你的眼睛，如同夜空中最亮的星星，闪烁着清澈而聪颖的光芒。你的长发，如同一道瀑布，流淌着温柔的墨色，随着你的动作而摇曳生姿。

你来了，带着那份优雅与从容，带着那份水彩画般的诗意。你来了，像一只优雅的白天鹅，从远处翩翩而来。你来了，像一只轻盈的蝴蝶，从花丛中飞出，落在了我的面前。

你的美丽，像是清晨的露珠，晶莹剔透；你的美丽，像是黄昏的晚霞，温暖而瑰丽；你的美丽，像是公园里那片盛开的花朵，艳丽而娇媚；你的美丽，像是那片湖面，平静而深邃。

你来了，带着那份只有你才能带来的美丽与优雅。你来了，带着那份令人心醉神迷的气息。你来了，带着那份无法言喻的魅力。

你从那水彩般的仙境中踏出，身轻如燕地跳跃过来，满载着童真的欢愉，小心翼翼地递给我一片落叶。这片落叶，宛如风中轻轻互诉的悠长叹息，又如树枝在萧瑟秋意中的摇曳。

你的眼神里闪烁着孩子般的期待，就像初秋的清晨第一缕阳光。你的嘴唇微微开启，仿佛在轻轻吟唱一首属于青春的欢歌。你的笑声，就像清脆的银铃，洒满了整个空间，让世界都充满了欢乐的气息。

你轻盈的身姿，就像一只林间的小鹿，自由自在，充满生机。你的双手，如同细柳般柔软，轻轻挥舞，仿佛在空气中描绘出一幅美丽的水墨，如在指挥者一场恢宏的音乐交响，引领这里的景色与声音，余音缭绕又响遏行云，流畅而高远，深蕴生命的张力。

你将手中的落叶放飞了，那落叶，在风中悠然飘荡。它如同一只疲倦的蝴蝶，在风中寻找着归宿。我望着那片孤独的落叶，感受到你若离去时的无奈和落寞，那份沉甸甸的哀愁仿佛一团烈火在我心中燃烧。

我捧起那枚落叶，感觉到它的轻盈和脆弱，仿佛是一颗跳动的心脏。那上面的字迹，像是一段被岁月侵蚀的回忆。每一道时光的辙印，都带着季节的沧桑和离别的凄凉。

树叶在手中翻动，我看见了那飘向远方的梦想和希望。它们像是一群迷途的孩子，徘徊着寻找那道指引他们前行的光明。我仿佛看见了你的身影，站在那片辽阔的地平线上，与那片深邃的梦魂相互辉映。

你穿越了时间和空间，最终抵达了我在的远方。我肃然而虔诚地与你有着同样的热爱，有着同样的坚定和执着。

然而，我看着那片手中的秋叶，心中充满了忧虑和不安。但愿你那归程的辽远都变成过眼云烟，梦魂的深沉不会随风而散。但愿那坚持和努力是不会被时光抹去；但愿"上邪！我欲与君相知，长命无绝衰"。

秋季的黄昏似乎穿越了时空的屏障，让我看见春天的嫩芽，听见夏天的蝉鸣，它们在岁月的长河中嬉戏欢笑。我倾听着春与夏的欢声笑语，它们如同轻盈的鸟儿在时光的枝头跳跃……我的目光透过飘落的黄叶，望见了花儿与绿叶的相依相偎，它们在光阴的画布上描绘出青春的盎然，演绎着青春的绿意。秋风轻拂，轻轻掠过树梢，滑弹一曲宁静又悠扬的旋律，那是时光里年华唱出的青春的歌声。它飘荡在清凉的晚风中，如有一股清澈的溪流穿越青翠的森林，激荡起湖面上的层层涟漪。

于是，我轻轻放下手中的树叶，让它继续做一个寻梦的使者。梦想和希望，是不畏长夜的曙光，是历经磨难仍然不灭的火种。在一个燃烧的早晨，烘托起一个火热的晨曦。那是我心中鸟语花香的童话，花儿在阳光下绽放，如同你笑脸般灿烂，载着青春的气息。

那片飘荡的树叶将会遇到更多的雨露和阳光。它或许会成为一只飞翔的鸟儿，朗诵着春天的序曲，用歌声唤起世界的共鸣；也可能会成为一株扎根的大树，还可能变成一页稿纸，记载着一个梦得熟甜的童话。

雨的名字和雨的田园

你的名字叫雨，有着水一般的气质和风格。

你的名字，这仅仅是一个简单的词语，背后却蕴藏着深厚的历史与文化底蕴。

你的名字经历时间的洗礼，蕴含着族群的传统，也是一种文化的载体，积淀了一个民族乃至一个国家的历史与文化。它既是一份寓意深长的礼物，也是在社会身份的标签。

你的名字是岁月的馈赠、文化的载体和丰收的寄托。它隐藏着沉甸甸的历史和丰富的情感，是一个独一无二的符号。它呼唤着一种古老的智慧，流淌着一种深邃的思绪。它成为连接过去与现在、传承与发展的桥梁，默默诠释着生命的传奇。

你的名字犹如缭绕的时光，被呼唤着在空气中穿行，绕过山川湖海，穿过时间的隧道，追溯人生的长河。

你的名字如同一个浅浅的木桶，装满了大地的恩赐和自然的馈赠。它让你懂得感恩与回报，教导你珍惜每一滴水、每一粒粮食和每一个生命。它时刻提醒你要保持谦逊与包容，珍惜并回馈别人的恩赐。

你的名字如同一个温暖的港湾，当人疲惫时，可以在你的领地停歇。无论是失意还是迷茫，你都会用你宽广的胸怀和温暖的笑容给人最真挚的拥抱。

你的名字也是沧桑，它让你深刻地体会到生命的厚重与珍贵。也许，这个名字注定要面对生活的种种挑战与困境，注定必须要勇敢地迈步前行。

因为你的名字叫雨，所以，你的梦想是让世界变成一片自由的田园！被你滋润着的田园。

在你滋润的田园中，你力求那是一个充满生命力和缤纷色彩的奇妙世界。它沿着孩子们欢快行走的轨迹，一点点地揭开时光隐藏的秘密。那个秘密，就隐藏在每个叶片的脉络之中，闪耀在每个果实的色泽之上。

当孩子们稚嫩的小手，随意却又充满期待地挥动时，被你滋润的田园便开始了时光的舞蹈。这是一首寂静而又庄重的舞曲，它以风为旋律，以岁月为舞台。孩子们的欢蹦雀跃，就像拨动琴弦的指尖，激起了田园绿叶和果实的情感。

孩子们的欢蹦雀跃，犹如音乐家在琴键上轻盈跳跃，一次次拨动心弦。他们的笑声，就如细腻的音符，洒落在田园绿叶的每一寸肌肤，让每一片叶子都沐浴在欢乐的阳光下，犹如被赋予了童话的生命。这些绿叶，作为大自然的信使，将这份纯真的喜悦传递到世间的每一个角落。

孩子们的欢笑，像一阵温暖的风，轻轻拂过果树的脸颊，使得满树繁星般的果实也跟着微笑。这些果实，在阳光的照耀下分外晶莹剔透。

在孩子们的双手托起的童真中，被你滋润的田园呈现出丰富多彩的生命之美。那是一种带着天真的美，一种珍珠串连起的充满好奇而又稚嫩的美。孩子们的无邪笑声，就如同清脆的银铃，唤醒了沉睡的果实，引领每一颗果实它们从梦境中苏醒。

当阳光开始温柔地洒落在田园之中，那浓郁的宁静被孩子们的欢笑声打破。他们犹如一群小精灵，在树木的绿荫中穿梭，嬉戏玩耍，将这片田园变成了一幅生动活泼的田园美景。他们张开双臂对着阳光，仿佛能够触摸到阳光内部的甜美和温煦。从他们的表情中，你可以看到那种深深的满足和幸福。孩子们的欢笑声像一首动人的交响乐，在这个美妙的田园中回荡，仿佛在向世界宣告他们的快乐。

他们的眼睛里闪烁着兴奋和期待，就像夜空中璀璨的星辰。那种光芒，那种纯真，让人忍不住想要加入他们，感受那份无拘无束。他们的笑声、他们的期待、他们的纯真，像一股温暖的力量，感染着每一个看到他们的人。

阳光洒落在田园里，它的温暖与明媚让人心旷神怡。在这片如诗如画的田园中，孩子们欢笑嬉戏，那一张张纯真无邪的面庞，如同春天的花朵般绽放。他们的欢腾与清脆的笑声，像是大自然中最优美的旋律，与田园的宁静和谐交融。

站在田埂上，就能感受到田园的生命力。绿油油的麦苗在阳光下茁壮成长，一片片金黄的油菜花铺满田间，仿佛是大自然的调色板。这不仅是一个拥有无尽生机的田园，更是一个孩子们的快乐城堡。他们的笑声、他们的欢腾，都成为了这个田园中最靓丽的风景。

　　在这片田园中，孩子们找到了属于自己的乐园。他们奔跑在田间小路上，像是一群快乐的小精灵。他们或手牵手围成一个大圈，或独自在草地上翻滚，感受大自然的拥抱。他们的笑声如同天籁之音，回荡在这片蓝天白云下的田园中。

　　而当秋天的脚步悄然来临，孩子们依然跳跃着他们的身体，与时间共舞。他们的情绪与农作物的成熟一起热烈，仿佛他们的热情能烘托秋天的气息和果实的丰稔。在这个时候，被你滋润的田园便呈现出最美丽的模样。

　　被你滋润的孩子们的笑声则是对你的最美的赞歌。

当时明月在，曾照彩云归

漫步江江河畔，脚步似乎变得沉重。没有你，眼前的一切都失去了昔日的色彩，小桥、垂柳、夕阳下的剪影，现在看来显得那么苍白，如同被岁月洗过，只剩下单调的黑白。即便如此，这些画面在我心中也是值得珍惜的记忆。

岁月流转，痕迹深刻在年轮，逝去的风景，萦绕在脑海的人，总在不经意间温润心田。那月下相依的暖，秉烛促膝的相惜，在寒暑往来中成了思念的一种慰藉。

那年春风轻剪，春花开满枝头，引来几多痴迷。锦书传心语，描绘出柔柔一地诗。这世上所有的美丽，都不及那年夏天遇见你，一抹惊鸿，点亮了一这江江河畔的一条河的风景。

记忆中的风景，如诗如画；岁月里的你我，温暖如初。细数流年，感慨万千，生命的路途，有着太多的不确定，却也有着遇见你的惊喜。

那时的我们，年轻、热情，像那盛开的三角梅，洋溢着生命的活力。我们的足迹遍布这座城市的每个角落，每个角落都充满了我们的欢笑和回忆。而现在，那些笑声似乎已经远去，那些身影似乎已经模糊。

我试图找回那些失去的色彩。在我心中，那个砖瓦厂依然繁华，那个温文尔雅的你依然古朴素净，江江河上那座小桥下依然有船只穿过。那河边浣纱的女子，仿佛就是你，正在等待我一起走过那个悠长的田间小径，一起看那夕阳下的剪影。

记忆是永恒的，情感是永恒的。那些美好的记忆，那些深深的情感，永远留在心中和这里的风景中。逝去的岁月，留下了深深的痕迹，那些曾经相伴的时光，又总在不经意间浮现在脑海，温馨如初，宛如昨日。

我站在江江河的小桥上，看着一艘古朴的小船穿过桥洞，看着一对恋人拍摄婚纱写真。即使"桃实千年非易待，桑田一变已难寻"，我在寻找，也在等待，等待那个永恒的色彩重新回到我的世界。你我也曾在这里，笑声在空气中回荡，落日余晖洒在你柔和的脸庞，那一幕，我深深地刻在心里。即使岁月已经苍白，即使风景已经改变，但在我心中，你永远是那个永恒的色彩，是我记忆中最美的影子。

　　我开启记忆的门户，去找寻我们曾经走过的路径，去找寻那个永恒的你，去找寻我们曾经并步的轨迹。那堵墙边仍旧盛开着桃红色的三角梅，艳丽张扬，热情无尽，就像你当时的容颜；月季花开，像是会说话的娃娃；那刻相依的白杨树还在，上面仿佛有着你我的眼眸。

　　此刻的我，望着船尾泛起的波纹，似乎能看见我们昔日的倒影。而此刻的船，又将飘向何方？一如你离我而去，走向未知的远方。小桥流水的喧嚣，柳暗花明的惊喜，雨巷深处的寂静，夕阳西下的剪影，这些曾经五彩斑斓的景致，成了我心中的永恒。

　　我闭上眼，那些甜蜜的、苦涩的、欢笑的、悲伤的，所有的记忆都在心间涌动。你的声音、你的笑容、你的眼神，仿佛还在这个空间萦回。我想起我们一起看过的窑顶，一起品尝过的甜瓜，一起分享过的快乐和痛苦，那些苦在思念中，甜在灵魂里。

　　我去找寻我们曾经走过的路径，但是，都没有了呀！找得那么艰难，那么痛苦，因为我的心一直守在原地，守在送别你离去的风景里。

　　故乡的秋夜，美丽而悠长，雨滴声响在寂静的夜空，唤起那些深深的情愫。你的身影，在江江河畔若隐若现，那些温馨的回忆，如雨滴般颗颗珍藏在心间。

　　让记忆翻涌，让时间静止，让心灵在回忆中找寻那份昔年的曾经。在这个苍白又永恒的世界里，心会一直等待，等待你归来，哪怕是一个从江江河水乘船而去的背影。然而，我真怕，怕有一天，连这江江河也干涸了！

嫁接诗情

在大瓦窑的残垣断壁间，发现了一棵蜡梅，我剪枝插入花瓶，放于屋内窗台。粉白的花朵与室内清新的绿叶搭配，盈裕诗意和清雅。我常常在黄昏时分，坐于窗前，静静地欣赏它的雪胎梅骨，感受一份暗香冷艳。我对梅花的喜爱之情常常溢于言表，折下一枝梅花就像是摘下了一段美好的时光。

这束梅花的花瓣娇嫩欲滴，细腻如丝绸，在阳光的映照下闪烁着柔和的光泽。那娇而不艳的浓浓孤傲，时隐时现，犹如春天的气息中溢出玉洁冰清的雅韵。我轻轻抚摸着花瓣，感受那如丝般的质感，心中不禁感叹和惊讶蜡梅的风骨、气韵和生命活力。

蜡梅是一种在寒冷的冬季中绽放而又不染一丝人间俗气的花朵，它沁心夺魂和坚韧不拔的品质深受人们的喜爱。这束梅花的花瓣呈现出淡粉色，俏丽地点缀出温情与傲骨，然而它又白似瑞雪，晶莹如玉，在阳光的映照下形艳而不俗，有着卓尔不凡的光泽。那晶莹剔透的朴素和典雅，似翼似翅，似乎轻轻一碰就会破碎，让人欲抚又止，又禁不住那一探幽境的冲动。

当我靠近这束梅花时，看到在阳光的照射下，花瓣表面清澈耀眼，温润而有韵，非常迷人。我凑近花朵，深深地吸了一口气，那馥郁生香让我舒适地仿若置身于春天的缕缕幽芳。她以凌寒独自开的姿态和淡雅的香气吸引了我的注意力。它被静静地放置在那个熟悉的位置，犹如冬末季节赠予我的一份厚礼。我经常深情地凝视着，思绪万千，看着看着，就觉得每一片花瓣散发着淡淡的清香都与春天的气息紧密相连。

这束梅花不仅润滑透明，在寒冷的冬季中，它们能够抵御恶劣的天气、能够开出如此香气袭人的花朵，便胜过万草千花，胜似春天的繁花似锦。

春天的美好时光总是令人心动不已。那是一个充满生机和活力的季节，万物复苏，大地重新焕发生机。小草从泥土中钻出来，嫩绿的叶子在树枝上悄悄舒展开来，莺歌燕舞，清新的气息弥漫在空气中，让人心情愉悦。

而在冬天里，这朵腊梅，谁说不是春天的使者，携一朵素雅传递着春天的信息。渐渐地，我看到这束梅花时，它那淡雅的清香和娇嫩的花瓣，不知不觉地将我带入了一个生机勃勃的春天。我仿佛可以看到，在这束梅花的背后，一片茂密的森林正在苏醒，无数的花朵正在绽放，清澈的小溪在流淌，鸟儿在欢快地歌唱。

这束梅花不仅仅是花，更是一份希望和未来。它让我感受到了春天的温暖和生命的力量，让我多了一份期待。

春天的美好不局限于表面的景色，更是一种内在的感受。它以百花盛开、绿树成荫的景象让人们感受到生命的力量和希望的重生；以大地的觉醒，生命的焕发，让人们感受到生命的顽强和坚韧；以深深的满足感和幸福感，让人生出一种迫不及待的期待和憧憬。

春天的美好不仅仅是外在的景象，更是内心的一种感受。春天正在等待着我，让我用心去感受愉悦和充实。

我深深地陷在这束梅花所带来的迷醉里，仿佛置身于梅花的冰清玉洁与香魂袅袅中，赧然羞笑，嫩蕊轻摇，它让我陶醉，让我沉思。我的内心被一股莫名的感动所涌动，仿佛被一种无形的思绪所牵引，走向更深的境界，一直走到一首宋词中。那是宋代史达祖的《留春令·咏梅花》："故人溪上，挂愁无奈，烟梢月树。一涓春水点黄昏，便没顿、相思处。曾把芳心深相许。故梦劳诗苦。闻说东风亦多情，被竹外、香留住。"

此时此刻，我从这梅花枝上寻找到一种芬芳袭人的元素，那是一个通灵的诗魂；我渴望将我的诗情嫁接到腊梅上去，种植到春天的土地里。我期望看到它在那里扎根、生长，最终绽放出我的诗情和梅花结晶的花香，那样，它的香魂将在春天的泥土中获得新生。

我遥想着那个春天，嫁接着我诗情的梅花在后来的季节摇曳生姿，那"待到山花烂漫时，她在丛中笑"的妩媚脱俗。一种萌动激情的力量在我的身体里推波助澜，在我心中激荡起层层涟漪，让我深深地为之动情动容。

眼下，在寒冷的冬季，一株株梅花如精灵般正傲立于大瓦窑783号的风雪之中，她们以无尘的素颜，淡雅的清香，唤醒了冬日的一抹温情。这些梅花刚正和高洁的存在，是对生命的一种诠释，带给"生命"这个主题更多的思考与感悟。

江江河的青歌：雨洒情愁

我一步步走出丛林，踏上那座小小的木桥，细腻的雨，仿佛在秋天背景上轻轻撒上一层乳白的薄纱，引领我走进那如水彩画般的世界。雨滴轻拂过我的脸颊，带着一丝凉意，却又让人感觉无比的清新。

这雨，犹如一位温柔的女子，以她那柔软的指尖，轻轻地触碰着大地。她的到来，如同天使的羽翼，轻轻拂过世间的一切，带给大地滋润与生机。这雨的气息，如同她那婉约的清香，弥漫在烟雨蒙蒙的世界里，让人想起那青石小巷中悠长的身影。屋檐下滴答作响的雨滴，宛如她那悠扬的旋律以她那柔情，勾勒出一幅幅美丽的画卷，让斑斓的色彩在雨中绽放出别样的妖娆。

我唱着秋天的歌，看着落叶带着一抹秋韵，如同捧出一掌生命的菁华。啊！北江江砖瓦厂的遗址，我挥洒青春的土地，就像这秋日的落叶，每一个存在，无论大小，都有它自己的轨迹，那是它的生命线，也是它的路径。这落叶，如同生命的最后一次歌唱，呈上的也是生命的记忆。

萧瑟的风中，有人感受到了孤独，也有人寻找到了慰藉。那些时光，如同风中的花瓣，飘散在记忆的深处。当年，这江江河畔的砖瓦厂，就如同雨中的港湾，曾让我得以暂避世间的风霜。

这淋漓细腻的雨的脚步，充满深情。有人看到了忧伤，也有人发现了希望。雨里有忧伤的故事，也有雨露滋润的真实和哲理。其实，生活就像这风萧瑟、雨淋漓的真实，既有磨难也有美好的哲理。

那砖瓦厂，那树林，那木桥，都在雨的笼罩下，变得朦胧，变得诗意。那水彩的画面，是生活的色彩，也是情感的韵律。我仿佛可以看到，那砖瓦厂的遗址，经过雨水的洗礼，显得更加的荒废却更有时代的韵味。那丛林，被雨水洗刷后，绿得更加深沉，如同一个绿色的梦境，让人沉醉。那木桥，被雨淋湿后，显得更加的古朴，更加的有诗意。

这种景象让人有了一种说不出来的情感，也许是对生活的感叹，也许是对未来的期许。无论如何，这种感觉让人无法抗拒，也无法忘怀。

我站在木桥上，看着那雨中的世界，就像那曲烟雨唱扬州，韵律流畅；又像一幅水彩画，色彩斑斓，风格优美。

我深深地爱上了这个雨中的世界，爱上了这个充满了情趣的大自然一隅。我愿意在这一隅，静静地聆听雨的声音，静静地感受风的味道，静静地享受管他冬夏与春秋的美好。我愿意在这个世界中，与大自然共生，与生活共舞，与爱人共勉。

这雨，如同一个画家，用它那深沉的情感，描绘出一幅幅生动的画面，让人沉醉其中，无法自拔。这雨，如同一个歌者，用它那悠扬的歌声，唱出一首首美妙的歌曲，让人陶醉其中，无法自拔。

我愿化作一滴雨，融入这大自然的怀抱，感受它的温暖，感受它的深情。在这广袤的天地之间，我的心情仿佛是一个活泼的精灵，跳跃在树叶上，嬉戏在花瓣间。我愿带给大地滋润与活力，让枯萎的植物焕发出新的生机。我愿滋润田野，让金黄的麦穗摇曳出丰收的喜悦；我愿滋养湖泊，让清澈的湖水倒映出蓝天的宽广；我愿涌入河流，让浩渺的江水诉说着时光的流转。

我也愿化作一阵风，吹过这大地，吹过这丛林，吹过这木桥，把这雨的清新，把这雨的深情，带到每一个角落，让每一个人都能感受到这雨的温柔、这雨的深情。在这无尽的世界里，我仿佛是一位优雅的舞者，穿梭在四季的轮回之中，演绎着生命的赞歌。

我愿这雨的清新与深情，能够洗涤人生的征尘，让人们在这纷繁的世界中，找到宁静与安逸。我愿轻抚树梢，让绿叶吟唱出生命的活力；我愿穿梭林间，让鸟儿歌唱出自由的歌声；我愿拂过木桥，让悠闲的人们沉浸在宁静的时光里。

我愿化作一只小鸟，飞过这丛林，飞过这木桥。在这情绵绵、雨丝丝的丛林之中，我愿穿梭在密布的枝叶间，将这雨的滋润，能够带给万物，成为生长的力量，让枯萎的植物焕发出新的生机。

我愿飞过那座木桥，将雨的深情带给远方的江江河，在宁静的午后，阳光穿透枝叶的缝隙时，雨润那江江河畔悠然的时光。

我依然喜欢那小舟，满载爱情，一路轻歌靠近你。这是对生活的深深热爱，也是对青春里爱情的深深向往。江江河水缓缓流淌，那是生活的节奏，也是情感的韵律。那小舟，满载爱情，一路低吟，那是爱的声音，也是情的呼唤。

我愿乘小舟，满载爱情，一路轻歌靠近你。在这秋水潺潺的江江河面上，承载着青春的情感，向你缓缓驶来。我愿这艘小舟，能将我对你深沉的爱意，如同满载青春的激情，安全地送抵你的心岸。

在河水的涟漪中，我仿佛看到了你笑靥如花，那是江江河畔最美的风景。

江江河，我流动的青春

　　回到家乡江江河畔，我回想起青春里的经历，或是岁月蹉跎，或是只争朝夕，此刻回忆这些，都像这个季节的风一样，飘着五彩的颜色。

　　那时，只是试图为生存找到一个出路，但却发现自己在一片漆黑中并无方向。于是，眼泪开始在眼眶中打转，青春的呼吸也变得急促而沉重。我试着寻求帮助，希望能够找到一些人或者一些事情来缓解的痛苦。但是，我却发现自己在一片空虚中游走，没有人能够真正理解我的感受，也没有人能够真正帮助我走出这片阴影。

　　在这个时候，我开始怀疑自己的价值和能力。我感到自己仿佛成为了一个无助的受害者，无法掌控自己的命运。我的身体和灵魂都感到疲惫和无助，无法找到安宁和幸福。

　　但是，即使在这样黑暗而痛苦的时刻，依然有个声音在告诉我，不能放弃希望，不能忘记所拥有的力量和勇气。所以，我必须继续寻找，寻找那个能够让我重新找到自己的出口。

　　在深夜的静谧里，我的内心在肆意奔腾，而我的眼泪就是这纷繁思绪的忠实宣泄。它们从心底凝聚在我的眼眶里，渐渐地溢出，如同被禁锢已久的小溪流，终于找到了出口。这一滴眼泪，如同一颗晶莹剔透的深秋的露珠，凝聚着贫穷的哀愁和苍凉。它从我的眼角滑落，滑过我的脸颊，最后落在我的唇边，带来了一种咸咸的味道。那种味道，就像是我内心的辛酸与苦涩，让我无法自已。眼泪无声地在我的面孔上流淌，我的面孔已经不再是我自己。冰冷的液体在我的脸上肆意地跑马圈地，带走了我的温度，也带走了我的勇气。我感到自己的存在在泪水的冲击下变得越来越微弱，我明白了自己的脆弱和无助。

我孑然一身，寂寥而落寞。我向往着那个名叫"理想"的所在，如山中缭绕的云烟，看似近在咫尺，却又远在天边。我无法将它紧紧抓住，却又舍不得放手，只能任由它在指间轻轻滑落，却又始终如一地伴随着我。

在无依无靠的水面上，我尝试着将理想深埋在心底，丢弃在身后，但它却像那难以沉没的浮木，始终在我心海中浮现。我试图将理想燃成灰烬，但它却如同那夜空中最亮的星星，闪烁着叫醒我，引领我前行的道路。

我曾想，如果我能将理想丢弃在世俗中，是不是就可以摆脱这无依无靠的命运？然而无论我走到哪里，无论我做什么，心中的那份目标和想法始终如一地存在，是我生命之精神和物质的组成。

然而，贫穷像一道无形的墙，将我封闭在自己的天空里。我每天仰望的，只是那一片狭小的天地。

江江河，那条曾经平静如镜，碧波荡漾的河流，在我的目光中变得模糊不清。它的浪花，一朵朵绽放，然后凋谢，就像我的梦想，一个个萌发，然后破灭。我试图抓住它，却发现它比我们的视野更宽广，比我们的心灵更深邃。

而当我们回首，想要再次抓住那些消逝的浪花时，却发现自己连过去的记忆都找不到了。那些曾经充满激情与梦想的记忆，已经被现实的残酷打磨得消失殆尽。我试图回忆起它的模样，却只能依稀记得那是一颗热爱探索、勇于冒险的心。

在这个过程中，我迷茫和无助。别人的说法，挡住了自己的天空，让我无法看到更远的地方。

犹如盲目的航船，我在江江河畔的波涛中挣扎着寻找方向。现实与理想的差距让我感到沮丧和迷茫。对于理想，我不知是否还能以一个高大全的身份赴约。

现实，让我放弃了自己的理想，我来到了北江江砖瓦厂。我的青春，悄然迈向时间和概念的净土，在北江江畔的砖瓦厂里，我如履薄冰。那里的风，带着青春的气息，吹过江面，吹过我年轻的脸庞。那里的雨，带着岁月的洗礼，洒在我青春的肩上，让我感到冰冷的沉重。然而，在北江江砖瓦厂，我差点让理想走失在时光里。这是一种痛苦的经历，但也是一种深刻的洗礼。好在，这里的经历让我的理想与血液有了第一次融合和。然而，让理想在血液里融合并不容易。它需要我们不断地挑战自我，不断地超越自我。在这个过程中，我感到的是另一种疲惫、痛苦、无助。

在砖瓦厂的角落里，我其实是孤自面对这冰冷的世界的。机器轰鸣声、工匠们的吆喝声、还有理想的呼唤声中，我仿佛能听到时间在耳边悄然流淌。

睁开眼，我看到砖瓦厂里的每一块砖都像是时间的标记，上面刻着过去、现在和未来的故事。我站在这些砖块上，仿佛站在了时间的交汇点上，可以俯瞰整个人生。我的青春就在这个瞬间，如同一座孤独的岛屿，被时间和概念的海洋包围。

在这片海洋中，我如履薄冰。每一次前行，都是一次挑战和探索。我尝试着去理解这个世界，去理解这个社会，去理解这样的生活。在理解的过程中，我也尝试着去适应、去学习、去成长。

我开始理解了青春的意义。青春并不是年华的标记，而是对生命的态度。青春就是面对挑战时的不屈不挠，就是面对失落时的坚韧不拔，就是面对压力时的自我调整和坚持不懈。对于理想，我始终怀揣着一份难以言说的期许。它仿佛是我心中的一个禁地，既让我感到甜蜜又让我无法触及。我常常想起童年时代的梦想，那时的我怀揣着对未来的无尽憧憬。但那个不断变化内涵、角度、重量、方位的理想却始终躲藏在迷雾之中。我如同一叶扁舟，在茫茫人海中渴望找到那个能指引我前行的灯塔。我渐渐发现，理想并不是对未来简单的向往，而是一种对自我价值的追求。

也许，面对理想，人需要对自己的身份进行重新审视，需要对自己的价值观进行深入思考，需要对自己的人生目标不断重新定位。

但无论如何，人生都需要经历洗涤和提炼，以使思考、倾诉和表达达到最高境界。除了书中的文字，自然界的任何，都如同江河湖海，汇聚着人类的思想、情感和智慧，承载着一个个独立而独特的灵魂。人的生命的状态，生活的态度和对生命的思考和感悟更是人生前进的动力和指引，成为人追求的理想的基础和根本。

秋歌之江江河

金黄，那是丰收的颜色，是秋天的主色调。站在江江河畔秋天的田里，这种色彩尤为浓烈。然而，萌情而动江江河水悠悠地流淌，江江河水波连波，风吹树唱秋天歌，这是江江河的秋天。

一片片金黄的农田在阳光的照耀下闪闪发光。农田的谷穗低垂，就像是一个个谦虚的孩子，静静地等待着成绩通知单的到来。秋风轻轻吹过，农田谷子地泛起一层层金色的波浪，像是大江大湖涌出秋天的气息，扑鼻而来。

站在江江河畔的田里，这些秋天的味道，让这方水土的人感到充实放心。在江江河畔看阳光映照，内心泛起金色涟漪的心情，那心情就像是一条流动的金色丝带，在江江河边，与垂柳一起在风中摇曳，发出沙沙的声音，让你想象着丰收以后的故事。

在江江河畔的秋田里，还站立着许多其他的色彩，有深绿的树林，有火红的枫叶，有深紫的葡萄，这些色彩和金黄互映在一起，形成江江河秋景。它们在秋风的吹拂下，也有各自发出的声音。这些声音和画面混合在一起，交响出秋天的情思。

站在江江河边，还可以看到远处的云峦在夕阳的映照下，呈现出一种淡雅的橙色。你可以看到天空中的云彩被夕阳染成了金色，仿佛是金色的纱绸在空中飘荡。你可以感受到秋天的气息，那是一种淡淡的果香，一种淡淡的种子香，一种淡淡的泥土香。

这些香味，让我想起在江江河畔已变得遥远的青春。在黄昏的微光中，那条蜿蜒曲折的小路上，似乎还回荡着那曾经的欢声笑语和忧愁。这些记忆像被岁月抚摩过，逐渐变作了一张张皱了的美丽脸庞，那是曾经年轻的证明，也是不褪色的印记。

我再次抬头望向高耸的白杨树上，枝头依稀悬挂着收获的满月，它像一张浅色的剪纸。暮色中，那广袤无垠的原野仿佛围绕着我们的心边，将我们的一切情感和记忆都紧紧地捆绑在一起。此时此刻，没有什么能比这更静默，整个世界的期待都沉浸在一种宁静中，让悄然流逝的岁月依然清晰如昨，低语着，呓嚅着，又慢慢变得遥远。

于是，在这伸向远的一片秋天的田里，低首沉思的谷穗间的寂静变得有了诗意。它们在夕阳的晚景中，宛如一群智者，静静地守望着这片土地，把岁月的沧桑与历史的波澜深深刻画在时光里。风翻动谷穗，翻动园林，只要去聆听这片金黄的海洋，每时每刻都会有不同感觉和臆想的故事。

因为，在这片秋天的田野中，我们不难发现，低首沉思的谷穗和色彩斑斓的树叶们似乎也具有了灵性。它们以最朴实的姿态，谦恭而诚实地表现出对大地的眷恋和对生命的敬畏。面对此情此景，风给我带来他们的声音，那是一种深沉而内敛的语调，却也是这片土地的一段厚重与沧桑。

极致而目酣神醉，我想起那些诗人和艺术家。他们此时此刻应该出现在此景中，应该在这江江河畔，用文字和画笔记录下这片土地的故事和情感。正如谷穗们在秋风中低眉垂首一般，诗人和艺术家们定然会在他们的作品中，流露出对这片土地的敬仰与热爱，作品定然成为传世的佳作。

在这片净土中，我们可以窥见时间河流中最微妙的历史的真貌。江江河在河北省境东南部，黑龙港流域，发源于故城县杏基，北流经景县、阜城县、泊头市，至三岔河村汇入清凉江。它横亘在时间的长河中，既是一部充满智慧和勇气的史诗，也是一幅细致入微的画卷。它似乎就在我们眼前，但却又遥不可及。它被一层薄薄的历史和繁衍生息的自然规律笼罩着，任何人在目视中都无法窥视它过去和未来的全貌。它也是将岁月带离的小河。它流淌着，穿越了时间和空间，流经了我们的生活。

当我们真正走近历史，才发现历史并不是高不可攀的大山和深不可测的大海。它就在我们的脚下简单而沉静地流淌着。我们可以清晰地看到它的脉络，可以感受到它的温度。静默中，我们可以听到历史的呼吸，可以感受到历史的脉搏。历史在江江河的两岸就像一条流去的小河，它没有声音，似乎也没有尽头，却有着厚重的力量。

当然，江江河畔的历史远不是一条流淌不息的小河那么简单，它源远流长，穿越了时空的尘埃与繁华，承载着英雄与平民的悲欢离合。此时此刻，我站在河畔，凝望着这条悠悠岁月之河。在我眼前，一幕幕波澜壮阔的历史剧正在上演。从古代的帝王将相到现代的科学家艺术家，从繁华的城市到寂静的乡村，一切都在无声无息中更迭变换。然而，在这条河流中，有些东西从未改变。那就是这片土地上闪耀的人性的光辉，无论在哪个时代，无论在哪个角落，它都在熠熠生辉。

　　江江河畔的人民，你们的繁衍生息，如同岁月嬗变中春之蓓蕾，永恒地绽放成历史中的思念。你们的笑容、你们的故事，宛如璀璨星辰镶嵌在这片河流天空的记忆之中。在这条河流里，勤劳的背影与如火焰般炽热的目光交织成一幅幅过去、现在和未来的流光图，厚重而坚韧的精神在砥砺前行的岁月中沉淀为时光，垂下千丝万缕。这些千丝万缕的珍贵记忆似青青如故，熠熠生辉，薪火相传。

晨吟秋韵江江河

　　天空高悬在清晨的江江河上，如一块无垠的幕布，将世间万象尽收眼底。它以一种无比宽广的胸怀拥抱大地，让所有的生灵在其庇护下得以生长。

　　江江河畔的每个生灵，都是天空的孩子，它们是大地承载的希望，它们像被秋风轻轻地吹拂着每一片叶子，那些沉寂的心形叶片开始苏醒，它们欢快地舞动着，在为秋天的世界喝彩。

　　江江河，经历岁月的洗礼，见证四季的繁荣与凋零。他是岁月在景州大地上敲下的长句，每一个字词都凝聚着生命的智慧与感悟。他存储的时光，是天空和大地共同的记忆。

　　我青春的一个阶段便是在江江河畔度过。那时，我的青春渴望阳光的关照，犹如大地上的各种生命渴望雨水的滋养。在静静流淌的江河岸边，少不更事被逐渐展开，那过程曲折而自感神圣。在江江河岸的四季变化中，一种微妙而圣洁的情感在我心中悄然生根发芽。人的青春如同叶面上的露珠，原本熠熠生辉，纯洁而内敛，却暂时被束缚在白露湿润的眼眸中，然而一旦滑落，就会立即融入泥土，成为人生世界的基本元素。

　　江江河畔的春夏秋冬的四季嬗递，现在想来，演绎的便是从青年少小到耄耋垂老的人生过程。

　　而此刻，正是江江河畔的秋天。江江河畔的秋色在静谧的晨光下熠熠生辉，泼墨成一幅山水画廊。我站在岸边，感受着这个季节特有的凉意，它从四面八方袭来，如一种神秘的力量席卷了我，让我如痴如醉。

　　我看见秋色的羽翼，它以一种悠然而舒展的美感和力度，从天空中扇动翅膀，沿着这河畔的秋色飞翔而来。我顿感一股强烈的气流扑面而来，仿佛带着天空的味道。那是一种清新、自由、无拘无束的感受，它渗透到我每一个细胞里，让我感到兴奋和自由。

秋色的羽翼如画师手中的画笔，将蓝天、白云和金黄的秋叶巧妙地融合在一起。美丽的羽翼涂抹着生命的优雅色彩，让江江河的世界变得更加丰富和多元。而谁心底里不渴望能像它一样，飞翔在那宽广无垠的天空之下，找到属于自己的天空呢？这秋色的羽翼在天空中留下轨迹，我仿佛看到了生命的脉络，一条条细微的线条纵横交错，凝聚在江江河的水面，那是江江河畔人们勤劳智慧与勇气留下的一道道涟漪。

太阳悄然升起，将温暖的光辉洒向大地，江江河的河水仿佛被点燃，一团团烈焰般的水花跃动。大地在这刻也似乎被唤醒，一缕缕热气升腾，带着新生的力量。晨曦的微光将河水镀上了一层金色的光华，那粼粼波光闪烁着璀璨的光芒。江江河水更像是一团团被赋予了生命的火焰，燃烧着大地升腾的渴望和力量。它又如同大地精灵的化身，以奔放无羁的姿态，热情如火地展现着大地的生命力。那火焰似乎在跳动，似乎在倾诉，它们载着江江河畔人们用勤劳和智慧雕刻出的时光之船，载着人们的希望和梦想。

此时心象游动，犹如在一片浩渺的江河之中，生命的航船在蜿蜒曲折中寻找着前行的方向。而在这航程中，一切的感知与体悟都如这晨风轻抚枝叶般微妙而美好，宛如一首优雅的诗歌在空气中悄然绽放。那些曾经坚硬与棱角分明的现实，在此刻变得柔软而模糊。它们在江江河水的荡漾中，似乎有着彼此的共鸣，在江河中交织、碰撞、融合，那些年轻的情感，似乎在这一刻被重新唤醒，它们在心象的游动中跳跃、舞动、歌唱，并在那清脆的涟漪声中，共同舞动着这支名为"生活"的曲子。

仿佛在这片江河水域里，有着一些深刻、纤细和柔软的意象，它们仿佛在诠释着生命的某种韵律和节奏。这些柔软的意象，犹如水底的微生物，悄然无声地在心底游弋，不经意间已将最细腻的情感唤醒。

那些柔软的意象，在清澈的江河水里轻轻沉淀，宛如梦幻般的诗意涌动。它们在静谧之中，勾勒出生命的轮廓，将每一份深邃的情感映照得清晰可辨。在时间沉淀的过程中，意象的柔软与清澈的江河水相互融合，形成甜美的诗一样的情怀，轻轻唤醒柔软的记忆，化作最纯粹的感动以听见那潺潺的水声对我们的低语。

当心思游动至江江河中，它似乎与意象黏贴融合，如同被一种力量牵引。

在这片土地上，人们勤劳得如同架在江江河上的日夜不眠的桥。他们的辛勤劳作，如同流动的江水，汇聚成一股股澎湃的力量。而柔软的，是岁月长河中的静谧与深情，它们犹如飘落在河面上的落叶，被河水承载着轻轻涌动，漂向远方。这些落叶，是那样轻盈，那样纯净，仿佛每一片都拥有着独自的故事，静默而独立。

致月亮

你的影子，如一位沉默的画家，用黑夜的颜料在世界的画布上描出神秘而独立的岛屿。这岛屿并非地理上的存在，而是由万千情感和意识构成的抽象领地。它满载着夜的躯壳，似乎拥有神奇的力量，能够穿越时间和空间，将远古的悲伤与欢愉融入每个微妙的瞬间。

在这独立岛屿上，你伫立在过去、未来与现实的最前沿，以你影子为媒介，与世界保持着若即若离的关系。

你的影子在夜空中蔓延开来，照见深空那寥落的星辰，那是一朵朵绽放的黑色玫瑰，散发着来自远古的悲伤与欢愉的气息。这个独立岛屿在人的情深处生根发芽，成为情感的栖息地，去寻找那些被遗忘在时间深处的记忆。

你的光影是人的避风港，它携带着远古的悲伤与欢愉，让人在这个独立岛屿上找到了自己的力量和勇气，不再害怕孤独。

碧色的海洋与青色的天空交汇在一起，形成了天地间最深邃的孤独。这份孤独，如同万千颗细小的水珠，圆润且饱满，静静地凝聚在每一片云彩的角落。这些水珠，如同枚枚精致的宝石，晶莹剔透，映照着整个宇宙的注视。

在这广袤无垠的夜空，细腻的水珠们闪烁着柔和的光芒，仿佛一个个引人入胜的故事。这些故事中有着神秘与奇幻，它们在云端翻滚、在空中飘荡，最终化作一场滋润万物的甘霖。

在这一片孤寂中，今夜的露珠们孕育出了一种优美的注视。这是一种沉静、深邃的目光，它投向了远方的天际，也融入了近处的大地。这种注视，是它们对世界的赞美，也是对生命的敬仰。

每一颗水珠都犹如一颗宝石，它们在夜空的注视下，孕育出了更为细腻的情感。这些情感，如同繁星般点缀在这广袤无垠的天地间，为这孤寂增添了一份思念的别样韵味。同时，在这片夜空的孤寂中，水珠们细腻的情感与对生命的敬仰交织在一起，形成了一幅唯美的沙盘，孤寂与优美并存，让人在感受孤独的同时，也领略到团圆的不容易。

你是夜的皇后，是黑暗中的光明，是白天的延续。你的眼眶深邃如海，充满了喜悦的情感。你的静谧中散发着迷人的气息，尽管你不能将黎明开启，但你依旧如清晨的露珠，晶莹剔透，清新可人。

你是中秋夜里吟咏的精灵，典雅而端庄，是世间万物的倾诉者，是心灵的航标。在每一个情思归泊的寂静夜晚，你便悄然出现，寄托着人们的思念与期许。你的存在，有着太阳落山后留下的余晖，既是黑暗的告别，又是黎明前的预示。

你的面庞如诗如画，温婉而秀美。你的微笑如同初升的阳光，那般温暖、明亮，驱散了一切阴霾。你的眼眸深邃如深秋的湖水，那样的清澈，深不见底，宛如一泓清泉，流淌在心灵的田野上。你的嘴唇如春天的花朵般娇艳柔软。

在万籁俱寂的夜晚，你是破晓的序曲，驱散着黎明前的黑暗。你是星河的守望者，守护着那些遥远的星辰，如同守护着人们的梦想与希望。在你的笑容中，我们看到了阳光的力量；在你的眼眸中，我们看到了湖水的宁静；在你的嘴唇中，我们看到了春天的柔软。你是大自然的精灵，是梦想的守护者。尽管你只存在于我们的思念中，但你却给了我们力量与寄托，去面对生活的"何事长向别时圆"。

你是夜晚的精灵，是梦境的编织者。在夜的王国中，你是最美丽的王后。你的手指如同琴弦，轻轻一弹，便能唤醒沉睡的生灵。你的歌声如同天籁，低吟浅唱，便能安抚焦躁的心灵。

尽管你不能开启黎明，但你却拥有自己独特的魅力。你的美，是那种不张扬的美，是那种润物细无声的不做作。你的存在，是那种淡淡的的存在，却让人无法忘怀。

苍穹，那无垠广袤的宇宙，是你独特的领地，包裹着神秘与梦幻。当夜幕降临，这苍穹如同一位守望者，拥抱着独属于自己的秘密。在你的领地中，梦境如同一座座独特的城堡，拥有生命一般跃动。

这些梦境城堡拥有着黑夜的墙壁，那深沉的颜色充满了神秘与威严。它们仿佛在寂静中诉说着一个又年复一年的故事，俗套却又让人心驰神往。在这黑夜的墙壁之间，梦境更加真实而生动地演绎着一段段奇妙的旅程。

你在这苍穹之下，用你那浩瀚无垠的力量守护着这片夜的神秘领地。在这片广袤的苍穹中，人感受到能力的局限，但好像找到了你，也就找到了那片星空。

在这苍穹的庇护下，人们不再孤独，因为苍穹的存在仿佛让人与宇宙产生了共鸣。你以母性的光辉，用温暖的怀抱拥抱着每一个生命，给予它们力量与勇气。在苍穹的怀抱中，这些梦境城堡不断在体内汇聚，仿佛拥有着战胜一切的力量。它们仿佛是苍穹的信使，将一个个神秘的信息传递给每一个生命。

这些城堡仿佛在黑夜的幕布下相互呼应，宏伟、沉默而庄重，历经沧桑。岁月在城堡的石壁上游走，留下了独特的痕迹。城堡的每一道墙、每一座塔都带着岁月斑斑的神秘和引人入胜的故事。在这片广袤的苍穹下，每一个生命都拥有属于自己的一座城堡，这些城堡在你的领地中相互交织、相互影响，形成了一个错综复杂的奇妙世界。

这些城堡中，有的是雄伟的皇家宫殿，有着华丽的装饰和繁琐的礼仪；有的是坚固的军事堡垒，见证着历史的沧桑和战争的残酷；还有的是神秘的宗教建筑，承载着信仰的力量和祈祷的回响。这些城堡不仅有着各自的历史和故事，更是人的内心世界的象征。

中国人又把你称为月神，因你纤尘不染的姿容和冰清玉洁的品质激励着诗人的想象。嫦娥、玉兔、吴刚这些名字所代表的形象和意义，在诗人的创作过程中扮演着重要的角色，是诗人得以抒发内心的情感、表达浪漫主义色彩的创作灵感。然而，从实体上来说，你表面坑洼不平，所以理解圆满这个概念，需要从不同的角度去思考。任何所谓的圆满，并不代表全部。有时候情感色彩上的满足或者圆满需要有一种寄托，谁都看得见，而又谁都够不着，恰恰是你具备了这个特质。所以，你的形象被赋予了浪漫和神秘的色彩。就如，想家的人说，月是故乡明；不想家的人说，外国的月亮就是圆。写到这里，我似乎终于明白了，原来，爱屋及乌，也可以如此诠释。

江江河，我向青春回望

青春有你

我无法抗拒你的召唤，无法抵挡你的吸引。你的声音，如天籁之音，回响天外，也回响我心灵深处。而你眼睛派出的使者，则在我心深处播下了一颗情的种子，在我心中生根发芽，成为我青春里的动力和方向。

你是我内心的声音，是我青春一段时期的主宰。你的呼吸，如同晨曦中的微风，带给我希望和力量。你的使者，如同星辰中的神秘力量，点亮我前行的道路。

在青春的时代，我感受着你呼吸的力量和使者召唤的温暖。我倾听着你的声音，那是一种妙无可言的美妙旋律。我感激你的一切，因为你是我生命中最重要的存在。我将青春的一段时光追随你的脚步，倾听你的声音。

你是太阳和星辰的结合体，一种说不出的奇妙感觉犹如狂欢般激荡在我的内心。这种喜悦和兴奋在空气中弥漫开来，仿佛连周围的空气都弥漫着一种微馨的感觉，那是你的来临带给我的欢愉和温暖。

这种微馨感觉如同晨曦初现时的轻雾，它慢慢地、轻柔地穿透了我的心扉。我的内心感受到了你的存在，那是一种强烈的震撼，也是一种难以言表的感动。我仿佛置身于一个美妙的世界，那里充满了光与暗的交织，温暖与寒冷的交替，但只要有存在，那个世界就是完整的。

你的来临，如同夜空中最亮的星辰，在黑暗中指引着我前进。你的光芒照亮了我心中的迷茫和困惑，让我找到了欢乐与活力的方向。你的温暖驱散了我内心的孤独和恐惧，让我感受到了生命的张力和深旷。

你何尝不是太阳和星辰，青春又何尝不是一种神秘而又神圣的存在呢？

江江河有憾

在青春的彼岸，你的眼中闪烁着疑虑的微光，如同薄雾中的一缕晨曦。当我来到了江江河畔，你最后的挥别，犹如风中的落叶，轻轻掉落在我心头的湖面上。

你的微笑，如同初夏的蔷薇，短暂而娇艳，疑虑中带着一丝难以察觉的温柔。它犹如一只刚刚破壳的小鸟，试探着张开翅膀，面对着即将来临的告别，我似乎已经预感到什么，却又在努力地否定。

那江江河畔，水声潺潺，似是低沉的挽歌，为我们的别离演奏。在那告别的一刻，时间仿佛凝固，你的微笑在我眼中变得如此遥远，却又如此清晰。我无法抑制自己不去想，那个疑虑的微笑背后，是你怎样的思考与挣扎。

你的微笑，如同繁星点缀的夜空，即使在黑暗中也能发出独特的光芒。那光芒在我心中激起千层浪花，让我无法平静。我仿佛看见了你的内心世界，那是一片我从未涉足的领域，既神秘又深邃。

它疑虑地微笑，似乎在诉说着你青春的迷茫和无奈。我在想，那是否是我给你的压力，还是你对自己的不确定。无论原因是什么，我都无法忽视那个微笑的存在。它是如此的真实，直接触动我的内心。

当江江河的水流向天际，你的微笑在我心中留下了深深的烙印。那一刻，我深深地感到，你的微笑、你的疑虑，是我青春的映射，也是我对未来的期待和憧憬。那个疑虑的微笑，它将继续在我心中闪烁，但已经不能和我一起前行。

在许多静谧的清晨和宁谧的傍晚，我仿佛能清晰地感受到你的呼吸，那是一种深情而含蓄的旋律，拨动着我心灵的琴弦。你的使者，就是那些被称为思念的载体，曾秘密地潜入我心里，以无比的耐心和执着，不断地召唤我、引导我。

那是一种沉醉，是一种痴迷。你的声音，像一阵微风，轻轻拂过江江河的水面，使我的心湖荡起一圈又一圈涟漪。你的使者，却又像是有一双灵巧的手，巧妙地在我心中编织出一个个梦想和期待。

你爱的是幻想的未来

你爱的是那个幻想的未来吗？还是你对过去的自己和那些曾经拥有过的美好时光恋恋不舍？你是否会经常回忆起我们曾经一起经历过的那段时光？是否会感叹岁月的流逝和时光的无情？是否会感到在这个瞬息万变的世界里，自己仿佛成了一叶孤舟，摇摆在浩瀚的海洋中，不知该何去何从？

当你站在未来的门槛上，是否会因为对未来的期待而感到激动不已？是否会因为对过去的怀念而感到内心痛苦？是否会因为对未来的迷茫而感到恐惧不安？当你身处在这个日新月异的世界中，是否会因为周围的变化而感到心力交瘁？是否会因为自己的不适应而感到自卑沮丧？

我们都有一种倾向，将一些不愉快的事物、不愿面对的真相或是无法承受的情感投射到他人身上。有时，我们害怕的并不是过去的失去，而是对未来的不确定。我们怀念的也许并不是过去的美好，而是那个无忧无虑、满怀梦想、未经世事的自己。我们真正恐惧的，是失去自我、是内心的空虚、是无法掌控生活的无力感。

在你决定把我驱逐出你的世界时，我恳请你先找到那个你真正想要驱逐的"恐惧"。我并不是一个万能的救世主，我也无法替你承受所有的压力和恐惧。但我希望你知道，无论你选择什么，我都会在你身边，陪伴你走过每一个曲折的路口。我希望我们能够珍惜彼此间的情感纽带，用心去体会生命中的每一个细节。

我的等待其实是一场虚无

我凝望着的，究竟是怎样的一片虚无？是否如同那无形的时间，无法触碰，却又真实存在？或者是如同黑暗无边的失恋，任由思恋在其中自由游走，寻找着存在的载体！当我将目光投向这片虚无，我感受到的是怎样的情感？那是如同孤独的旅人，在无垠的荒漠中寻找着前行的力量，又如同观星者，在浩瀚的星海中寻找着期盼的安宁。

或许，这片虚无就是我内心深处的反映。在我的梦中，我听到了一阵阵悦耳的歌声，从远方的彼岸轻轻飘来，那是一种怎样的歌声？如同久违的春风，温柔而细腻，又如同老人在月下讲述的故事，是古人或者天上的欢乐与哀愁？歌声在我的内心回荡，我感到一种从未有过的惊喜。这是一种从何而来的惊喜？是否有从那遥远的彼岸，伴随着歌声一同飘来的礼物，献给了我这孤独的守望者？

我试图去捕捉那歌声，去感受那惊喜。我站在虚无的边缘，任由那美妙的旋律在我的内心深处回响。我感到灵魂仿佛在歌声中游走，穿越三十年的时间和从北京的北洼路到江江河的地理空间。我不再是一个孤独的守望者，而是成为了那虚无的一部分。我开始用自己的语言，去描述那比江江河更加遥远的彼岸，去述说那从天空中一同飘来的歌声。我的文字也开始在虚无中回荡，成为了我的灵魂的证明。

所以，我是否理解了虚无的真正含义？我也并不知晓，它并不是空洞和无意义，而是充满了可能性和不可预知的一个巨大的容器，收纳着所有的思想和情感，却又像是钱学森弹道一样，无法知其运行轨迹。而那从天空中一同飘来的歌声，就是虚无给予青春的声音吗？那眼前这江江河畔的孤独秋影呢？

景州大地，我的乡情

一

在这个喧嚣而纷乱的世界里，我内心深处有一片宁静的净土，它未曾被时代的车轮碾过，未曾被浮华的风霜凝结。它像一片远离尘嚣的世外桃源，悠然自得，了无牵挂。时光的邀约从这片净土中破土而出，化作一株娇嫩和坚强的淡雅的花蕾。

这片净土上，有心灵的庇护所，有乡愁的安放地。在这里，我能够抵御住外界的喧嚣和纷扰，能够坚守住内心的平和与安宁。这里有一抹浅浅的微笑，它如初春的阳光，温暖而柔和，照亮了每个角落；这里有一句温柔的低语，它如夏夜的微风，轻盈而飘渺，安抚浮躁岁月下的躁动。

这抹微笑，这句低语，是净土赋予游子的力量和勇气。

在花开的枝头，我倾听着那淡雅而清新的芬芳里传出一种声音，它如佳人轻轻吟唱的美妙歌曲。它声音里的香气，是如此的纯正而浓郁，仿佛能够渗透到人的心魂深处，唤起人们内心深处的情暖。这份真挚，即使是的蜜蜂也会为之沉醉，无法自拔。

那花香，是如此的美妙，如此的诗情画意。它犹如一首优美的诗篇，深深地吸引以低吟浅唱的心语，将这份乡情深深地带进我的生命。

二

我想倾听家乡的声音，在漫天飞舞的雪花中寻找渴望的归属，是在灵魂深处跃动的银装素裹溢满的回响。那声音，仿佛百灵鸟在春天的早晨唤醒沉睡的大地，又如同夜莺在深邃的夜空唱出动人的旋律。那声音也像在人群中飞舞的焰火，像是盛开的花朵，绚烂而美丽，散发着迷人的芬芳。它们在夜空中绽放，如同一个个小精灵，挥舞着彩色的翅膀，为狂欢的夜晚增添了无数色彩。

我沉浸在这片花影中，像是穿越到了那个春天里遗失在茫茫人海的梦。

而在这片宁静的田野，春天来得格外早。雪花还在空中狂欢地流泻，就已被阳光照耀得闪闪发光。它们飘落在田埂上，像一片片未染的素笺，洁白无瑕，等待着一个看不真切的人来书写一段藏着江江河流水的美丽传奇。

它将四季的色彩都融入其中。春天里绽放的花朵、夏天里金黄的麦田、秋天里丰硕的果实、冬天里皑皑的白雪……每一个季节都有属于它的色彩和故事。

三

春天已经悄然而至，带着温暖的气息和生命的活力。这时，春风如同一位长者的叮咛，声音轻轻拂过古塔的风铃，发出悠扬清脆的声响，说着一段古老而深沉的历史。

春风的轻拂让古塔充满了生机与活力，塔身在阳光的映照下显得更加庄重而神秘。风铃的声音如同一首优美的诗歌，将人们带入了悠远的时光，感受着古人的智慧和才情。

我在耕耘的时候吟诵诗歌，那一脉心音，就像一只轻盈的鸟儿，悄悄地落在花开的枝头。我热爱自然，喜欢在田园中感受大自然的美丽和宁静。

那一脉心音，是我内心深处的情感流淌。它像一条清澈的小溪，流淌在我心间，轻轻飘落在花开的枝头。

书墨芬芳，不仅仅是生命中最美的味道，更像是一种情感的寄托，一种对家乡的思念，一种对过去的怀念。

仿佛是董子故里开出了花朵，那芬芳香气悠远而绵长，让人能够穿越时空，置身于遥远的同一种无形的纽带里，每一个人的心都被紧紧地连接在一起。

那芬芳，是董子故里的象征，不仅仅是一种气息，更是一种文化、一种信仰、一种传承。这里的每一个人都是那芬芳的传承者，他们用自己的生活方式和行为准则，将这种文化发扬光大。那书墨芬芳已经深深地烙印在每一个人的心中。

四

春日繁华，夏日炽热，秋日丰收，冬日严寒。四季更迭，时光荏苒，边塞诗人的笔下，有这世界的多彩画卷。

春之梦幻，绿意盎然。桃花盛开，宛如红粉佳人，依水而立。柳枝婆娑，宛如绿色的丝带，随风起舞。诗人将这美景收入笔端，让诗句跃然纸上，如梦似幻。

夏之炽烈，阳光灿烂。如一把热烈的刀，切割着这片温暖和善良的大地。在这炽热的季节里，诗人将心中的激情化为文字，让诗句跨越时光，永不褪色。

秋之丰硕，金黄满地。稻谷熟透，宛如黄金铺地，硕果累累，压弯了枝头。诗人以丰收的景象为背景，将心中的喜悦与希望融入诗句，让文字如蔷薇般，沿着时光的长廊缓缓生长。

冬之寂静，白雪皑皑。寒风呼啸，宛如刀剑出鞘，寒冰刺骨。在这寂静的冬日里，诗人将心中的牵挂化作文字，让诗句如流星般，在夜空中划出一道璀璨的痕迹。

四季更迭，岁月如歌。诗人的笔下，记录着这世界的变迁，描绘出这世界的美好。让我们随着诗人的笔触，领略四季之美，感受岁月的韵味。让这四季之歌，永远在我们心中回荡。

五

春日融融，花开满径，我在鸟语花香的阡陌上等待，期待与你的重逢。我相信，在这个美好的季节里，你定会如约而至，穿着春天的颜色，让我在等待中找到满身的阳光。

望穿秋水，我守望着那叶灯火阑珊处的轻舟，它载着人间烟火的希望，驶向未来的彼岸。在这人间烟火中，我低语着，如同轻风拂过琴弦，让每一个瞬间都充满着诗意。

时光荏苒，岁月如歌。我心中的期待，如同那棵古老的树，根深叶茂，历经风雨，依然屹立不倒。我相信，在这无尽的等待中，我们终将相遇，携手共度未来的岁月。

在这充满诗意的时刻，我仿佛闻到了花香，听到了鸟鸣。我相信，在这个温暖的季节里，我们定会相遇。让我们把这份期待，化作最美丽的风景，让相逢的那一刻，成为我们人生中最璀璨的瞬间。

六

岁月流转，时光荏苒。在这温暖的相随里，我无畏前路。那份牵挂，犹如行走在年轮的轨迹以文字的形式逐渐在心中生根发芽。

冬日严寒，白雪皑皑。即便它覆盖了美丽的城郭，那份牵挂仍如幽幽浮动的暗香，在梦与醒的字里行间聘婷而舞。在这红尘深处，诗句总会激动地逾越进故乡的世界，因为那里有朵红花，是为我盛开。

烟雨轻渺，景州塔下。当我出现在他的面前，他定会在流淌的月色中，以偏爱的词汇认出我来。在这如诗如画的时光里，我们的牵挂之情化作文字，跃然纸上，成为永恒的诗篇。

纷繁的尘世里，乡情如同一缕阳光，穿透岁月的风霜。那份深藏于心的乡情，却是最美能触摸到信的深度。

在这温暖的相随里，乡情化作文字，书写在这文字的海洋中，跃然纸上，如花朵般绽放在红尘深处，让每一个脚步都留下诗意的回响，每一个瞬间都惠风和畅地美好。

散文篇

意随笔生

诗意诗心

　　人生的经历，就像一笔清晰的画笔，挥洒着丰富多彩的色彩。岁月的流转，引导着我们细心呵护那些难以言说的感情，守护着那些宝贵的情谊。夜幕降临，聆听着那些温馨的故事，心中的渴望，似乎找到了养分。真实的情感，淡泊的心情，勾勒出了人生中魅力、陶醉的时光。

　　风骚的诗意，凝结着诗人最美妙的流年，如同一朵盛开的鲜花；充满了生命的光彩，轻轻地敲响了内心深处的一块弦；像一抹优美的素描，描绘出生命的光芒，优雅自然，自由潇洒；用平淡的笔调，揭示生命中最为真实的状态，揭示那些纯真的情感，那些人间的故事。

　　诗意将生命中最为绚烂的一面，呈现在世人眼前。诗人用笔尖，描绘生命中的点滴，赋予它们意义，令它们更加生动；捕捉时间的流转，倾听世间万物的心语，与读者一同分享那份美好的情感。

　　路上行人，匆匆而过，或奔着远方，或忙于生计。他们的脸，或神情憔悴，或微笑温暖，或阴晴不定，无时无刻不在动态变化。走在人生这条路上，是无法脱离世态人情的牵绊的。有些人对人情世态漠不关心，有些人则深陷其中，拼命挣扎。透过狭小的窗户，看到街头巷尾的雨夜，掀起我心中无尽的思绪。

　　一夜深雨，一声惊雷，噼里啪啦，犹如巨兽嘶吼。此时，又有多少人躲在家中，听着雨打窗棂的声音，幽思深渊，感慨万千？或者坐在桌前，泡一壶浓茶，缓缓地品尝生活的滋味。然而，一个人的世界往往太过狭隘，在这个世界上，我们总是充满了欲望和不满足。要知道，舞台上的演员们也在演着他们的人生剧场，抓住着每一次机遇去实现他们的真实的梦想。

世态人情的魅力，就在于它不断的变化和发展。它是最真实、最具感染力的文艺，是艺术与生活的交织。所以，我们需要有一颗宽阔的心，去感悟这个世界的美好和不美好。生活中的每个人，也都是这个大世界的一个缩影，只有打开心灵的窗户，去欣赏这个美好的浪漫，才能真正走进世态人情的神秘，获得一份情感的满足，更好地面对未来的生活。

　　所以，咏怀风景，场景不限，诗人内心的感受，才是诗歌灵魂所在。诗心就是捕捉生命的光芒，培养自己的文学素养，用诗歌的语言，抒发出内心的情感，感受生命最为优美的容颜。诗意就是走遍山山水水，感受寂静的内心，寻找生命中最为纯真的感情。

认真地年轻

我走在街上，看到匆忙的人们，步伐在世界在中转动，急匆匆上班，回家，约会，聚会，却忽略生命的本质。或许为结果，这是不得不有的过程。

也许你我一样，再不愿如此，而是喜欢一片静谧的环境，让思想自由飞翔，找到通向内心深处的通道，去丰富生命内涵；撇开虚妄，不断寻找内心，让自己变得更加坚强。在这个名利场上，不随波逐流，守护自己内心的信念。然而，世界如此奇妙，充满了诱人魅力，充满无尽谜团，似乎总存在一些微不足道的细节中，等待我们用心发现。

这种生命张力藏着的点点细节，让我们生命充满无限的乐趣和感动。生命如纸，它脆弱须加珍重，单纯却又不失它的娇美；如花，它灿烂可爱，需要照顾，也怕伤害；如水，它润泽丰盈，需要保护，也能磨砺人们的意志。

我们都该有一场静默的旅程，携带着纯净的心灵，去领略人生所赋予灵魂的真正意义。因为，时光飞逝，岁月如梭，岁月轮回不曾停歇，走走停停，尤其当走过中年，回首往事，心中难免感慨。

正是在春天的这个季节，风吹过草原，带来树的呼吸，流水潺潺，其声如诉，垂柳拂面，轻轻摆动，让人忘却所有忧伤。心中的沉郁，终可随春韵飞扬，眼中的迷茫，渐将心灵抚平，懂得自己，内心就会波涛汹涌。

一杯浊酒一串烤串，就有一份心境一份洒脱，就有蓦然回首的天高云淡。只要心中豁然开朗，走向远方，看那辽阔的星空，闻那芬芳的花香，听那欢笑的声响，就知道远方世界比想象还辽阔。

接受人生如戏，那些坎坷、悲欢、忧愁、欢笑，都是冥冥之中生命体征的流露。

我的诗神

诗神，你在何处？

在繁星闪烁的夜空下，我仰望你的存在，如同那悠远的传说。啊，我的诗神，你在何处？。

在清风拂过的诗篇中，我寻找你的踪迹。那如梦似幻的意境，是你，如同一幅流动的画卷，在我心中缓缓展开。啊，我的诗神，你在何处？。

在晨曦初现的时刻，我向你倾诉我的心声。那破晓的曙光，如同你的温暖，照亮我前行的道路。啊，我的诗神，你在何处？

你是那跨越时空的奇迹，是那照亮我心的光芒。无论岁月如何流转，无论生活如何变迁，我都在这里，以感叹号在诗行里翘望。我在每一滴墨水中寻找你，我在每一个韵脚里呼唤你，我在每一个词汇中期待你。啊，我的诗神，你在何处？

你如同那闪闪的星光，照亮我前行的道路。我的诗神啊，让我用生命的热情，向你献上最深的敬意！在激流勇进的岁月里，那振奋人心的力量，如同你赋予我的激情，使我在困境中不屈不挠。啊，我的诗神，你在何处？

诗神，我以感叹号在诗行里翘望你

你是我诗的主宰，在寂静的夜里，如夜空的星辰，璀璨闪耀，独特而耀眼。我追逐着你的光辉，试图将内心深处的情感倾诉于笔端。每首每篇，都像是一场灵魂的空间之行，你就像夜空中望得见的空间站。

在缤纷的思绪中，我遇见了你的影子。就像晨曦中的微风，轻轻拂过，留下一片灿烂的光芒。我的诗神，你在我的心中，如同七彩的梦。我的诗神，我以感叹号在诗行里翘望你！

每一滴墨水，都饱含着我的信念。每一个字句，都让我想看到你的容颜。我的诗神，你在远方，如同白云在蓝天。我以感叹号在诗行里翘望你！

我写下你的名字，那是我心中最深的秘密。我画出你的影子，那是我灵魂最美的旋律。我的诗神，你在我的笔尖，如同月光照亮夜空。我的诗神，我以感叹号在诗行里翘望你！

你就像夜空中的北斗七星，指引我前行的路。你是我内心的灯塔，照进我的梦中，照亮我的每一个明天。我的诗神，让我以最真挚的情感，感受你的存在。我的诗神，我以感叹号在诗行里翘望你！

我的诗神，让我以感叹号在诗行里翘望你，直到永远！

诗神，你清晰可见，又遥不可及

我翘望你，这是一种内心的渴望，一种深深的敬仰。有时，我会在键盘上敲下你的名字，希望能唤醒你的灵魂；有时，我会在纸笔间描绘你的形象，希望能将你的美丽定格在我的诗篇。我在诗行里翘望你，希望你能回应我的呼唤，倾听我心中那份炽热的情感。

即使相隔千里，即使时光荏苒，我的诗篇将永远向你致敬。在这字里行间，犹如那破晓的曙光，照亮了我每一个诗意的梦想。

我要以最深的敬意，最真的情感，向你膜拜。你就在我的心中，照亮我前行的道路；你就在我的笔下，赋予我生命的力量；你就在我的诗篇里，陪伴我走过人生的每一个时刻。

在这虚无的世界，你如同一盏明灯，照亮了我孤独的心灵。我的笔下，流淌着无尽的思绪，它们汇聚成一条河流，汹涌澎湃。

我翘望你，就如同那海中的航船，期待着你的指引。你的指引，就像那翻滚的海浪，带我穿越风暴，迎接新的曙光。在你的导语中，我找到了方向，找到了勇气。

仿佛晨曦里的朝霞，你的光芒照进了我的心境；如同晚风中的温柔，你的呢喃抚慰了我疲惫的心。你是如此的飘逸，如此的幽雅。你的影子，藏在每一个角落，每一个瞬间。跳跃在我的文字中，又似睡在我的思绪里。我希望你能降临在我的每一首诗中，与我共舞，与我同在。

你像一座山峰，高耸入云，令人膜拜。你像一股清泉，源源不断，涌出生命的源泉。你像一首歌曲，悠扬婉转，唤醒了文字沉睡的灵魂。

你就像那烈火燃烧的热情，激发我创作的灵感；你就像那晨曦洒满大地的希望，照亮我的人生；你就像那大海翻腾的勇气，引导我在困境中坚定信念。

你是我内心的熔炉，将繁杂的思绪熔炼成诗意的火花。你是我灵魂的灯塔，照亮我每一个迷茫的瞬间。你的存在让我明白，即使在黑暗之中，也能找到诗意的星火，为这个世界带来一丝丝光明。

你是我心灵的调色板，为我平淡的字句添上五彩斑斓的色彩。你是我思绪的旋律，让我在喧嚣的世界中找寻到宁静的音符。在你的怀抱里，我感受到了文字的魅力，体味着人生的意义。让我驾驭这诗意的航船，驶向梦想的彼岸。在这喧嚣的世界里，你带我寻找文字神秘而伟大的力量，以穿越时光的跨度，从文字的海洋中流诸到我的笔端。

你是那无形的引力，牵引着我的笔触，让它们在纸上翩翩起舞。在诗的海洋中，你是那独行的航标，指引着我的方向。我的笔在纸上疾驰，如同飞鸟划过天际。

你是那无与伦比的灵感之源，让我在诗的世界里流连忘返。我的笔在你的感召下，如同一曲悠扬的琴音，弹奏出世间的丰满。

你是那么的遥远，又那么的亲近。你在我的心中，化作了一种情感，一种热情，一种信仰。就像夜晚的星辰，点亮了我的星空，引导我不畏艰难，坚韧前行。

你是那无尽的智慧之源，是我在纷繁世界中的庇护所。你就像一面镜子，反映出我内心的风景。你在我心中唤醒了沉睡的火焰，那火焰在你的目光下燃烧得更加炽热。

你是那无尽的慈悲之源，你是我在这世界上寻找的乐园。你就像一道彩虹，让我跨越了生活的苦辣，深悟世间的悲欢。

你是那无形的线索，牵引我穿越时光的沙漠，抵达思想的绿洲。你引我以最深的思绪为线，编织成一首首激昂的乐章。我在你的引领下，感受到诗歌的韵律，体验着情感的交响。

你是我心灵的翅膀，让我在世俗的泥泞中振翅高飞。在你的庇护下，我学会了用诗意的眼光看待世界，用感叹的语调赞美一切。

你是我灵魂的歌声，穿透了岁月的沉默，唤醒我对诗情画意的向往。在你的引领下，我以散文和诗歌的形式，诉说着我对自身的感悟和超越。

你是我思想的翅膀，带我飞翔在无限的可能之中。在你的庇护下，我用文字和语言来表达我对世界的疑问，对文字赋以生命的热忱。

你是我梦想的源泉，你在我心中播下了希望的种子。在你的激励下，我以平仄和格律的形式，向世界宣告我对梦想的执着。

让我以散文诗的情怀，来表达对你的敬仰；在字里行间，我以脉搏跃动的节奏，向你致敬，向你献上我深深的敬意。

让我以最深的热情和最诚的信仰，来拥抱你的存在！以感叹号在诗行里翘望你的莅临！

与自己和解

时间悄悄溜走，总会留一些莫名的思绪，让人愣在原地，好像听到岁月裂开。那些曾经的遗憾，错失的机会，都深深地印在脑海，总有人和事情纠结。如何淡忘、摆脱，去面对新日子呢？

心的深处，有时候也会被一丝丝的不安和迷茫所困扰。而当静观自己内心的时候，却发现那些昙花一现的情绪，总是会跟固有的自我相抗衡。

沉淀那些过往，让它们沉淀在岁月长河里，没必要纠结于那已经过去的时光。放眼世界，未来还有太多的机遇等着我们去抓住，去追求。人生是一场美丽的旅程，有时候我们必须放弃一些执念，才能有更大的高飞远翔。

想象着风景旖旎的大海，看着那泛着晚霞的海面，静静地呼吸着，心底渐渐平静。当我们没有了欲望，没有了过多的委屈，就能够拥有一份更为平和的心态去迎接未来的挑战。我们也应该能够像它们一样，灵活自如地面对生活，去创造自己的安富尊荣。

跟自己和解吧，平静下来，拥有一份清晰的思路，让我们的生活更加幸福、甜蜜，更加精彩。只有跟自己和解了，我们才能迎接新的挑战，把握新的机遇，去创造自己的人生价值。

与内心的和解需要勇气，需要拥有一种迎接未来的豁达。只有积极面对生活，跟自己和谐相处，我们才能让自己的内心更为安宁，更加明朗。就像那素白如雪的云朵，在蓝天白日下飘荡着，没有一点惊慌。生活从来没有多么容易，犯错是人在所难免的，这就会让我们在这条充满坎坷的道路上跋涉时，不免迷失方向；而每当我们自我否定，便会陷入更深的低谷。与自己和解，何尝不是一场名为"人与自我"的和平洽谈。减少对自己的责备和指责，领悟到自己也是一个普通且充满人情味儿的人。

　　和自己和解，并不是一次成败得失的淡然，也集合了自怜、自卑和自责等的不同的情感。潜心沉淀，在独处中慢慢地回忆自己的人生经历，阴霾和阳光的变幻，会让人看到更多不同的风景。开始享受这份孤独，将自己的思绪放在了游离的身体和坚实的心灵之间，那样的感觉就像是夜空中的一颗星星，孤独却不寂寞。

　　于是，与自己和解或许就是一种力量，在和谐的内在和肆意的外在之间迸发着的火花。这样的和解，不仅可以让我们将不安与迷茫化解于内，也可以让我们在未来的路途中更好地把握每一次机会，以更深的理解和平和的感受去迎接生命每次的启程。与自己和解，是在面对内心困境时所做出的一个完美的决策，它让人有勇气去接受生命中遭遇的一切，并从中获得力量和智慧。

　　与自己和解，就能够在平静、自在的状态下，从容地面对世界上的万物。与自己和解了，就会拥有无限的喜悦，让自己的心灵沉淀下来，静静地看待世间万物的流转，而这一份平和的心态，能激发我们的无限潜能。

随性而安，也可淡然前行

当春风轻轻拂面，我便满心欢喜，体会到万物春华的生机。春天的芬芳，更让我沉浸在静谧的境界，心绪在阳光雨露的滋润中放飞。这时，我喜欢走进衡水湖公园，看灵动的树木，欣赏美丽的花，喜欢静静地伫立在阳光下，仔细揣度花朵芬芳的意蕴。

在这个公园，在这个芳香萦绕的季节，我见到的生命很安静，也很坚韧。阳光、花朵、蝴蝶、春风，汇成春天的朝气蓬勃，也汇聚了生命涌来的瑟瑟作响，能让我感到，美的本质是寻常的，生命的本质也是寻常的。于是，我开始用键盘和鼠标丈量美在衡水湖公园的面积，把每一处生命的感动都用文字淋漓地展现。用文字圈起一个小世界，让文字为我们记录下岁月的点滴，留住那个时光里的流光、美景。

春风轻拂，带来阵阵花香，我走在衡水湖公园里，尽享这流淌着时光的姹紫嫣红。湖水波澜不惊，岸上的芳草绿意盎然。枝头嫩芽欣欣向荣，叶子摇曳舞蹈，绚烂多姿的花儿，在这里开放着五彩缤纷的颜色。我感到一种宁静，这时光，在这公园中，犹如一阵暖风软软地吹过，无比亲切。

春天与自然和我在这里相遇，让我感受到生命的温馨。这春暖花开的时光，浸透了春梦无痕的甜蜜，我漫步在落花飞舞、青峰逸翠的自然中，感受那恬静。

一场春雨过后，雨、泥土、花香融合成春天的味道，幼嫩枝叶上点点滴滴的露珠，映照出朝气和生命的强大。然而，每个生命都有无法重来的奇妙冒险，雨后的落叶和卧而难起的昆虫，带着绝美的生命火花，在这个春天翩然而过。

无尽的感慨归宿在春天瞬间回首的深情里，无数的感悟沉醉于再回首的鲜活而惬意的温馨中，而她们却又以生命的韵律，潮水般涌回来，留下一些场景在心中久久不散。时光荏苒，岁月忽快忽慢，春天衡水湖公园的杨柳吐翠、绽红泻绿，就在行云流水般不断的轮回中被一点点积淀、沉淀。这世上，没有百年不老的花，没有永远长青的树木，但因有春天，此一刻，却都是那么可爱。

　　深情的守望容纳了我所有的感受，祥和、欢乐的事物不是瞬间的辉煌，而是蕴藏在平凡中的不朽。时光荏苒，沧海桑田的岁月会在历久弥新中悄然延续。

　　当你带着心中的阳光，即便独自一人，在铺满沧桑里徜徉，也能感受到生命的厚重和真实。何必追求千锤百炼的坚强，又何必疲于奔走循环的过往，在这美丽的花花世界，随性而安，也可淡然而前行。

生命是一首歌

在生命的长河中，我们都是漂泊的旅人，寻找着自己的归宿。在这旅程中，我们的生命不断地吟唱，或低沉、或激昂，或缠绵、或澎湃。而这歌声，就是我们内心深处的情感与思想，通过言语表达出来的生命的吟唱。

生命的吟唱，如同晨曦中的露珠，晶莹剔透，沾染大地的气息。它在寂静的夜晚低声细语，将繁星作为点缀，洒向广袤的天际。它是那道光，照亮了迷途者的方向，它是那首歌，抚慰了疲惫者的心田。

生命的吟唱，是内心的独白，是寂静中的低语，是风雨中的坚守。它有时如泣如诉，充满了无尽的忧伤，仿佛那孤舟在波涛汹涌的大海中，摇摆不定；有时如诗如画，充满了无尽的希望，仿佛那追逐梦想的少年，意气风发。

生命的吟唱，同样也是生活的见证，是岁月的印记。它承载着我们的欢笑与泪水，见证我们的成长与蜕变。它告诉我们，那些曾经的过往并未消逝，它们如同繁星闪烁在夜空，照亮着我们前行的道路。

生命的吟唱，如同大海的波涛，时而平静如镜，时而翻滚如沸。它是我们内心深处的力量，支撑着我们在人生的舞台上，勇敢地演绎自己。它提醒我们，即使面对困境与挑战，也要如磐石般坚定，如流水般柔韧。

在这生命的吟唱中，我们找寻自己的节奏，感受着生命的韵律。它唤醒我们内心深处的诗意，让我们在这纷繁复杂的世界里，找到属于自己的一片宁静。

然而，生命发出的歌声，像微风轻拂，温柔而恬静。这种歌声，如同夜空中的繁星，宁静而深邃。它在我们心中回响，让我们感受到生活的缤纷，感受到人性的温暖。

生命发出的歌声，有时如同狂风暴雨，激烈而震撼。这种歌声，如同海浪冲击着礁石，坚定而顽强。它在我们心中澎湃，让我们感受到生命的波澜壮阔，感受到勇者的无畏。

生命发出的歌声，有时还会是宁静的溪流，悠然自得。这种歌声，如同细雨洒在荷叶上，柔和而细腻。它在我们心中缓缓流淌，让我们感受到生活的平淡与宁静，感受到内心的平和。

然而，无论生命发出的歌声如何变化，它都是我们内心最真实的表达，是我们对生命累土聚沙的感悟与思考。它不仅是我们情感的宣泄，更是我们意识和思想发蒙启滞的一步步变化，是我们对世界的呼唤与回应。它是我们内心深处的歌声，是我们在深夜静思时的低语，是我们在大雨中前行的勇气。它是我们的理想，我们的信念，我们的情感，是我们的精神寄托。

每个人的歌声都有其独特的旋律，或高亢激昂，或低沉宛转。当我们遇到与自己旋律相符的人时，我们就会产生共鸣，那是一种灵魂的相遇，是一种超越肉体的感动。但是，我们并非总能高歌猛进，也难以避免疲倦和困顿。

但是，无论如何，在这个充满变数的世界中，我们的生命都不断地吟唱着；不管怎样，这生命之歌，这歌声都会在我们的心中回响，同时，唤醒我们内心深处的柔软，让我们在喧嚣的世界里找到宁静，引导我们免于蹉跎自误，也不蹈人旧辙，虽山长水远，也可逢山开路，遇水叠桥。

微　笑

　　微笑是一朵肆意盛开的花，能够为我们带来无尽的幸福和温馨。内心深处那一抹轻轻的微笑，才是我们生存的真正本质。

　　微笑，是我们用心灵去触碰世界的最好方式。用微笑去拥抱世界，去抚平心中的创伤。只要一丝丝微笑，就足以让我们从黑暗中走出来，迎接着光明的下一天。

　　微笑源自内心的平静，也是人与人之间最温暖的连接，是从心里流出的最惬意的情感，一种自发的流露。因为，即便在万千繁琐的日常中，也该有一份属于自己的自由，让我们在面对这些疲倦世间的纷乱时，能以微笑来治愈疲惫。

　　微笑的力量，是无穷的。它可以传递情感，可以传递信仰，可以传递价值观。在困难时，一个微笑可以给人以勇气和力量；在失落时，一个微笑可以给人以安慰和鼓励。当你面对困难时，微笑可以帮助你保持冷静和乐观；当你与他人交流时，微笑可以拉近你与他们的距离，建立更深厚的情感纽带；当你独自一人时，微笑可以帮助你更好地欣赏自己的内心世界；当别人成功时，一个微笑可以给人以赞赏和认可。。

　　微笑，是我们与世界的一座桥梁，是我们与他人的一座桥梁，是我们与自己的一座桥梁。微笑，展现我们生命中最深厚的情感，上扬的唇角能带你走进人生路上最美好的风景。微笑，是一种无声的语言，是一种无言的默契，是一种心灵的印记。

　　在人生的道路上，我们需要珍惜那些真诚的微笑，无论是来自亲人、朋友还是陌生人，都是生活中最宝贵的财富。那些微笑，是人间的温暖和关爱，让我们在追求梦想的道路上不感孤单。同时，我们也要学会给予别人微笑，因为这除了可以带给别人快乐和幸福，也可以带给他们力量和勇气。一个真诚的微笑，可以穿越时空的隔阂，打动别人的心。

微笑的意义，不仅仅在于表面。它不仅仅是一种表情，更是一种态度，一种生活方式。微笑可以让我们在面对困难时保持坚强，可以让我们在面对挫折时保持勇气，可以让我们在面对生活中的种种不如意时保持乐观。

微笑的表现，是多种多样的。它可以是对他人的友善，可以是对自己的欣赏，可以是对生活的热爱。微笑是我们生命中永远悬照的星辰，它渗透了整个人生，成为情绪的最佳治愈者。

微笑是我们对人生的和谐与惬意最原本的认识。

坚持一下，幸运会来

去年，夏天阳光明媚，微风拂面，让人仿佛置身仙境。路边的花儿娇艳欲滴，游人们欢声笑语，情不自禁地伸出了胳膊与朋友们手拉手。这岁月如歌的一刹那，被我珍藏起来。

转眼，一年过去了，夏日来临，阳光仍如当年一般温暖，花儿仍娇艳欲滴，却再也找不到当年的欢声笑语。时光如水，只能与笑春风的桃花相伴，静静地站在原地，怀念无可奈何的昔日时光。

而此时，脑海中秋风徐来，火红的枫叶飘落在空中，每个人都会在一场美丽的故事里蓦然回首，感受那些回眸。那些在岁月中流走的故事，无疑都成了人生中最好的安排。

在漫长的人生中，这些美好的瞬间都如梦幻般深深落在我心里。有了美好相伴，人生就不再迷惘，前行路途中，即使面临重重困难，也有勇气去面对。

念及于此，我再次发现，在这个世界上，每个人都会经历无数个命运的安排。或许，它只是你提前摔了一跤，而你却因此发现了更好的路；或者，它只是你无意中与一位路人攀谈，而你却在不知不觉中适时得到了妙策。最好的安排有时就是一粒凝聚着幸运与耐心的种子，在无人问津时，被幸运召唤来种在坚持上，然后等待着它慢慢成长。

这个世界如此之大，生命如此匆匆，我们时常会迷失于人生的迷雾，却又总是能在时间的漩涡中找到属于自己的那个拐角。所以，不要放弃追寻梦想，不要轻易否定自己，时刻珍惜自己所拥有的一切，所有的困顿都会在你的坚持下，被你发现的幸运转化成你生命中最好的安排。

坚持是一种态度，一种对生活的热爱和执着。它不是一时的冲动，也不是一瞬的闪耀，而是一种持续的、默默的付出。坚持是孤独的，它需要你面对困难、挫折和疲惫；但坚持又是美好的，因为它能让你感受到成长的喜悦和胜利的自豪。每个人都有自己的梦想和追求，但只有那些愿意付出时间、努力和耐心的人，才能最终实现。

生活就像一条河流，有时平静如镜，有时波涛汹涌。只有那些坚定信念，愿意在风浪中坚持的人，才能最终到达彼岸。

我想说，无论你的目标是什么，无论你现在正面临着什么困难，只要你心中有信念，有那份坚持，你就能战胜一切。因为坚持的力量，就像那颗永不熄灭的星光，它能照亮你前行的道路，指引着幸运向你走来。

你之所遇，皆为必须

岁月流淌，我们经历种种。那些曾经，在我们身上刻下了深深浅浅的印记，成为了我们的成长历程，也是我们心路的风景。

有时候，我们会困惑，为什么生命中有这样那样的挫折和磨难。但当我们再回首一看，便会理解：你遇到的，一切都是人生的安排。

生命如同一幅巨大的画卷，在这张画卷上，我们为自己绘制了一道道印迹。曾经的小心翼翼，曾经的宝贵时光，曾经的追寻和奔跑，都画下了属于自己的一笔。

一路上，我们会遇到荆棘和泥泞，但正是这些苦痛经历，让我们成为了更强大自己。就像一只蝴蝶要在茧里经历艰苦的挣扎，才能破茧成蝶自由飞翔。

当我们认识到这一点，便会有一种豁然开朗的感觉。那些曾经的犹豫，那些错误的选择，那些无助的时刻，都是我们成为更好的自己的必要条件。

在一段时间的沉淀后，我们会发现，那些曾经的风景和经历，如同一朵朵盛开的花，越发地美丽动人，越发地珍贵和难得。

机会就在眼前，就像门是开着的，我们只需要跨出去，便能迎来大地回春、万物欣荣。无论是春夏秋冬，还是朝生暮死，都是生命中亘古不变的轮回，而在这个轮回中，我们无法改变过去，唯有珍视现在，为未来付出。

所以在这个浮躁的时代，静下心来，感悟自己生命中的风景和历程，不要焦虑和困扰，而是以一种旁观者的态度，看待自己的人生，这样才能发现自己曾经没有看到过的风景和经验，才能从中领悟出生命的奥秘和精髓。

你遇到的，当然都是成长的必须。相信自己，相信生命，它会带你走向莺歌燕舞、春意盎然的更加美好的未来。

关于伴侣

你需要的伴侣，不是绝世佳人，而是一个陪伴你一起望着晨曦日出、一同面对日落暮霭的人。不是因为她天生美貌，而是因为她懂得赞美生活的美好和纯净。

她是一个让你可以倾诉心事的人，倾听你的烦恼、忧愁、迷茫、喜悦和惊喜，她不光是一个善解人意的听众，更是一个可以共情的伴侣。

你需要的伴侣，不会强迫你改变自己的本性，也不会因为你的改变而喜怒无常。她不是要你变成一个完美的人，而是要你成为最好的自己。她倾听你的声音，但不是因为她赞成你的看法，而是因为她尊重你的独立思想和人生价值观。

你需要的伴侣，也是一个独立自主的人，有自己的生活兴趣和职业追求，她可以和你一起分享她所见所闻，也可以独自一人尝试自己喜欢的事业或兴趣爱好。

她是一个有爱心的人，不仅仅是关爱你，更是关心生活中每一个需要帮助的人。她愿意为她所关心的人付出努力，哪怕只是微不足道的关怀慰藉。她的爱心是内在的，她愿意坚守自己的信念，追寻自己所爱的一切。

你需要的伴侣，也是一个坚韧不拔的人，她深知无论走向哪条人生路都不会一帆风顺，总会遇到阻碍和挑战，但她愿意独自一人战斗的同时，依然希望有一个人与她并肩前行，共同成长、共同奋斗。她宁愿伸出自己的手去掌握未来，也不想依靠他人的帮助。

这就是你需要的伴侣。她不仅仅有令人心动的外表，更拥有内在的美好，这种美好是她自己的，也能潜移默化地影响你。她可以独立自主，也可以成为你的陪伴，她能坚持自己的信念，也能尊重别人的不同。简单而言，她是你所需要的伴侣，是那个不会在惊涛骇浪中放手的人。

待己，待人

在这个喧闹的世界里，静下心来，想一想自己所处的位置。不是每个人都能成为焦点，但是，每个人都可以成为自己世界的主角。因为人生是一场修行，风景不会总在远方，生活中的平凡点滴才是最美的。

学会宽容，学会放下，不要成为那个永远怨天尤人的人，过去的已经过去，未来的还有很长的路要走。然而，如何待己？如何待人？人们常常被疲惫和无奈所淹没，其实我们要做的，就是怀着一颗从容的心，走过这个世界的喧嚣，发现那些闪耀的光芒。

如何待己

在人生的路上，不可避免地会遇到各种各样的人和事。有些人和事能让我们成长和进步，有些则让我们倍感疲惫和沮丧。学会认识人性，懂得保护自己，才能活得更加精彩和充实。不要困在自己的世界里，试着走出去看一看，世界很大，值得探索。走出舒适区，尝试不同的生活方式，一切皆有可能。或许，有人会离开你，但也有人会懂你。有些人或许会刻意去追求外在的表现，不顾自己内心真正的需求，然而这样的生活只是虚浮的表象，没有内心的实质支撑，最终的结果只能是自我欺骗。

人生不仅仅是转瞬即逝的几十年，更是一段包含体验、磨难和后悔的历程。学会用心感受生活的点滴，用心去体验人生的历程，静心思考自己的内心需求，人生才能更加充实和有意义。走过这段人生历程，会明白智慧和豁达才是最好的心态，最好的境界。把品质当做一种美德，明了人性的深处，懂得心灵的束缚，做个善良而有品位的人。无论经历怎样的风霜雪雨，有一份纯洁的心，就足以穿越所有的艰难险阻。

如何待人

尊重自己当然重要，但是尊重别人也是同样重要的事情。在生活之中，我们对待各种人，都要学会礼貌和尊重。对于有些人，我们该珍惜他们的存在，因为这个世界本来就值得我们去爱，珍惜生命中所拥有的一切，相信只要心中有阳光，人生就会变得更加美好。人与人的撞击常常会发生，我也曾经因为别人的态度而感到失落和不安，后来我才明白，每个人都有自己的抉择和路程，我们无法干涉别人的选择，只能选择好自己的人生。

在人际关系中，懂得适可而止，也不要疏漏失察。真正对你好的人，他们的行为会表现在细节上，而不是空口说白话。当然，也不要轻信别人的承诺或言辞，要学会看到事物的本质。

在人生的修行中，各种人和事不断地教会我们成长和进步。尽力而为，抓住机遇，改变那些能改变的事情。对于那些无法改变的，也不要放弃，要学会承担它们带来的后果。不要抱怨别人对你的冷漠和忽视，因为这本来就是人生的道路，有人懂你，有人不懂你，接受这一切，带着感恩之心去爱身边的人，发现美好的事物，用心去感受。

一见钟情的感觉让人沉醉，可真正的爱情需要时间的淬炼。不断地试探和考验对方，只会让感情变得更加糟糕。在爱情中，双向付出才是最真诚和珍贵的。爱其实就在生活的细节中，常年的相伴或许让人感觉乏味，但互相体贴，用心去关注另一半的喜好和需要，也是一种爱的方式，这种爱才经得起时间的考验。

我们无法避免感情的波动和人际关系的变化，学会处理感情，学会与人相处，就是人的修行之一。

没说完的话

敲完待己待人的字，总觉得还有没说完的话。

从做人来讲，人生如一场修行，我们要懂得放下肆意的张扬和虚荣的攀比，只有做一个谦逊而有格调的人，我们才能够在岁月的荒芜中保持自己的气质，也能让身边的人感到自己的美好。人活在世上，要懂得宽容，要有一颗不求回报的真心，如此，才能够找到真正的自己，也才会收获真正的幸福。

而与世界相处的秘密在于自我保护。在自己的世界里自信、发光发热，不要打扰别人的节奏，也不要被别人打乱。在喧闹中保持从容不迫，在孤独中体味自省自在的快乐。存我心者将心比心，心存我者以真换真，世间的种种，都将不再成为我们前行路上的负担，而将成为我们成长和前进的助力。

为何做个超脱之人

在这条人生路上行走，我们总是在迷失中徘徊。每天都在打磨自己，却不知道我们究竟能到达何方。看似风光无限的人生，却又别有洞天。人间无常，昨日的你我，今天已成为陌路行人。

我们追逐锦衣玉食，却忽略了精神的栖居，我们看重健康和财富，却不润泽自己教养和修养，这便是浮躁开端的来源。

我们总是很希望突破，想要追逐上述梦想，可是我们很容易迷失，很容易陷入到别人的指指点点当中。

人生的路上，还需有超脱的境界，不受眼前利益左右，超越凡人苦恼，宽容人生起伏，不轻易失去平衡，才更能坚持，完整地追求自己。

懂得必要时的逢场作戏，淡泊名利，放下执念的纠缠。

做个超脱之人，能够独立思考，不被身边的人事物所左右，独立而自由地生活。在大浪淘沙中，能独善其身，不为外界干扰，始终保持本色，这才是超脱之人。

像在清澈的水里游泳，水底看见鱼儿游弋，水面看见风吹草动的影子。即便波涛汹涌，也能沉着冷静随遇而安。

像站在高山之巅，穿越雾霭，欣赏着群山之间云雾缭绕，脚下是参天大树，头顶是璀璨的星空。以这样的视野，去行万里路，去豁达人所能触及的一切。

仔细品味一下，其实这样也挺好。

不因外界的诱惑而蒙蔽，依旧保持自己内心的意识。看透人生，有远瞻，有高度，有能见度，知道自己想要的，却不失内心本真。不拘泥于琐事，不盲目期望于人情世故，懂得无畏和恬淡宁静。

以超脱看待人生，更能悟清人之本源，融入大众，亦不丢失自我；以超脱看透人生真正的奥妙，远离忙乱的纷扰，在内心找到一块善美之土，悠然自得地在里面栖息和沉湎。

做个超脱之人，需要用生命去历练磨砺，用洞察人性的独特视角去慢慢沉积，将经历领悟，聚焦内心；让内心滋润而不浮躁，笃定前行，让自己不会轻易迷失方向。

以平淡看透人世的烦忧

生活中有太多的艰辛与无奈，不被虚伪迷惑，不被繁华干扰，更不被生命起落挫磨，是很难的坚守。因为，唯有真正有智慧和敢于洞察生命本质的人，才能看得见人的真实。

如果说，人生的迷雾阻隔了我们的视线，那么看透人生就如同破除心中迷雾。当我们穿过浮华，用心去感受那些平凡而绚烂的生命，也许我们才能真正地看清自己，看到内心中最真实的那份温暖。

大师说："人总要脱胎换骨，是否变成了另外一个人，周遭的人会告诉你的。"独处既是脱胎换骨一种修行，也可以成为自我成长的一种体验。在独处中看透人生，才能洞穿自我与他人之间的差异，才能知道自己的真正位置，才能将自己的生命，融入命运之中。

我想，世间所有都需要见识，需要细心体味。需要在饱经风霜之后，能够用一种更加朴素而深沉的方式去感受，去看待自己和周围的人和事，以期将人生经验化为真正的财富。于是，我们悟出了一颗善于思考的心，透过人性弱点而看到自己的不足，深刻了解人性的复杂性。也许并不需要一成不变地去迎合他人，去适应圈子，只要保持内心的纯真，跟自己的心灵对话，生活中每一次的选择都是一次成长。

虽然人际交往中，伪装已经成了社交的常态，但独处能让内心保持真实，不会走得太远。思考更多的是内心的平衡，而不是外在的表现与眼前的利益。

独处而思，保持自己实在的内心，不受到外界因素干扰而改变自己原本的各种特质和内在意境。

在人类周而复始的世界，寻求和定位最真实的自己，去探索那些人世间的真理，去寻找自己真正应该存在的意义。

在独处中找到自己目标在哪里，知道该怎么权衡处理，该如何取舍。

独处，与自己保持一份亲密，不讨厌自己，甚至深爱自己。悟以人为人，不自卑，不趾高气扬。

独处，即以平淡心态，拥抱人生，看透人世的烦忧。

做个读懂人生的人

"人这一生，摆好自己的位置。管好自己的脾气。水太深，风太大，没有实力少说话。你会发现，长大这两个字连偏旁都没有，全靠你自己"。这是网传的段子，谁又能说这不是读懂人生的道理呢？

读懂人生，才能平淡地处理起那些不知所措的经历。这世界大概不像我们设想得这么困难，也不代表我们就能毫不费力、从容不迫。

读懂人生，就可以以一种独特的方式品味人间烟火。不急不躁，不焦虑不迷茫，对待人生的种种变化和选择都有自己的态度和处理方式。

读懂人生，就会焕发生命的光芒，用淡定的心境面对这繁华的世界，保持内心的真实与深度，在宁静中关注自己。

读懂人生，不是消极放任，而是要有行动力，有人生追求，在繁华的背后寻找自己的存在，了解自己的内心世界。

读懂人生，像一位聚精会神的棋手，把握着招数和对手的身份，步步为营，防守反击，以致胜利。读懂人生并不是玩世不恭，而是对人生有着真实而深刻的理解。

读懂人生的人，通常都有一副开放的心态，他们善于跨越不同的文化和社会层面，看到人性的共同点，从而发掘分裂和冲突的根源，用智慧解决问题，而不是依靠情感或语言来攻击或防御。

读懂人生的人，能够洞察人物的底层和心理状态，找到其内在价值的源头与核心，尤其在压力和困境中，更能锤炼自身的品格和智慧，不断革故鼎新，以更好地适应变化和挑战。

读懂人生的人，能将心比心理解人性与人际的复杂性，持有对他人的同理心，并能适时给予关怀和支持，以一颗真诚的心态，关注和支持他人，追求更好的处事方法和原则。

读懂人生的人，不以喜怒哀乐为准则，他们明白人世的起起伏伏，炙热与冰冷会随时骤变，只有内心深处的信仰和情感才是永恒的结构，以沉着的态度面对人生，以从容的方式前进，追求自己的人生意义。

读懂人生的人，是那个快乐的孤独者，独处时不会感到空虚，不会被而立之年的焦虑困扰，用心去感受生命的美好，享受自己孤独时的自在自由。

以读懂人生解锁所遇到的人和事，以人心洞见人性，我们将学会应对艰难、乐观地迎接一切挑战。看透这个世界，做到世事如棋，人生有香，置身于轻松自在的景象中。

只有读懂人生，才能留住初心，去尝试不同的生活，去体验世界的多彩与美好，去品味生命独特的味道，去成为一个更好的自己。

读懂人生，走出看不见的深渊，遇见更好的自己。

致青春

　　青春如同昙花一现的瞬间。人生无常，如同一场盛大的演出，在灯光舞台之下，一幕幕绽放。而我们，就是这场演出的主角，体验着生命的渐变。

　　青春，经历的不仅仅是时间上的流转，更是心路历程的积淀。或许你已经成为了一个顶天立地的成功人士，或许你还在奋斗的路上，或许你正热情地投身于生活。不管是哪一个阶段，青春都留有属于自己的点滴回忆和成长的路程。青春，就像是我们从未分开的好友，相互交流着内心的热忱，互相慰藉着失落的心情。

　　青春让我们领略了生活的千姿百态、起伏跌宕，或许是我们沉淀了人生的经历，又或者是更加坚定了我们对未来的憧憬。岁月匆匆，但是生命照样继续，让我们一起勇敢地面对未来的风雨，从容地走好人生的每一步。

　　仿佛青春只是回忆中的一个转身。飘忽、灿烂、辛酸、欢畅、悲喜交加，都在这条旅途中留下了自己的脚印，仿佛就在眨眼之间，而岁月的轮回却永不停歇。我们承受了命运的棱角，也抵御了机缘的诱惑，在这漫长的人生路上，我们终究是红尘里的过客。

　　青春里并没有留下什么浓墨重彩的故事，让人惊心动魄，却有日积月累的日子和感悟，像是晚霞中的丝丝红云，微弱而温暖。像一朵含苞欲放的花，用生命里每一点点往事，越过时空的温度，映照着我们现在的生命，青春是温馨而真实人生轨迹。

　　青春时代，是英雄们的激情豪迈，带着气冲霄汉的奢望，惊涛骇浪拍打着海岸的高墙，撞击卷起千堆雪的波澜壮阔和势不可挡。青春对于普通人，却是泛着微波的一泓池水，平静舒缓的水流，甚至，堆起微笑的涟漪，在烟波中飘荡，在月光或是日光下，泛着粼粼的波光。这一泓荡漾的清波下，却也是浓缩着每个人生最美好时代的蕴藏！

青春如白驹过隙，石火电光。悠忽俯仰之间，仿如朝丝暮霜。倒真有些"惊风飘白日，光景驰西流"的不知所措。历经的似水流年的花样年华，压缩成此时此刻的刹那；而回忆中的解压，就连愁苦困厄的运蹇时乖，在"大海高山"之后，都有一丝依恋和不舍！

青春是生命中的火炬，不断燃烧，将青春年华，锤炼成漫长路途上的一道耀眼的风景。它拥有慷慨壮志的热情，有无悔的豪迈，有梦想之中的感动与乐趣。然而，青春亦是肆无忌惮的年华，它带着忐忑与疑虑，不承认任何失败，不容许任何挫折。

青春，是不断地沉淀和升华。凝结那份坚持和信念，成为我们生命的动力，让我们在每个接下来的旅途中，依然保持着激情和追求。

青春，如今是潺潺流水，缓缓向前流淌，那些欢蹦雀跃的回忆，随着岁月的流逝，渐渐地沉淀在心底。但它不仅是拼搏和创造的见证，更是我们生命的观照和光环。它铭刻着逐梦的足迹，映着勇敢的光辉。

青春之后，才看到席慕蓉说"我想要的，上苍都给了我，很快或者很慢地，我都一一地接到了。而我对青春的美的渴望，虽然好像一直没有得到，可是走着走着，回过头一看，好像又都已经过去了。"

然而，回头一看，是都在不经意间过去了！

梦想、现实、人生

在年轻时，梦里我是自由自在的，我可以随心所欲地漫步于世界的每个角落。梦境中的我，没有任何的枷锁束缚。我像一只飞鸟，自由自在地飞翔。在那个虚幻世界里，我可以不断修正姿势，让自己更加充满活力和自信。在梦里，我会听到内心的呼唤，它让我不断地为自己内心的坚持寻找支点。

而当我回到现实中，那个呼唤带给了我一种动力，让我勇敢地面对生活的挑战。是梦里的那个自己，教会了我勇敢去尝试，去接受生活中的变化。我似乎看到了自己的无畏，这种无畏让我变得更加强大。我确定，人生不是一场博弈，也不是一场比赛，人生的真正意义，应该是要找到自己的节拍，找到自己的旋律，让自己的生命如同一首无与伦比的高歌。

在年轻的梦里，我掌握了生命的旅程，尽管困境重重，依旧能保持内心的平静和从容。回到现实，我依然不会被阻拦，我会坚定自己的步伐，走出自己的人生之路。在梦里，悠然自得地游离于现实与幻境之间，我随心所欲地走着，品味生命的浓浓香气。或许有人会觉得这是毫无意义的游戏，却不知道，我以这种方式坚持生活、体验生活，以此汲取生命中的营养，满足自己的大愿望。

有时候，我会顾盼自珍，对我而言，我曾经担心过自己是否已经失去了方向。当几经沉淀，我慢慢体悟到：人生本就是一场大梦，人们都一样地在梦中前行。每一个人都有着自己的理想和目标，持之以恒，不断地追寻，这才是活着的意义。当我意识到自己不应将生命过得只是机械式的工作与休闲，而应将它过成一副完美的画卷时，我才觉得自己确实需要有所改变。于是，我开始试着去探索更深的内心世界，去感受人生的桃红柳绿和百花争艳。

曾经有人问我："你做什么工作？"我笑着回答："我是一名诗人。"诗人的职业，是自由而又无所束缚的，诗人们用自己的心灵去把握生命中的细节，让生命惠风和畅、如花似锦。

人生有很多追求，而我的愿望，就是在追求实现的同时不忘初心。只有自己所追求的才是最重要的，多少次的勇敢，我仅仅是凭着内心的信仰和梦想。在梦里，我感受到了自己无穷的创意和想象力。梦想是修正的指南，让我不断调整自己，追寻梦里呼唤的遥远目标。我听到自己内心深处的火焰熊熊燃烧的声音，我不会停止对它的追求，我会用思想的信念去开启探索生命的旅程。

但现实并非如此，在现实中，我却常常被有限的视野所限制。我常常感觉自己像一匹马，被拴在马车上，不停地拉着车子走。我身处都市之中，世俗也会让我疲惫不堪。面对琐碎的生活，在布满浮躁与焦虑的现实里，我多么希望能回到梦里那片自由美好的角落。曾经，我在梦里感受到了心灵的自由和宁静，听到了梦想呼唤的声音。而现实中，我所追寻的目标，不过是一个遥不可及的梦境，仅仅是漂浮在季节中的理想和诉求的浮标。我感觉束缚并不来自外界，而是来自内心的恐惧。那个恐惧让自己不愿意去尝试，不愿意去冒险。因为现实这个世界是无常的，随时都在变化着。如果我不去适应它，我的人生将变得越来越困难。

进入中年时代，我又走进梦中，还是常常能听到内心的呼唤，每当听到这声音，我便知道自己必须坚持，告诫自己不要在琐碎中失去自己和目标的存在。告诫自己，虽然现实让我背负着种种沉重的责任和束缚，但无论如何，我都要怀抱着梦想，坚定地前行。即使是在黑暗的角落，我也要用文字迎接光明。现实与梦想，常常难以相容，而我，正是在这两者之间苦苦挣扎，为了追求而不停前行。

现实如同一道难关，让我不断思考和探寻，我的笔墨，或许只是一剂精神上的药物，却能让我在任何时候都感到温暖与亲切。我相信，那个美好的目标，一定会在我的梦中重现，那个熠熠发光的文字世界，一直在我心中长存。

新冠爆发后，我从未感到如此焦躁和不安。梦里走过的路，漫长而沉默，令我思考不断，惆怅不已。而今，成为一个诗人作家仍是我内心深处的向往。我不知道世界的辽阔和无垠，只知道在我的小世界，自己还是一个脆弱的人。我想要像沈从文一样，用文学记录下我的生命轨迹，我的幸运、痛苦、欢乐、沉思，又或是寂静，这些都是我生命中的点滴。很多时候，我仍然在自己的内心寻找生命的意义，但是，我也知道，我的追寻是无止境的，我将努力地实现自己的目标。虽然我的梦会最终实现或最终醒来，但我希望那只是另一种美好的开始，是新一轮的生命旅程。这样的生命轨迹，仿佛是一首永恒的诗歌，让我在意念的海洋里坚持不懈，让我在梦境和现实中走向自己的未来。

在人生的多年旅程中，我的境遇中曾经有过多次波澜，但无论如何，我依旧在寻找着自己的归宿，我的灵魂依旧在期盼着更高的境界。在那些寂静的夜晚，我常常会停下脚步，仰望星空，感受大自然的伟力。我明白，我是凡夫俗子，注定要在人世间漂泊，但我不能将自己的人生也沉沦于其中。我需要有一种锲而不舍的精神，让自己在这生命的历程里找到自己最好的位置。

我渴望得到生命的启示，用理性和想象力去把握自己的命运。岁月的流逝中，每一个瞬间的猝不及防和白云苍狗的变换，都会留下重要的印记。岁月的沉淀则将这些色彩给人以极具个性的深沉厚重，给人以思考与明悟。将心声迸发成诗歌，让它们穿越时光的隧道，在岁月的长河中铸成难忘的记忆，将它变成人生中珍贵的财富。

我愿将那美好的梦境化为文字，衔石填海，让它们在我的笔下变得更加真实。我希望借助文字的力量，"发扬蹈厉之志，以成从箭尚功之俗"，实现内心深处高顾遐视的向往，寻求那最纯净的回归。在我笔下的梦中，我得以尽情地徜徉其中，尽情地挥霍和享受赋于更多思想和真正璀璨的文字。

杜鲁门·卡波特曾经说过：梦是心灵的思想，是我们的秘密真情。

人间烟火与诗和远方，奏响生命的乐章

晨曦初照，阳光穿过窗户，洒在桌上，那一碗温热相宜的早餐，是人间烟火的生活，是温情的流淌。在忙碌的城市里，你为了生活而奔波，但那份对美好的执着，却是对诗和远方的眺望生活。你像一个舞者在人间烟火中跳跃，演绎着自己的故事，演绎着生活的每一个瞬间。那些快乐时光，那些感动瞬间，都融入了人间烟火气息，让人感受到生活的美哉惬意。而诗和远方，就像是一幅没有边际的画，值得你在旷远的梦想中去描绘。

人间烟火

人间烟火，是生活中的点点滴滴，是一日三餐，是工作、是交往。人间烟火有苦甜，有悲喜，但它终究是生活的一部分，是你必须经历和承受的。人间烟火，是生活，是温饱，是相濡以沫，也是不离不弃。

生活的本质是人间烟火。黄昏里的每缕炊烟，晨起时每道光芒，是人间烟火；锅碗瓢盆的磕磕碰碰，油盐酱醋的交织交错，柴米奶面的买放用度，都是人间烟火。

有人间烟火，就有生活的琐碎，就需要承担、忍耐、成长，成长过程有甘甜、酸辣、苦涩，这便有了生活的味道。这味道，可以温暖内心，满足成长所需，历练意志。

人间烟火，代表衣食住行，代表欲望与追求，也承载希望与期待，你在这人间烟火中的实实在在，是世俗中忙碌和奔波的点点滴滴。

为生活，需要打拼；为家庭，需要努力工作；为梦想，需要不断奋斗。人间烟火是人间温度、生活真实的点点滴滴，也是平淡无味的真实日常。

诗和远方

诗和远方，则是生活的一种情调，一种心境，是繁忙的生活中寻找的一种浪漫与美好。它可能是一首诗，可能是一幅风景，也可能是一首歌。诗和远方让你在人间烟火中找到一丝宁静，让你在忙碌中找到一种安慰。诗和远方，是生活中快乐的升华，是期望里幸福的绽放，是寄托在生命的奇思妙想。它是那个春日盛开的花朵，是那个夏日响彻的蝉鸣，是那个冬日飘落的雪花。它在你的生活点缀着每一刻，让你的未来和前景充满无尽向往。诗和远方是一种情怀情感，是一种热爱和追求。它可以是雨后彩虹的令人心醉，也可以是春花灿烂的美若处子，更可以是清晨的鸟鸣和夜晚的星空，是你对生活的感悟和表达，是你感受世界的方式方法。

诗和远方也可以是一段优美的文字，是一幅画，是一首音乐，是一种深情；是你寻找安慰鼓励的力量，也是你心中给自己的一份期许，给未来的一份向往；还可以是窗外风景，杯中清茶，纸上丹青；还是你内心深处的渴望和给予光阴的寄托。

诗和远方藏于内心深处，却又柔软得让你保持敏感和热情。你能把花朵的绽放，看成文字的舞蹈，看成音乐的流淌。你可以感受生活的韵律，体味生活的情趣，领略生活的意境。那是诗和远方的表达，是你生活中寻找的慰藉。

心怀诗和远方，能够将你内心深处的渴望，借助于诗和远方的情怀，将追求美好生活的过程以及结果以诗情画意体现。学会欣赏美，感受幸福，寻找生活的乐趣，在诗和远方中品味人生精彩的最佳意境。

心怀诗和远方是生活的艺术，是生活的美学。你的生活，应该是宫商角徵羽的五音成韵，是琴瑟筑箫笙知音流水三千寻，是晨曦中初升太阳的朝气蓬勃，是黄昏落下晚霞时一份宁静的期待，是夜晚里的一轮明月的悬悬而望，或是深夜灯光照亮归途是归心似箭的匆忙。

人间烟火与诗和远方，奏响生命的乐章

若以小提琴比拟生命历程，则琴杆、琴头、琴颈、琴弦构成生命中的人间烟火，而琴弓则是诗和远方。生命的交响，就是人间烟火与诗和远方在生命中的交会摩擦出的乐章。两者间，既要面对现实，又要拥有期待。一个让你前行，一个让你热爱，生命就是在两者间，找一种平衡而充满韵律的触碰，摩擦一种属于你自己的声音。

人间烟火与诗和远方，是生命中矛盾而又和谐的动态共存。生命历程，不但有人间烟火的凡俗乏味，也有诗和远方的阳春白雪。前者是生存和活着的基本，后者是意志和理想的情怀。生命交响在两种元素的声音中，构成有色有香的全貌。

只有人间烟火，生活会越来越单调无味；只有诗和远方，生活会日见虚无缥缈。所以，需要以前者去生活，在人间烟火中寻找生活的温度；用后者去感受，在诗行间寻找灵魂的归宿。要在人间烟火中寻找生活温度的热源，在诗篇里寻找灵魂栖息的居所。

还以小提琴作比，持琴、换把、手指起落靠的是你的技巧娴熟，韵律、节拍、旋律的把握则需要细致入微的体会。将人间烟火与诗和远方合奏出生命的交响，去演绎属于自己的生活故事，去描绘属于自己的美好未来，需要的是技巧和把握的艺术。

而如何让生命交响声振林木、响遏行云，则需要不断丰富和滋养你生命的内涵，让人间烟火与诗和远方交响出丰富的生命的乐章来。

因为，拉琴的人是你自己。

孤独的风景，有别人不能临摹的自由

孤独不是与生俱来的，是从意识到自己开始，与世界抗争和与自己和解产生的。在无数的夜晚，我们的内心深处总会有一种无法言喻的孤独感。

在瞬息万变的世界，我们不断地寻找自己的位置，而那个属于自己的孤独常常悄然而至。所以，我们又要在孤独中，找到那个最真实、最纯粹的自己。因为只有找到自己，才能在孤独中得到解脱。

面对孤独，我们需要足够的勇气。勇气让我们可以面对困难，回归到生命的坚强；面对失败，回归到生命的坚韧；面对生命中的一切，最终回归到生命的平静。

勇气以一种深深的自我反省，主动把握与自己对话的机会。而孤独它让我们有机会重新审视自己，面对自己，了解自己。因我们常常在生活的喧嚣中忽略自己的内心，而孤独，就是那个唤醒我们的声音。

所以，孤独不是忧伤，而是一种成长，是生命中最原始的色彩，是一种只与自己相关的悲欢离合。它像一幅画，深深地镌刻着我们成长、生活的轨迹，是我们生命中孤独的闭环。

从这一点来说，孤独就是生命圈定的风景，有着别人无可临摹的自由。

因为在孤独中，我们可以随心所欲做自己，可以尽情地沉浸在自我发现和探索的乐趣中。我们不再害怕外界的拘束，而能享受静默带来的自由。既不寂寞，也不无助，而是一种深深的内在的感受。尽管，我们也不能说这是一种享受，因为它往往也伴着一种难以自拔的困阻。但我们绝不能说这是一种痛苦，因为它往往伴随着一种贴心的愉悦。孤独也绝不是一种缺陷，反而能让我们可以看清自己，回归到生命的真实；看清别人，回归到生命的慈悲；看清世界，回归到生命的本身的智慧和魅力。

也因为它们既不需要被理解，也不需要被赞美，只需要那份深深的孤独，眷恋着那份对生命的热爱。它们是超现实主义画家以潜意识和超越现实的梦幻笔触描绘出的那一幅幅梦幻与现实的统一的风景；可能是抽象表现主义的自发性和无意识随机的组合；也可能是运用线条、色彩等基本要素表达的意境与情感。但是，透过这些画面，能感受到生命的静谧、孤艳和瑰丽。它们可以是静止的画作，也可以是流动的音乐。它们既是思想的源泉，也是灵魂的栖息地。在这里，你可以听到风的声音，可以看到云的舞蹈，可以感受到大地的呼吸。那是一幅幅耐人寻味的画，但又不需要华丽的色彩，更不需要繁复的构图，只需要那份深深的孤独，和那份对生命的热爱。

还因为它们沉默在每一片角落，任凭四季更迭，日出日落。没有言语，没有表情，只是在你生命中的一隅，静静地独属于我们个人而存在着。当我享受这种孤独时，这风景、这角落、这一隅会欣然给予我所需要情绪和自由。就像有时候，我会在黄昏时分，漫步在那片孤独的风景里。没有目的地，没有方向，只是任由脚步带领我前行。我会在那些孤独的风景前停留，凝视着它们，仿佛能听到它们的呼吸，感受到它们的情绪。并非一定是寂静无声的，有时候，我会听到风吹过树林的声音，那轻柔的声音，如同诗人在低语。我会看到鸟儿在枝头跳跃，它们的欢快，仿佛在告诉世界它们的自由。这孤独的风景，是我们独处的时间见证者。它们经历了春夏秋冬，经历了风雨变幻。它们的孤独，是那种看透了一切的淡然，是那种无所畏惧的自由。

更因为那里的风景，只属于我们自己，那是一种无与伦比的自由和宁静。而孤独如同这片风景一般，永远静静地存在着，是时光对生命的馈赠，是生命积累的小结。在那孤独的风景中，我们总能找到那个最贴近、最自由的自己。孤独的风景，是那样美丽而独特，它可以像一幅幅无形的画作，展示着一个个鲜活的灵魂，诉说着一段段生动的故事。这些故事，虽然鲜为人知，但它们却是那样地扣人心弦，引人深思，同时，又有着无人能临摹写意的动感。

孤独的风景，是时间的见证者，是自由的象征，那是你自己的内心世界。孤独的风景中，有你生命中最美丽的工笔。

而每当你走出孤独时，在那个风景框上，总会留下你独特而简洁的文字，那是你写给自己生命的一次注脚。

你及你的人生

默默无闻

你是一个默默无闻的存在，但你要让这个世界因你的存在变得更加多姿多彩。你在人群中可能不起眼，但你内心深处要拥有对美好的向往和对世界的热爱，去用善良和真诚去感受这个世界，去体验生活的点点滴滴。

你是一个在喧嚣的城市中寻找宁静的人。你用自己的方式去面对这个世界，用笔墨描绘人生，用歌声唤起一个个动人的故事。你是那个在岁月流转中坚守初心的人，是那个在风雨洗礼中不断成长的自己。

你会让自己的人生如同那春笋般茁壮成长，直至绽放出最耀眼的光芒。你会让自己的内心如同那尘世般丰富多彩，散发出无尽的魅力。

你要让自己身上有一种无法言喻的力量，有让人瞠目结舌的美丽。这种力量不是来自于外在的形象或物质财富，而是来自于你内心深处的那份坚定和自信，成就你在人生的舞台上大放光彩，成为那令人敬仰的存在。

这份自信和坚定，并非天生具备，而是通过不断努力和积累而来。每一个成功者都拥有坚定的信仰，敢于追求内心的渴望和目标。学会从内心深处挖掘出这份力量，让坚定的信仰和自信成为前进的动力。

所以，无论你是那个默默无闻的存在还是那个寻找宁静的人，都请相信自己的价值和意义。通过思考，你能够深刻地理解自己的内心，以及这个世界。通过观察，你能够看到生活中的奇迹。你能够看到一朵花在微风中的轻轻摇曳，以及一只小鸟在树枝上的跳跃。你能够看到一个孩子的微笑，以及一位老人的智慧。你能够看到一切美好的事物，以及它们所带来的快乐和感动。所以，请珍惜你是那个在繁华都市中默默无闻的存在，是那个在人群中不起眼的可能。然而，正是因为你的可能，才让这个世界变得如此多姿多彩。

珍视自我，成就不凡

你可能觉得自己只是一个普通的人，一个无声无息、平淡无奇的人。但是，请相信，你的存在本身就是一种价值和意义。正是因为有了所有像你这样的人在这个世界中存在着，这个世界才变得如此绚丽而生动。

这个世界，充满了各种各样的角色和声音。而你，可能是那最普通的一员，也可能是个例外。你不一定要拥有引人注目的外表，也不一定要拥有非凡的才华。世界里，或许有无数的竞争和矛盾。但是，你选择了用自己的方式去感受这个世界的存在。你默默地努力着，用自己的汗水和努力，去换取自己的成长和进步。你不去追求那耀眼的荣耀，也不去争取那虚假的名利。

你只是一个普通人，但在自己的领域里，你却是一个不平凡的存在。你用自己的方式去体验这个世界，用自己的心灵去感受这个世界的美好与无奈。你或许没有令人瞩目的外表，也没有惊人的才华。但是，你却有着自己独特的魅力和价值，这让你在繁华的都市中独一无二。

在繁华的都市中，你可能只是一个不起眼的角色。但是，你却有着独特的魅力和价值，你是那个在人群中默默前行的人，是那个用自己的方式去感受这个世界的存在的人。无论是在面对生活还是面对未来，你都可以以自己独特的方式去闪耀，去成长，去拥有更美好的未来。

你很可能不会成为一个伟大的人物，但你可以成为一个有温度的人。你可以用自己的善良和真诚去影响身边的人，让他们感受到生命的美好。就像汪国真所言，"人不一定能使自己伟大，但一定可以使自己崇高"！

就像乔布斯所言，"Stay hungry, stay foolish"（好学若饥，谦卑若愚）！你不断地学习和成长，让自己变得更加优秀和出色。你可以成为一个有思想的人。你可以用自己的智慧和创造力去拓展人类的认知边界，让人们看到未来的可能。

甚至，你的思考有可能成为人们更广泛意义上的礼物。

所以，无论你是在哪里生活着，都请相信自己有无法替代的价值，潜力无限，只待挖掘和绽放。

喧嚣中追求简单

你也是那个在纷繁复杂的生活中追求简单存在的人。在这个快节奏的时代里，人们总是被各种各样的事情所困扰，很难找到一份内心的平静和安宁。

你要懂得如何在喧嚣中保持内心的宁静，如何在纷繁复杂的生活中追求简单。追求简单，也是生活中重要的一部分。在纷繁复杂的生活中，你可能会感到心力交瘁。因此，你要懂得如何在喧嚣中保持内心的宁静，如何在纷繁复杂的生活中追求简单。

当一个人静静地坐在角落里，享受着属于自己的时光时，内心经常会变得平静和宁静。这种时光或许很短，但它们却是生活中最珍贵的部分。在这个快节奏的时代里，人们每天都在追求各种各样的东西，而往往忽略了生活中的这些美好瞬间。然而，这些美好瞬间却是我们保持内心平静和快乐的重要原因。因此，我们应该学会如何面对自己的生活，珍惜自己的内心，关注自己的情感需求，并在繁忙的生活中找到属于自己的时光。

珍惜自己的内心，关注自己的情感需求，这都是生活中重要的部分。每个人的内心都是独一无二的，而关注自己的情感需求则是保持内心平静的关键。只有学会倾听自己的内心，才能找到属于自己的快乐和幸福。

在繁忙的生活中找到属于自己的时光，这也是需要学会的。生活中有很多美好的瞬间，而学会从中寻找快乐和温馨。这可能需要一些技巧和时间管理能力，但只要用心去发现，用心去感受，那么生活中的美好瞬间就会越来越多。

无论你在哪个领域、哪个行业、哪个岗位上工作，都要珍惜自己的生命和时间，不要轻易放弃自己的梦想和追求，不被外界的压力和诱惑所迷惑。你要懂得用心去体会生活的点滴，用心去关注身边的人和事。生命中的每一个细节，或许是一次偶然的相遇，或许是一次意外的经历，或许是一次深刻的思考，都会在我们的内心深处留下深刻的印象，影响着我们的思想和行为，都是我们命运的一部分。它们或许微不足道，但却承载着生命的轨迹。正是因为有了这些细节的存在，生命才会变得更加丰富多彩。

善良和真诚是无形的力量

内心的善良和真诚是一种无形的力量，它能够感染身边的人，让他们感受到生命的温暖。当你用自己的善良去对待他人时，你会发现自己内心的善良和真诚能够给你带来力量和勇气。

善良和真诚是人类最宝贵的品质，应该同与生俱来的天赋一样，是你最宝贵的财富。

以善良为基座，真诚为支柱，用心倾听他人的需求，会让你更加关注他人的需要和感受，让你更加愿意去帮助他人。当你用自己的真诚去对待他人时，我们会发现自己的生命变得更加充实和有意义。

同时，内心的善良和真诚也能够帮助你面对生活中的各种挑战和困难。

只要坚持做正确的事情，就一定会得到回报。你的人生就是你的作品，而你的作品不仅仅是一种艺术表现形式，更是一种精神追求和生命态度。你要用你的语言和思想，让文字充满的力量和活力，像一股清流般涌动着，富有诗意的节奏和情感的脉搏。

在这个世界上，每个人都会留下自己的印记。这些印记，有大有小，有深有浅，但都是你在这个世界上的独特标志。你是那个在岁月流转中坚守初心的自己，是那个在风雨洗礼中不断成长、不断超越的自己。时间如白驹过隙，岁月如梭匆匆流逝，在风雨洗礼中，你要懂得从失败中吸取教训，从挫折中汲取力量，坚强和勇敢是珍贵的精神和意志，而且，成长不仅仅是个人经历，更是成就自己的精神追求和生命态度。

当你觉得，你的人生之路充满了坎坷和波折，许多人也正同你一样。所以，你必须始终保持着一颗平常心，无论你在何处，无论你做什么，都要保持内心的善良和真诚。因为这是你最宝贵的财富，也是你与众不同的地方。

内在品质的力量与信仰

命运沉浮中，要善良真诚、坚韧勇敢、聪明智慧。人生修养，源自内在品质。生命之美，更是一种精神追求和生命态度，是积极向上的力量和信仰。

每个人对于生命的意义和价值，都有不同的认知和体验。生命之美不仅在于外表，更在于内在的精神追求和生命态度。

积极向上的力量和信仰，是生命之美的重要体现。生命之美不是消极妥协，而是积极向前，不断追求进步和改变。我们需要信仰，信仰可以给我们生命的力量和勇气，让我们在面对困难和挑战时，保持坚定的信念和决心。只有拥有积极向上的力量和信仰，才能够让我们的人生充满活力和色彩，让每一个日子都充满意义和价值。

生命之美，更在于内在的精神追求和生命态度。追求内心真正的渴望和目标，不断提升自己的内在修养和品质，才能够真正体验到生命之美带来的无限力量和美好。

每个人都希望自己的人生能够充满生机和活力，而这种生命力的源泉就在于人之内心。只有拥有一颗善良、真诚、坚韧、勇敢、聪明的心灵，才能够在人生的道路上走得更加坚定、自信和从容。这些品质和修养都是从生活中汲取的营养，是不断成长和进步的动力和支撑。

这种内在品质和修养所带来的生命之美，不仅表现在你的、言谈举止中，也反映在你的思想观念中。只有信仰与力量共存，追求进步和改变，才能让你的人生更加充实、有意义。只有拥有自信和坚强，才能够让自己的人生如同那青春一般，充满活力，奔放无限，面对困难和挑战时，不会轻易退缩，以足够的勇气和力量，去迎接一切挑战。这种勇气和力量，来源于你不断积累的经历和成就，来自于你对自己的肯定和信任。自信和坚强，能够让人生充满光彩，让每个日子都充满快乐和意义，你也会因此变得更加宽容、理解，尊重他人的权利和选择，与人为善、以德服人。

每个人都是独一无二的存在。我们的命运也是如此，既有着自己的轨迹和规律，又受到外界环境的影响和制约。内在的品质和修养，在自己的命运中体现出善良、真诚、坚韧、勇敢、聪明等优秀的素质。如此，人生才不仅仅是一个简单的存在过程，更是一场精彩绝伦的生命之旅。

时间的影子

你是那熠熠生辉的太阳，强烈的光芒照亮了我心中的每一个角落，又是那璀璨的星辰，闪烁着光芒。然而，时间和空间却将你藏起，使我无法看见你的容颜，只留给我深深的思念之情。

思念之情，如同一股激流在心中涌动，它时而平静，时而汹涌，仿佛在寻找一个宣泄的出口。我不断地回忆着那些美好的时光，那些与你相伴的日子，然而这些回忆却像是一把双刃剑，既让我感到甜蜜，又让我感到苦涩。

每当夜幕降临，那思念之情就如同影子一般，悄悄地潜入我的梦中。在梦中，我可以再次看见你的容颜，感受到你的温暖。然而，当梦醒时分，我发现你仍然不在我的身边，那份失落和沮丧让我无法自拔。

思念之情是一种甜蜜而仓皇的感觉，它让我在每一个瞬间都感到你的存在。即使你不在我身边，我也能感到你的气息，你的声音，你的微笑。这种思念之情让我明白世界是如何变得空虚和寂寥。

这份思念之情会持续多久？我不知道。我只知道，我会一直怀念你，一直等待你回到我的身边。即使这份等待是如此的痛苦和漫长。

在许多清晨和傍晚，我感受到空气中弥漫着你的微馨。那是一种淡淡的、若隐若现的气息，仿佛你的存在就是一股清新的风，轻轻地拂过我的面颊，让我感受到你的存在。在这断断续续的乐曲中，我感受到了最美、最温柔的夜晚，那带着一天星斗的童话。

我曾听见你的足音，那是一种沉稳而轻巧的步伐，如同山间的泉水叮咚，响彻梦境。你的使者曾秘密地到我心里来召唤，那是一种发鬓拂过鼻息的感动和喜悦。我仿佛被一种无形的力量所吸引，不由自主地走向你，感受你的存在。

每当夜幕降临，我总会想起你的身影，那是一种漫长的思念和期待。我想象着与你相遇的那一刻，那将会是一种怎样的惊喜和感动。我曾试图用语言来描述这种感受，但我发现任何语言都显得苍白无力。我只能用心去感受，去体会这种美妙的情感。

在轻柔的微风中，昆玉河的水面泛起了层层涟漪，犹如梦幻般的荡漾，似乎在诉说着一种彷徨。

风，轻轻吹过，带着一丝清凉，拂过河面，挑起了阵阵微波。这些微波在风的引领下，像是一个个不安的心，在河面上跳跃、旋转。水面皱起，起伏不断，犹如一幅巨大的绸缎在风的吹拂下舞动着，充满了生命的韵律和力量。每一个皱起的波纹，都是水面的一次呼吸，一次生命悸动的活力。

那些皱起的波纹，像梦一般地荡漾着曲折、迷茫和彷徨。人们仿佛可以看到那些故事中的主角，他们在水面上行走、奔跑、跳跃，他们的身影在皱起的波纹中若隐若现，如同梦境一般模糊而又清晰。

过往的痕迹，宛如一幅年代久远的图画，让人感到一种淡淡的忧伤和深挚的思情。这幅画就像一面镜子，映射出我们曾经历过的花朝月夕。它是一幅我们都不陌生的画面，像沉在水底的记忆的倒影，时而清晰，时而模糊。

记忆中，那荷塘的香气扑鼻而来。每一片荷叶都如同一面绿色的旗帜，在微风中轻轻摇曳。那僻静的月明，如同一盏灯笼，照亮了整个荷塘。月色下的荷花，更显得娇艳欲滴，仿佛是月光下的仙子，在荷风中翩翩起舞。

昆明湖的荷塘，承载着我们共同回忆的点滴。那时的我们，曾满掬着荷花香。那时的荷塘，正是青春的新绿飘洒的好时节，诗语以风中的呢喃，仿佛从北洼路的码头轻唤着我们，邀请我们登上那驶向颐和园的游船。

那时的荷塘，弥漫着花香和青春的气息。我们沉醉其中而忘却了尘世的喧嚣，只剩下耳畔的低语和眼前满目的绿意，仿佛整个世界都为我们停在了荷塘边的小径上。脚下的泥土似乎都散发着青春的气息，飘散在这片绿意盎然的空间里。

啊！时间的距离，它比从玉渊潭到昆明湖还要漫长。那玉渊潭与昆明湖之间的距离，不过咫尺之间，然而时间的距离，却无法用尺度来衡量。它无情地剥夺了我们的昨日，又将我们推向了一个又一个的明天。

昨日，我在梦境中见到那熟悉的身影，化作今日昆玉河畔的一道影子。那影子随着微风摇曳，似有所言。我试图牵手时，它却如风般消散在昆玉河的波澜中。然而，河水悠悠流淌，仿佛在追逐着昨日的梦境。我不禁想问，那道影子是否还在昆玉河畔，是否我还在梦中？

　　时间像曲折的河流，缓缓流淌在我们的生命中。

　　我不断地追寻着时间的踪迹，想要找到那个令人怀念的影子。我翻看着老照片，听着那些老歌曲，甚至重新漫步在那些曾经熟悉的小路上。那道影子始终都是若隐若现，仿佛在跟我玩捉迷藏一般。它像白云留下的片羽，轻轻地飘荡在空气中。我试图用言语来捕捉它，将它永远地留在我们的心中。但是，无论我们怎么努力，那道影子始终都在飞翔着，不断地飞翔在蓝天的变幻里。

　　爱，是这一切的根源。它不仅仅存在于那些甜蜜的语词之间，也隐藏在那些深情的眼神之外。我们渴望能够捕捉到它，将它紧紧地握在手中。然而，爱却像一只小鸟，它的翅膀总是扑朔迷离，让人无法捉摸。

　　而响在记忆中的声音，是时间的影子，也是影像的载体。

时光幻影与人生的思想和情感

世间万物都是时光中的幻影，它们如流水般匆匆而过，留下的只是回忆中一抹淡淡的痕迹。在无边无际的时光中，我们的思想和情感确实扮演着重要的角色，并且是真正影响我们的感受和行为。

人类天生具有情感和思想，这是我们与其他生物最大的不同之处。我们能够感受到喜怒哀乐，能够思考、反思、创造，能够体验到爱与痛苦。情感像一道无形的纽带，将我们与世界连接在一起。当我们面对美好的事物时，它们会激发出我们内心最深处的喜悦和赞美；而当我们遭遇困难和挫折时，它们会唤起我们内心最坚韧不拔的勇气和决心。

然而，在现实生活，我们常常误将自己的情感和观念投射到外界事物上。我们给予事物以主观色彩，使其成为满足或者背离自己期望的标准。但实际上，这些事物本身并没有改变，它们依然保持着原本的状态。或许你曾经看过一朵花，在它娇艳欲滴的花瓣上投射出你心中最美好的梦想；或者你曾经听过一首歌，在它优美动人的旋律中找到了自己内心深处最真实的声音。这些事物只是静静地存在着，等待着我们去赋予它们意义。

举个例子来说，在爱情中，人们常常将自己对伴侣的期望投射到对方身上，并期待对方完美地满足自己的需求。然而，爱情并非是一场完美的童话，它需要双方的包容、理解和妥协。当我们意识到这一点时，我们才能真正理解爱情的本质，并与伴侣共同成长。同样地，在工作和事业中，我们会将成功定义为物质财富和社会地位。我们追逐着名利和金钱，以为这些能够带来真正的幸福。然而，当我们达到了所谓的成功之后，却发现内心并没有得到真正的满足。因为成功不仅仅是外在的荣耀，更重要的是内心深处的平静与喜悦。

时间在不停地流转，岁月在不停地更迭。当我们回首往事时，我们会发现曾经那些触动我们内心的东西依然存在，但它们已经不再是当初的样子。或许是因为我们自己的成长和变化，或许是因为外界环境的变迁，总之，一切都在不断地演化。我们会感到困惑和迷茫。当我们看到世界上的不公平和痛苦时，我们会质问这个世界为什么如此残酷。当我们遭遇挫折和失败时，我们会怀疑自己的能力和价值。但实际上，这些都只是片刻的感受和思考。

　　人生就像一幅画卷，在时间的笔触下逐渐展开。每个人都有自己独特的故事，在这个世界上留下属于自己的痕迹。而这些痕迹正是我们情感和思想在时光中留下的印记。即便你曾经经历过悲伤和失落，但你也一定体验过喜悦和成功。正是这些情感起伏、思想碰撞构成了你丰富多彩的人生。它们塑造了你对世界的认知和理解，影响着你的行为和选择。

　　然而，我们也要明白，情感和思想并非万能。它们可以指引我们的方向，但不能决定我们的命运。在现实世界中，我们还需要面对各种各样的挑战和困难，需要付出努力和奋斗才能实现自己的梦想。

　　当时光流转，幻影消散。当我们回望过去时，或许会发现曾经那些看似重要的事物已经变得微不足道；而那些被忽视的细节却成为了珍贵的记忆。这是因为时间能够淘汰虚幻与浮华，只留下真实与珍贵。

　　在纷繁复杂的世界中，学会从内心深处去感受和思考是非常重要的。通过从内心深处去感受，我们可以更加真实地体验和理解自己的情感。这样，我们能够更加真诚地对待身边的人和事物，并以善意和关爱去对待它们。给予他人最美好的色彩，不仅能够提升他们的幸福感和满足感，也会让我们自己感到满足和快乐。

　　思想是我们头脑中产生的各种意识活动，包括观念、信念、价值观等。它们是我们对世界的理解和认知，塑造了我们对事物的看法、态度和行为方式。通过积极健康的思维方式，我们可以培养乐观、自信、开放和创造性的心态，从而更好地应对挑战、发现机遇，并实现个人成长和发展。

　　情感则是我们内心深处产生的各种情绪和情感体验。它们包含喜怒哀乐、爱恨憎等多种表现形式。情感对于我们的感受和行为有着直接而强烈的影响。正面积极的情感如喜悦、爱与关怀能够带来幸福感，使我们更加积极向上；而消极负面的情感如愤怒、焦虑与恐惧则会带来不良影响，阻碍我们追求幸福和实现自己的潜力。

思想和情感相互作用，共同影响着我们的感受和行为。积极健康的思维方式能够培养积极乐观的情感，反之亦然。通过培养积极健康的思维方式和情感体验，我们可以更好地应对挑战、保持心理平衡、提升幸福感，并且在人际关系中表现出更加成熟和善良的态度。

故而，在时光流转中，尽管一切都是匆匆而过的幻影，但我们可以通过塑造积极健康的思维方式和情感体验来影响自己对世界的看法与态度。让我们珍视并善用这份宝贵的力量，使其成为引领我们前行、塑造美好生活的重要助力！

通过从内心深处思考，我们可以更加清晰地认识和理解自己的思想。这样，我们能够更好地审视和分析问题，并做出明智而有意义的决策。它们来自于我们个体独特而珍贵的存在。

通过在纷繁复杂的世界中从内心深处去感受、去思考的方式，我们才能够建立起真诚、善良、有意义的人生。这种内心深处真实而纯粹的情感与思想赋予了世界以永恒的意义，使我们的生命更加有意义和宝贵。学会从内心深处去感受、去思考，并用真诚和善意对待身边的人和事物。通过赋予它们最美好的色彩，我们可以为自己和他人创造出更多快乐、幸福和意义。在时光流转中，让我们的内心力量成为引领我们前行、塑造美好生活的重要指引！

时光中的幻影，仿佛一场梦境。如席慕蓉所言"每个转角，每个绳结之间都有一个秘密的记号"。而思想和情感，却是真正影响着我们感受和行为的力量，它无形无影却又厚重实在，它是那些微妙而深远的力量，它是爱与友情的纽带，是信念和理念的支撑。它没有形状、没有质感，却能够穿越时空，触动人心，改变世界。它是内心最深沉的情感和思想，在寂静中真实而永恒。

人类是情感的生物，思想和情感能让我们体会到喜怒忧思悲恐惊，中医讲这是致病的内在原因，但也是我们活着的丰盈色彩。

涵容蓄力，养运命之源

人生旅程中的风景与成长

岁月如诗，人生如梦。漫长的时光长河中，我们穿越了悉数春秋，经历了各种沧桑变迁，逐渐成长起来。是什么塑造了我们绝不服输的品格、积蕴了我们内心的力量，让每一次挫折都成为我们前进的动力，每一次困境都让我们趋近成熟的呢？

涵容是一种智慧，一种境界，也是博采众长。通过与不同背景、不同经历的人交流和互动，对某种现象的思索，可以拓宽自己的视野，完善自己人生的必备的修养。

在人生旅程中，我们也会遇到一些特别的人和事情，它们深深地烙印在我们心中。这些人可以是家人、朋友或者陌生人，他们通过他们的言行举止、关怀和帮助等方式影响着我们，并成为我们成长路上重要的支持者和伙伴。而那些特别的事情则可能是一次难忘的经历、一段珍贵的回忆或者一次重要的转折点。它们给予了我们力量与勇气，让我们变得更加坚强与成熟。这些留下深刻印记的风景、人和事情，成为我们宝贵的记忆。它们提醒着我们过去所经历和感受的，让我们回想起那些美好或者不那么美好的时刻。这些记忆也可以成为我们前行的动力和指引，帮助我们更加明确自己的目标和价值观，并在未来的旅程中做出更明智的选择。

当我们在旅途中遇到大自然的壮丽山川、湖泊和海洋时，它们展现出的宏伟与壮观的景象，让我们感受到自然的力量和美妙。这些风景教会了我们谦卑与敬畏，让我们意识到自己在大自然面前的渺小。同时，它们也给予了我们启示与智慧，让我们思考人类与自然的关系，并体味到生命的宝贵与脆弱。

而城市的繁华街道、古老建筑和文化遗址则展示了人类智慧和创造力的结晶。这些美景代表着历史与文化传承，给予了我们对过去和未来的思考。它们让我们欣赏到人类艺术和建筑的精美，激发了我们对美好生活追求的热情。

通过驻足欣赏、沉浸其中，我们可以从这些美景中汲取智慧和灵感。这种境界不仅是对外界环境的理解与感知，更是一种内心深处对美的体验和领悟。这种境界可以让我们开放与包容，让我们欣赏并感受到生活中的美好之处。

当我们拥有了这种涵容智慧和境界时，我们会更加敏锐地察觉到身边的美景和美好。我们会学会去欣赏、珍惜并感激生活中的点滴美好，无论是大自然的壮丽景色还是城市中的繁华街道。同时，这种境界也能够帮助我们在面对困难与挑战时保持冷静与平和，在逆境中找到力量与勇气。

这些风景和人事是我们内心强大与坚韧的源泉。它们如道道光芒，照亮着前行的道路，让我们在黑暗中找到希望和勇气。它们使我们能够面对困难和挑战，坚持追求自己理想与目标。正因为有了这些美好记忆与珍贵经历，我们才能变得更加勇敢、坚强，走得更远。

成长的力量

珍惜那些深深烙印在心中的人和事，是我们对生活的感激与珍爱。它们不仅给予了我们美好的回忆，更成为我们成长路上的指引和力量。无论是时光流转还是岁月更迭，这些记忆始终伴随着我们，为我们点亮前行的路途。

正因为有了这些温暖的港湾和镌刻在年轮中的辙痕，我们才能在寂寞孤单时找到安慰，在困惑迷茫时找到方向。它们如同一盏明灯，在黑暗中引导我们前进的步伐。当生活遭遇波折和挫折时，这些记忆就像一股力量注入我们内心，重新勇敢面对困难，并坚信自己能够战胜一切。

同时，这些记忆也是我们与他人相连的纽带。在回忆中，我们可以再次感受到那份真挚而深厚的情感。或许是与亲人共度欢乐时光的笑声，或许是与朋友分享彼此喜怒哀乐的默契，又或许是与恩人之间流淌的感激之情。这些记忆明白，我们不是孤独的个体，而是与他人紧密相连的一部分。它们给予了我们支持和依靠的力量，让我们在困难时刻感受到温暖与关怀。

所以，珍惜那些永远停留在心中的风景和记忆。无论是美丽的自然风光还是深刻的人际关系，它们都是我们生命中宝贵而珍稀的财富。让这些记忆成为栖心的港湾，在生活起伏中给予我们力量和慰藉。同时，也学会珍惜当下，用心去体验每一个笑容，每一个回眸，将更多回忆的瞬间铭刻在内心深处。

　　是的，这些人对我们来说都是非常重要的存在。他们给予的关爱和支持，也在我们的成长过程中起着人生向导的作用。无论是初恋情人、一生的朋友还是恩人，他们都与我们有着深厚的情感纽带。

　　初恋情人带给我们青春的激情和美好的回忆。他们陪伴我们度过了年少时光，体验到爱情的甜蜜和温暖。虽然可能最终并未走到一起，但初恋情人的存在也让我们有了爱的经历和成长机会。他们教会了我们如何去爱、如何去珍惜，并且留下了永久难忘的记忆。

　　一生的朋友是陪伴我们走过岁月长河的知己，他们始终与我们心连心。他们分享了我们生活中的喜怒哀乐，支持着彼此追求梦想和面对挑战。朋友之间建立起来的默契和信任让彼此成为可以依靠和倾诉心事的伙伴，即使分隔千里，也能够感受到彼此的关心和真诚。

　　那些曾经帮助过我们、对我们产生重大影响的人，他们可能是给予我们关键指导的老师，也可能是在困难时伸出援手的陌生人。无论是怎样的缘分，他们都改变了我们的命运轨迹，并且让我们感到善意和温暖。他们给予了我们宝贵的机会和资源，让我们能够实现自己的梦想和目标。

　　这些人在我们内心留下了深刻的印记，成为了我们力量和勇气的源泉，教会了我们坚持不懈地追求自己的理想。每当回忆起与他们共度的美好时光，我们就能够重新感受到那份温暖和关怀，在孤独时刻找到一份陪伴。

　　这些人和事物就如同光芒般照亮着我们前行的道路。他们给予了我们启迪和指引，我们学会在困难和挫折面前保持勇气和决心。无论是经历艰辛的恋情、与朋友共度美好时光、还是受到恩人的帮助，这些经历都成为了我们内心力量的源泉。

内心力量是战胜困境之基础

　　当生活遭遇低谷时，内心的力量会振作起来。它使得我们能够从困境中找到出路，从失败中寻求教训，并不断向前迈进。它让我们相信自己有能力战胜困难，实现自己的目标和梦想。

保持积极乐观的态度是培养和壮大内心力量的重要方式之一。积极乐观的心态可以帮助我们更好地应对挑战和困难，保持对未来的信心和期待。同时，积极乐观的态度也能够影响我们周围的环境，传递正能量，激发他人的积极性。

回忆美好时光是培养内心力量的有效方法之一。回顾过去的美好经历和成功经验，可以让我们感受到自己曾经取得过的成就和幸福，增强自信心和勇气。这样，在面对困难时，我们可以从回忆中获取力量，相信自己有能力克服困难并取得成功。

与他人建立深厚关系也是培养内心力量不可或缺的一部分。人际关系对于个人发展和幸福感都至关重要。与家人、朋友以及同事等建立深厚而稳定的关系可以为我们提供支持、鼓励和帮助。在面临挑战和困难时，有人陪伴和支持会让我们感到更加坚定和安心。

内心的力量支撑和寄托我们精神上的图腾。它像一棵参天大树一样，深深扎根于我们内心深处，给予我们坚定和自信。这种力量来源于那些在我们生命中留下深刻印记的人和事物。

我们应该珍惜那些我们曾驻足流连的风景，这些美丽的景色可以唤起我们内心深处的宁静和喜悦。无论是大自然的山川湖海，还是城市夜晚的灯火阑珊，又或者是乡野间飘荡着的炊烟袅袅的气息，都能给予我们一份特殊的感动和放松。

同时，我们也应该珍惜那些我们在心里不时想念的人。他们是我们精神寄托，是我们心灵眷恋的所在。与他们交流、分享和相互关怀，可以使我们感受到真挚情感和温暖关怀。这种联系让我们不再孤单，在生活中能找到依靠和支持。

面对各种困难，保持内心的强大力量非常重要。只有以平静而坚定的内心和足够强大的力量去面对困境和压力，我们才能够更好地解决问题，并使获得的成果化为保持前行的动力。内心就像一座港湾，在外界纷扰之中给予我们安全感和庇护所。

内心的力量可以帮助我们保持积极乐观的态度。当困难出现时，人很容易被负面情绪所笼罩，产生消极的想法。然而，一个强大的内心可以让我们看到问题背后隐藏着的机会和潜力，能够激发我们积极应对困难的决心，并相信自己能够克服任何挑战。

培养内心力量，勇敢面对生活

蓄内心之力可以增强我们的坚韧性和毅力。困难往往伴随着失败和挫折，但强大的内心可以使我们更加坚定地追求目标并不断努力。它能够让我们在遭遇失败时不轻易放弃，而是从中汲取经验教训，并寻找新的解决方案，可以帮助我们保持自信。当困难出现时，我们很容易怀疑自己的能力和价值。强大的内心可以让我们坚信自己的实力和潜力，能够帮助我们建立自信心，在困难面前保持镇定和冷静，并相信自己有能力克服一切困难，也可以让我们更好地应对变化和适应环境。它能够帮助我们调整思维方式，寻找新的解决方案，并快速适应新的环境。

我们常常会遇到各种挑战和困难，而内心的力量是我们抵御风雨的堡垒，让我们在逆境中保持坚强和勇敢。它是我们内在的支撑点，帮助我们面对困难时保持冷静、坚定和积极。

内心的力量来源于我们对自己信念和价值观的坚守。当我们明确了自己想要追求和实现的目标时，内心就会有动力驱使我们前行。无论是面对外界的压力还是内心的矛盾与挣扎，内心的力量都能够帮助我们坚持下去，并找到解决问题的方法。

同时，内心也是我们思考、反思和成长的源泉。通过与自己对话、静下心来聆听内心声音，我们可以更好地认识自己、理解自己，并找到真正重要和有意义的事物。这样，在人生旅程中，无论遇到什么情况，我们都能够依靠内心的力量去做出正确而明智的选择。

为了把握住内心的力量，我们可以通过培养良好的心态和行为习惯来增强内心的力量。例如，保持积极乐观的态度、培养自信与坚韧的品质、寻求内心平静等等。同时，也可以通过与他人交流和分享自己的感受和经历来获得支持和启发。

以内心的力量去承载世间的薄凉，去抵御风雨雪霜。同时，也用深深的眷恋去撑起岁月之舟，在人生中留下美好而难忘的回忆。无论面对怎样的挑战和变化，怀揣着勇气、希望和感恩之心，继续前行，创造属于自己精彩而有意义的人生旅程。然而，这也意味着要坚强面对生活中的各种困难和挫折。无论风雨雪霜如何肆虐，始终在内心深处保持坚定和勇敢，在逆境中寻找力量和希望。

一个强大的内心不仅是力量的来源，也是精神世界的家园。它能够在喧嚣的世界中找到宁静与平衡。当外界充满压力和挑战时，一个安详的内心可以帮助我们保持冷静和理智，从容应对人生的风霜雨雪。

最后，要积累自己的能量与实力。在现代社会中，竞争激烈、变化迅速，只有具备足够的能量和实力，才能够应对各种挑战并取得成功。蓄力需要不断学习、提升自我，需要培养坚韧不拔的意志和勇往直前的精神状态。

通过培养强大的内心，我们可以更好地明了自己的不足和特长。无论是自然景色、人与人之间真挚的情感交流还是艺术作品中的灵动与魅力，一个丰满而充实的内心都能使这些美好事物更加深入灵魂。同时，在面对生活中的挑战时，一个强大内心可以成为我们坚定前行、不断成长和进步的动力。

历练与内心安详：迎接生活挑战的力量源泉

历练让我们变得更加成熟，并为内心提供了更多抵御风雨的力量。通过经历各种困难和挫折，我们可以学会坚韧和耐心，培养出更强大的内心。这样的内心就像是一座港湾，在风雨中给予我们庇护和安全感。

因此，用温暖、安详和强大的内心去面对这个世界，在每一个细微的瞬间，感受生活中的美好；在每一个挑战面前，保持冷静与勇敢。不断丰富自己的内涵，让历练不停地积蓄力量，让成熟成为不断递阶前行的驿站。相信自己内心的力量，保持内心宁静是一种强大的心态和生活态度。在现代社会中，我们经常面临各种挑战和压力，有时候可能会感到迷茫、焦虑或失落。然而，如果我们能够相信自己内心的力量，并保持内心宁静，那么就能更好地应对困难和逆境。

相信自己内心的力量意味着相信自己具备解决问题和克服困难的能力。每个人都有独特的才华和潜力，在面对挑战时，我们需要相信自己拥有足够的智慧和勇气去应对。这种内在的信念将激励我们积极主动地寻找解决方案，并坚持不懈地努力。

保持内心宁静是迎接外界变化和不确定性的关键。生活中常常会遇到许多无法预料和控制的情况，这些变化可能会引起焦虑和恐惧。然而，如果我们能够培养一种平静宁静的内心状态，就能更好地应对这些变化，并从中找到机会成长。通过冥想、呼吸练习或者寻求支持和指导，我们可以培养内心的平静，并保持冷静以应对任何挑战。

相信自己内心的力量并保持内心宁静还能帮助我们建立积极的人际关系。当我们拥有自信和平静的内心时，我们更容易与他人建立良好的沟通和互动。这种积极的态度会吸引他人的注意和尊重，并促进彼此之间的合作和共赢。

相信自己内心的力量并保持内心宁静是一种积极向上、坚定不移的生活态度。通过培养这种信念和状态，我们能够更好地应对挑战，迎接变化，并建立良好的人际关系。让我们相信自己拥有无限潜能，保持内心宁静，迈向更加美好、充实的生活。

嘈杂的环境、竞争激烈的工作、复杂的人际关系等等，都可能让我们感到疲惫和焦虑。外界充满冷漠和疏离时，内心的宁静可以帮助我们保持善良和同理心。它使我们能够包容他人的不足和错误，并给予他们理解与支持。同时，内心宁静也能够给予自己温暖与安抚，在困难时刻提供自我安慰与勇气。

内心宁静也是坚定信念和目标的源泉。当我们遭遇困境或挫折时，内心的力量可以驱使我们保持积极向前、勇往直前。它让我们相信自己有足够的能力去克服困难，并为实现自己的目标而努力奋斗。

最重要的是，内心宁静可以帮助我们保持身心的健康与平衡。在喧嚣的世界中，我们需要时刻关注自己内心的需求，并给予自己适当的休息和调整。通过培养内心的宁静和平静，我们能够更好地处理外界压力、增强抵抗力，并提升生活质量。

内心就像一片温暖的海洋，可以包容世间冷漠和疏离，给予我们温暖和慰藉。内心也是一艘船只，在追求梦想和目标的道路上扬帆远航。无论面对人生重大决策、探求未知领域还是实现个人成长，内心都能给予我们勇气和动力。它敢于乘风破浪，勇往直前，在风雨中不畏艰险地前行。

当我们面临挫折和困难时，宁静内心可以给予我们坚韧不拔的毅力。它能够保持冷静和理智，在逆境中寻求解决问题的方法，并坚持下去。也只有坚定地保持内心的宁静，我们才能够撑起岁月的一片天空，迎接生活中各种挑战。

为了保持内心的宁静，我们可以从多个方面进行培养。首先，学会放下烦恼和焦虑，积极调节自己的情绪状态；通过冥想、呼吸练习等方法，让自己进入一种深度放松和平静的状态。其次，要培养自己正确的态度，学会从正面角度看待问题，并相信自己有能力克服困难。此外，在人际交往中建立良好的沟通和理解能力，通过与他人分享和倾诉，减轻内心的压力。

保持内心宁静是一种修行，需要不断努力和实践。只要我们坚持下去，相信自己，就能在纷繁复杂的世界中找到真正属于自己的平静和安宁。同时，内心安详也是我们精神上的寄托和心灵深处的眷恋。它可以给予我们归属感，让我们感受到真正的幸福和满足。通过与自己内心对话、反思和培养积极乐观的态度，我们能够更好地面对挑战并坚定地前行。

涵容蓄力

铭记那些给予过我们爱与支持的人，无论时光如何流转，这些珍贵而深刻的记忆将永远深蕴内心，为我们带来力量和勇气；同时也要学会感恩并回馈，以同样的爱和关怀去对待身边的人。永远珍惜那些与我们共同走过岁月的人，用心去体验每一个瞬间，会让我们获得强大的动力。

涵容蓄力，相信自己具备足够的勇气和智慧去应对困难，是一种强大而积极的心态。无论外界环境如何变化，只要我们内心保持坚定、宁静，并以积极乐观的态度去面对生活中的挑战，我们就能够更加从容地前行，取得更远大的成就。

涵容蓄力意味着我们要学会接纳和包容困难。生活中充满了各种挑战和困难，但我们不能因此沮丧或消沉。相反，我们应该以平和的心态去看待这些困难，并从中寻找成长和学习的机会。通过涵容蓄力，我们可以更好地处理挫折和逆境，保持内心的稳定与平衡。

在面对困难时相信自己拥有足够的勇气和智慧是至关重要的。勇气使我们敢于面对恐惧与不确定性，智慧则指引着我们做出明智而正确的决策。相信自己拥有这样的品质能够增强自信心，并鼓励我们勇敢地迎接挑战。这样的信念将成为我们战胜困难的动力和支持。

保持内心坚定与宁静是我们走得更远、更成功的关键。在外界环境变化不断的情况下，内心的坚定与宁静能够给予我们稳定和平静。这种内在的安宁有助于我们保持冷静思考，并找到解决问题的最佳方式。同时，积极乐观地面对挑战也能够帮助我们调整心态，以更好地应对困难。

涵容蓄力是一种积极应对生活变化、培养运势和命运之源的态度和行为方式。通过接纳不确定性、积极储备资源、保持智慧耐心以及坚守信念目标，我们能够更好地应对挑战、创造机遇，并塑造出更加美好的未来。

此外，涵容蓄力量也意味着我们要保持内心安宁与坚定。在外界环境变化多端的时候，内心的平静和坚定可以给予我们力量和支持。通过冥想、放松和寻找内心的宁静，我们可以更好地面对挑战，并保持冷静应对。内心的力量也意味着我们要以积极乐观的态度去看待生活中的挑战。困难是成长和进步的机会，只有积极乐观地面对困难，我们才能够从中学到经验教训，并不断成长和发展。

涵容蓄力是相信自己的能力和价值，也是我们征服各类困难的关键，因为，宁静的内心可以作为我们前行的灯塔和避风的港湾。把握自己内心的力量，勇敢地面对人生中的挑战和困难，坚韧地向前迈进。无论遇到什么困境，都要相信自己的能力，并且相信每一次挫折都是成长的机会。每个人都拥有独特的才华和潜力，只要我们相信并发挥出来，就能够应对任何挑战。困难不是绊脚石，每一次挫折都可以让我们更加坚强、更加成熟。

保持内心力量，追求命运与人生价值

保持内心的力量意味着对自己能力的驾驭和对价值的追求。它源于对自信和自爱，意味着不轻易放弃，勇敢地面对困难。同时，保持内心的宁静也是至关重要的，正是这些经历和过程，塑造了人的品格和人生的命运。

每个人都有自己独特的才能和优势，只有充分利用这些潜力，才能够实现自身的价值，取得成就。因此，要不断地提升自己的知识与技能，不断地开拓新领域、接受新挑战，以促使个人发展与成长。人与自然、社会以及他人都存

在着一种相互作用关系，在这种关系中，要以积极主动地适应环境、与他人建立良好关系来改善自己的命运。例如，在职场上要学会合作与沟通，在家庭中要维护好亲情关系，在社交场合中要懂得尊重他人等等。与周围环境的和谐相处，可以为自己带来更好的运势。

人生确实是一个综合性的概念，它包含了修养心性、调整环境关系以及发掘个人潜力等方面。

修养心性是人生中非常重要的一部分。通过培养良好品质和积极向上的心态，我们可以提升自己的情绪稳定和内心平静。这样，在面对困难和挑战时，我们能够更加镇定自若地应对，并保持积极乐观的态度。同时，修养心性也包括培养善良、宽容和谦逊等美德，让我们成为更好的人并与他人建立良好的关系。

调整环境关系是重要的一环。与周围环境和谐相处可以帮助我们建立良好的社交网络，并从中获得支持与帮助。同时，积极参与社会活动、关注社会问题也能够帮助我们了解社会现实并为之做出积极贡献。通过与周围环境保持良好互动，我们可以创造一个积极向上、有利于个人发展的环境。

发掘个人潜力也是实现人生价值的重要途径。每个人都拥有独特的才能和潜力，通过发挥个人的优势并不断学习和成长，我们可以实现自我价值，并为社会做出更大贡献。同时，发掘个人潜力也需要持之以恒的努力和坚定的信念，只有不断追求进步和超越自我，我们才能在人生道路上取得更大的成就。

痴言说梦

梦，是人生的另一个舞台，是人在镜子中折射的向往和希望。在这个奇妙的舞台上，人不仅可以感受到现实中所无法企及的奇遇，还能在追求梦想的过程中挖掘出内心深处的潜能，来映照现实。

每个人的心中都住着一个梦想家，这个梦想家就像一颗希望的种子，悄悄地在心底深处扎根。当我们身处困境时，这个种子会提醒我们，不要轻易放弃。当夜幕降临，我们进入梦境，就是希望的种子开始发芽的时刻。在梦中，我们可以尽情地探索、尝试和创造，将内心的想法和创意转化为梦寐的现实。

所以，不要忽视梦的力量，不要将它视为无谓的虚幻。梦是我们内心深处希望的源泉，是我们人生道路上不可或缺的一部分。让我们在梦境中勇敢地追寻自己的梦想，让希望的种子在心中生根发芽。

梦，它是那种充满神秘色彩的境地，如一片奇幻的森林，如一颗颗晶莹剔透的露珠，如一扇扇通往另一个维度的门。站在梦境的边缘，能够感受到一种心灵的震颤，它从心底涌出，如同一道情感的洪流，涌向浩瀚的夜空。

梦境的另一端连接着我们的心底，那里是一个丰富多彩的世界。在那里，我们的情感与记忆如同一个个小精灵，它们跳跃着、欢笑着，仿佛从泉眼处不断地涌出泉水。这些泉水有的清亮如小溪，有的浑浊如江河，但它们都在夜空中凝聚成一股股能量的气流，似涓涓细水长流，又似波涛汹涌。

在梦境的深渊中游走，我们能够感受到情感的莫名涌动。这些情感如同彩虹般斑斓，它们在夜空中交织成一幅幅奇丽的画面，让我们陶醉。当这些情感涌动到极致时，它们会凝聚成花，让我们沉湎其中。甚至于在某一段时间的深夜，让人无法自拔的梦之花总是在无声无息中悠然而来，又飘然而去。它从心底的某个角落开始，这个角落可能是一段回忆，也可能是一种情感，或者是一段未完成的故事。

有时梦就如同从一滴墨水开始，向整个黑夜的天空或海洋扩散，将心灵深处最隐秘的角落逐渐摊开。此时，梦是一种无声的诉说，它超越了语言的界限。在深夜的寂静中，梦似乎特别适合这种交流的发生，让人在梦的另一端聆听到自己内心的声音。这个声音可能代表着我们内心深处的渴望，也可能隐藏着我们一直忽视的某种情感。在梦中，我们能够与这个声音进行交流，让我们更深入地了解自己，更清楚地认识生活的意义。

无声的交流中，可能会发现一些平日里难以察觉的事情的脉络。也许是自己一直追求的其实并不是自己真正想要的，也可能是自己一直逃避的痛苦原来是可以被解决的。梦的另一端是思考，它似乎比睡着的时间要漫长，它深入到人的内心深处，探索那隐藏的秘密。每个梦都是一次心灵的洗礼，一次对自我认知的挑战。这个过程，有时比真实还要痛苦。

虚拟的自我，其实是自己的灵魂。人存在于一个虚拟的自我之中，从自我的枕边出发，迈向了一个遥远的抽象世界。这个世界是由自我的心灵和想象力共同构筑的，它超越了现实，却又与现实息息相关。

在这抽象的远方里，自我尽情地漫步，目睹了无数绚丽的景象。这些景象包括令人叹为观止的自然风光，如高耸入云的山川，深邃无垠的湖海，茂密广阔的森林和碧绿如茵的草原。同时，也包括了许多由人类智慧创造出来的作品，如鳞次栉比的城市，繁华的乡镇以及那些让人肃然起敬的伟大文化景观和历史遗迹。

在这抽象的远方里，自我感受到了各种情感和思想的碰撞。这些情感和思想交织着，其中包括爱与恨、快乐与悲伤、宁静与喧嚣、美丽与丑陋等。

在这抽象的远方里，会遇到了许多有趣的人物。他们有些是天真烂漫的孩童，有些是充满智慧的老人，有些是独具匠心的艺术家，有些是勇敢的探险者。这些人物以各自独特的方式存在于这个虚拟的世界。他们的存在甚至能为真实的世界提供许多关于生活、关于人性的启示和感悟。

这抽象的远方，既是一个独特的世界，也是潜藏的内心。它充满了数不清的智慧与启示，犹如一个深邃的秘密花园，让人赏心悦目，每一个景象都充满了新奇与未知。

在梦境中，我们可以尽情地探索、尝试和创造，将内心的想法和创意转化为现实。在这个过程中，我们会遇到各种困难和挑战，但是只要我们不放弃，那份希望就会如同明灯一样照亮我们前行的道路，指引我们走向成功。

　　梦也是一种疗愈内心的方式。在梦中，我们可以将自己置于一个安全、温暖和舒适的环境中，让身心得到最充分的休息和恢复。而现实生活中，我们所经历的各种挫折和打击，也可以在梦中得到宣泄和释放。所以，不要忽视梦的力量，不要将它视为无谓的虚幻。当我们在梦境中游走时，我们也可以从中汲取灵感，将这些灵感运用到现实。人生的旅程，有时候需要一个指引，一个希望。而梦境，可能是这个指引和希望的最佳来源。

后　记

一、关于散文和诗歌合集

本作品集，原欲以散文集和诗歌集分别出版，因文字体量都可满足单书出版要求。考虑费用和出版周期，经过调整组合，确定还是合二为一，取名为《燕山之侧》。

二、关于书名

广义燕山系指坝上高原以南，河北平原以北，白河谷地以东，山海关以西的山地。取名为《燕山之侧》缘于成书于我所处的燕山脚下，也有居北怀乡之意。

三、关于写作过程

清风拂面，带着季节的温柔，那里繁花似锦，翠柳如茵，碧草如丝，明媚的阳光在枝头跳跃，蜂蝶嬉戏于花丛之间，枝头的鸟儿竞相歌唱，那一抹清音，随着风儿飘向遥远的天际，轻轻拂过心间。我仿佛又看见了你，那个如风的少年。你的身影在岁月的深处，浅浅地微笑，轻轻地吟哦，一句句诗意在心中流淌。

我知道，这便是我的青春。

我走过青石板的小巷，听着悠扬的琴声，看着窗前的一树桃花，想起了你。你的眼神如星辰，你的笑容如阳光，你崇拜"自信人生二百年，会当水击三千里"的豪迈，崇尚"丈夫处世兮立功名，立功名兮慰平生，慰平生兮吾将醉，吾将醉兮发狂吟！"的激情，你曾说过，要与我一起走过四季，看遍山川河流，听遍风雨雷电。

我知道，这便是我的梦想。

我在岁月中凝望你，用心刻画你的容颜，用情描绘你的身影。我在诗里等你，用笔墨书写你的名字，用文字唱出我对你的思念。我在丹青里寻找你，用画笔勾勒你的容颜，用心描绘你的身形。我在音乐里等你，用音符编织你的名字，用旋律唱出我对你的思念。

我知道，这便是我的爱情。

我在山水间寻觅，看着远处山峦，听着溪流潺潺。我随着阳光的明媚，穿过翠绿的草丛，走过蜿蜒的小路，在长河中寻找着属于我的那份宁静。你的眼神如碧波，你的笑容如阳光，你低声吟诵着"轻轻的我走了，正如我轻轻的来；我轻轻的招手，作别西天的云彩。"

我知道，这便是我的青春。

我想，或许应该说，这些就是我们的生活。

于是，我开始在文字里找寻那份宁静与安然，将每一次遇见和别离都化为笔尖下的诗行。

大抵在岁月中，最放不下的，莫过于那份孤独与清冷。也许饮一杯酒，或看一本书，或让思绪随心游走，才能在束缚中感到自由。无论是时光的风景，还是生命的漂泊，只要拥有一个梦想的港湾，便可在繁华中沉淀出清澈的心境。所以，在无数挣扎与迷茫之后，我终于找到了属于自己的风景线。

生命怒放，岁月静好，我站在路边，放低自己的期冀，听这熙攘城市中细微的波动。那些行人脸上淡雅的符号，返璞归真的感慨，此时成为我写作的创意根源。就在这时，我透过纯净的眼睛，看到了被岁月浸染的灯火，被时间铭刻的花开花落，那燃烧的生命，化作温婉的语言，传递着爱与思念。

没有谁注定一生孤独，没有谁必须埋藏人生的美好，只有永久的信仰才能在岁月中闪光。静静聆听这沉默的声音，在这个浮躁而混沌的时代，用笔墨绘出自己的点滴，给生命一个涟漪般的存在。

迎风飘扬的麦穗，俯瞰着被阳光覆盖的远方，曾经自认为渺小。但仰首眺望，才知道自己是在这样广袤的土地和万物生灵环抱下，才感受到无尽的宽广与自由。

也许，它们就是我的世界中的默默见证者，予我岁月风霜时之抚慰，予我纵酒放歌时之坚韧。予我静心思考，让我沉淀一份美好，用纯粹的文字演绎出诗性的生命之美。

我曾独立于文学之外，却发现自己坚不可摧的理想正是那道彩虹，连接着心中的每个梦想。我喜欢思考，不是因为我有多聪明，而是因为思考让我看到了生命的多维，看清了那些平凡而奇妙的日子。于是，我用我的文字将这些情感记录下来，把它们贴在我干燥的记忆里，陶冶情操，温暖人心。

有时候，我的文字是一首曲子，用音符的跌宕起伏表达了激情的澎湃；有时候，我的文字是一盏灯，为人生之路点燃一线明亮的光芒；有时候，我的文字是一种激情，让内心的火焰燎原，激发内心最深处的萌动。

我的文字，汲取各家优雅含蓄的风度，力求构建自己的美妙语境。在诗意的撩拨里，我感到自己的思想和情感在激烈的比拼，摩擦着火花，最终凝固成一幅妙不可言的字画。

因为文字，我的生命变得妙趣横生，唯美与深邃。我总是期望并为之努力，在我的文字里，美好的事物得以不断延伸，彼此交融，形成一幅宛若水墨的长卷。

我曾沉浸在自己的世界中，文字如同仆从，追随我的意志，涂抹出一个个美梦。然而，独自航行总会有迷失方向的时候，当我在创作的迷宫中迷失自我，沈阳老师便是一位指引者，他的指导如同手持一把钥匙，为我打开了一道道大门。

四、关于序和书法题名

感谢《作家报》不吝整个版面刊登本人的作品。

感谢著名诗人沈阳老师作序，字字珠玑，皆是爱与期许。他的笔触如同魔法，将我的作品描绘得生动而富有内涵。我感叹于他的洞察力，他能够洞悉我内心的秘密。他的序言就像一面镜子，反映出我的真实，并多以溢美之词予我以鼓励。我想真挚地对他说一声感谢，因为他，我在文学的道路上有幸走得更远。

感谢著名书法家尚有堂主刘健先生为本书题写书名。在这个世界上，有一种艺术，它既不是靠声音的旋律来传达情感，也不是靠色彩的组合来吸引眼球。它是一种沉默的旋律，一种会呼吸的颜色，更是一种情感的流淌，一种思想的碰撞。刘健先生的每一笔书写，都是智慧的载体和时间的见证，源源不断地为本书注入新的生命。

作者2023年7月16日于北京燕山脚下金雨书庐